노스페라투

FEEL PREMIUM EDITION

Nosferatu

노스페라투

피숙혜 장편 소설

NOSFERATU

CONTENTS

자각

부일은 그를 안으로 들여보내 주지 않았다. '어르신이 알면 사달 납니다' 하얗게 머리가 센 노인이 머리만큼 하얗게 질린 얼굴로 내 뱉은 말이 수환을 강제로 집에 들어갈 수도 없게 만들었다.

"씨발. 누구보고 어르신이래?"

수환은 바닥을 발로 헤집으며 자조적으로 중얼댔다. 그 새파랗게 어린 놈이 '어르신'이라고?

청장은 무명을 일컬어 '그자'라고 칭했고, '그자'라는 명칭을 입 에 올릴 때마다 표정이 바짝바짝 말랐다.

수환은 일평생 귀신을 보며 살아왔다. 신들린 엄마가 작두 위에서 춤을 추는 것도 보았고, 귀신 들린 사람의 몸을 복숭아 나뭇가지로 때리며 알 수 없는 말을 지껄이는 것도 보았고, 그럴 때마다 그자가 울컥울컥 각혈을 하며 눈을 뒤집어 까는 것도 보았다. 그의 어머니는 그에게 신은 만물의 조화를 가장 중요하게 여긴다고 하였다. 그래서 인간이 어쩔 도리가 없는 것들을, 인간의 몸을 빌려 해결해 주기 위해 자신 같은 이에게 온다고 하였다. 어릴 때에는 엄마의 말을 막무가내로 믿었다. 세상의 절반은 생명이 있는 것들이 구성하고, 또 그 절반은 생명이 없는 것들이 구성한다고 생각했다.

한때는 엄마처럼 눈에 보이지 않는 것들을 보고 싶어 무당이 되고 싶다는 생각도 하였다. 그러나 그 시기는 아주 잠깐이었다. 머리가 커 갈수록 그는 점점 눈에 보이지 않는 것들은 믿지 않으려 했다. 아마도 남들과 다르지 않게 살고 싶어서였던 것 같다. 무당집 아들이란 것을 늘 떳떳하게 말하고 다녔지만 그렇다고 상처가 없는 것은 아니었다. 세상의 편견이 아직도 가끔 그를 상처 내곤 했다. 평생 지녀야 하는 아픔일 것이다.

지금은…… 지금은, 무당집 아들로 태어난 것이 다행이란 생각이 들었다. 어린 시절의 기억들 때문인지 사람을 먹는 혈귀라는 이미지에서 떠오르는 공포를 그는 남들보다 수월하게 상쇄시킬 수 있었다. 형체의 유무만이 다를 뿐, 무명 역시 혈귀였다. 인간이 아닌 귀신. 그 이상도, 그 이하도 아닌 자. 그러니 무서워할 필요가 없다.

그럼에도, 아주 조금이라도 무명이 께름칙한 이유는, 그를 떠올리면 피가 거꾸로 치밀었다가도 결국 서늘하게 식는 이유는, 무명이 가지고 오는 어떠한 '것'들에 있었다. 한때 믿었지만 더 이상 믿고 싶지 않아 외면했던 것들.

신, 영혼, 귀신.

엄마의 영혼과 육체를 갉아먹었고, 아직도 갉아먹고 있는 그것들이 다시 자신의 마음 한구석을 차지하는 것. 어쩌면 이성이 아니라, 그런 미신에 기대어 그를 잡아야 할지도 모른다는 막연한 불안감. 그리고 평생 틀렸다고 말한, 모친의 말들이 모두 옳은 말이 될지도 모른다는 두려움.

'사람은 운명이란 것이 있어.'

모친의 말이 머릿속을 뱅뱅 맴돌았다. 수환은 진저리를 내며 그것을 머릿속에서 떨쳐 버렸다. 그렇게 삶에 순응할 순 없다. 그런 자세로는 형사 따윈 하지 못한다. 그런 식이라면 그 어떤 피해자도 구해 내지 못한다. 오직 인간의 선한 의지만이 강력한 것이다. 정해진 것은 아무것도 없다. 정해진 것이 없으니 인생은 무한한 가능성을 갖는 거다. 그는 외투를 갈무리하며 마음을 가다듬었다.

쿵 하는 소리가 들리더니 대뜸 바람이 불었고 모래가 눈을 덮쳤다. 수환은 본능적으로 눈을 감고 팔로 바람을 막았다. 입안에 버석버석 모래가 씹혀 그는 몸을 숙이고 모래를 뱉었다. 눈에 들어간 모래 때문에 눈물이 다 났다.

"퉤! 이 씨팔! 우라질!"

수환은 걸쭉하게 욕지거리를 하며 퉤퉤거리고 눈을 비볐다. 실눈으로 희미하게 형체를 가늠해 보니 대번에 누군지 알아차릴 수 있었다. 너무나 낯익은 실루엣이었다.

무명이 저를 안고 날아올랐다 떨어지는 게 재밌어 가영은 실실 웃으며 무명에게 둘렀던 팔을 풀었다. 그러다 수환을 발견하고는 그

자리에 바짝 얼어 버리고 말았다. 무명이 저를 여기다 내려다 줄지 몰랐다. 다시 서점에 데려다줄 것이라 생각했다. 당연하잖아. 뭐든 주운 자리에다 두어야 그게 되돌려 놓는 거잖아! 가영은 홱 무명을 돌아보았다.

"왜, 왜 여기야. 도, 돌아가야지! 서점으로!"

"가영. 네가 돌아올 곳은 딱 하나야. 여기."

무명이 덤덤히 대답했고 곧 수환의 씩씩거리는 목소리가 들려왔다.

"너, 박가영 너."

가영은 '히익' 소리를 내며 무명의 뒤에 숨었다. 달랑달랑 무명의 팔이 가영의 힘에 의해 흔들리는 것을 보고 있자니 수환은 더 혈압이 뻗쳤다.

"너 이리 안 나와!"

무명은 제 등 뒤로 간 가영을 좇느라 가라앉았던 눈동자를 들었다.

'그는 괴물일세.'

청장의 말이 생각나 수환은 더 인상을 썼다.

"나와!"

수환은 무명의 뒤에 숨은 가영을 노려보며 성큼성큼 앞으로 나갔다. 그가 가영을 잡아채려 팔을 뻗었고 무명이 수환의 단단한 팔뚝을 움켜쥐었다. 입을 다문 채 서로를 노려보는 두 사람 사이로 칼바람이 지나갔다. 무명은 그 보잘것없이 굵기만 한 팔뚝을 내려다보았

12

다. 잡히는 것들은 모두 다 단단한 근육이었다. 그러나 그래 보았자, 근육이었다. 그는 나른하게 눈을 들었다.

"부러뜨려 줄까?"

무시무시한 말을 내뱉는 어투가 어쩌나 상냥한지, 팔뚝에서 느껴지는 무시무시한 악력만 아니면 '차나 한잔할까?'로 들었을지도 모른다.

"안 돼!"

무명의 뒤에서 가영이 펄쩍 소리 질렀다.

"그럼 안 돼!"

지엄하신 가영 님의 말씀에 따라 무명은 불만스럽게 눈을 굴리며 수환의 손을 놓았다. 수환은 얼른 제 팔을 당겨 문질렀다. 피가 안 통해 손끝이 저릿저릿했다. 욱신거리는 덕에 더 성질이 났다. 수환은 빽 소리를 질렀다.

"가영이, 너 얼마나 걱정한 줄 알아! 너 납치된 줄 알았잖아!"

가영은 그 소리에 풀이 죽었다. 무명의 옷자락을 쥔 손에 힘이 툭 풀렸다.

"미안해……."

무명은 그 사과의 말이 거슬렸다. 수환이 가영을 미안하게 만드는 게 싫고, 그녀가 사과를 하는 건 더 싫었다. 누구에게든지 말이다.

"내가 데려왔어."

무명이 가영을 변호하며 말했다. 수환은 더 씩씩댔다.

"그걸 누가 몰라! 네놈이 데려간 걸 알았으니까 여기 있지! 이 스토커 새끼!"

"그러지 마!"

가영이 다시 무명의 뒤에서 빠끔히 고개를 내밀더니 신경질적으로 외쳤다.

"명이한테 욕하지 마! 명이는 착한 애야!"

아…… 씨발. 저 모지리는 대체 누구의 편이란 말인가. 수환은 확 그냥 머리를 쥐어박고 싶은 것을 참느라 손을 부들부들 떨었다.

"넌 빠져!"

수환이 꽥 소리 지르자 무명의 뒤에서 가영이 움츠러들었다. 그 모습에 무명의 눈에 불길이 일었다.

죽이면 안 된다.

죽이면 안 된다.

죽이면 안 된다.

죽이면 안 된다.

죽이면 안 된다.

안 죽이기만 하면 되는 거 아닌가……?

"너는 정말, 겁이 없구나."

무명이 어금니를 물고 말을 씹어뱉었다. 그러자 가영이 지레 겁을 먹고 그의 옷자락을 당겼다. 얼굴이 걱정과 근심으로 잔뜩 우울해져 있었다. 그 처량한 얼굴을 보자니 도무지 수환을 어쩌지 못할 성싶어 무명은 입술을 씹었다.

"가영. 일단 너는 안으로 들어가 있는 게 좋겠어."

가영이 옆에 있으면 저의 말과 행동에 너무나 많은 제약이 생긴다. 그리고 그것은 저 애물단지 새끼를 상대하는 데에 전혀 도움이 되질 않았다.

"아, 알겠어."

가영이 고개를 끄덕이고 몸을 무명의 집 쪽으로 돌리자 수환이 펄쩍 뛰었다.

"어디 가!"

가영이 움찔 놀라 눈을 크게 떴다.

"그 집이 네 집이야? 네 집은 저기잖아!"

수환이 비탈길 아래를 손으로 콱콱 찍었다. 계속되는 고함 소리에 가영의 얼굴이 더 심각하게 우울해졌다.

아, 정말 저 새끼를 죽이면 안 되는 건가? 무명은 뒷목이 아득하게 당겨지는 것을 느꼈다. 혈압이 오른다는 것이 무엇인지 이제야 알겠다.

가영은 발끝으로 시선을 떨군 채 발길을 돌렸다. 무명의 곁을 벗어나기 전에 그가 손을 뻗어 저에게서 멀어지려는 가영을 부드럽게 잡았다.

"아니. 안으로 들어가 있어."

"......"

가영은 수환의 희번덕거리는 눈을 살피며 어찌할 바를 몰랐다. 수환 오빠의 말을 안 듣자니 길길이 날뛰는 게 무섭고, 그렇다고 무명의 말을 안 듣자니 그가 저에게 실망할 것도 무서웠다.

"집으로 가!"

"들어가 있어."

"얼른 안 가!"

"괜찮아. 들어가 있어."

수환의 고함 뒤에는 어김없이 차분한 무명의 목소리가 들렸다. 분명 소리의 세기는 수환 쪽이 더 큰데, 이상하게 귀에 박히는 것은 부드러운 무명의 목소리였다. 어쩐지 따르고 싶어지는 것도 그의 목소리였다.

"박가영!"

우물쭈물하는 가영의 모습에 수환이 그녀의 이름을 겁박조로 불렀다. 지금껏 저의 말은 모두 다 잘 따르던 가영이었다. 한 번도 그의 말을 어긴 적이 없었다. 수환은 그런 가영의 변화가 놀랍고, 화가 나고, 또한 불안했다.

"나 두 번 말 안 해. 집으로 가. 네 방으로 가 있어."

"……"

가영의 눈매가 더 내려앉았다. 무명이 가영의 어깨를 부드럽게 어루만졌다.

"들어가."

"수환 오빠가……."

"괜찮아. 저렇게 날뛰어도 너 어쩌지 못해. 알잖아."

알아. 수환 오빠가 왜 그러는지. 수환 오빠가 나를 얼마나 아껴 주는지. 알기 때문에 수환이 저렇게 화를 내는 것이 더 속상했다. 무명은 좋은 아이다. 그가 괴물이든 귀신이든 뭐든 어떤 생명체이든 상관없이 그는 그저 좋은 사람이었다. 수환에게 늘 그것을 말해 주는데도 믿지 않았다. 언제나 가영의 말은 잘 들어 주었는데, 언제나 잘 믿어 주었는데 무명에 관해서만큼은 아무리 진심을 담아 이야기해도 그것을 믿어 주질 않는다.

대체 어떻게 해야 수환은 무명을 좋아할까, 어떻게 해야 자신의 말을 믿어 줄까. 그것을 알 수 없어 그저 속상하기만 했다. 그리고 그것을 알 수 없어서 여전히 수환 오빠를 아프게 하는 것만 같다. 한때는 수환만 보면 행복하고 설레었는데 지금은 수환만 보면 가슴이 콱 막힌다. 아프고 답답했다. 가영은 무명의 옷가지를 다시 붙들었다.

"오, 오빠한테 해코지하면 안 돼. 알았지? 어? 다치게 하면 안 돼. 알겠지?"

무명이 살짝 고개를 끄덕였다.

"약속하는 거지?"

그것만으로는 확신할 수 없어서 가영은 다시 물었다. 걱정이 가득 담긴 눈은 그만큼 간절했다. 무명은 맑고 근심 어린 가영의 눈을 들여다보며 작은 머리통을 쓰다듬었다.

"응. 약속해."

무명이 확답했다. 가영의 입매가 결연하게 다물어졌다. '응' 한 음절을 내뱉으며 고개를 한 번 끄덕이고 근심 어린 눈으로 수환을 한 번 바라본 가영은 낡고 오래된 대문을 열었다.

끼이익— 녹슨 경첩이 길고 신경질적으로 울렸다.

누이는 문안으로 사라졌다. 가슴이 허했다. 이젠 완전히 저의 품을 벗어나 버린 것이다. 뭔가가 머리에서부터 발끝까지 뚝 떨어지는 것 같더니 가슴에 둔한 통증이 일었다. 눈앞이 하얗게 바랬다.

"얼마나 더 해야 알아차리겠어?"

무명은 충격에 휘청거리는 수환을 애처롭게 바라봤다. 이렇게 확실하고 명료한 것을 어째서 저 아둔한 인간은 눈치채지 못하는 것일까.

"네가 아무리 강을 건너고, 산을 건너고, 바다를 건너도, 너는 가영을 가질 수가 없어. 이미 가영은 내 거야."

"너는."

수환은 충격에서 헤어 나오지 못해 더듬거렸다.

"너는, 너는 가영과 이루어질 수 없어. 네놈은 인간이 아니잖아."

그의 말이 우스워서 명이 웃었다. 키득키득 웃는 목소리는 오만했다.

"이렇게 눈치가 없어서야. 너는 '이미'라는 단어의 의미를 모르는 건가?"

"……."

무슨 말이지. 수환은 그의 말을 곱씹었다. 내 것이라고 하는 무명의 말에는 저열한 지배욕이 내재되어 있었다. 그러나 그는 늘 이렇지 않았나. 언제나 이런 식으로 가영을 제 것이라고 장담하던 놈이 아니던가. 그런데 무엇일까. 오만한 눈빛에 숨겨진 그 은밀하고 질척한 것은. 설마, 설마.

"너, 설마."

모친이 일어나서 밥을 차렸다. 가영이 늦잠을 잤기 때문이었다. 한 번도, 단 한 번도 늦잠을 잔 적이 없는 녀석인데. 단 한 번도 저를 위한 밥상을 걸러 본 적이 없던 녀석인데. 아침에 가영을 흔들어 깨웠을 때 유독 힘들어하던 모습이 다시 떠올랐다. 온몸을 웅크리며 힘들어하던 것도. 짜증이 나 칭얼거렸던 것도 모두 다…… 그 모든 것이 다, 이놈…… 그래. 이놈 때문이었다.

수환은 무명에게 뛰어들었다. 단단하고 커다란 주먹을 꽉 틀어쥐고 명의 멱살을 잡았다. 한껏 힘을 실어 날린 주먹이 비수처럼 무명에게 날아들기 직전, 명의 새하얀 손이 그것을 덮었다. 비단처럼 부드러웠지만 올가미처럼 단단하게 얽혀 들었다.

"왜, 네놈이 그렇게 지켜 주던 꽃을 내가 꺾어 화가 나?"

"이 개만도 못한……."

"원래 암과 수의 사랑은 그런 것이 아니던가? 나는 가영을 사랑하고 그래서 내 것으로 만들었고, 그동안 너는 얼뜨기처럼 굴었고. 네놈이 화를 낼 대상은 내가 아니라, 머저리 같은 네놈 자신이지. 안 그래?"

"가영이는 이제 겨우 스물이야. 그 어린것을 어떻게……."

"벌써 스물이야. 성인이지. 이미 완연한 여자야. 너의 그런 시선이, 가영을 미숙하게 보는 그 시선이 그녀를 더 상처받게 해. 가영을 애 다루듯 다루려고 하지 마. 소리 지르고, 노려보고, 명령하고 겁박하지 마."

한 마디 한 마디 내뱉는 말투에 힘이 실렸다. 그리고 그 말에 힘이 실릴 때마다 수환의 주먹을 감싼 새하얀 손에도 같이 힘이 들어갔다. 그것이 설령 수환만의 애정 표현이라도, 진실로 그녀를 아끼기 때문에 나오는 행동이라도 싫다. 수환이 그럴 때마다 상처받고 일렁거리는 그녀의 얼굴이 얼마나 연약했던가.

"그럴 때마다 네놈의 숨통을 끊어 놓고 싶어서 내가 아주 근질근

질하거든."

"너는 연쇄 살인마야. 너같이 위험한 놈 곁에 가영을 둘 수 없어."

명이 콧방귀를 뀌었다. 인간의 방식은 인간에게만 통하는 것이다. 세상의 모든 만물을 그런 식으로 재단하려는 것은 그가 아직 어리석은 까닭이리라. 연쇄 살인마라니. 주린 배를 채우기 위해 토끼를 사냥한 이리에게도 그는 같은 잣대를 들이대려는가. 그래서 세상은 과연 얼마나 깨끗해졌는가.

그가 잡아 죽이는 이의 수보다, 저들끼리 복작거리며 서로를 죽여 대는 숫자가, 혹은 삶을 비관해 저 스스로 목을 가르는 숫자가 훨씬 더 많았다. 그런 세상은 과연 얼마나 도덕적인가. 목숨을 끊임없이 앗아 가는 것은 세상 그 자체이다. 그렇다면 가장 많은 이를 죽인 이는 누구인가. 바로, 너희. 썩고 곪은 인간이다.

"너희의 멍청한 법으로 단죄할 수 없는 놈들을 대신 해치워 줬잖아. 나는 네가 사는 세계를 더 아름답고 깨끗하게 만들어 줄 뿐이야."

"지랄하지 마! 씨발!"

수환이 소리쳤다.

"네가 죽인 놈들 중에 범죄자가 있다고 해서 그게 변명이 될 거라고 생각해? 너는 정의감으로 그들을 죽인 게 아니야! 네가 먹어야 하니까 죽이는 것뿐이잖아. 너는 그런 괴물이야. 자기의 필요에 의해 사람을 죽일 뿐이야. 그래서 지금 날 죽이고 싶어 하잖아. 내가 눈에 거슬리니까, 네놈의 신경에 거슬리니까."

명이 어깨를 가볍게 으쓱했다.

"맞아. 가영의 부탁만 아니면 넌 벌써 죽었어. 아니, 애초에 죽였을 거야. 나는 아주 질투가 많거든. 너와 같은 이야기를 반복하는 것도 짜증 나고 네놈의 존재도 짜증 나. 지금이라도 죽일 수 있으면 죽이고 싶어."

"거봐. 넌 결국 괴물일 뿐이야. 죄를 지었다고 해서 모두가 죽어 마땅한 것은 아니야. 누군가를 죽인 사람을 죽여도 그건 엄연한 살해고 범죄야. 네놈은 범죄자야. 그러니 내 앞에서 영웅 흉내 내지 마. 너는 역겨운 살인마일 뿐이니."

수환은 그를 원색적으로 비난했다. 한 마디 한 마디 씹어뱉는 얼굴에는 일말의 두려움도 없었다. 지금껏 누구도 무명을 이런 눈으로 바라본 자는 없었다. 가영의 눈에서 읽은 것이 호의를 담뿍 담은 아름다움이었다면 수환에게서 보이는 것이라고는 적의, 상실감으로부터 동반된 분노, 그리고 역겨움뿐이었다. 어쩐지 무명의 몸에 전율이 일었다. 이놈은 아주 제대로다. 두려움 없는 혐오 말이다. 이 하찮은 생명이, 저를 향해 겁 없이 분노하고 있었다. 아니, 어쩌면 이제 그는 더 이상 하찮지 않을지도 모른다.

어쨌든 무명은 그를 죽일 수가 없었다. 그가 무슨 짓을 해도 그를 죽일 수가 없다. 그와 자신의 사이에는 가영이 있었다. 그리고 지금의 무명에게 가영의 존재는 절대적이었다. 그 절대적인 존재에 흠을 내고 싶지 않았다. 가영이 아끼는 것을, 소중히 여기는 것을 해하고 싶지 않다.

"내가, 그들을 죽여 구한 수많은 생명을 생각해."

"……."

무명의 붉은 눈이 침잠했다. 낮게 가라앉은 목소리는 음산하며 고요하게 퍼졌다.

"그들이 자신의 욕망을 위해 갈취해 갈 생명이 오늘은 너일 수도, 내일은 네 엄마일 수도, 그리고 가영일 수도 있어. 나는 그런 괴물을 먹는 거야. 나 역시 그렇게 살아갈 수밖에 없는 괴물이니까."

수환은 여전히 흔들림 없이 그를 쏘아보았다. 굽힐 줄 모르는 분노에 무명은 웃어 버리고 말았다.

"내가 장담하는데, 언젠가 네놈의 그 대쪽 같은 성격이 너에게 칼이 되어 돌아올 거야. 깊이깊이 박히는 칼."

무명이 그의 손을 놓았다. 잔뜩 힘을 주고 있던 몸이 방향을 잃고 휘청거렸다. 쓰러질 듯 앞으로 무너지던 몸을 간신히 일으키고 그는 젖은 이마를 닦았다.

"하나만 묻자."

수환은 다시 그를 보았다. 자신과 똑같은 모습을 한 괴물을. 조물주가 꽤나 공들여 빚어 놓은 것 같은 생명을. 신은 어째서 괴물에게 아름다움이란 걸 주어, 사람을 현혹하도록 만든 것일까. 왜 신은 인간에게 이토록 잔혹한 것일까. 왜 독을 달콤하게 만들어 제 스스로 입안에 쏟아부어 버리게 만드는 것일까 그리고 왜 하필 그것을 끊임없이 불행했고, 그랬기에 누구보다 행복해야 할 가영의 앞에 가져다 놓은 것일까, 수환은 그것이 원망스러웠다.

"가영이는 네놈이 어떤 존재인지 다 알고 있어?"

무명이 마치 장난을 하고 있냐는 듯 쾌활하게 웃었다.

"지난번 네놈이 먹은 약이 무엇이라고 생각해?"

"……."

내가 먹은 약? 최근에 먹은 약이라면 지난번 고열을 앓았을 때 가영이 건네준 그 붉은 약뿐이다. 머릿속에 번뜩, 그날의 기묘한 일들이 스쳤다. 그리고 지난번 그가 거래를 하자며 '약'을 주겠다고 했던 일도 퍼즐처럼 머릿속에서 엮이었다. 바늘처럼 아픈 직감이 쿡 그를 찌르고 들어왔다. 수환의 얼굴이 통증으로 굳었다.

"약……."

"CTA. 다들 그렇게 부르더군."

무명이 또박또박 말했다.

"가영이 나에 대해 얼마나 아는지 궁금해? 그럼 CTA에 대해 아주 잘 조사해 봐, 말단 형사 나으리."

"……."

"그럼 너도 알게 될 거야. 인간이 얼마나 하찮은 존재인지."

하찮고 하찮은 존재. 이놈이나 저놈이나 할 것 없이 모두 다 속이 훤히 들여다보이는 벌레 같은 생명체.

"썩은 것들 사이에서 세상의 정의가 얼마나 허무맹랑한 것인지."

아마 네놈은 무너질 것이다. 세상을 '선하다'고 믿기 때문에 무너질 것이다. 세상은 악하다. 악하기 때문에 선하기를 원하고 그래서 선한 것이 귀하다. 그러나 인간들은 그것을 귀하게 여기지 않는다. 그리고 용납하지도 않는다. 그들은 꺾고 당겨, 마지막 남은 것마저 없애 버린다.

이 산골에서나 통했을 법한 그 꿈같은 정의. 가영의 옆에 있었기에 존재했었을 그 정이. 그리고 아직도 부서지지 않은 그 대단한 정의. 그는 어떤 면에서 가영과 많이 닮아 있었다. 함께 자랐으니 닮을 수밖에 없겠지만 그에게서 자꾸만 가영이 보이는 것이 마음에 걸렸다. 어쨌든 수환은 가영이 온 마음을 다해 아끼는 사람이 아니던가. 그가 무너지면 가영도 함께 무너지고 말 것이다.

"그러니, 부디 잘 지키길 빈다. 그 얄량하고 고상한 네놈의 정의란 것."

그것이 부서지면 달콤하지만 분명 아플 테니.

가영은 부일을 도와 빨래를 개키고, 곧바로 서고로 향했다. 황혼녘의 동굴은 꽤나 어스름해서 가영은 가장자리의 등부터 하나씩 켜고 난 후, 책장 앞에 섰다. 그녀는 손가락으로 가만히 비죽비죽 솟거나, 들어가 있는 책들을 무심하게 훑으며 생각했다.

명이는 수환 오빠랑 어찌하고 있을까.

수환 오빠는 저만 보면 길길이 날뛰고, 그렇게 저를 향해 길길이 날뛸 때마다 무명의 눈에 찬기가 서렸다. 설마 무명이 분명 약속했는데 무슨 사달이라도 날까 싶다가도, 수환 오빠가 또 성질을 긁어 진짜 어디 하나라도 부러뜨릴까 걱정이 되기도 하고, 또 그러다가도 명이는 그렇게 나쁜 애가 아니니 설마 그럴 리가 있겠나 싶어 억지로 마음을 다잡았다.

명이는 날 사랑한다고 했지. 사랑한다는 이야기를 할 때, 명이가 지었던 웃음을 생각하자니 또 자꾸만 뒷덜미가 간지러워 가영은 인상을 찡그리며 제 목을 벅벅 긁었다. 오장육부가 다 간지러운 기분이다. 원래 사랑한다는 말은 이렇게 간지럽고 이상한 기분이 드는 건가, 아니면 그게 명이여서 이런 건가. 가영은 다시 손으로 책을 만지며 넓고 아늑한 동굴 안을 훑어보았다.

이곳은 꼭 고래의 배 속 같았다. 시골의 공간치고는 너무 이질적이지만 그래서 더 신기했다. 또 모든 것에서 차단된 듯 고요하고 평화롭기도 했다. 또한 그래서 명이와 닮았다. 가영은 책 한 권을 빼 들었다. 제목 없이 아주 매끄러운 감촉으로만 이루어진 작은 책. 그녀는 벨벳처럼 부드러운 표면을 손바닥으로 한 번 훑었다.

명이가 기억이 있을 때부터 가지고 있었다던 책은 아무래도 이것 같았다. 전혀 알 수 없는 글자들도 그랬고 제목조차 적히지 않은 신기한 질감의 겉감도 그랬다. 가영은 책을 펼쳤다. 책장이 후루룩 넘어가다 한 곳에서 뚝 멈췄다. 가영은 사진이 떨어지지 않게 조심스레 책을 잡고 그 낡고 빛이 바랜 인화지를 빼 들었다.

흑백 사진 속 양장을 한 여자는 전에 보았을 때와 같이 여전히 단아한 빛을 띠었다. 어쩐지 그 낯빛이 슬퍼 보였다.

"안나."

가영은 여인의 이름을 다시 읊었다. 처음 보았을 때는 여자의 슬픈 얼굴을 그저 아름답다고만 생각했다. 그러나 지금은 그저 아름답다는 생각 이외에 조금 다른 것들도 느껴졌다. 그땐 이 얼굴을 보며 웃었는데 지금은 그때처럼 웃음이 나오지 않았다. 가영은 사진을 뒤집었다.

나의 Anna.

나의 안나.

나의…… 안나……?

문득, 가영의 미간이 의문으로 좁아졌다. 그땐 생각지도 못했던 것이다. 같은 사진을 보며 전혀 다른 궁금증이 생겼다.

그는 가족을 모른다고 했다. 그러니 그는 누나나 엄마의 얼굴을 알 리가 없었다. 이 책은 무명의 것이니까 무명의 물건이 아닌 것이 안에 들어 있을 리는 없을 것이다. 그렇다면 이 사진은 무명의 것이고, 이 글씨도 무명의 것일 확률이 높았다. 어찌 되었건 부일 할아버지의 글씨는 아니다. 부일 할아버지의 글씨는 그의 방에서 본 적이 있다. 한자가 혼용되어 있는 매우 날카롭고 각이 많이 진 필체였다. 이렇게 정갈하고 반듯한 필체와는 완전히 달랐다.

가영은 'Anna'라는 글씨 앞에 '나의'라는 글씨를 노려보았다. '나의' 안나. 나의. 나의. 나의!

가영은 책을 대충 접어 책장 위에 아무렇게나 올려 둔 후 그 낡은 사진을 꼭 쥐고 성큼성큼 서고를 빠져나갔다.

라디오에서는 잔잔한 선율에 차분한 남성의 목소리가 들려왔다.

— 행해서는 안 될 것을 행하고, 행해야 할 것은 행하지 못하는 자들은 감각적 쾌락에 얽매여 깨달음이라는 목표를 저버리나니 헛되이 남이 이루어 놓은 선정만 탐낸다…….

부일은 스피커를 타고 흘러나오는 부처님의 말씀에 고개를 끄덕이며 저도 모르게 '관세음보살'을 내뱉었다. 불교 방송에서 나오는 법구경은 언제나 가슴에 절절히 와닿았다. 부일이 유일하게 자신만의 시간을 보내며 명상하는 때이기도 했다.

부일은 눈을 감고 부처의 말을 따라 감각적 쾌락에 얽매이지 않는 삶을 살기 위해 마음을 다잡으려 온 신경을 집중했다. 산새 소리, 흐르는 계곡물 사이로 단소 소리가 은은하게 울려 퍼지는데 언제부터인가 이상한 소리가 섞여 들기 시작했다. 쎄엑, 쎄엑, 꽤나 흥분한 듯한 숨소리. 부일은 눈을 껌뻑 떴다. 노을을 등진 검은 그림자가 앉은 자리에 거대하게 드리워졌다. 그는 아주 조심스레 고개를 들었다.

가영이 그의 앞에 척 종이 하나를 내밀었다.

"할아버지. 이거 누구예요?"

부일은 눈을 가늘게 뜨고, 가영이 코밑에 들이댄 희끄무레한 것을 주시했다. 길게 살펴볼 것도 없었다. 특유의 복식에, 특유의 선이 고운 이 미녀를 알아보기란 매우 쉬웠다. 노인이 입에 힘을 주자 주름 진 입가에 더 자글자글 주름이 졌다. 머릿속에 오만 가지 생각이 스쳤다.

가만, 이걸 이야기해 줘야 하나? 아니, 안 되지. 그랬다간 무명 손에 죽으리라. 그렇다고 여기서 입을 다물고 있자니, 이미 그 자체로 대답이 되어 버릴 성싶은데.

"네?"

가영이 한 번 더 독촉했다. 노인의 눈이 곤란함으로 흐릿해졌다. 그러자 가영의 입술이 씨근덕거렸다.

"혹시 이거."

부일이 침을 꼴딱 삼켰다. 가시덩굴을 목구멍으로 넘기는 기분이었다.

"혹시 이거, 이거, 명이 애인이에요?"

아니. 부인이외다.

부일은 대꾸하지 않기 위해 다시 한번 꼴까닥 목구멍으로 침을 힘겹게 삼켰다. 전신에서 식은땀이 흐르고 오한이 왔다.

"네?"

"……."

행해서는 안 될 것을 행하고…… 행해야 할 것을 행하지 않는…….

"네?!"

가영의 목소리가 한껏 날카로워지자 부일의 몸이 위로 펄쩍 뛰어올랐다. 이미 사달이 났다. 안 되겠다. 이 자리라도 피해야겠다. 부일은 라디오를 재빠르게 끄고 주섬주섬 자리에서 일어섰다.

"아, 아이고…… 나는 모…… 모르오. 모르는 일이오."

"할아버지 아시잖아요. 명이 옆에 오래 있으셨잖아요. 그럼, 그럼 이건 누구 글씨예요? 이건 명이 글씨 맞아요?"

가영이 사진을 뒤집어서 부일의 코밑에 다시 들이댔다. '나의 Anna' 정확하게 무명의 필체였다.

사내란 모름지기, 여자를 만나려거든 과거를 정리해야 한다. 그것이 연애의 기초였다. 이 어수룩한 양반이 이런 빼도 박도 못하는 증거를 남겨 놓다니. 안나가 죽은 지가 대체 언제인데 이 사진을 아직까지 가지고 있단 말인가. 그것도 제 손으로 '나의' 따위를 붙인 사진을! 가영 처자랑 배꼽 맞추기 전에 이것부터 불살라 버렸어야지. 그래야 이렇게 가영이 씨근덕대며 저를 찾아와 추궁하지 않았을 것 아닌가. 왜 저런 걸 남겨 이 부일을 곤란하게 하난 말이다!

"맞구나?"

"……."

"이거 명이 글씨 맞네. 그쵸?"

아무리 죽을 날을 기다린다 하여도 이렇게 죽을 순 없다. 화가 난 무명 손에 죽으니 차라리 혀를 깨물고 자진하겠다. 우득우득 소리가 나는 무릎을 짚고 부일은 몸을 숙여 사진을 내민 가영의 팔뚝 아래로 빠져나갔다. 절대 그녀와 눈을 마주치지 않는 것이 중요했다. 45도 각도로 초점 없이 시선을 흐트러뜨리고 술에 술 탄 듯 물에 물 탄 듯 '가만있자, 그러고 보니, 내가 뭘 하려고 했는데…….' 하는 소리를 흘리며 부일은 최대한 자연스럽게 방을 나왔다.

명은 수환을 집 앞에 내버려 두고 먼저 몸을 돌려 안으로 들어왔다. 가영이 들어와 온기가 돌 거라고 생각했던 집은 의외로 적막하고 서늘했다.

무명은 벽시계로 시각을 확인하고 눈길을 주방으로 돌렸다. 가영이 집 안에 들어오면 늘 가장 먼저 들르는 곳이고, 가장 많은 시간을 보내는 곳이었으니 발견하기에 가장 쉬운 장소였다. 그러나 부엌에는 가영 대신 부일이 벽에 바짝 붙어 서서 뱁새눈으로 저를 쳐다보고만 있었다.

"뭐 해, 거기서?"

부일은 두 손으로 벽을 부여잡고 오만상을 구겼다.

"일 났습니다."

부일의 목소리에 초조한 기색이 잔뜩 풍겼다. 무명의 한쪽 눈썹이 의아함으로 들렸다.

"가영 처자가 안나 아가씨 사진을 들고 왔어요."

"……."

"저한테 누구냐고 묻기에 암말도 안 했습니다."

무명은 별다른 표정 변화 없이 집 안을 두리번거렸다.

"가영이는 어디 있어?"

"서고로 들어가던데요. 아니, 어르신은 왜 그런 옛날 사진은 가지고 계셔서는."

이 사달을 내느냐는 부일의 뒷말을 듣기 전에 무명은 걸음을 옮겼다.

서고의 육중한 철문은 잠겨 있었다. 가영이 서고 안에서 잠가 버린 것이 분명했다. 손잡이가 돌아가지 않자 무명은 그것을 잡아 뜯어냈다. 바닥에 던져 버린 뭉뚝한 쇳덩어리는 뒤따라오던 부일의 발치에 떨어졌다.

노인은 '헉' 하고 숨을 들이켰다. 아니, 산 뒤로 돌아가면 서고로 통하는 큰 구멍이 있는데 굳이 이렇게 무식하게 해야 돼?

부일이 무명의 무식함에 진저리를 내고 있을 동안 그는 크게 뜯어진 철문 안으로 손을 넣어 몇 번 더 무엇인가를 뜯어냈다. 철컥하는 소리와 함께 결국 단단히 걸어 잠근 걸쇠는 무명의 손에 아주 쉽게 해제되었다. 그는 가볍게 문을 열었다.

“고쳐 놔.”

문 안쪽으로 사라지며 제 아랫것을 향해 불가능한 미션을 던지는 것도 잊지 않았다. 기력을 잃고 황망하게 서 있는 노인의 실루엣이 이루 말할 수 없이 처량했다.

무명은 이미 어둠이 짙게 드리워진 서고 안으로 들어섰다.

“가영.”

그가 조용히 자신의 여자를 부르는 목소리가 굴 안에 왕왕 울렸다.

“가영.”

이번에도 대답은 없었다. 명은 걸음을 옮겼다. 가영이 어디에 있더라도 명은 그녀를 찾을 수 있었다. 그저 여자에게서 나는 단 내음만 따라가면 된다. 한번 코끝에 각인되어 버린 그 향은 그녀가 아무리 멀리에 있어도 결코 멀어지는 법이 없었다.

가영은 서고에서 가장 구석진 곳 책장 뒤에 서 있었다. 한 손으로는 책장을 잡고 어정쩡하게 서서 우울한 얼굴로 발끝만 바라보다가, 명의 발이 보이자 천천히 눈을 들었다.

입 밖으로 내지 않은 생각들이 시선에서 얽혀 들어갔다. 가영의 복받친 감정이 명의 침착한 적안에 고대로 읽혔다.

“그 여자, 안나. 애인이야?”

“아니야.”

“……”

“아내였어.”

“……”

가영이 충격을 받아 뒤로 한 발 물러섰다. 몸과 마음이 모두 휘청거렸다. 명이에게 아내가 있었다. 그는 결혼을 했었던 거다. 그에겐 가정이 있었다.

"네가 태어나기도 전의 일이야."

명이 변명하듯 서둘러 내뱉은 말은 전혀 위로가 되지 못했다. 단한 음절도 그녀에게 흘러들어 가지 못했다. 가영의 머릿속은 '아내'라는 단어로 꽉 차 있었다.

아내. 그에겐 이미 사랑하는 여자가 있었다. 서로 평생 함께하자고 약속할 만큼 깊이 사랑한 여자가 있었다. 너무너무 사랑해서, 잊지 못해서, 사진으로라도 간직할 만큼 소중했던 여자가 있었던 것이다.

"안나는 오래전에 죽었어."

그의 입에서 흘러나오는 여자의 이름마저 애틋하게 느껴졌다. 사내의 입에서 나오는 사랑하는 여자의 이름은 그가 저의 이름을 부를 때보다 더 감미롭게 들렸다. 가슴에서 덩어리진 무엇인가가 목구멍을 따갑게 치고 울컥 올라왔다. 가영의 가슴이 가쁘게 들썩거렸다.

"그, 그 여자랑…… 안나랑……."

묻기가 쉽지 않아 가영은 길게 숨을 내쉬었다. 내내 명은 침착했다. 흔들림도 동요도 없이 어느 때고 가영이 휘청거리면 그것을 받쳐 들 태세였다. 갑자기 날벼락을 맞아 머리가 쪼개지고 그 안으로 수많은 생각이 그녀를 찌르고, 할퀴고 지나가는데. 그런 자신을 보며 꼿꼿이 서 있는 그가 원망스러웠다. 차라리 아니라고 하지. 거짓말이래도 아니라고 해 주지. 그러나 그는 절대로 거짓말을 해 주지 않을 것이다, 아니라고 변명하는 위로 따위는 없을 것이다. 그래서 더 쉽게 입이 떨어지지 않았다. 그래도 물어야지. 물어야만 했다. 알아야 했다.

"안나랑도 배꼽, 배꼽 맞췄어?"

"……."

"그 여자도 너랑, 너랑 잤어?"

부부였다. 아내와 남편이었다. 결혼도 하지 않은 저와 하던 것을 부부 사이인 둘이 하지 않았을 리 없다. 너무나 당연한 일이었다. 그걸 알면서도 묻는다. 아니란 대답이 나올 리가 없는데도 그것을 굳이 무명의 입으로 들으려고 한다.

둥둥 떠올랐던 마음이 추락하고 있었다. 뜨거운 열병을 동반한 채 아찔하게 떨어졌다. 그렇다면 바닥을 보아야지. 어디가 바닥인지 보아야지. 딛고 설지 그대로 머리통부터 으깨어질지 가늠해 봐야지.

"응."

심장이 쿵 하고 떨어졌다. 추락. 드디어 추락했다. 정신없이 떠올랐던 기분이 이제는 바닥을 찍었다. 가영은 손으로 제 가슴을 움켜쥐었다. 그가 무엇이라 대답할지 알고 있었으면서도 충격적이었다.

가영은 몸을 돌렸다. 숨쉬기가 곤란해서 온몸이 들썩거렸다. 비가 오지 않음에도 눈앞에 번개가 쳤다. 어지러워서 책장을 손으로 더듬 더듬 짚었다.

"그, 그 여자한테도…… 사랑한다고 했어?"

"……가영."

그가 이르듯 이름을 불렀다. 가영이 그를 향해 몸을 휙 틀었다. 순

하고 맑기만 하던 눈이 펄펄 끓었다.

"그 여자도, 그 언덕에 데려갔어?"

"가영."

"그 여자한데도 나한데 했던 것과 똑같이 했어?"

"가영."

"그 여자도 네가 나를 보는 것처럼, 그렇게……."

가영은 말을 다 잇지 못하고 눈을 질끈 감았다. 치솟아 올라 터지려는 감정을 어떻게 다스려야 할지 몰랐다. 그냥 막 팔딱팔딱 뛰고 싶었다. 악을 쓰고 발버둥 치고 미친년처럼 널을 뛰고 싶었다. 무명이 저의 어깨에 손을 댔다. 가영이 진저리를 치며 그것을 쳐 냈다.

"만지지 마!"

소리를 지르고 나니 울음이 터졌다. 서러웠다. 화가 나고 슬프고 억울하고 그래서 발광하고 싶었다. 가영은 바닥에 철퍼덕 쪼그려 앉아 엉엉 울었다. 비참했다. 세상에서 제일 하찮은 존재가 된 것 같았다. 무명이 저를 그렇게 만들었다.

어째서 그의 과거가, 그의 말 한마디가 이처럼 저의 모든 것을 송두리째 흔드는 것일까. 왜 이렇게 한없이 휘청거리는 것일까. 생전 겪어 본 적이 없는 거대한 감정의 소용돌이에 그녀는 속절없이 빨려들어갔다. 아프고 서러웠던 일들은 정말로 많았는데, 그때마다 잘 참아 냈는데, 이번만은 참아 낼 수가 없다. 혼란스럽고 두려웠고 그래서 화가 치솟았다.

가영은 자리에서 벌떡 일어나 무명의 어깨를 밀고 마구잡이로 그의 가슴팍을 때렸다.

"이 나쁜 놈! 너는 나쁜 놈이야. 착하다고 한 거 다 취소야!"

하나도 안 착해. 하나도 착하지 않아. 세상에서 제일 못된 놈이다. 자꾸만 사진 속 안나의 모습이 떠올랐다. 그리고 무명이 저에게 해 주었던 모든 것들을 그 여자에게도 똑같이 해 주는 것이 상상되었다. 저를 향한 눈빛, 손짓, 사랑한다고 속삭이던 말투, 미소, 안고, 어르고, 안으로 파고들던 그 모든 것들이.

"너는 거짓말쟁이야. 나한테 거짓말했어. 나한테 사랑한다고 해 놓고서!"

"진심이야."

"거짓말이야! 너는 안나라는 여자랑……."

신나게 무명의 가슴을 두드려 패던 가영이 다시 자리에 철퍼덕 쪼그려 앉아 엉엉 울었다.

너는 그 여자랑 잤잖아. 그 여자도 사랑했잖아. 그 여자한테 분명 사랑한다고 했을 거야. 나한테 한 것보다 더 많이 했을 거야. 나보다는 그 여자를 수천 배 수만 배 더 사랑했을 거야. 나는 비교도 되지 않을 거야. 나 따위보다 훨씬 예쁘고 아름답고 훨씬 더, 훨씬 더 너와 잘 어울려 보였단 말이야.

나는 너에게 전혀 특별하지 않아. 그런데 나는 언제부터 너에게 특별해지고 싶었지? 나는 그저 너에게 필요한 존재이고 싶었는데. 그래서 필요한 존재가 된 것으로 행복한 것 같았는데 나는 왜 너에게 특별하지 않을까 봐 이토록 화가 나는 걸까?

"가영."

명이 자신의 이름을 불렀다. 부드럽고 다정히게. 분명 그 어기도 이렇게 불렀을 거다. '안나' 하고 다정하고 사랑스럽게.

가영은 다시 자리에서 벌떡 일어나 책장 위에 올려 두었던 안나의 사진을 그에게 거칠게 내밀었다. 무명은 그것을 쳐다보지도 않았다. 가영은 사진을 흔들었다.

"태워."

"……."

"네가 날 사랑하면 이거 태워. 내 앞에서 태워 봐."

무명은 그제야 사진으로 시선을 내렸다. 안나는 가영과 같지 않았다. 일제 강점기, 일본 고관대작의 딸이었던 안나는 무명에 대한 사랑 하나만으로 모든 것을 버렸다. 그를 너무나 사랑했기 때문에 명이 주는 사랑이 늘 모자랐다. 서로 다른 애정의 크기에 안나는 내내 고통스러워했다. 차라리 당신을 사랑하지 않게 되었으면 좋겠다며 울던 그 모습이 생각나면 아직도 가슴 한편이 쿡 찌르듯 아팠다. 안나는 모자란 애정을 아이로 채우고 싶어 했다. 그녀에겐 아이가 필요했고, 결국 아이로 인해 죽었다.

무명에게 안나는 내내 아픈 손가락이었다. 내내 채워 주지 못한 여자였고, 그로 인해 죽은 여자였다. 아프기 때문에 간직했다. 안나의 웃음은 귀했다. 그리고 그 귀한 미소에서도 늘 슬픔이 어려 있었다. 가영을 만나기 전까지 안나는 무명에게 자꾸만 상실되어 가는 감정을 불러오는 존재였다. 깊은 골짜기에 흐르는 물이었다. 어둡고, 슬프고, 그저 아팠다.

무명은 가영의 손에서 안나의 사진을 받아 들었다. 그가 뚜벅뚜벅 걸어가 벽등의 유리갓을 열자 촛불이 바람에 이리저리 흔들렸다. 명은 사진 끝을 불 끝에 가져다 대었다. 작은 불이 조금 치솟더니 이내 사진에 불이 붙었다.

"안 돼! 그러지 마!"

가영이 화들짝 놀라 무명의 손에서 사진을 빼앗아 들었다. 손으로 흔들고 입으로 불어 종이에 붙은 불을 재빠르게 껐다. 안나의 얼굴 반쪽이 까만 그을음이 되어 날아가 버렸다. 가영은 다시 서럽게 울었다. 그을린 인화지에 가영의 짠 눈물이 툭툭 떨어졌다.

무명은 죽지 않는다. 죽지 않으니 언젠가는 가영이 그보다 먼저 죽을 테지. 그러니까 자신도 안나 같은 존재가 될지 모른다. 결국 사진 한 장으로 남는 추억. 먼 미래에 무명이 누군가를 다시 사랑하게 된다면, 그는 그때에도 이토록 일말의 망설임 없이 자신을 태울까. 치기 어린 여자의 태우란 한마디에 저도 안나처럼 그에게서 지워져 버릴까 겁이 났다. 이래도 저래도 그저 서럽기만 했다.

"너는 어떻게 하고 싶니?"

명이 물었다. 가영은 울며 도리질했다.

"몰라. 모르겠어."

호흡이 과해 숨을 쉴 때마다 히끅히끅 소리가 났다. 너무 화가 났다가, 지금은 너무 슬프다. 생각이란 것은 할 수 없었고 그저 감정만이 오롯이 남아 버렸다. 그냥 그것에 휘둘릴 뿐이다.

"네가 너무 미워."

밉다는 말을 하고 나니 또 눈물이 나서 가영은 손등으로 제 눈을 꾹 눌렀다. 가영의 가녀린 몸이 이리저리 휘청거렸다. 아이처럼 우는 모습이 외줄 위에 서 있는 듯 위태로웠다.

"가영."

무명이 언제나와 같이 부드러운 목소리로 가영을 불렀다.

"내게 원하는 걸 말해 줘."

"……."

"지금 나는 여기, 네 앞에 있잖아."

가영은 희미하게 시선을 들었다.

"나는 지금 너를 보고 있어. 그러니 네게 필요한 걸 알려 줘."

가영이 그를 때리고, 주저앉아 울고, 화를 냈다가, 서럽게 울며 감정의 파도에 휩쓸릴 동안 명은 심연의 바다처럼 고요했다. 무엇이든 잠잠하게 품어 줄 것처럼.

가영은 눈물을 훔치고 아이처럼 말했다.

"안아 줘."

무명은 미소 지었다. 그럴 줄 알았다는 듯 말끔한 미소에 철부지 꼬마 아이가 된 기분이었다. 터져 나오는 설움을 참을 길이 없었다. 무명의 따뜻한 가슴이 뺨을 눌렀다. 관자놀이에 그의 턱과 뺨이 닿았다. 단단하고 따뜻한 팔이 가영의 허리와 어깨를 감싸고 부드러운 손가락이 그녀의 머리를 어루만졌다.

혼란스럽던 감정들이 발끝으로 쏟아져 내렸다. 아늑하고 향기로운 감각이 그 대신 모든 것을 채웠다. 격랑은 모두 가라앉았다. 단단히 옥죄어 오는 명의 품에서 가영은 통통 부어오른 눈을 취한 듯 깜빡거렸다. 이제야 알았다. 뱀파이어의 붉은 눈은 사람을 홀린다고 했다. 부일이 건네준 그 책은 어쩌면 모두 사실인지도 모른다.

"네가 너무 좋아."

이미 사로잡혀 버렸다. 두근거리는 명의 심장 고동 소리가 들렸다. 그리고 그의 고동 소리를 들을 때면, 가영은 그가 자신과 다르지 않은 존재처럼 여겨졌다. 네가, 나와 똑같으면 얼마나 좋을까. 가영은 저도 모르게 그렇게 생각했다. 규칙적으로 토닥이는 명의 손길이 꼭 자장가 같았다.

"안나는 왜 죽었어?"

가영이 묻자 명은 조금의 틈을 두고 대답했다.

"아이를 낳다가."

무명의 가슴팍에 꼭 붙어 있던 가영의 얼굴이 위로 들렸다. 감정의 폭풍이 지나간 가영의 얼굴은 고요하고 청아한 물빛이었다. 맑게 반짝이는 가영의 눈동자를 내려다보며 무명은 여자의 잔머리를 쓸었다.

"안나는 몸이 약했어. 아이를 낳는 건, 특히 나의 아이를 낳는 건 아주 힘든 일이고."

"안나가, 너의 아이를 가졌어?"

"응."

"나한테는 원하지 않는다고 했잖아."

"……."

"아무리 배꼽을 대도 안 된다고 했잖아. 그런데 안나에게는 원했어?"

가영의 눈빛이 다시 맹렬해졌다. 무명은 대략 정신이 멍해짐을 느꼈다. 무슨 일이 있어도, 가영에게는 진실만을 말하고 싶었지만 어쩐지 잘못된 때에 잘못된 버튼을 눌러 버린 게 틀림없는 듯했다.

"가영."

다시 어르듯 가영을 불렀지만 가영은 다시 전투적으로 물었다.

"안나는 너의 아이를 가질 수 있고, 난 안 돼?"

"가영……."

"왜 난 안 돼?"

지금 가영은 대단히 엉뚱한 곳에 전투력을 빛내고 있었다. 쓸데없이 소모적인 감정이었다.

"가영, 이건 전혀 너에게……."

가영이 밭다리를 걸고 무명을 뒤로 밀어 버렸다. 그렇다. 가영은 밭다리를 걸 수 있는 여자였고 그것은 무명이 전혀 예상치도 못한 일이었다. 명은 중심을 잃고 그대로 뒤로 넘어갔다. 뒤통수가 쿵 하고 땅에 닿았다. 골이 흔들렸다. 속수무책이었다. 불사의 몸도, 뒤로 넘어지면 뒤통수가 아픈 것이었다. 아. 처음 알았네.

가영이 무명의 몸 위에 올라앉았다. 얼얼함에 천장만 멍하게 바라보던 명의 시선이 초점을 찾아 맞췄다. 가영이 씨근덕거리며 허벅지 위에 앉아 그의 옷을 들추고 바지 버클을 찾아 끄르고 있었다. 초점은 선명해졌으나 정신은 더 멍해졌다.

"지금 뭐 하는……."

그녀는 전투적이었다. 흡사, 6 · 25 전쟁이 터졌을 때 죽은 자의 몸에서 식량을 찾아 뒤지던 피난민처럼 보였다. 생사의 갈림길에 서 있는 듯 급박한 손길이었다. 고작 그의 바지 버클을 푸는 것이 말이다.

가영은 그의 바지 버클을 어설프게 풀고 그 위에 앉아 입술을 씹었다. 이다음엔 어떻게 하는 거지? 가영은 저의 손을 조몰락거리며 기억을 복기시켰다. 그렇지, 무명이 내 속옷을 벗겼지. 가영은 벌떡 그의 몸 위에서 일어나 자신의 아랫도리를 훌렁훌렁 벗었다.

그걸 바라보는 무명의 미간에 '작을 소' 자가 선명하게 떠올랐다. 무엇을 하려는 건지 대충 예상은 되었으나, 확신을 할 수 없었다. 어처구니가 없어서 믿을 수도 없었다.

"……가영."

무명이 다시 한번 침착하게 가영의 이름을 불렀다. 그러나 마치 터지기 직전의 폭탄을 눈앞에 둔 듯 조심스러운 그 목소리는 가영의 귓가에 가닿질 않았다. 가영은 벗은 옷가지를 바닥으로 차 내버린 후 다시 무명의 골반 위로 올라왔다.

가만, 이게 어떻게 하는 거지? 궁리를 하느라 눈동자가 좌우로 굴렀다. 서고 어딘가에 놓아둔 나나의 비밀 수첩을 다시 펼쳐 보고 싶었다. 그 이상한 내장같이 생긴 그림을 한 번 더 보면 좀 더 자세히 알 수도 있다.

아니, 괜찮아. 이미 한 번 해 봤잖아. 그러니까 그때 어떻게 했더라? 가영은 무의식적으로 제 손톱을 입가에 가져가 잘근잘근 씹었다. 그때 내 아랫도리로 뭔가가 들어왔었고 아마도 그건…….

가영이 날카롭게 무명의 벌어진 바지 앞섶을 노려보았다.

아마 저걸 거야!

가영이 무명의 셔츠 자락을 허리에서부터 성급하게 밀어 올렸다. 명은 당황해 말했다.

"가영. 조금 이성적일 필요가 있을 것 같아."

가영이 무명의 허리춤을 잡고 아래로 끌어 내리려 끙끙댔다.

"너 지금 네가 뭘 하려는 건지나 알고 이러는 거야?"

"엉덩이 좀 들어 봐!"

격앙된 가영의 목소리에 헛웃음이 터져 나왔다. 엉덩이 좀 들어
보라니. 대체 이게 무슨 상황이란 말인가.

"아니, 무슨 말도 안 되는 질투를……."

무슨 질투를 하고 있는 거냐는 말이 끝나기도 전에 가영이 도끼눈
을 치켜들었다. 무명은 아랫입술을 꾹 깨물며 뒷말을 삼켰다. 대신
차분하게 다른 말을 꺼냈다.

"나랑 배꼽은 앞으로 안 대겠다며?"

"엉덩이!"

무슨 말을 하든 절대로 듣지 않겠다는 듯 언성을 높이는데 더는
그녀의 심기를 거스르고 싶지 않아 무명은 끙 소리를 내고 골반을
살짝 들었다. 가영은 타이밍을 맞춰 바지를 무릎까지 주르륵 내렸
다. 그러고는 무명을 내려다보며 침을 꼴깍 삼켰다. 이게 대체 뭐라
고 이렇게 비장하고 긴장 넘치는 장면을 연출해야 한단 말인가.

"가영, 너 이거 가볍게 생각하면 안 돼."

이렇게 시작해서는 더욱 안 된다. 배꼽을 대고 싶지 않다는 말을
한 게 몇 시간 전이다. 처음 서로 몸을 섞었을 때, 겁에 질려 무섭다
고 도망가던 게 누구인가. 아픈 것이 싫다고 엉엉 울던 것은 불과 하
루 전이다. 이렇게 성급하게, 화가 나서, 치기로, 충동적으로 다시
시작할 만큼 가영에게 이 문제가 가벼웠던가. 절대로 아니다. 그럼
에도 불구하고 가영의 눈에 뵈는 것이 아무것도 없는 듯했다. 하여

간 곤란한 상황이다.

당장 뭘 어쩔 것처럼 호기롭던 가영이 이맛살을 찌푸렸다. 공격적이기만 하던 눈에 난처함이 피어나더니 더듬거리며 묻는다.

"이, 이제 어떻게 하는 거야?"

"……."

"뭐, 어, 어떻게 하는 거지?"

그러니까 물었잖아. 대체 뭘 하려는 건지나 알고 이러는 거냐고. 명이 얕게 한숨을 내쉬었다. 가영은 혼란스럽고 미심쩍은 눈으로 명의 사타구니를 바라보다 손가락으로 무명의 중심부를 가리켰다.

"이, 이게 내 안으로 드, 들어오는 거지?"

물론 그렇긴 하지. 그러나 대체 이게 무슨 풍경일까. 몸이 성교육 도구로 쓰이는 건가? 내 ○○가 너의 ○○로 들어가야 한다는 것까지 설명해 가며 관계를 가져야 하는 상황이라니.

"이, 이건 어, 어떻게 해야 들어가?"

나나의 비밀 수첩은 하등의 도움이 안 되었던 것이다. 그러면 그렇지. 그 앙증맞은 그림들이나 해부도들이 남녀의 관계를 직관적으로 이해시킬 리가 없지.

가영이 안나의 일 때문에 감정적으로 고양되어 있지만 않았다면 충분히, 얼마든지, 기꺼이 하나부터 차근차근 몸과 마음으로 그녀에게 배꼽을 맞추는 것에 대해 알려 주는 것 정도는 해 줄 수 있다. 꽤나 즐거운 일이리라. 아니, 어쩌면 가장 즐거운 놀이가 될 수도 있을 것이다. 그러나 지금 이 상황이 그럴 상황인가. 지금은 차분히 마음부터 가라앉혀야 할 상황이다. 이렇게 몸을 섞는 게 대체 무슨 경우

란 말인가. 아니, 왜 안나는 아이를 갖고 저는 왜 안 되냐니. 질투의
방향이 잘못되어도 한참 잘못되었다.

"가영. 아무래도 이건……."

"안 돼!"

무명이 몸을 일으키려 하자 가영이 꽥 소리를 지르며 그의 상체를
다시 바닥에 눌러 붙였다.

"내가 할 거야!"

"……."

"네가 하면 아프단 말이야!"

그러려고 몸을 일으킨 것이 아니었다. 무명은 다시 침착하게 입을
뗐다.

"이렇게 하는 게 절대 너에게 도움이……."

"할 거야! 난 지금 해야겠어!"

명은 당황했다. 무명이 저렇게 당황한 얼굴을 가영은 처음 보았
다. 무슨 일에도 놀라지 않았는데 지금은 정말 놀란 것 같았다. 하지
만 안나랑 했던 것이라면 저도 하고 싶다. 안나는 되고 저는 안 되는
건 참을 수 없다. 안나가 그와 배꼽을 맞추어서 아이를 가질 수 있다
면 그건 저도 할 수 있는 것이다. 아이를 갖고 안 갖고의 문제가 중
요한 게 아니었다. 안나에 비해 저가 못한 것이 싫었다. 무명에게 안
나보다 부족한 것도 싫었다. 뭐든 그 여자와 했던 것은 꼭 해야겠다!
안나가 무명과 배꼽을 백 번 댔으면, 가영은 천 번 맞출 작정이었다.
그래야 성이 풀릴 것 같았다.

"꼭 하고 싶어!"

발동이 제대로 걸린 눈빛은 승부욕으로 활활 불탔다.

"그러니까, 빨리 알려 줘."

"꼭 이렇게 해야겠어?"

명이 확인하듯 물었고, 가영은 망설임 없이 고개를 끄덕였다.

"꼭 이렇게 해야겠어. 어떻게 해야 이게 내 안으로 들어와?"

그즈음에서 명은 마음을 바꿨다. 이미 벌어진 일이라면 차라리 즐기자고.

"서야지."

"서?"

가영이 무시무시한 학구열을 내뿜으며 되물었다.

"어."

서야 한다고?

가영은 무명의 아랫도리를 내려다보며 레이저를 쏘다 그 어떤 경고도 없이 그의 페니스를 붙잡고 위로 잡아당겼다. 만약 그녀가 잡아당긴 것이 감자알이었다면, 뿌리째 줄줄이 뽑혀 나갈 강도였다. 바닥에 뒤통수가 닿아 골이 얼얼했던 것과는 비교도 되지 않을 정도의 격통이 명의 전신을 훑었다. 생전 튀어나온 적이 없던 '윽' 하는 신음 소리가 그의 잇새에서 흘러나왔다.

무명이 충격에 몸을 굽히자 가영이 화들짝 놀라 그를 살폈다.

"왜, 왜, 왜 그래? 아, 아파?"

"너……."

그는 생각했다. 너 잘하면 이렇게 나 죽일 수도 있겠구나. 이 방법이면 죽을 수도 있을 것이다. 가영이 처음으로 그를 죽일 방법을 빌

견했다. 유레카.

가영은 당황하여 얼굴을 붉히고 어쩔 줄 몰라 했다.

"미, 미안해. 서야 한다기에, 나는 이, 일으켜 보려고!"

하! 하! 하! 웃고 싶은데 너무 아파 웃을 여유가 없었다. 신음처럼 피식피식 흐으으 하는 소리만 흘렀다.

"어, 어떡해. 괜찮아? 아파?"

이론부터 가르쳐야 했다. 아주 기초적인 인간의 육체와, 기본적인 메커니즘부터 설명했어야 옳았다. 남자의 몸부터 알려 줬어야 했다. 이건 어린애한테 폭탄 스위치를 넘겨준 것과 뭐가 다른지를 모르겠다. 무지한 것은 잘못이 아니다. 가르치지 않은 것이 문제였다. 그러니 가영을 탓할 일은 되지 못했다.

무명은 심호흡을 했다. 그는 진정한 뒤, 통증으로 메마른 입술을 핥으며 상체를 일으켰다. 근심 걱정이 가득한 가영과 눈을 맞추고 아까 뿌리째 자신을 뽑아내려던 그녀의 오그라든 손을 잡아 다시 자신의 아랫도리에 가져갔다.

"이렇게 하는 거야. 이렇게."

그는 가영의 보드라운 손이 자신의 페니스를 부드럽게 쓸도록 안내했다.

"이렇게 하면 서?"

"그래."

가영은 골몰하며 그가 알려 준 대로 무명의 것을 천천히 쓸었다. 아주 조금씩 그의 것이 팽창했다. 그리고 점점 더 뜨거워졌다.

"오!"

무슨 대단한 발견을 한 것처럼 가영이 탄성을 내질렀다.

"커졌어!"

아. 그래. 이렇게 되어야 하는구나. 이제야 제 안에 그의 것이 들어간다는 것이 이해되었다. 나나의 비밀 수첩에 나온 그 해부도도 이해가 되었다. 그래. 이게 그 책에서 말한 발기구나. 발기가 뭔지는 알려 줘 놓고 어떻게 해야 그게 이루어지는지는 안 알려 주다니. 완전 쓸모없다. 돈 아까워.

가영은 조금 더 그의 것을 쓸다가 손으로 쥐었다. 손안에 빠듯한 것이 말뚝을 잡은 듯 단단했다. 이젠 들어가겠지. 제 몸의 어디로 들어가야 하는지는 모르겠지만 대충 맞추면 될 것도 같다. 가영이 그의 페니스에 저의 엉덩이를 맞췄다. 그러곤 한참을 끙끙댔다. 이게 어디로 들어가는 거야?

"그렇게 안 들어가."

요리조리 허리를 옴짝거리다가 무명의 말에 되물었다.

"왜?"

"네가 안 젖었잖아."

젖어? 가영이 아래에서 골몰하던 시선을 들어 의문스럽게 그를 바라보았다. 젖는 건 또 뭐야?

"네가 준비가 안 됐다고."

"나 완전 준비됐는데!"

가영이 눈을 굴리며 억울한 소리 하지 말라는 듯이 항변했다. 이건 말로 설명할 것이 못 되지. 사실 말로 설명할 여력도 없었다. 가영의 어설픈 몸짓에 달구이길 대로 달구이긴 그의 남근이 어딘가로 머리를 처박고 싶어 아우성이었다. 그는 가영의 엉덩이 아래에서 꺼떡거리는 제 것을 바라보며 아랫입술을 물었다.

"내가 너 만져도 돼?"

"······."

가영이 인상을 찌푸렸다. 아플까 봐 잔뜩 경계하는 눈이었다. 그는 자신의 손가락을 들어 가영이 아주 잘 보이게끔 혀를 축였다. 반질반질하게 그의 타액이 묻은 손가락이 아주 천천히 무명과 마주 닿은 사타구니 사이로 들어갔다. 따듯하고 미끈한 것이 클리토리스에 닿았다.

"아."

짧게 헐떡이며 가영의 몸이 움찔 흔들렸다.

"아파?"

그가 물었다.

"아니."

전혀 안 아파. 지끈하고 야릇한 감각. 괴롭지만 멈추지 않았으면 하고 바라게 되는 감각. 가영은 그 감각에 골몰했다. 입술이 벌어지고 침이 고이고 몸이 서서히 데워지면서 점점 숨이 가빠졌다. 그의 엄지가 점점 빠르게 돌수록 더 그랬다.

"으응."

신음 소리가 절로 흘렀고 감각에 집중하느라 스르르 눈이 감겼다.

"어때?"

명이 물었다. 가영의 내려앉은 눈꺼풀이 파르르 떨렸다. 흥분으로 양 뺨이 다홍색으로 물들어 갔다.

발바닥이 저릿저릿하고 욱신욱신한 그 감각이 다시 느껴진다. 그래. 이랬지. 이 생경한 감각이 참 무서웠었지. 무엇인지 모를 것이 몸 안에 응축되고 경직시키는 것이. 하지만 멈추지 마. 지금은 멈추지 말아 줘. 가영은 두 손으로 명의 가슴을 짚었다. 허리가 굽어들고 허벅지 안쪽이 죄었다. 움찔거리는 허리가 제멋대로 움직이며 사타구니 아래 그의 불거진 것이 비벼졌다. 모든 것이 미끈거렸다.

무명은 그녀의 두 손을 잡고 상체를 완전히 일으켰다. 코끝에 명의 코끝이 닿았다. 명이 자신의 윗옷을 머리 위로 벗어 올렸다. 단단하고 뜨거운 몸이 희미한 빛에 견고하게 드러났다. 그는 가영의 벌어진 입술을 부드럽게 빨며 가영의 엉덩이를 저에게 더 끌어당겼다. 무릎에 걸려 있던 바지를 완전히 빼내 차 내고 충분히 젖은 그녀의 가랑이 사이로 그의 것을 맞춰 아주 천천히 안으로 가르고 들어갔다.

"아, 으!"

가영이 허우적거리다가 무명의 목에 두 손을 감아 꼭 죄었다. 너무 부드럽고 매끄러워서 그가 들어서는 동안 진저리가 났다. 몸이 부르르 떨렸다. 무명은 가영의 어깨에 입을 맞추고 여자의 등을 부드럽게 쓸었다.

"이제, 됐다."

가영의 두 다리도 명의 허리를 꽉 감았다. 가영은 원숭이처럼 그에게 매달렸다. 흐윽 하는 가영의 신음 소리로 귓가가 뜨거웠다.

"아파?"

명의 물음에 가영이 도리질했다.

"안 아파."

"그럼, 이거 벗겨도 돼?"

그는 가영의 셔츠 허리춤에 손가락을 걸고 물었다. 가영은 '응' 하고 작게 대답하고 두 손을 위로 올려 보였다.

"착하네."

무명은 그녀의 몸에서 옷을 빼내며 부드럽게 웃었다.

"이것도?"

그는 등 뒤의 브래지어 후크를 만졌다. 가영이 고개를 끄덕였다. 그러자 그는 후크를 풀고 가영의 가슴에서 브래지어를 떼어 냈다.

"나 양말만 신고 있어."

가영이 키득대며 말했다. 무명이 손을 돌려 제 등 뒤에 닿은 가영의 발에서도 양말을 벗겨 냈다. 단단한 것이 골반 사이에 들어앉아 있었다. 가영은 그 감각이 너무 기묘하여 자꾸만 엉덩이에 힘을 주었다. 힘을 주어 그것을 몸 밖으로 밀어 내려는 듯.

"그러지 마."

무명이 스산하게 말했다. 가영은 아랫배에 힘주던 것을 관두고 또 혹시 그를 아프게 했나 초조한 눈으로 그의 안색을 살폈다.

"아파?"

그는 웃었다. 웃으며 가영의 허리를 더 바짝 저에게 당겼다. 팽창한 것이 그녀의 안을 더 빠듯하게 채웠다. 헉하는 소리가 가영의 목젖을 치고 올라왔다.

"네가 그러면 내가 제어하기가 힘들어."

가영이 명의 말을 이해하기 위해 눈을 좌우로 굴렸다.

"……그거 좋다는 말이야?"

그럼 또 해도 되겠네? 가영이 다시 아랫배에 힘을 줬다. 그는 끙하고, 웃음을 터트리며 가영의 허리와 목을 끌어안아 저에게 붙였다. 빠져나갔다가 다시 한번 뭉근하게 가영을 채웠다.

"응!"

가영이 다시 신음했다. 무명은 눈을 감았다. 부드럽고 황홀하기 그지없다. 감은 눈의 미간이 좁아졌다. 입가에 맴돌던 웃음기가 빠져나갔다. 그의 얼굴은 진지하고 복잡해졌다.

그는 이제 흐르듯 허리를 움직였다. 깃털처럼 가벼운 여체는 그가 밀어 올렸다가 들이치는 대로 나풀거렸다. 그가 나른하게 숨을 내쉬었다. 가영의 목덜미에 닿는 호흡이 자못 뜨거웠다.

그녀는 더욱 꼭 명을 안았다. 온몸이 다 얼얼했다. 어쩐지 조바심이 나 입이 말랐다. 여전히 아팠다. 그러나 이건 그런 고통과 달랐다. 그 느낌이 너무 황홀하고 달랐다. 감각과 감정이 몸 안에 고였다. 가영은 헐떡거렸다.

"좋아."

가영이 신음하며 내뱉었다. 명이 저의 어깨에 닿아 있는 그녀의 얼굴을 부드럽게 잡아 저와 마주 보게 했다.

"내가?"

"응!"

흐릿한 눈으로 열렬히 고개를 끄덕였다. 그가 들이칠 때마다 가영의 몸이 움찔 들렸다가 내려앉았다. '아!' 하고 신음이 터졌다. 숨소리가 더 거칠어졌다. 마른 가슴팍이 흥분으로 붉게 물들기 시작했다.

너와 살을 대고 배꼽을 대는 이 행위는 무척 좋은 것이구나. 기분 좋게 만들어 주는 것이었구나.

머릿속에 떠오른 모든 말들이 그가 자신의 안을 가르고 들어올 때마다 절박한 신음이 되어 흘러 나갔다. 제대로 된 문장을 구사할 수 없었다. 입 밖으로 내뱉을 수 있는 말은 그저 신음과 좋아, 좋아, 허공에 울리는 비명 같은 감탄사.

허리 짓이 급해졌다. 충돌도 강했다. 저의 숨소리만큼 명의 숨소리도 거칠어졌다. 정신이 나갈 것 같았다. 가영은 그를 꽉 붙들었다. 감각이 한계까지 치고 올라갔다. 가영의 신음이 비명처럼 변했고 모든 것이 무아지경이었다. 끝에 도달했나 싶었는데 명의 몸짓이 느려졌다. 그는 길고 느리게 몸짓을 가다듬었다. 바르르 떨리는 가영의 피부를 부드럽게 얼렀다.

"멈추지 마."

가영이 칭얼거렸다. 명은 보드라운 입술을 찾아 입을 맞췄다. 부풀어 오른 입술을 빨고 한껏 뜨거워진 가영의 입안으로 들어가 점막을 훑고 혀를 섞었다. 등줄기를 어루만지는 그의 손처럼, 달아오른 열기를 식히려는 듯 농염하고 보드라웠으나 가영이 원하는 것은 고통과 흡사한 쾌락이었다. 그녀는 재촉하듯 허리를 흔들었다.

"다시 아까처럼 해 줘."

아. 타고난 주인. 그녀는 순진무구한 입술로, 늘 거부할 수 없는 것을 명령했다. 명은 가영의 몸을 바닥에 눕혔다. 허벅지를 벌리고 그녀의 안으로 강하게 파고들었다. 몸이 곡선을 그리며 휘었다. 희미한 달빛이 서고 안으로 드리워졌다. 바닥에 흐트러진 새까만 머리

가 빛을 받아 비단처럼 출렁거렸다. 명은 몸을 숙여 가영의 탐스러운 가슴을 빨았다. 그러다가 단 향을 참지 못하고 젖가슴 위를 물었다.

"앗!"

가영의 몸이 퍼뜩 튀어 올랐다. 향기로운 피 맛이 혀를 타고 명의 몸 안에 번졌다. 여자의 피는 그녀의 몸처럼 뜨거웠다. 이젠 어쩔 도리가 없이 농익어 버린, 그녀의 쾌감도 단번에 느껴졌다. 그녀가 얼마나 엉망진창으로 그것을 터트리고 싶어 하는지도.

명은 가영의 다리를 들어 올리고 거칠게 그녀를 쑤시고 들어갔다가 긁으며 빠져나왔다. 가영이 비명을 내지르며 까무러치게 놀랐다. 강도는 약해지는 법이 없었다. 명은 가영이 정신을 차릴 여유를 주지 않았다. 뭉개지고 망가지는 감각, 철퍽철퍽 곤죽이 되듯 두드려 맞으며 가영은 온몸을 죄었다. 꼭 쥔 두 손이 바르르 떨렸다. 마치 고통을 참으려는 듯 가영은 입술을 꾹 물고 신음했다. 명이 단단히 부풀어 오른 가영의 클리토리스를 찾아 꽉 쥐었다.

"아앗!"

몸에 잔털이 쭈뼛 서고 척추가 찌릿했다. 그가 힘을 줄수록, 그래서 부풀어 오른 그것에 그의 손 가죽이 쓸릴수록 마치 거대한 오르간의 파이프가 된 것처럼 몸통이 울렸다. 그가 치는 세기가 클수록 더욱더 크게.

"명아. 나."

가영이 헐떡거렸다. 나 뭔가가, 뭔가.

"터질 것 같아!"

가영이 급하게 고백했다. 허우적대다가, 무명에게 밀려 올라갔다.

그가 긁고 내려간 자리에 다시 그가 들어찼을 때, 가영은 그 고백대로 모든 것을 터트렸다.

'악' 하는 긴 신음 소리. 아찔한 감각이 온몸을 휩쓸고 간 그 이후에 모든 것이 명멸해 버리는 듯 어둠 속에 잠겼다. 뭍에 오른 고기처럼 여자의 몸은 감각을 이기지 못하고 이리저리 튀어 올랐다. 근육이 불규칙적으로 뭉쳐 바르르 떨었다.

우주였다. 가영은 자신이 느낀 것이 그런 것이라고 생각했다. 무명과 배꼽을 대는 건 꼭 우주에 떠 있는 것 같았다. 눈앞에 별이 부서지고 아찔해지고 끝도 없이 뻗어 올라갔다가 섬광처럼 훑고 까무룩 하게 멸망했다.

명은 기절하듯 눈을 감고 늘어진 가영의 뺨에 입을 맞췄다. 가영이 파르르 눈을 떴다.

"명아."

이름을 부르는 잠긴 목소리가 전에 없이 순종적이었다.

"응?"

명은 가영의 흐트러진 머리카락을 넘기며 부드럽게 대답했다.

"한 번 더 하자."

무엇도 거치지 않고 나온 말. 가영은 맑아서 솔직하다. 그래서 야하기도 했다. 이토록 유혹적인 존재가 다시 있을까.

"가영."

명은 봉긋 솟은 그녀의 가슴을 부드럽게 어루만졌다. 손길에는 아직도 끈적한 성애가 묻어 나왔다.

"아직 안 끝났어."

아. 가영은 고개를 들어 아래를 내려다보았다. 아직 그가 자신의 안에 있었다. 엉덩이를 조금 움직이자 단단히 저를 채운 이물감이 느껴졌다. 명이 '끙' 하고 신음했다. 가영은 바닥에 머리를 대고 웃었다.

헤헤.

아직 안 끝났구나. 헤헤. 다행이다.

무명의 상체를 저에게 당겨 꽉 안는다. 배꼽이 딱 마주 닿았다.

"자. 이제 다시 시작해."

가영이 그의 허리에 발을 감으며 명령했다. 네, 주인님. 명은 웃음을 터트리며 다시 허리를 움직였다.

사내의 발걸음은 빨랐고 미닫이문을 여는 손길은 조급했다.

"어르신."

좁은 복도 위에 쪼그려 앉아 있던 부일이 침울한 표정으로 일어섰다. 늘 포마드로 잘 빗어 넘겼던 머리가 엉켜 있었다. 며칠째 잠을 못 잔 것이 분명했다. 자신을 올려다보는 부일의 눈이 어쩔 줄 모르고 떨렸다. 남자는 가만히 그의 어깨에 손을 얹었다.

"어쩝니까."

부일의 목소리는 먹먹했다. 제 주인은 내내 집을 비웠다. 세상은 전쟁에 미쳐 있었고 모두들 그 광기에 휘말렸다. 그 틈바구니에서 주인도 저도 갈피를 잡지 못했다. 죽어 마땅한 이들보다 죽어서는 안 될 이들이 더 많이 죽었다. 그래서 주인은 메스를 들었다. 사람을 죽여 육신을 취하던 자가, 살육의 광기 앞에서 아이러니하게도 사람을 살리는 자가 되었다.

그는 외투를 벗어 부일에게 건넸다. 부일은 흐느끼며 그것을 받아 들고 고개를 떨궜다. 해가 질 무렵, 아내의 방 앞까지 나 있는 복도는 칠흑처럼 어두웠고, 숨이 막히게 좁았다.

사내가 걸을 때마다, 오래된 나무 바닥이 삐걱삐걱 울었다. 그는 꽉 닫힌 방문 앞에 서서 가만히 문손잡이를 돌렸다.

늙은 노파가 퍼렇게 질린 아내의 이마에서 식은땀을 닦아 내고 있었다. 늙은이의 주름진 입술이 슬픔으로 일그러졌다. 새하얗던 이불은 더 이상 손쓸 수 없을 만큼 붉게 물들었다. 이미 몇 번이나 시트를 갈아 낸 듯 바닥에는 젖은 시트가 아무렇게나 뭉쳐져 있었다.

여자는 사내를 발견하자마자 방그레 웃었다. 까맣게 죽어 가는 입술이 힘들게 벌어졌다.

"여보."

아내는 기아처럼 보였다. 푹 꺼진 눈두덩이, 종잇장처럼 마른 몸에 복수가 차오른 듯 배만 부풀었다. 사내가 고개를 끄덕여 보이자 노파는 앞치마로 눈물을 찍으며 자리에서 일어섰다.

그는 다가가 아내의 젖은 이마를 쓸고 부풀어 오른 배 위에 손을 얹었다. 푸른 핏줄이 칡뿌리처럼 얽힌 복부에서 남자의 시선이 배회했다. 뱃가죽은 곧 찢어질 것처럼 팽팽했다. 이미 손을 쓸 수 없을 지경에 이른 지 오래였다. 아내의 썩은 낙엽 같은 손이 그의 손을 덮었다.

여자는 남편의 눈을 바라보았다. 보석 같은 눈이 텅 비어 있었다. 그는 언제나 이런 눈을 했다. 눈을 맞추고 있어도 그가 자신을 바라보는 것 같지가 않았다. 함께 있어도 그는 늘 멀리 있는 것만 같았다. 얼마나 그를 잡고 싶었는지, 어찌나 그를 당기고 싶었는지, 마르지 않는 갈증을 얼마나 채우고 싶었는지 모른다.

그러나 그녀도 알고 있었다. 자신의 남편이 언제나 그녀에게는 져주었음을. 말도 안 되는 억지를 부리며 그에게 울고불고할 때에도 그는 언제나 자신의 곁을 지켜 주었음을. 그는 언제나 충실한 남편이었다. 아내의 고달픈 치기를 한없이 품어 주던.

"죄송해요."

아이를 갖자고 남편에게 떼를 썼다. 그는 몇 번을 거절한 이후에 언제나 그랬듯 아내의 청을 들어주었다. 그는 아내의 배가 불러 올 때마다 신기한 한편 불안해했다. 그러면서도 아이의 태동을 느끼고 아내가 호들갑을 떨면 그의 얼굴에는 작은 미소가 걸렸다. 그때마다 여자는 이것이야말로 진정한 행복이라고 생각했다. 이것이 답이라고 생각했다. 늘 열망하던 것, 갈라진 두 몸을 바늘과 실로 꿰매듯, 아이는 남편과 자신의 몸과 영혼을 하나로 만들어 줄 것이라 확신했다. 그러나 결국 이렇게 되었다. 아이에게는 생명이 없었고, 자신의 생명은 사그라지고 있다.

아내의 손끝과 발끝이 붉게 물들어 갔다. 명은 시트를 젖히고 아내를 안아 들었다. 부일은 주인이 아내를 안아 들고 나오자 마당으로 향하는 미닫이문을 냉큼 열었다.

하늘이 온통 붉었다. 세상의 모든 것들이 붉은 그림자를 드리웠다. 아내의 몸에서 까만 잿가루가 날렸다. 여자는 저를 안아 든 남편의 얼굴에서 한순간도 눈을 떼지 않았다. 손을 들어 남편의 얼굴을 어루만졌다. 손끝부터 타들어 가 그의 얼굴을 완벽하게 어루만지는 것은 불가능했다. 그러나 파르르 떨리는 손이 완전히 사라질 때까지 그녀는 허공에 대고 남편의 얼굴을 쓰다듬었다.

명은 마당의 한가운데에 섰다. 까맣게 타들어 가기 시작한 아내의 몸이 얼마 남아 있지 않았다. 그는 바닥에 무릎을 대고 앉아 까만 그을음이 지고 있는 아내의 얼굴을 내려다보았다. 여자는 서글프게 웃었다.

"당신이 나를……."

당신이 나를 진실로 사랑해 주었다면……. 여자는 말을 채 마치지 못했다. 숯덩이로 변한 얼굴이 그의 품 안에서 남김없이 타 버렸다. 아내는 흔적조차 없이 사라졌다. 방금까지 저와 시선을 맞추던 눈동자가, 바르르 떨리는 입술이, 따듯한 온기가 느껴지던 몸뚱이가 모두 사라지고 대신 잿가루만이 허공에 날렸다.

그는 고개를 들었다. 세상의 모든 것이 태양 아래에서 불타올랐다.

"안나."

그는 이미 사라져 버린 아내의 이름을 나지막이 불러 보았다. 아무것도 담겨 있지 않은 자신의 두 손바닥을 들여다보는 붉은 그 눈동자를 아내는 늘 텅 비어 있다고 말했다. 그러나 그녀가 어찌 알 수 있었을까. 너무나 많은 것이 담겨 있어서 오히려 무엇을 꺼내 보여야 할지 알 수 없었음을. 왈칵 터져 나와 주워 담지 못할까 봐 삼키고 삭여야 했던 것들이 훨씬 더 많았음을.

너는 나를 알지 못했다. 나를 보면서도 너의 시선은 늘 허공에 있었다. 네가 내게서 찾는 것이 나인지, 아니면 너인지 나는 그것을 알 수가 없었다. 이렇게 내 품에서 달음박질쳐 떠나기 전, 조금만 속도를 늦추었다면, 나는 네 손을 잡고 기꺼이 말할 수 있었을까.

너를 사랑했어, 안나.

가영은 '앗!' 하며 자리에서 벌떡 상체를 일으켰다. 잠들어 버린 것이다. 서고 안으로 햇살이 부서져 들어왔다. 산새들이 '짹짹' 거리는 소리도 들려왔다.

"어떡해! 어떡해!"

큰일이다! 외박했다! 수환 오빠가 가만두지 않을 것이다. 가영은 어느새 저를 덮고 있던 보드라운 이불을 휙 젖히고 옷가지를 찾아 엉금엉금 기었다.

손을 뻗어 여기저기 떨구어진 속옷을 제 앞으로 끌고 와 구겨진 옷을 탁탁 털자, 모서리 한쪽이 그을려 사라진 사진이 그 바람에 바닥을 뒹굴었다. 사르락거리는 종이를 가영은 멀뚱히 바라보다가 천천히 그것을 집어 들었다.

반쯤 날아가고 그을린 안나의 얼굴을 보고 있자니 기분이 그리 좋지 않았다. 사실 매우 좋지 않았다.

"미안해요. 안나 씨. 당신이 잘못한 건 하나도 없는데."

안나는 잘못한 것이 없다. 미래에 이런 일이 벌어질 줄 그녀가 어떻게 알았겠나. 가영은 대충 속옷을 입고 셔츠를 끼워 넣은 뒤 자리에서 일어났다. 그러고는 책장에서 무명의 작은 서책을 찾아 원래 있던 페이지를 펼쳐 안나의 사진을 조심스럽게 끼웠다. 다시는 이 책을 펴 보지 말아야지. 가영은 그렇게 결심하며 책을 책장에 깊이 밀어 넣고 몸을 돌렸다.

가영은 바지를 주워 바지런히 다리를 끼워 넣었다. 지퍼를 올리고 바닥에 철퍼덕 주저앉아 양말을 신을 때쯤 무명이 부스럭거리더니 눈을 떴다. 분주하게 몸을 움직이던 가영이 인기척을 눈치채고 그를 보았다.

"뭐 해?"

그의 목소리는 자다 깬 사람답지 않게 또렷하고 부드러웠다.

"옷 입어. 집에 가려고."

가영은 시계를 찾기 위해 서고를 두리번거렸다. 여긴 다 좋은데 시계가 없다. 몇 시인지 가늠할 수가 없었다. 그녀는 한숨을 푹 내쉬었다.

"나 진짜 큰일 났어. 수환 오빠가 밤에 자꾸 여기 오지 말라고 했는데, 아예 여기서 자 버렸잖아!"

"……"

무명이 대꾸하지 않자 가영이 원망스레 그를 쏘아보았다.

"왜 나 안 깨웠어?"

같이 잠들어 버려 깨울 수도 없었다. 그러나 잠들지 않았더라도 그가 가영을 깨울 리는 없다. 그는 무엇보다 아기처럼 잠든 가영을 바라보는 것을 좋아했으니까 말이다. 새근거리는 숨소리, 가영이 숨 쉴 때마다 나는 내음은 언제나 건강했다. 이제 막 자라나 그 어떤 것에도 물들지 않은 새싹처럼 촉촉하고 맑았다. 명은 언제나 가영이 내뿜는 그 뜨거운 생명력에 압도되고는 했다. 모든 것이 병든 세상에서 오직 그녀만이 청정했다.

양말을 마저 올려 신은 가영이 발가락을 꼼지락거려 보고는 자리에서 일어섰다. 엉망으로 엉킨 머리에서 빼낸 노란 고무줄을 입에 문 채 야무지게 머리를 그러모았다.

"나 만약에 또 수환 오빠가 서울 끌고 가면 네가 또 데리러 올 거야?"

가영이 근심스레 물었다. 이번엔 그냥 데려가는 게 아니라 포승줄에 꽁꽁 묶어서 데려갈지도 모른다. 수환이 호되게 꾸짖을 걸 생각하니 한숨이 계속해서 새어 나왔다.

명이 우울한 얼굴로 한숨을 내쉬는 가영의 손목을 잡아당겼다. 그 바람에 가영은 다시 포근한 이불 위로 털썩 쓰러졌다.

"명아!"

언성을 높이는 동시에 키득키득 웃음이 났다.

"그냥 여기 있어."

무명이 가영의 뺨에 입술을 비볐다. 간지러움을 참지 못하고 가영이 까르르 웃었다.

"안 돼. 할머니랑 수환 오빠 아침밥 차려 줘야 해!"

"그냥 여기 있자. 나랑."

"안 돼! 나도 할 일이 있단 말이야!"

가영이 있는 힘껏 무명을 저에게서 밀었다. 그녀는 배시시 웃으며 명의 두 볼을 손으로 꾹 누르고 힘껏 입을 맞췄다.

"나 수환 오빠가 또 서울 끌고 가면 꼭 나 다시 데리러 와야 돼! 알았지?"

가영이 독촉하듯 고개를 끄덕이며 눈을 반짝였다. 무명은 빙그레 웃으며 여자가 하는 양 고개를 따라 끄덕였다.

"꼭!"

"응."

가영은 씩씩하게 길을 나섰다. 마음이 조급해 내려가는 발걸음이 빨라졌다. 종종걸음을 치다가 이내 가영은 더 발을 굴러 뛰기 시작했다. 날은 청명했고 산새들이 지저귀는 소리가 요란했다. 문득 가영은 걸음을 멈추고 하늘을 올려다봤다.

그러고 보니, 언제부턴가 새들이 저의 머리 위에 새똥을 떨어뜨리지 않게 되었다.

언제나 구르고 엎어지던 내리막길을 내달리면서도 어느샌가 한 번도 넘어지지 않았다. 말대꾸를 하듯 저에게 날개를 펄럭이며 소리를 질러 대던 닭들도 마찬가지였다. 가영은 눈을 굴리며 그게 언제부터였는지를 생각해 보려 애썼다.

어쩌면 무명에게 약을 받았을 때부터였는지도. 아니면 그와 만나고부터였는지도 모른다.

신기한 일이었다. 그녀 자신은 변한 것이 없는 것 같은데 자신을 둘러싼 무언가가 조금씩, 아니 어쩌면 아주 많이 변해 버린 것 같았다.

집 안에 수환은 보이지 않았다. 대신 툇마루 앞에 커다란 짐 가방이 놓여 있었다. 가영은 집 안으로 들어서다 말고 짐 가방을 보며 고개를 갸웃거렸다. 처음 보는 것이었다. 수환의 것도 아니었고 그렇다고 경옥의 것도 아닌 것 같았다.

벌컥. 안방 문이 열렸다. 안에 들어앉아 있던 경옥이 저를 바라보는 눈빛이 서릿발처럼 차가웠다. 가영은 어쩔 줄 모르고 허둥댔다.

"하, 할머니. 죄송해요. 제, 제가 어서 바, 밥을······."

"그럴 거 없다."

신을 벗고 올라오려는 가영에게 경옥은 짧게 턱짓을 했다. 짐 가방을 향한 것이었다.

"네가 쓰던 이불이랑 옷가지 넣어 놨다."

"······."

가영의 온몸이 찬물을 뒤집어쓴 듯 서늘하게 식었다. 나쁜 예감을 확신할 수 없어 말갛게 뜬 처녀의 눈을 경옥은 건조하게 바라보며 말했다.

"너 데리고 살 만큼 살았다."

"······."

"이제 너도 스물이니 네 살길은 네가 찾겠지."

"할머니······."

외박이 문제였다. 말도 없이 집을 비운 것이 경옥의 노여움을 산 것 같았다. 가영은 미안한가 불안한에 울먹거렸다.

"할머니 죄송해요. 제가 잘못했어요."

"수환이는 서울 갔다. 조만간 다시 집에 왔을 때 너랑 안 마주쳤으면 좋겠다."

"할머니……."

"그동안 키워 준 은혜는 갚겠지."

"……."

"더 가져갈 것 있으면 챙겨 가. 남은 것은 내가 알아서 버리마."

경옥은 대강 말을 맺고 매정한 손길로 문을 닫았다. 마루는 썰렁했고 가영은 그 자리에서 얼었다. 할머니가 단단히 화가 나신 거야. 그냥, 외박을 해서, 아침밥을 챙기지 않아서 그래서 화가 나신 거야.

가영은 고개를 숙여 짐 가방을 쳐다봤다. 만져야 할까, 말아야 할까 잠시 고민하다가 지퍼를 열어 보니 서울 아빠의 집에서 가져온 핑크색 이불이 가장 먼저 보였다. 가영의 속옷, 양말 몇 개, 수환이 사다 준 티셔츠와 바지 한두 장. 오랫동안 갈지 않아 칫솔모가 이리저리 삐죽삐죽 솟은 낡은 칫솔. 가영은 지퍼를 꼼꼼히 닫고 안방 문을 향해 눈을 들었다.

"할머니."

한참이 지나도 대답이 들려오지 않았다. 가영은 울먹거렸다.

"할머니, 잘못했어요. 다신 안 그럴게요."

집 안은 서늘했다. 아무도 살고 있지 않는 것처럼 온기가 없었고 굳게 닫힌 방문 안에서도 아무런 인기척이 없었다. 가영은 훌쩍거리며 주방으로 향했다.

밥을 올리고, 욕실로 들어가 잔뜩 쌓인 빨래를 이고 나와 수돗가에서 비누칠을 했다. 수건과 내의를 팔팔 끓는 가마솥에 넣고 다시 주방에 들어가 국을 끓이고 찬을 만들어 밥상에 올려놓았다. 수저까지 가지런히 내려놓은 밥상을 들고 경옥의 방문 앞에 가 문을 두드렸다.

"할머니."

가영의 손이 손잡이 앞에서 머뭇거렸다. 굳게 닫힌 이 방문 앞에서 이렇게 문을 두드릴 때마다 경옥은 늘 대답이 없었다. 침묵 속에서도 늘 꿋꿋하게 열곤 했던 그 문을 열어 볼 용기가 더 이상 나질 않았다.

"할머니. 식사하세요."

여전히 차가운 정적. 가영의 고개가 침울하게 떨어졌다. 상 위에선 밥과 국이 모락모락 김을 피웠다. 경옥은 가영에게 두 마디 이상의 말을 건넨 적이 없다. 그 두 마디를 한 적도 손에 꼽았다. 9년 동안 살면서 경옥이 가영을 향해 가장 많은 말을 건넨 것이 나가라는 작별의 말이었다.

차라리 화를 내며 회초리를 들어 준다면. 수환 오빠처럼 소리를 지르며 다 큰 처녀가 겁도 없이 돌아다닌다고 욕을 해 주었으면. 그것이 아니라면 너 때문에 밥도 제대로 먹지 못했다고 와서 뺨이라도 때려 준다면 손이 발이 되도록 빌고 맛난 밥을 차려 준 후 기분이 풀릴 때까지 경옥의 어깨를 주물러 줄 수 있을지도 몰랐다. 그러나 경옥은 늘 차갑고, 늘 어렵고, 언제나 가영에게서 멀었다. 경옥의 맘에 들고 싶어 아무리 발을 동동 구르고 몸부림을 쳐도 경옥은 그런 가영을 제대로 비라보아 주지 않았다.

할머니는 이제나저제나 이런 기회만 보았는지도 모른다. 스무 살 봄이 되기만 애타게 기다렸는지도 모른다. 집에 들어온 천덕꾸러기를 어떻게든 쫓아낼 기회를 엿보다가 이제야 저의 짐을 싸며 후련해 할는지도 모른다.

어느 날은 서글펐고 어느 날은 두려웠고 어느 날은 그녀에게서 도망치고 싶었다. 저를 받아 주지 않는 경옥을 원망도 해 보고, 별을 보며 그녀에게 사랑받게 해 달라며 간절히 빌기도 해 보고, 한 번이라도 좋으니 경옥이 저를 향해 미소 짓는 걸 보고 싶어 어떻게든 애를 써 보기도 하였다.

그러나 이미 마음을 닫은 사람을, 그 어디에도 자리를 내어 주지 않는 사람을 저처럼 보잘것없는 바보가 흔들 수 있을 리가 없었다. 그러니 이제 데리고 살 만큼 살았다는 경옥의 말은 참일 것이다. 칭찬 한 번 해 주지 않았지만 그렇다고 화도 한 번 낸 적이 없으니 이제 와 자신을 꾸중하는 것도 아닐 터였다. 그저 눈앞에서 치워 버리고 싶은 것이다. 가영은 어깨를 늘어뜨리고 부엌에서 밥상보를 가지고 와 밥상 위에 덮었다.

수환이 있었다면 아마 경옥은 가영을 쫓아내지 못했을 거다. 그러나 수환은 없었고, 이 집은 경옥의 것이었다. 다시는 그와 마주하지도 말라니 정말로 저를 멀찌감치 치워 버리고 싶어 한다고밖에 생각할 수 없었다.

"할머니. 빨래만 널고 갈게요."

방 밖에서 들려오는 가영의 목소리가 떨렸다. 경옥은 문에서 등을 돌리고 앉아 눈을 질끈 감았다. 꽉 어금니를 문 입술이 가늘게 떨렸다.

열한 살. 아무것도 모르고 제집에 짐짝처럼 던져진 아이는 오랜 병고에 수척해졌어도 고왔다. 열에 들떠 헛소리를 하는 아이를 경옥은 밤새 업은 채 동네를 돌았다. 집으로 돌아오는 길에는 이미 열이 떨어져 아이는 저의 등 뒤에서 곯아떨어져 있었다.

그날은 유난히 별이 많았다. 까만 하늘이 파랗게 보일 정도로 무수히 많은 별들이 쏟아질 듯 걸려 있었다. 그리고 그날 경옥은 자신의 운명을 직감했다. 그래서 작고 뜨거운 아이를 등에 업은 채 밤새 울었다.

늘 사랑이 고파 말라비틀어져 가는 아이를 외면해야 하는 것이,

눈에 보이는 아이를 없는 듯 여겨야 하는 것이,

부모가 그리워 밤새 훌쩍거리는 아이에게 모진 소리를 해야만 하는 것이,

단 한 번도 품으로 안고 얼러 줄 수가 없는 것이,

그래서 순하고 맑은 아이에게 한 번도 사랑을 줄 수 없는 것이.

그리고 그 고통을 담담히 받아들여야 하는 것이 가슴 아팠다.

그러나 경옥은 판석이 제 딸자식을 집에 버려두었던 그때부터 알고 있었다.

가영은 이곳에 살 수 없다는 것을, 가영에게 이 집과 저는 그저 살며 지나쳐야 하는 길목에 불과하다는 것을.

아이는 천사처럼 예뻤다. 예쁜 만큼 착했다. 사랑이 넘치고 흘러서 지나가는 돌멩이에게도 애정을 주었다. 아이는 열을 주고 그중 하나를 받기 위해 애를 썼다. 그러나 그 하나를 주면, 아이는 떠나갈 수기 없다. 제 살길을 찾아가지 않을 것이다.

모지란 것은 약지 않아서, 계산할 줄을 몰라서 자신의 행복을 찾아가는 법을 몰랐다.

어느새 문밖에서 부스럭거리는 소리가 사라졌다. 가영이 들어와 언제나 활기 넘치던 집 안은 그녀가 오기 전처럼 다시 죽어 버렸다. 가슴 한구석이 지끈하게 아파 경옥은 제 가슴께를 손으로 꾹 눌렀다. 외롭고 쓸쓸했다. 그러나 이것이 답이었다. 이제 모두가 자신의 운명을 찾아 삶을 시작하고 끝맺을 때가 된 것이다.

"강해져. 강해져야 돼."

경옥은 중얼거렸다. 가영에게 하지 못한 말을, 그리고 자신에게 필요한 말을 주문처럼 되뇌었다.

늦은 시각이었다. 이미 탑처럼 높이 쌓여 있는 책들 위로 사서가 더 많은 책을 놓아 주었다. 그녀는 땀으로 젖은 이마를 닦으며 말씀하신 자료는 이게 다라고 했다. 수환은 사서에게 감사의 인사를 전하고 얼마 후 엘리베이터를 타고 거대한 중앙 도서관을 빠져나왔다.

이제는 습관처럼 담배를 물었다. 그는 담배를 한 모금 빨고 수척해진 얼굴을 손으로 쓸었다. 시각은 자정을 넘어섰고 날은 칠흑처럼 어두웠다.

무명은 그에게 CTA에 대해 알아보라고 했었다. 그가 하라는 대로 하는 것이 달갑지는 않았으나 그것이 무엇이기에 그토록 비소를 지으며 당당하게 말하는 건지 꼭 알고 싶었다. 무명에 관한 대부분의 것들을 알고 있는 사람은 전덕기 청장뿐이었다. 수환은 그길로 차를 몰고 본청으로 향했다.

덕기는 CTA를 상류층 사이에 유행하는 값비싼 각성제이며, 무명의 피로 만들었다는 이야기를 하면서도 눈 하나 깜짝하질 않았다. 형식적이고, 고루해 보이는 목소리에 얼굴을 붉히며 당황한 것은 수환이었다.

'그렇다면 돈 많은 치들은 마약 대신, 모두 그자의 피를 빨아 먹고 있다는 겁니까? 그자의 뒷배를 봐주는 대신이요?'

수환은 더듬거렸다.

'그렇다고 봐야지. 그 약은……'

덕기는 마른침을 한 번 삼켰다.

'이미 자네도 알겠지만 그자는 불사의 몸이야. 어쩌면 신에 가깝네. 그자의 피를 마시면 모두 그 기분을 느껴. 전능해진 기분. 불사의 몸이 된 기분. 아니, 기분뿐만이 아니라 실제로 그 찰나의 순간 불사의 몸이 되네. 그자의 피는 병을 치유하고, 상처를 낫게 하고, 인간이 가진 과학과 의학으로는 도저히 범접할 수 없는 세계를 경험하게 해 줘. 그 신비한 힘을 마다할 수 있는 자가 몇이나 되겠는가?'

수환도 겪어 본 적이 있다. 무명의 피가 저의 몸에 어떤 힘을 미치는지는 이미 경험했다. 그것에 중독되는 것이 이해되지 않는 바는 아니다. 그것이 불법이라는 것보다 더 짜증이 나는 것은 그것이 있는 자들의 전유물이 되었다는 점이었다. 단 1퍼센트를 위한 마약. 병을 치유하고 상처를 낫게 한다면, '신의 전능함'을 느끼기 위한 각성제로 쓰이는 것보다, 불치병에 걸려 죽어 가는 아이들을 위해 쓰는 것이 맞았다. 그자의 존재를 수면 위로 꺼내는 것이 문제라면 정체를 숨기고도 얼마든지, 그자의 피를 세상에 이롭게 쓸 수 있었다.

그러나 그들은 그 귀하고 신비하다는 무명의 피를 자신들의 각성을 위해 쓴다. 오로지 힘을 위해. 그 짧은 찰나의 쾌락을 위해. 오로지 자신들을 위해.

무명은 피를 제공한다고 했다. 그저 피를 제공할 뿐 그자는 원하는 것을 받기만 한다면 자신의 피가 약으로 쓰이든 마약으로 쓰이든 전혀 상관하지 않았을 것이다. 어쩌면 그도 자신의 피가 조금 더 이롭게 쓰이길 원했을지도 모른다.

그러나 무명의 피를 소유한 자들로 하여금 그의 피는 마약이 되어 버렸다. 치료제가 아닌 '마약'이라는 악명을 씌운 것도 모두 가진 자들의 선택이었다. 모두에게 이로운 '선'보다는 자신들만 누릴 수 있는 '악'이 되기를 택하는 데에 주저가 없었던 것이다.

'그럼 너도 알게 될 거야. 인간이 얼마나 하찮은 존재인지. 썩은 것들 사이에서 세상의 정의가 얼마나 허무맹랑한 것인지.'

청장실을 어떻게 빠져나왔는지는 기억도 나질 않았다. 그저 무명의 말만 계속해서 그의 머릿속을 갉아먹었다. 수환은 초조하게 담배를 빨며 생각을 떨치기 위해 고개를 저었다.

그자의 말에 말려들면 안 된다. 그가 원하는 대로 될 순 없다. 무명에게서 어린 누이를 지켜야 한다. 아직 사랑이 무엇인지도 모를, 아직도 날개를 다친 어린 새 같은 가영을 이대로 둘 수는 없다. 가영이 상처받지 않게 보호하고 정상적인 삶의 범주에 들어오도록 해 주어야만 한다. 가영을 이성으로서 사랑하는 것인지, 아니면 가족으로서 사랑하는 것인지 그것은 알 수 없다. 그러나 가영이 그에게 어떤 의미든 그는 가영을 지켜야 했다. 지금은 무엇보다 그것이 가장 중요했다.

수환은 마지막 담배 한 모금을 깊게 빨아들였다. 어떻게든 해 보자. 아주 오래된 서적부터 시작해서 그에 대해 알고 있는 그 어떤 것이라도 찾아보자. 그에 대해 알고 있는 그 어떤 이라도 만나 보자. 아주 작은 단서라도 좋다. 모래 바닥을 뒤지는 일이라도 상관없다. 어떻게든 결과를 만들어 내고 말 테다. 그는 인간이 가진 끈기나 의지, 그리고 무엇보다도 자기 자신을 믿었다.

주머니에서 휴대폰이 진동했다. 휴대폰을 꺼내 확인해 보니 액정에는 영길의 이름이 떠 있었다. 그는 서둘러 통화 버튼을 눌렀다.

"어."

— 선배. 저 지금 장태호 집 앞이에요. 여기 계속 상주하고 있으면 되는 거예요?

"어, 낌새 이상하면 바로 전화해. 무슨 일이 있어도 절대 너 혼자

들어가지 마. 알겠어?"

— 알겠어요. 아, 씨. 이 새끼랑 엮이면 되는 일이 하나도 없는데. 우리 팔자도 징하다. 정말.

수환은 피식 웃었다. 그의 말이 맞다. 장태호랑 엮이면 좋은 일이 하나도 없었다. 어쩌면 이것이 그와 엮인 최악의 일이 될지도 모른다.

강한 것을 향한 본능

"가끔은, 네가 좀 차리지 그래?"

무명은 찻잔을 빙글빙글 돌리며 부일에게 일갈했다. 부일은 책을 읽느라 낀 두툼한 돋보기안경 너머로 힐끗 무명을 올려 보았다.

"왜요? 제가 가영 아가씨한테 밥 얻어먹는 꼴은 못 보겠습니까?"

"갑자기 애새끼가 된 기분이잖아. 엄마 돌아오기를 기다리는. 징 그렇게."

무명이 투덜거렸다. 부일은 '흠' 하는 소리를 한 번 내고 다시 책 으로 시선을 돌렸다. 그러고는 코끝에 걸린 돋보기안경을 추켜올렸 다.

"어차피 어르신은 혼자선 아무것도 못 하십니다. 저는 기력이 다 했고 가영 아가씨가 없으니 지금 느끼시는 그 처지가 지금 딱 어르 신께 맞는 처지십니다."

요즘 들어 부일은 늘 어딘가에 앉아 있었다. 서 있어도 무엇인가를 짚고 있었고 그마저도 얼마 지나지 않아 다시 주저앉았다. 이제 그는 걷는 것은 물론 서 있는 것도 점점 버거워진 듯했다. 책장을 넘기는 부일의 손이 사시나무처럼 떨렸다.

"너 정말 이대로 괜찮겠어?"

"뭐가요?"

명은 턱에 약간 힘을 주었다가 건조하게 입을 열었다.

"이대로 죽어도 괜찮겠냐고. 너는 다른 인간들과 다르게 언제든 삶과 죽음을 선택할 수 있어. 네가 사는 것을 택하면 나는 너의 죽음을 유예시켜 줄 수 있어."

"아."

그는 무명이 눈길을 준 자신의 검버섯 핀 손등을 살폈다.

"한 보 앞이야, 부일. 너는 지금부터 한 발자국만 더 디디면 끝나."

명의 말은 분명한 경고였다. 명의 곁에 있거나, 명이 알고 있던 모든 이들은 죽음 앞에 허물어졌다. 인간이란 늘 죽음보다는 삶을 택하고, 어떻게든 그 끈을 놓지 않기 위해 애를 썼다. 젊을 때에는 부일 역시 영원히 살고 싶었다. 어떻게 하면 당신처럼 될 수 있는지를 골몰하기도 했다. 하루하루 늙어 가는 것이 무서워 그가 주는 피를 허겁지겁 받아먹고 그와 함께 영웅놀이의 주인공이 되고 싶기도 했다. 그러나 그것은 모두 과거의 일이었다.

"제가 무슨 미련이 있겠습니까. 이미 살 만큼 살았습니다."

오래 살수록 삶은 의미가 없어진다. 어느새 정신을 차려 보면 첫

바퀴처럼 굴러가는 세상에서 도태되어 있다. 결국 스스로 고립되어 버린 삶은 그 자체가 죽음과도 같은 것이었다.

"이제는 자연의 섭리에 따르고 싶습니다. 어르신이 그러지 않으셨습니까. 죽음은 신이 준 축복이라고요. 이젠 그걸 누려 보렵니다."

그리고 무명에겐 가영이 있었다. 그 살갑고 야무진 아가씨는 부일 저보다 훨씬 명을 아끼고 위해 줄 것이다. 이미 무명의 곁에 남아 있을 이유가 없었다.

끼익하고 매가리 없이 문이 열리는 소리가 들렸다. 무감하던 무명의 눈이 예민하게 들렸다. 평소의 가영이 들어오는 소리는 힘차고 활기찼다. 그녀가 문을 벌컥 열면 봄바람이 왈칵 집으로 밀어닥치고는 했다. 확연히 평소와 다른 느낌이었다. 무명이 찻잔을 놓고 자리에서 일어서자 부일도 주섬주섬 일어나 주인을 따랐다.

가영은 끙끙거리며 들고 온 짐 가방을 문 앞에 풀썩 떨어트렸다. 굽었던 허리를 펴고 무명이 부엌에서 나오는 것을 보더니 가영은 울먹였다.

"할머니가 나가래."

"……."

가영의 눈가와 코끝이 붉게 물들었다. 그걸 보는데 손끝이 저려서 명은 주먹을 말아 쥐었다.

"이제 나 필요 없대. 수환 오빠 앞에서도 얼씬거리지 말래."

가영은 손등으로 눈물을 훔쳤다.

"은혜를 갚으래……. 근데 그러려면 나가래. 나…… 쫓겨났어. 할머니가 나 버렸나 봐."

9년을 함께했는데, 미우나 고우나 함께 살았는데 이렇게 하루아침에 내쳐질 줄 몰랐다. 작별 인사도 제대로 못 하고 서로 얼굴을 마주하지도 못한 채 짐을 싸 나와야 할 줄은 몰랐다. 설마 수환과도 마주치지 말라고, 그렇게 아예 인연을 끊으라고 할 줄도 몰랐다. 바보처럼 그 말에 대꾸도 하지 못했다. 그렇게 애를 쓰고 노력했는데도 단 한 뼘도 서로 가까워지지 못한 사이. 늘 제자리걸음만 했다는 것이 너무나 허무했다.

무명이 손을 뻗자 가영은 품으로 뛰어들었다. 그녀가 자신의 목에 손을 감고 어깨에 고개를 묻자 무명은 엉엉 우는 가영의 몸을 바짝 안아 들었다.

부일은 가영이 가져온 산만 한 가방을 가리키며 명에게 말했다.

"짐을 풀어 둘까요?"

명은 고개를 젓고, 눈짓으로 자신의 방을 가리켰다. 가영을 데리고 들어가겠다는 뜻이었다. 부일이 가만히 고개를 끄덕였다. 그러고는 방으로 향하는 무명의 뒷모습을 근심스럽게 바라보았다. 가영이 애처럼 울자 부일도 속이 쓰렸다. 평생 버려지는 것을 무서워하던 아이인데, 매정하기 그지없는 할망구 같으니.

명은 가영을 침대에 내려놓고 그 옆에 앉았다. 뭐라도 해 줘야겠는데 뭘 해 줘야 할지 모르니 입술만 바짝바짝 말라 갔다. 그는 가영이 우는 걸 측은하게 바라보다가 티슈를 뽑아 젖은 그녀의 손등을 닦았다. 그 다정한 행위에 가영은 명의 셔츠를 들어 올리고 그 안으로 파고들었다. 허겁지겁 어미 품을 찾듯 재빠른 동작에 몸이 뒤로 젖혀졌다. 명은 가영의 실루엣을 따라 불룩해진 제 하얀 셔츠를 내려다보았다. 지금 그녀는 체온을 찾아 품으로 파고드는 아기 캥거루였다.

훌쩍훌쩍 가영이 코를 훌쩍일 때마다 가슴팍이 간지러웠다. 달라붙은 차가운 볼이 눈물에 젖어 미끈거렸다.

"가영."

가영은 대꾸하는 대신 더 품으로 파고들었다.

"너 버려진 거 아니야."

"아니야."

훌쩍.

"버려진다는 건 갈 곳이 아무 데도 없을 때나 하는 말이야. 너는 있잖아."

"아니야!"

가영은 화를 내며 품에서 빠져나왔다. 얼굴에 벌겋게 열이 올랐다.

"평생 그곳에서 살 수는 없어. 언젠가 네 발로 나와야 하는 곳이야."

"아니야! 왜! 왜 나는 거기서 살 수 없어? 왜 모두가 나를 미워해? 왜 다들 내가 없어져 버리길 바래? 왜 모두 나를 똥처럼 피해?"

모두가 다 나를 그렇게 여겨. 미안하다는 말을 달고 사는데, 죄를 지은 사람처럼, 매일매일 내려지는 벌과 같은 일상을 기꺼이 감당했는데, 언제나 고개를 숙이고, 누구에게도 싫은 소리를 한 적이 없는데.

애정을 갈구해도 주지 않을 것을 안다. 늘 쉽지가 않았고 그래서 간절하게 갈구하면서도 늘 인내했다. 참고, 참고, 참고 또 참았다. 괴로울 정도로 인내했다. 정말로 잘 버텼다. 그러나 흐르는 마음을, 흐를 수밖에 없는 마음도 거두어 가라는 것은 너무나 잔인했다. 그 잔인함의 깊이는 매번 너무 아픈 상처를 냈다.

"나 귀신 들린 거 아니야. 나 나쁜 사람 아니잖아. 그렇잖아. 명아, 나 나쁜 사람 아니잖아."

"넌 착한 사람이야."

무명이 가만히 대꾸했다. 가영은 흐르는 눈물을 팔뚝으로 쓱쓱 밀었다.

"그런데 왜 모두 다 나를 싫어해? 나 잘 씻어, 냄새도 안 나. 귀신도 안 봐. 나, 많이 똑똑해졌잖아. 네가 나 바보 아니라고 했잖아. 나 일도 잘해. 밥도 잘하고, 빨래도 잘하고, 청소도 잘해. 밭일도 할 수 있고, 닭 모이도 잘 줘. 장작도 혼자 팰 줄 알고, 망치질도 혼자 할 수 있어."

"가영."

"나 잠도 많이 안 자. 밥도 많이 안 먹고, 옷도 잘 안 사 입고, 약초 캐서 돈도, 돈도 벌어 올 수 있어."

가영은 격앙되었다. 9년을 산 집에서 한순간에 떠밀려 나왔다. 처음 가족에게 버려졌을 때만큼 충격적이었으리라. 명은 가영의 젖은 두 뺨을 잡았다.

"알아."

"뭐든지, 뭐든지 할 수 있어."

"알아. 넌 뭐든 할 수 있어."

언젠가 명이 말한 적이 있었다. 너는 뭐든 그렇게 열심이냐고. 가끔은 건성으로 살고 싶지 않냐고. 가영은 그 말을 열심히 부정했다. 그러나 안다. 항상 지쳐 있었다. 늘 지쳐 있었다. 사는 것이 행복하지 않았다. 사는 것 같지도 않았다. 그래서 무명의 정체를 알았을 때, 공포에 질려 있음에도 그녀는 진심을 내뱉었다. 살려 주세요. 아니, 죽여 주세요. 차라리 평화를. 이렇게 외로움뿐인 삶이라면, 아무리 기어 나와도 결국 빛이 없는 구덩이 속이라면, 차라리 불행을 깨닫기 전에 죽음을. 고통을 맞이하기 전에 작별을.

"가영."

명이 가영의 뺨을 좀 더 위로 들며 다시 그녀의 이름을 불렀다.

"날 봐."

분노와 상처와 슬픔에 얼룩졌던 가영의 눈이 그제야 명을 제대로 보았다. 그의 표정은 아프고 진지했다. 그는 엄지로 가영의 뺨을 쓸며 물었다.

"말해 봐. 내가 무엇을 해 주었으면 좋겠는지. 네가 말하는 건 뭐든지 할 테니까."

"너는……."

말하려고 하니 또 눈물이 났다. 눈시울이 다시 뜨거워졌다.

"너는 나 버리지 마."

"그거면 돼?"

그가 물었다. 명의 표정이 더없이 무거워 가영은 바로 대답하지 못했다.

"내게 원하는 건 그거 하나뿐이야?"

내가 원하는 모든 걸 너에게 쏟아부어도 될까. 어디가 바닥인지 모르는 이 위태로운 불안함을 지탱해 달라고 해도 되는 것일까. 나를 잡아 줘. 빛에 닿지 않아도 괜찮아. 어둠 속에서라도 좋으니 부디 온기를.

"사랑한다고 해 봐."

가영이 고집스럽게 눈물을 훔치며 말했다.

"사랑해."

"나를 세상에서 젤 사랑한다고 해."

"너를, 세상에서, 제일, 사랑해."

닦아도 닦아도 멈추지 않는 눈물을 닦는 횟수가 점점 늘어났다. 흐느끼는 소리는 더 격해졌다.

"안나보다 내가 수천 배, 수만 배, 수억 배 더 좋다고 해."

"안나보다 네가 수천 배, 수만 배, 수억 배 더 좋아."

"너는 절대, 절대, 절대, 절대, 절대 날 버리지 않는다고 해."

"가영."

무명이 정신없이 눈가를 훔치는 가영의 손을 잡았다. 눈앞이 흐려서 그의 모습이 잘 보이지 않는다.

"널 사랑해. 네가 원하는 만큼 말할 테니, 제발 이제 그만 울어."

"안아 줘."

명이 손을 뻗자 가영은 다시 그의 품으로 무너졌다. 어깨를 당겨 안는 명의 손이 강하고 억셌다. 그는 가영의 정수리에 입술을 대고 가만히 헝클어진 머리카락을 쓰다듬었다.

쉬. 괜찮아, 가영. 한차례의 폭풍은 지나갈 것이다. 가영은 쫓겨난 것이 아니다. 언젠가 와야 할 제자리를 찾아온 것뿐이다. 가영은 그의 세계로 들어왔다. 꽉 닫힌 세계의 문은 누구의 손에도 쉽사리 열리지 않을 것이다. 그러니 그녀는 만족해야 한다. 그 세계를 저로 채워야 한다. 누구도 발을 들일 수 없도록, 누구도 상처 입힐 수 없도록 비워진 곳은 오로지 저로만 채워야 할 것이다.

"더 꽉 안아 줘."

가영의 말을 따라 명은 더욱 손을 죄었다. 가영이 그의 목덜미에 얼굴을 파묻고 나른하게 한숨을 내쉬었다. 여자의 숨이 닿은 자리가 뜨겁고 저릿했다. 그는 미소 지었다.

환영해, 가영. 드디어. 너는 내 거야.

명은 살풋 떴던 눈을 감고 조금 더 자는 척했다. 가영의 시선은 꼭 볼록 렌즈 같았다. 명의 얼굴 곳곳을 뜯어보는 시선이 뜨거웠다. 가영이 저의 코밑에 손가락을 댄 것이 느껴졌다. 명은 웃음을 참을 수 없어 결국 키득키득 웃어 버렸다. 그는 가늘게 눈을 뜨고 물었다.

"죽었나, 안 죽었나 확인해?"

가영은 배시시 웃으며 고개를 끄덕였다.

"응. 너 잘 때 꼭 도자기 인형 같아. 사람이 아니고."

무엇보다 눈을 떴을 때 자신의 옆에 명이 있다는 것 자체가 신기했다. 어린 적, 수환 오빠는 함께 잠들어 주긴 했어도 가영이 깨어날 때까지 기다려 주거나 함께해 주지 않았다. 무엇보다 그는 시험과 학업에 바빴고, 그가 그 과정을 끝냈을 때는 더 이상 가영도 어린아이가 아니었다.

잠에서 깨어날 때까지 함께해 준 이는 무명이 처음이었다. 새벽녘의 추위가 아니라 따뜻한 온도로 데워진 채 깨어나는 것도 어제, 오늘, 그와 함께 있을 때 처음 경험해 보는 것이었다.

가영은 지금의 상황이 좋았다. 전날 할머니에게 버려졌다는 괴로움과 슬픔은 분명 무척 무거운 것이었음에도 그리 무겁지 않게 여겨졌다. 어쩌면 벌써 그 상처에 둔해진 것인지도 모른다. 가영은 턱을 괴고 무명의 조용하고 규칙적인 숨소리에 가만히 귀를 기울였다. 그는 가영을 불안하게 하지 않는다. 그와 있으면 마음이 편안하고 어딘지 모르게 찌르르 벅찼다.

그녀는 무명의 편편한 가슴 위에 손바닥을 놓고 그의 옆구리로 파고들었다. 좀 더 밀착하고 싶은 마음에 과감하게 무명의 허벅지 위로 자신의 다리를 올려 그를 옭아맸다. 그의 몸에서 나는 기분 좋은 향을 더 느끼기 위해 따스한 천 위로 볼을 비비자 무명은 가영의 허리를 잡고 몸을 굴려 저의 몸 위에 올라가게 했다. 그는 가영의 어깨를 일으켜 세웠다.

"앉아 봐."

가영은 어깨를 일으켰다. 명의 단단한 골반뼈가 엉덩이에 닿아 있었다. 그는 가영의 커다란 셔츠 허리춤을 들추고 바지 버클을 찾아 풀었다.

"……."

가영은 그가 자신의 바지 지퍼를 여는 것을 보다가 얼굴을 들었다. 그의 표정은 장난스러웠고 분명 어떤 기대감에 차 있었다. 야릇한 기분이 들어 뺨에 열이 몰렸다. 부끄러웠지만 그가 자신에게 해 주려는 것이 무엇인가에 대한 호기심이 더 컸다.

"벗어야 해?"

가영이 묻자 그는 고개를 작게 끄덕이며 '응'이라고 대답했다. 가영은 그의 몸에서 비켜나 바지에서 다리를 한 쪽씩 빼냈다. 허물처럼 벗겨진 바지를 침대 아래로 내리고 자신의 속옷을 붙잡은 채 그녀는 잠시 망설였다. 아침이었고 날이 너무 밝았다.

"……이것도 벗어야 하는 거지?"

어느샌가 자신의 앞에서 자꾸만 수줍어하게 된 여자를 명은 다시 저의 위에 끌어다가 앉혔다. 여유롭게 베개를 고쳐 베고 그는 자신의 몸 위에 올라앉은 가영의 모습을 감상했다. 여인 같기도 하고 소녀 같기도 한, 순수하면서도 야릇한, 벌어진 붉은 입술이 어쩐지 흐트러진 듯한 그 모습이 몹시도 예뻐서 그는 기껍게 웃었다. 이 사랑스러운 여자를 어떤 방법으로든 기쁘게 해 주고 싶었다. 기쁨을 모른다면 하나부터 열까지 기꺼이 가르쳐 주고 싶었다.

"조금 더 위로 올라와 봐."

조금 더? 가영은 팔로 명의 가슴팍을 짚고 좀 더 몸을 당겨 무명의 배 위에 앉았다.

"조금 더."

더? 가영은 갸웃거리며 조금 더 위로 몸을 이동시켰다. 그의 배꼽은 지나 명치 쪽에 닿았다.

"더."

"더?"

"응. 더."

어디까지 오라는 거지? 이미 그의 갈비뼈까지 올라왔다. 가영은
더 이상 올라갈 곳도 없어서 무릎을 세워 몸을 움츠렸다.

"더."

명이 그녀의 무릎 뒤쪽을 잡아 제 쪽으로 더 당겼다. 가영의 몸이
기우뚱 뒤로 젖혀졌다.

"앗!"

자신의 가랑이 사이에 그의 얼굴이 닿아 있었다. 그의 얼굴을 깔
고 앉는 모양새였다. 방석이나 이불로 얼굴을 덮는 것은 봤어도 누
군가의 엉덩이로 얼굴을 덮는 것은 듣도 보도 못했다. 기괴한 행동
에 얼굴이 화르륵 불탔다. 가영은 화들짝 놀라며 몸을 뒤로 뺐다.

"안 돼!"

가영이 엄하게 경고했으나 명은 아랑곳 않고 가영의 엉덩이를 잡
고 다시 당겼다. 그러고는 다시 어찌할 틈도 주지 않고 곧바로 팬티
를 옆으로 젖히고 가랑이 사이에 입술을 댔다.

"아앗!"

가영은 더 크게 놀라 비명을 질렀다가 부일이 들을까 봐 황급히
입을 막았다. 그녀는 소스라치게 놀라며 한 번 더 몸을 뒤로 뺐다.
명의 입술이 가랑이에서 떨어졌다. 아쉬운 표정을 짓고, 안 돼, 그는
단호하게 고개를 저었다. 그는 다시 가영의 엉덩이를 당기고 아까와
마찬가지로 속옷을 젖혔다. 이번에는 입술을 대고 흡착판처럼 빨았

86

다. 가영이 몸을 뒤로 젖히면 다시 엉덩이를 당기고 머리를 들어 더 강하게 빨았다.

"아아."

가영은 이 행위가, 그리고 그의 고집이 당황스러웠고, 저의 모습이 망측하다고 생각되었다. 그가 대체 뭘 하려는 건지 알지도 못했지만 그는 가영이 그 행위를 피하는 것을 용납하지 않았다. 그녀는 자신의 가랑이 사이의 그를 내려다봤다. 그가 혀를 움직일 때마다 가영의 눈가가 경련했다. 그 모습이 거북하면서도 너무나 야릇했다. 그가 손을 저의 팬티 안에 넣었을 때와는 또 달랐다. 훨씬 더 따뜻하고 촉촉했고 믿을 수 없을 만큼 부드러웠다.

명은 가영의 엉덩이를 좀 더 잡아당겼다. 더 이상 도망갈 의지가 보이지 않자, 그녀를 저의 위에 완전히 내려앉게 하고 편안하게 자리를 잡았다. 명이 주는 느낌이 점점 더 농염하고 예민하게 변해 갔다. 가영은 침대 상판을 손으로 쥐고 바짝 마르다 못해 따가운 입술 위를 혀로 쓸었다. 응, 응, 응, 앗 하고 놀랐다가 다시 응, 응 하는 소리가 마르지 않고 터져 나왔다. 애가 탔다.

"명아."

가영이 신음하듯 그의 이름을 불렀다. 허벅지가 부르르 떨려 왔다. 가랑이 사이, 치골의 바로 앞에 뾰족하게 솟아오른 곳이 점점 더 말랑하게 부풀어 오르다가 종국에는 온몸이 다 그것이 된 것 같았다. 부드럽던 그의 혀는 점점 더 자극이 더해져 뾰족하고 거칠게 느껴졌다. 가영은 발작적으로 도리질했다.

"명아. 나 안 돼."

그가 혀로 쓸던 곳을 쭈욱 빨았다. 강하게 당겨진 클리토리스 위로 다시 혀가 느껴졌다. 정수리부터 발끝까지 찌릿찌릿했다. 가영은 발가락을 구부리고 끙끙 앓았다. 온몸이 나무토막처럼 뻣뻣하게 경직됐다.

그녀는 '흐윽' 하고 숨을 뱉었다가 '히익' 하고 들이켰다. 눈앞이 하얗게 바래고 귀도 까맣게 먹어 갔다. 명은 가영이 이제 막 절정의 가파른 산등성이로 오르는 모습에서 한시도 눈을 떼지 않았다. 가영이 희열로 무너져 내리는 모습을 단 하나도 빠짐없이 제 눈에 담고 싶었다.

꾹 물었다 놓은 가영의 입술이 그녀의 아랫도리처럼 붉게 부풀었다. 그의 눈이 가늘어졌다.

"안 돼! 나, 안 될 거 같아!"

가영은 아주 길고 높게 신음했다. 절정이 전기처럼 찌릿하며 온몸을 훑고 지나자 모든 근육이 바르르르 떨려 왔다. 그녀의 몸이 앞으로 무너졌다. 상판을 꽉 쥔 두 손이 간신히 몸을 지탱했다.

헉헉거리는 가영의 숨소리만 방 안에 가득했다. 명은 가영의 양쪽 허벅지에 입을 맞추고, 몸을 일으켜 관절이 없는 낙지처럼 침대 머리맡에 기대어 있는 가영을 끌어안았다. 축 처진 몸이 그의 단단한 가슴팍에 닿았다.

"너 되게 맛있다."

그가 입맛을 다시며 속삭였다. 완벽한 후희였다. 가영은 그에게 다시 와륵 무너졌다.

"창피해."

부끄러운 기색이 잔뜩 묻은 목소리로 가영이 소곤댔다. 명은 귀여워 웃었다.

"뭐가 창피해."

"몰라. 그냥."

가영은 명의 목덜미에 얼굴을 묻고 쭈뼛거렸다.

"너무 이상해. 이상한데 내가 너무 좋아한 거 같아."

명은 뜨거운 가영의 뺨을 사랑스럽게 어루만졌다. 엉겨 붙은 머리카락이 그의 손끝에 걸려 부드럽게 흘러내렸다.

"좋으면 됐어. 너 좋으라고 한 거야."

가영이 고개를 들었다.

"원래, 여기에도 뽀뽀하고 그러는 거야?"

"응."

"그럼……."

가영이 그의 품에서 몸을 일으키고 아주 조심스럽게 물었다.

"그럼 나도 해 줄까?"

표정이 더할 나위 없이 진지했다. 처음 그의 집에 와 '그럼 감자전 해 줄까?'라고 했던 때와 똑같은 얼굴이었다. 귀여워 죽겠네. 명은 키득키득 소리 내어 웃으며 가영의 뺨을 당겨 짧게 입을 맞췄다.

"아니, 됐어."

"왜? 그건 별로야?"

별로긴. 완전 땡큐지.

"네가 해 주면 우린 오늘 여기서 못 나가게 될걸. 그럼 부일은 하루 종일 굶어야 할 테고."

"아."

그렇지. 부일 할배. 앗!

"지금 몇 시야?"

가영이 화들짝 놀라며 물었다. 노곤하게 늘어져 있던 몸이 단번에 번쩍 일어섰다. 시침은 9시를 가리키고 있었고 가영은 잽싸게 바지에 다리를 끼워 넣었다.

"할아버지 시장하시겠다!"

그렇게 허겁지겁 바지를 올리다가 문득 경옥 할머니가 생각나자 가영은 다시 우울해졌다.

할머니, 혼자서 밥은 잘 챙겨 드실까. 정말 이렇게 남남처럼 사는 게 맞는 걸까. 할머니는 마음을 준 적이 없으니 거둬 갈 것도 없겠지만 가영은 그 집에 담뿍 주고 온 제 마음을 추스르는 것이 아직은 힘들었다. 다시 그 부엌으로 들어가 뽀득뽀득 닦인 낡은 수저를 상 위에 올려야 할 것만 같았다. 바지런히 몸을 놀리고 할머니의 방문을 두드리고 다시 씩씩하게 '진지 드세요'라고 외쳐야 할 것 같았다.

무명도 침대에서 몸을 일으켰다. 그는 서랍을 열고 붕대를 찾아 쥐었다가 곧 다시 내려놓았다. 한참을 멀뚱히 그 자리에 서 있다가 몸을 돌려 흐트러진 머리를 꼭 쥐어 묶는 가영의 모습을 바라보았다.

코끝에 좋지 않은 향이 닿았다. 매캐한 사내의 냄새였다.

"천천히 해."

무명이 초조해 보이는 가영을 얼렀다. 가영은 포니테일로 묶은 머리카락을 손으로 빗어 내리며 물었다.

"할아버지 깨셨을까? 깨셨겠지?"

"가영."

그가 다가와 가영의 턱을 들었다. 소처럼 맑고 투명한 눈이 흐트러짐 없이 저를 바라보았다. 애정과 믿음이 무한히 깃들어 있었다.

"누구도."

그는 그 눈을 보며 한 글자씩 또박또박 발음했다.

"그 누구도 널 상처 입히도록 내버려 두지 마."

그는 뜻 모를 말을 했다. 그는 가끔 이렇게 뜻 모를 말을 한다. 그리고 그럴 때면 도저히 그가 왜 그런 말을 하는지 알 수가 없었다. 하지만 그래도 그 안에 들어 있는 진심만은 안다. 그가 진정으로 자신을 소중하게 여기고 있다는 것 말이다. 그래서 가영은 눈을 깜빡이며 천천히 고개를 끄덕였다.

"너는 앞으로 어느 한 순간도 너 혼자일 때가 없을 거야. 너 혼자 있을 때조차도 너는 혼자이지 않을 거야. 어느 때고 나는 네 옆에 있어."

가영은 헤벌쭉 웃었다.

"알아. 그러니까 너는 나를 사랑한다는 말이지?"

명은 고개를 끄덕였다.

"그래 맞아. 사랑한다는 말이야."

누구도 가영을 상처 입혀서는 안 된다. 저 자신조차도 그녀를 상처 입혀선 안 된다. 더 이상 가영이 우는 것도, 흔들리는 것도, 아픔에 무너지는 것도 용납할 수 없었다. 그녀가 무너질 때는 오로지 몸으로, 마음으로 희열을 느낄 때여야만 할 것이다. 명은 가영의 손을

91

잡아 뒤집고 부드러운 그녀의 손바닥을 엄지손가락으로 문지르다 입술로 끌어왔다.

너는 네가 무엇을 움켜쥐었는지 깨달아야 해, 가영. 그래야만 알 수 있을 것이다. 이미 너는 전능하다는 것을.

가영은 제 손바닥에 닿은 부드러운 입술이 간지러워 배시시 웃었다. 행복하고 말랑한 기분이었다. 이제 어서 나가 밥을 해야 한다. 부일 할배가 배를 곯고 있을까 걱정이 되었다.

"너는 커피지?"

"응."

가영은 힘차게 고개를 끄덕여 보이고 방문 손잡이를 잡았다.

"가영."

돌리기 직전 명이 다가와 손잡이에서 작은 손을 떼어 냈다.

"내가 먼저 나갈게."

"아. 응."

부일은 영민하고 눈치가 빠른 자였다. 나이가 들어 조금씩 둔해졌다 해도 수많은 세월을 무명과 함께 보내며 쌓은 경험과 연륜이라는 것이 있었다.

아침이 밝아 오자마자 성급히 제집 문을 두드리는 남자를 보았을 때 그는 꺼림칙한 느낌을 받았다. 그러나 그가 자신을 '가영의 오빠'라고 소개하였을 때 부일은 자신의 꺼림칙한 기분을 억눌러야 했다.

부일은 그를 안으로 들이고 차를 한 잔 내어 주며 멀끔하게 옷을 차려입은 건장한 청년을 곁눈질했다. 가영과 매우 닮아 있었다. 특히 빙그레 웃을 때면 더욱 그러했다. 그런데도 어쩜 이렇게 느껴지는 분위기가 판이하게 다를까. 가영이 웃을 때는 흙냄새가 났다. 그 아이는 꼭 산 같고, 풀 같고, 샘물 같고, 숲 같았다. 그러나 그의 오라비는 모든 것이 기계적이었다. 무엇 하나 진심처럼 보이지 않았다.

부일은 가영의 집안일이나 그녀의 사정에 대해서는 잘 모른다. 아는 것이라고는 점집에 버려진 아이라는 것 정도였다. 고아라고 생각했는데 고아는 아니었다. 가족이 있었다는 걸 이제야 처음 안 것이다. 그러나 분명 무명은 알고 있을 것이다. 제 여자에 대해서라면 모를 리가 없었다. 무명은 원래 필요한 이야기 이외에는 잘 하지 않았다. 그리고 가영의 치부나 상처를 들추는 일 따위는 용납하지 못할 것이다.

남자는 부일과 눈이 마주치자마자 다시 싱긋 웃어 보였다.

"집 안이 무척 아늑하네요."

차겸은 진심으로 그렇게 생각했다. 다 쓰러져 가는 외형으로 보았을 때는 집 안이 이렇게 멀끔하리라고는 생각하지 못했다. 그러나 분명 CTA를 파는 자라면 다를 것이라고는 생각했다. 최신 에스프레소 머신이나 집 안에 들인 식기세척기는 모두 값비싼 것이었다.

차겸은 부일이 차를 담아 건네준 저의 찻잔을 매만졌다. 섬세한 은세공의 도자였다. 어머니가 찻잔을 병적으로 수집하기 때문에 그 역시 잔에 대해서는 잘 안다. 은판 몰딩에 금도금을 한 도자기는 매우 희귀했다. 그려진 세공을 보아하니 일본에서 온 것이었다. 에도 시대의 것일지도 몰랐다

하긴 그렇게 비싼 약을 팔면서 이런 거지 같은 집에서 거지같이 산다는 것이 말이 되는가. 속임수인 거지. 사람들의 이목을 피해 이 집 어딘가에 금덩어리를 쌓아 두고 있겠지.

"그런데……."

차겸은 미소를 지우지 않고 주변을 두리번거리다 물었다.

"그, 명이라는 분은……."

"명이요?"

부일이 인상을 썼다. 어라?

"가영 아가씨를 보러 온 게 아니라?"

가영? 기계적인 차겸의 미소가 조금 일그러졌다. 가영이 여기에 있다고? 가영이 있어야 할 곳은 아랫집이 아니던가. 그뿐만 아니라 이 노인은 아랫것이 상전을 부르듯 가영을 '아가씨'라 칭했다. 그 아이는 아랫집에서 종처럼 부려지던 천덕꾸러기인데 말이다.

딸깍 문이 열리는 소리가 들렸다. 뒤이어 속삭이는 듯 조용한 여자의 웃음소리도 들렸다. 차겸에게는 충격적인 소리였다. 10년 전 가영이 앓아눕기 전에 집에서 늘 감돌던 그 종달새 노랫소리 같은 키득거림은 늘 그를 그늘지게 만들었다. 가영은 차겸에게 그런 존재였다. 한쪽이 빛에 닿아 있으면 한쪽은 그림자에 닿아 있는 존재. 가영이 행복하면 반드시 저는 불행했다. 그러니까 그가 행복하려면 가영은 반드시 불행해져야 했다.

웃음소리는 행복에 겨워 있었다. 그 소리를 들으니 피가 차갑게 식었다. 그는 뽀득 소리가 나도록 주먹을 쥐었다. 가영은 명과 함께 주방으로 들어오다가 차겸과 눈이 마주치고는 쏜살같이 명의 뒤로 숨었다. 명의 등에 바짝 붙어 그의 어깨 너머로 다시 차겸을 살폈다.

오빠가 왜 여기 있지? 분명 그때 입 밖으로 낸 명의 이름 때문일 것이다. 제 입이 방정이었다. 가영은 무서워 명의 옷깃을 꽉 구겨 잡았다.

어쩌지. 어쩌지. 가영은 그의 등 뒤에 숨어서 안절부절못했다.

"너 여기서 지내는구나."

차겸은 명의 어깨 너머 숨어 있는 가영의 머리통을 보며 부드럽게 대꾸했다. 그 말이 가슴에 송곳처럼 박힌 모양인지 가영의 어깨가 움찔했다.

차겸은 '명'이란 자에게 시선을 돌렸다. 아래로 내리깔았던 그의 눈두덩이가 들리자 차겸의 피가 다시 한번 얼어붙었다.

분명 저건 렌즈일 거야. 선명한 붉은색 렌즈를 끼는 기괴한 취향을 가진 남자는 한눈에 보기에도 미청년이었다. 나이는 저보다 훨씬 어려 보였고 체구도 건장한 저와 비교하자면 계집애처럼 늘씬했다. 그럼에도 불구하고 위압적이었다. 그가 CTA를 가지고 있기 때문일지도 모른다. 아니면 이 집이 주는 특유의 어둡고 침잠한 분위기 때문일 수도 있다. 무엇 때문인지 명확하지 않지만 분명 차겸은 그가 주는 분위기, 그의 눈에서 읽히는 서늘함에 기가 눌렸다.

차겸은 자리에서 일어서며 침을 꿀꺽 삼켰다. 붉은 눈동자가 저를 따라 위로 이동했다. 저보다 어린 게 분명하다. 가영이 '명'이라고 칭하는 걸 보니 가영보다 어리거나 아니면 친구였다. 그럼에도 말을 놓아야 한다는 생각은 하지도 못했다. 무엇보다 그는 자신이 원하는 것을 지고 있으니 어떻게든 잘 보여야만 했다.

"당신이 며, 명입니까?"

차겸이 더듬거리며 묻자 명의 허리춤이 가영에 의해 더 당겨졌다. 제 오빠를 왜 이렇게 무서워할까. 명은 그를 발끝부터 머리끝까지 살폈다. 그는 전혀 읽히지가 않는다. 이놈은 한 번도 저의 피를 먹지 않은 모양이었다.

명은 분위기로 남자를 가늠했다. 고가의 의상, 손목에 채워진 고가의 시계. 공들여 관리를 받은 듯 건강한 신체. 다리를 건널 때부터 강하게 느껴졌던 고급 향수 냄새. 문 앞에 서서 자신을 가영의 오빠라고 소개하던 신사적인 목소리. 고급으로 태어나 고급으로 키워진 자였다. 겉모습이 번드르르할수록 알맹이가 멀쩡한 경우는 없었다. 대부분 썩어 있거나 아니면 아예 들어 있질 않았다.

명은 입을 다문 채 차겸을 하나하나 눈으로 뜯었다. 차겸은 불안스레 자신의 시계를 만지작거리다가 저의 누이에게로 관심을 옮겼다.

"가영이 너는 언제부터 여기 있었어? 아예 여기서 사는 거야? 아버지가 아시면 난리 날 텐데."

가영이 '아버지'란 단어에 움츠렸던 고개를 빼꼼 들었다.

"아, 아니야. 그게 아니라……."

사실 갈 곳이 없었어. 경옥 할머니가 쫓아냈고 떠오르는 곳이 이곳뿐이었어. 그 말이 차마 나오지 않았다. 그랬다가 경옥 할머니가 혹시나 뭇매를 맞을까 봐 걱정되었고 왜 집으로 오지 않았냐고 물으면 대답할 말도 없었다. 이제는 자신을 '가족'이라고 말하던 아빠가 그 순간은 생각나지 않았다. 오빠가 찾아오기 전까지도 그곳으로 가야겠다는 생각은 하지 못했다. 마음에서 이미 너무 멀어진 것을 부모님이 알면 분명 가슴 아파하시겠지.

"장 보살 집에서는 아예 나온 거야?"

차겸이 묻자 가영은 천천히 고개를 끄덕였다.

"그랬구나."

차겸은 사람 좋게 씩 웃었다. 그 미소는 보는 이에 따라 따듯하게도 혹은 섬뜩하게도 보였다.

"그럼 집으로 가자."

"⋯⋯."

그는 명을 보며 눈을 가늘게 접었다.

"부모님이 기다리셔."

누이에게 하는 말이었으나 분명 명을 향한 것이었다.

가영은 차겸의 말을 들을 수밖에 없었다. 일전에 아버지가 보고 싶어 하시면 언제든 찾아가겠노라 약속했었다. 가영은 무명의 까만 뒤통수를 잠깐 쳐다보고는 고개를 끄덕였다.

"잠깐 기다려. 양치하고 세수하고 올게."

"응. 서두를 것 없어."

말투나 행동은 분명 좋은 오빠의 모양새를 취하고 있었다. 그러나 부일은 그를 선뜻 좋은 이라 믿지 못했다. 차겸을 바라보는 명의 낯빛도 심상치 않았다. 가영이 화장실 문을 닫자 무명이 입을 뗐다.

"가영을 찾으러 온 것이 아니잖아."

"⋯⋯."

드디어 그의 목소리를 들었다. 아직 소년티를 벗지 못한 사내답지 않게 목소리에는 힘이 있었고 어투는 안정적이었다. 스물이 아닐지도 모른다. 음성을 듣자면 그보다 훨씬 성숙했다. 동생이 사라지니 이제야 자신을 상대해 주는 것이다. 하찮고 거슬려 하는 티가 역력한 채로. 차겸은 숨을 죽였다. 그가 저에게 너무도 자연스레 말을 놓는 것이 거슬렸지만 티를 낼 수 없었다.

"날 찾으러 왔지."

주인의 목소리가 어둡고 깊어지자 부일은 서둘러 자리를 피했다. 이럴 때는 무조건 피해야 상책이다.

"내 동생과는 어떤 사입니까?"

차겸은 느리게 입꼬리를 올렸다. 어떤 사이인지는 처음 방문을 열고 나왔을 때부터 밝혀졌다. 한방을 쓰는 남녀라. 굳이 듣지 않아도 뻔하지 않은가. 장 보살의 집에서 종살이나 하고 있을 줄 알았더니 굼벵이도 구르는 재주가 있다고 보아 주어야 하나? 아니면 더 측은하게 여겨야 하나?

"진지한 사입니까? 뭐 서로 결혼이라도 생각하는?"

"용건만 간단히 해."

"가영이에게 주었던 약, 전덕기 청장에게 주었던 약, 그거 나한테도 파시죠? 아니, 나한테도 줬으면 하는데."

화장실에서 누이가 양치질을 하는 소리가 들렸다. 그가 약을 쥐고 있다면 자신은 가영을 쥐고 있었다. 무명이란 자에게 가영은 어떤 존재인지, 과연 딜을 할 만한 존재인지 가치를 증명하기 위해서는 일단 패를 내 보는 것이 확실했다.

"CTA는 앞으로 나와 거래하죠. 그렇게 하면 가영이, 댁이 데리고 살 수 있도록 도와줄게요."

"……뭐?"

무명이 헛것을 들었다는 듯 미간을 구겼다.

"쟤, 저래 보여도 대단한 집 자식이거든요. 모르고 있겠지만 우리 집 나는 새도 떨어뜨린다는 집안이에요. 허락도 없이 남의 집 귀한 딸 데려다 산 거 알면 아버지 가만 안 계실 테고, 당신 인생 망가지는 거 순식간이야."

지금껏 아버지의 눈 밖에 나 멀쩡히 사는 사람이 없었다. 모두가 나락으로 떨어졌고 그렇게 인생을 망친 이들의 절반은 옥살이를 하고, 절반은 제 목숨을 끊었다. 어쨌든 모두가 피눈물을 흘렸다. 증오와 복수의 눈물이었겠지만 개미 새끼 하나가 성을 무너뜨릴 수는 없듯이 모두들 그저 그렇게 형편없이 살다가 결국엔 자멸했다. 눈앞의 이 이상한 남자도 별다를 것이 없으리라. 박씨 집안의 마수에 걸려들면 어쨌든 빠져나갈 수 없었다. 알아서 기거나 아니면 파멸하거나 둘 중 하나였다.

아버지가 나서기 전에 저의 손을 거치는 것을 눈앞의 남자는 천운으로 여겨야만 한다. 적어도 그는 아버지처럼 잔인하지는 않았으니까. 그리고 그에게도 아버지에게 인정받을 명분이 필요했다. CTA를 구할 수 있는 가장 빠르고 쉽고, 또한 유일한 루트. 그 타이틀이면 충분했다. 그러면 아버지는 더 이상 가영에게 신경을 쓰지 않을 것이다. 그년이 어디서 어떻게 살든지 관심도 없을 테지. 어차피 버릴 테니까.

"이때요? 당신은 가영을 깆고 돈도 가질 수 있어. CTA민 나에게 넘기면.”

자신에 찬 그 말투에 명은 웃지 않을 수 없었다. 명이 웃을수록 차 겸은 굳어 갔다. 이 새끼도 혹시 CTA를 처먹었나? 불현듯 그 생각 이 들어 차겸의 얼굴이 더 굳었다.

“나에게 뭘 주겠다고?”

“……돈?”

“그것 말고.”

그것 말고?

“……가영이?”

“오래전에 버린 동생을 가지고 장사를 하겠다고? 이제 와서?”

말은 뒤로 갈수록 날이 섰다.

“나에게?”

그의 표정에서 웃음은 이미 지워진 지 오래였다.

쉬운 상대가 아니다. 쉬운 상대가 아니니 지금껏 마약을 팔며 돈 을 긁어모았겠지. 그러나 쉽지 않으면 또 어쩔 텐가. 상대는 이 땅에 서 가장 막강한 힘을 가진 권력자의 자식이다. 말 그대로 무소불위 의 힘을 가지고 있다. 아무리 제가 날고 긴다고 하나 눈앞의 남자 역 시 한낱 잡범에 불과하다. 차겸은 비릿하게 웃었다.

“이봐. 지금 상황 파악을 잘 못하는 모양인데 내가 당신을 사법 당 국에 고발하면 당신은 철창행이야. 아무리 숨어 산다고 해도 결국 당신도 대한민국 국민이잖아. 그럼 법망은 피해 갈 수가 없지. 당신 은 신종 마약의 중개상으로 감방에 들어가 썩을 테고, 당신이 썩을 동안 약 팔아 아득바득 긁어모은 돈은 모두 사라질 거야. 그래도 괜찮겠어?"

그 말에 명은 박장대소했다. 자신이 최근에 들었던 말 중 가장 웃긴 말이었다. 이래서 뭘 모르면 겁이 없는 것이다.

"거만하네."

명은 빙긋 웃으며 읊조렸다. 웃느라 반으로 휜 눈동자가 무척이나 선명했다. 그는 한 발자국씩 차겸에게로 다가갔다.

그가 필요 이상으로 가까이 오자 차겸은 뒤로 물러서려 했다. 그러나 조금도 움직일 수가 없었다. 발이 바닥에서 떼어지지 않았다. 발은 물론 손가락 하나도 꼼짝할 수 없었다. 오로지 당황한 기색이 역력한 두 눈동자만 좌우로 불안하게 흔들렸다.

"네가 왜 움직이지 못하는지가 궁금할 거야. 그렇지?"

"……."

"심지어 왜 목소리조차 안 나올까."

"……."

"인간이 짐승과 무엇이 다른 줄 알아?"

명은 차겸의 왼손을 힐긋 내려다보고는 그의 집게손가락을 잡았다.

"아주 정교한 도구를 쓸 줄 안다는 거야. 인간은 이 손으로 무엇이든 하지. 그렇다면 이 손은 누구로부터 왔을까. 그 똑똑한 머리는 누구에게로부터 온 걸까."

명은 그의 손가락을 쥐고 위로 들어 올렸다. 관절이 꺾일 만큼 꺾이다가 이내 우득 소리를 내며 부러졌다.

꽉 다문 차겸의 잇새에서 비명 같은 신음이 아주 작게 흘러나왔다. 그의 관자놀이에 식은땀이 주륵 흘렀다.

"성경엔 아담의 갈비뼈로 하와를 만들었다고 하지. 그렇다면 과연 네놈은 갈비뼈를 내어 준 아담일까, 아니면 아담의 갈비뼈를 받은 하와일까."

눈앞의 사내는 알 수 없는 말을 지껄이고 있었다. 분명 저보다 작다고 생각했는데 가까이 서니 그는 생각보다 훨씬 컸다. 관절이 부러진 고통으로 얼굴에서 핏기가 가셨다. 평화로운 표정으로 저를 쳐다보고 있는 사내의 두 눈동자가 너무도 무서워 그의 온몸이 바들바들 떨렸다. 저의 손등에 딱 붙은 손가락은 더 꺾일 수가 없었다. 그러나 그것으로는 충분치 않았는지 관절이 완전히 부서진 손가락이 이번에는 비틀리기 시작했다. 혈관이 생생히 살아 있는 피부들이 물을 짜내는 걸레처럼 짓이겨졌다.

"나는 말이야. 너 같은 놈을 볼 때마다 참 궁금해. 네발 달린 짐승도 상대를 보며 덤비는데 왜 너 같은 놈들은 똥인지 된장인지 구분을 못 할까."

"으…… 으…… 으……."

"대체 이렇게 둔하고 멍청한 것들이 어째서 이렇게 많이 살아 있는 걸까."

"으윽……."

피부가 뭉개지고 찢기는 고통에 차겸의 입술이 퍼렇게 질렸다. 졸린 몸뚱이가 전기 충격을 받은 듯 펄쩍펄쩍 위로 들렸다가 내려앉았다.

으득 소리가 나더니 마침내 명의 손에 그의 손가락이 완전히 찢겨

나갔다. 움직이지 않는 눈동자를 간신히 아래로 내리자 명이 피로 범벅이 된 채 뭉개진 자신의 손가락을 들고 있었다. 기절을 해야 마땅한 때였다. 그러나 그조차도 마음대로 할 수가 없었다. 뜯긴 곳에서 피가 쏟아지는 소리가 생생히 고막을 때렸다. 공포 영화의 한 장면 속에 들어와 있는 것 같았다. 공포에 질릴 대로 질려서 미쳐 버리는 순간이 바로 이때쯤일 것이다. 히끅히끅 고통을 이기지 못해 딸꾹질이 났다.

"가서 네 아비에게 전해. 당신의 딸을 신처럼 모시라고. 손끝 하나라도 건들면……."

명은 차겸의 뜯긴 손가락을 들어 보였다. 설명은 그것으로 충분했다.

"네놈이 다시 가영을 가지고 장사를 하려고 해도 마찬가지야. 내 말 똑똑히 알아들었지?"

고개를 끄덕이고 싶어도 끄덕일 수가 없다. 차겸은 그저 공포에 질린 눈으로 그를 쳐다보았다. 눈조차 깜빡일 수 없는 눈가에 뿌옇게 눈물이 찼다.

"좋아."

명은 그의 반응에 만족했다. 그는 떨어져 나온 차겸의 집게손가락을 다시 그의 부러진 뼈마디에 붙였다.

"어, 억……."

뭉개진 살점이 서로 붙으며 다시 짓이겨졌다. 고통으로 심장이 터질 것처럼 아팠다.

"이 정도로 죽진 말라고. 나는 죽은 자는 못 살려 내거든,"

명은 자신의 손바닥을 물어 피를 냈다. 그리고는 딱딱하게 굳은 차겸의 턱을 강제로 벌리고 그의 입에 저의 손바닥을 가져다 댔다. 주르륵 떨어지는 핏물이 그대로 목구멍을 타고 내려갔다.

이미 식은땀으로 푹 젖어 있는 몸에 격통이 다시 한번 훑고 지나가자 그의 사지가 충격으로 떨렸다. 몇 번이고 허옇게 눈이 넘어갔다.

딸깍.

머리를 감고 세수와 양치를 마친 가영이 수건을 뒤집어쓰고 화장실에서 나오자 명은 차겸에게서 물러섰다. 각목 같았던 몸뚱이는 단번에 힘을 잃고 아래로 풀썩 쓰러졌다.

"으…… 으윽……."

격통에 왼손을 부여잡은 채 그는 신음했다. 가영은 화장실 앞에 서서 절을 하듯 명의 앞에 엎드린 차겸을 이상하게 바라보았다. 어라? 왜 저러지?

"왜 그래?"

가영이 무구한 눈을 깜빡거리며 다가와 물었다.

"명아. 오빠 왜 그래? 때렸어?"

무명은 대체 그게 무슨 소리냐는 듯 고개를 절레절레 저었다.

"아니. 몰라. 이 사람 뭐 간질 있어?"

"……."

간질이 뭐야. 어차피 오랫동안 떨어져 살아 무슨 병을 앓고 있든 알 수도 없지만.

"괜찮아? 왜 그래? 어디 아파?"

차겸은 흐느끼듯 딸꾹질을 하며 고개를 들었다. 제 왼손을 보는 시야가 눈물로 뿌옇다. 차마 목소리가 나오질 않아 그는 그저 입술만 뻐끔댔다. 내 손가락…… 내, 내 손가락이…….

그러나 그의 손가락은 멀쩡했다. 분명 손가락이 없어야 할 자리인데 손가락이 붙어 있었다. 그는 눈을 껌뻑여 눈물을 쥐어짜고 제 손가락의 개수를 세어 보았다.

하나, 둘, 셋, 넷, 다섯…….

제 손가락이 다시 다 붙어 있는 것이다. 그는 화들짝 놀라 이번엔 뒤로 자빠졌다.

"오, 오빠……."

차겸이 자꾸 이상한 행동을 했다. 가영은 영문을 몰라 눈썹을 들어 올린 채 오라비의 기괴한 몸짓을 쳐다만 봤다.

"오빠, 아니 왜 이렇게 땀을……."

가영이 근심스레 다가가자 차겸은 '히익' 소리를 내며 뒤로 물러섰다.

"오, 오지 마!"

"……."

그의 고함 소리에 가영이 움찔했다. 누이의 상처받은 낯빛을 보자 저절로 시선이 명에게로 향했다. 차갑게 저를 내려다보는 눈이 꼭 '말귀를 못 알아먹는다'고 말하는 것 같아 그는 언성을 한껏 낮춰 더듬거렸다.

"가, 가…… 가까이 오, 오지 마."

"왜, 왜 이래? 어디 아파?"

차겸이 아무래도 이상했다. 가영은 바닥에 주저앉아 뒷걸음질 치는 오라비의 머리부터 발끝까지 훑었다. 그의 양말 끝자락에 피가 묻어 있었다. 분명 바닥에 고인 피를 그것으로 뭉갠 흔적이었다.

"피!"

가영은 퍼뜩 명을 노려봤다.

"명이 너! 너 무슨 짓 했어!"

그는 마치 영문을 모르겠다는 듯 어깨를 으쓱했다. 가영은 그를 한껏 노려보다가 다시 제 오빠를 향해 근심 어린 표정을 지었다.

"뭐야. 쟤가 뭐 했어? 어? 어디 다쳤어? 혹시 쟤가 어디 씹어 먹었어?"

히익!

씹어 먹는다는 말에 차겸의 얼굴이 더 백지장처럼 질렸다. 그는 백치처럼 도리질했다.

"아…… 아…… 아…… 아니야. 아, 아, 아, 아, 아니야! 아니야!"

"진짜 괜찮아?"

이번엔 사시나무 떨듯이 고개를 끄덕였다. 가영은 다시 한번 차겸의 몸을 살폈다. 사지는 모두 멀쩡했다. 그것을 보자니 다시 안도하긴 했지만 그래도 그가 왜 이렇게 떠는지 알 길이 없어 여전히 미간은 찌푸러져 있었다.

"부일!"

명이 소리 높여 부일을 불렀다. 물러나 있던 부일이 눈치를 보며 다시 부엌으로 들어왔다.

"손님 나가신다."

"……."

그는 차겸의 어깨를 부축했다. 그러자 가영이 부일을 도와 건장한 차겸의 몸을 일으켰다.

"오빠."

가영이 차겸을 불렀다. 그는 아까부터 뭔가에 홀린 듯 한곳만 바라보고 있었다. 마치 남들은 보지 못하는 귀신을 본 것처럼 오로지 명이만을 그런 눈으로 쳐다보았다.

"왜 자꾸, 명이만 쳐다봐?"

극한의 공포는 그것을 외면할 수 없게 만든다. 모든 것을 정지시키고, 멀어지려는 의지마저 앗아 가는 것이 바로 공포였다.

"으…… 으……."

오라비는 바보가 된 것 같았다. 가영은 그런 그의 모습이 그저 당황스러울 뿐이었다.

"오빠."

가영이 그를 한 번 더 부르자 차겸은 퍼뜩 정신이 들었다. 근심스러운 눈으로 저를 올려다보는 누이의 얼굴을 보는 것도 공포였다. 나가야 해. 여기서 도망쳐야 해. 그것 이외의 생각은 들지가 않았다. 차겸은 신음하며 몸부림쳤다. 부일과 가영의 손이 그의 어깨에서 떨어져 나가자 그는 넘어질 듯 달음박질쳐 현관문을 벌컥 열었다. 문지방에 걸려 한 번 우당탕 넘어지더니 제 몸을 다 추스르지도 못하고 다시 벌떡 일어서 쏜살같이 사라졌다.

"……."

같이 가자더니 저 혼자 도망치듯 빠져나간 것이다. 가영은 수건을 목에 걸고 차겸이 험상궂게 열어젖혀 삐걱삐걱 흔들리는 대문을 쳐다봤다. 그냥 쳐다보는 것 말고는 할 수 있는 것도 없었다. 무엇보다 차겸이 저러는 건 처음 보았다. 그는 늘 무섭고 가영에게 악몽을 가져다주는 존재였는데 궁지에 몰린 쥐처럼 부들부들 떨며 도망칠 줄도 아는 사람이었다.

"명아."

"……."

"너 뭐 했어?"

가영이 멍하게 물었다.

"아무것도 안 했어."

그는 천연덕스럽게 답했다. 가영이 그를 향해 휙 몸을 돌렸다.

"너밖에 없잖아. 갑자기 귀신이라도 본 것처럼 저러는 거."

"몰라."

"같이 가자더니 혼자 도망갔어."

"잘됐네."

명이 손을 뻗어 가영의 어깨를 어루만졌다.

"너는 나랑 여기 쭉 있으면 되겠다."

가영은 그의 품에서 벗어나더니 그의 손가락을 들어 저의 새끼손가락에 걸었다.

"너 나랑 약속해."

"……."

"내가 아는 사람은 누구도 해코지하지 않겠다고."

"……."

"수환 오빠, 차겸 오빠, 우리 가족, 아랫집 할머니, 그리고 그 외에 기타 등등."

"……."

"빨리."

가영의 주변은 모두 변변치 않은 것들뿐이었다. 그중 핏줄로 이어져 있는 그녀의 가족은 최악이었다. 누군가를 가영의 주변에서 떨어뜨려 놓아야 한다면 가장 먼저 가족을 떨어뜨려 놓아야 했다. 자신의 딸을, 동생을 팔아 약을 구하려 하는 것들은 '가족'이라고 불릴 자격조차도 없었다.

하지만 너는 몰랐으면 좋겠다. 너는 그런 더러운 세상을 몰랐으면. 너는 영원히 이곳에 머무르며 더러워지지 않은 한 송이 꽃으로 남아 주었으면.

명은 힘을 주어 새끼손가락을 얽고 가영이 내민 엄지에 꾹 자신의 엄지를 마주 댔다.

"약속해."

"고마워."

가영은 안심된다는 듯 방그레 웃었다. 그 환한 미소가 어두운 명의 시야를 환하게 밝혔다. 가슴 한편이 시큰했다. 이 미소를 지키려면 무엇이든 할 수 있다. 그러나 무엇을 하든 지킬 수 없을 것 같기도 하다.

"나 서울 집에 데려다줄 수 있어?"

"가려고?"

"응. 아빠가 보고 싶어 하신다니까."

"오늘은 가지 않는 게 좋겠어."

"왜?"

가영이 멀뚱하게 물었다. 도망치듯 서울로 올라간 차겸은 분명 저의 이비에게 오늘의 일을 말할 것이다. 공포에 질린 채 괴물을 보았노라고. 그리고 가영은 그 괴물과 함께 살고 있다고. 똑똑하다면 분명 이쯤에서 피할 것이다. 그러나 과연 그럴까. 그의 아비가 과연 저의 아들보다 똑똑한 존재일까.

가영에겐 그들이 가족이겠지만 이미 그들에게 가영은 가족이 아니었다. 그러나 그러한 사실을 가영이 알아서는 안 된다. 다시 가영이 상처받아 우는 것을 보고 싶지 않다. 가능하면 행복한 모습만. 가능하다면 오로지 미소만 보고 싶다.

명은 엷게 미소 짓고 가영의 머리를 쓰다듬었다.

"가지 않는 게 좋아. 내 말 믿어."

"......."

가영이라고 그곳이 좋은 것은 아니었다. 그렇지만 가족이었다. 미안하다 사과하고 가족 노릇을 하려는 아빠를, 엄마를 외면할 수는 없었다. 그저 평범하게 살았다면, 자신이 신열을 앓지 않았다면 이런 풍파 없이 모두 행복하게 살았을 것이다. 마음 한구석에 그런 짐이 있었다. 더 이상 그 집이 예전처럼 따뜻하지 않은 것은 어쩐지 저의 탓 같았다.

그래서이다. 그래서 노력해 보고 싶다. 그렇게 마음의 빚을 덜어버리고 싶다. 그리고 자신이 소원했던 것처럼 아버지, 엄마, 오빠와 웃으며 보고 싶다. 예전과 같지는 않아도 그래도 조금이라도 예전처럼 그 넓은 집이 따듯하고 향기로웠으면 좋겠다. 다시 모두의 인생이 행복해졌으면 좋겠다.

그러나 한편으로는 그저 외면해 버리고 싶은 마음도 있었다. 도망쳐 버리고 싶은 마음. 여기서 명이와 함께 있으면 마냥 좋았다. 어쩐지 세상에서 차단된 채 둘만의 세상에 둥둥 떠 있는 것 같았지만, 그럼에도 이것이 너무도 달콤해서 이것 말고는 무엇도 신경 쓰고 싶지 않았다.

어느 쪽으로 향해야 하는지 번갈아 두 갈래 길에 발을 담그다 보니 가랑이가 찢어진 뱁새처럼 마음이 버거웠다.

"가영."

명이 혼란스러워하는 가영의 턱을 잡아 부드럽게 위로 들었다. 언제나 그가 자신의 이름을 부를 때는 달콤했다. 그 음성 말고는 무엇도 듣고 싶지가 않다.

"가지 마. 오늘은 나와 있어. 그 이후엔 언제든 네가 원하는 대로 해 줄게."

명아, 사실은 너와 있고 싶어. 그렇지만 너와 있는 것이 무섭기도 해. 세상과 점점 멀어지는 것 같아. 네가 나의 모든 것을 지워 버릴 것 같아. 내가 너로 가득 차면, 그래서 더 이상 내 안에 내가 없으면 그러면, 나는 어떻게 해야 하지? 나는 더 이상 외롭고 싶지 않지만 그렇다고 또 누군가의 인형으로 살고 싶지는 않은데.

명이 가영을 품으로 당겨 안았다. 너른 품 안에 폭 안겨 배를 마주 댔다. 그의 몸은 이렇게나 따뜻하다. 이제는 그의 품 말고는 그 어떤 온기도 기억나지 않았다. 오로지 이 온기만이 자신의 자리인 것 같았다. 명이 가영의 귓가에 대고 조용히 속삭였다.

사랑해.

그러면, 가영은 꼼짝도 할 수 없게 된다.

"한 번 더 해 봐."

"사랑해."

가영은 헤헤 웃으며 명의 가슴에 뺨을 비볐다.

"거 좀 적당히 하십시다."

부일이 바닥에 붙은 핏자국을 닦으며 투덜거렸다. 차라리 확 그냥 일찍 죽어 버리는 게 낫지. 이 질긴 명줄은 참 쉽게 끊어지지도 않는다. 어휴, 내 팔자야.

차겸은 정신없이 차를 몰았다. 집에 도착할 때까지 차는 갈지자로 곡예를 했다. 시동도 끄지 못한 채 그는 바닥을 기다가 뛰다가 걷다가 돌부리에 걸려 넘어지며 계단을 올랐다.

"도련님."

가정부가 공포와 두려움으로 덜덜 떠는 차겸을 발견하고 걱정스레 그를 불렀다. 가정부를 보는 그의 눈은 붉었다. 주르륵 눈물이 뺨을 타고 떨어졌다. 그는 2층 자신의 방까지 올라가지도 못하고 지하 차고로 이어지는 문 앞에 쪼그려 앉아 제 손을 감싸 쥐었다.

"도련님 괜찮으세요?"

차겸은 잔뜩 몸을 웅크렸다. 가정부는 그가 왜 이러는지 몰라 그

앞에 쪼그려 앉아 우물쭈물했다. 그는 정상이 아니다. 늘 집안의 고용인들을 벌레 보듯 보며 무시하던 남자였다. 항상 잘 차려입은 옷에 무표정하고 싸늘하던 자가 어린애처럼 벌벌 떨어 대니 그녀는 어찌할 바를 몰랐다.

"도련님."

그는 대답이 없었다. 가정부는 주위를 두리번두리번 둘러보다가 자리에서 일어섰다. 사시나무 떨듯 떠는 것이 마음에 걸려 거실 서랍장에서 모포를 가져와 그의 어깨에 둘러 주니 그가 와락 가정부의 품으로 무너졌다.

그녀는 당황했지만 침착하게 차겸의 등을 쓰다듬었다. 그녀에겐 이미 장성해 출가한 자식이 셋이나 있었다. 잔인하고 비정한 사내였지만 여자는 늘 그런 그를 불쌍하게 여겼다. 오죽 맘 둘 곳이 없으면 저럴까 싶어 측은했고 부모님의 기대에 부응하려 아등바등 노력하는 그가 가여웠다. 천성이 정이 많은 여자라 이 삭막하고 어두운 집에서 10년 넘게 일할 수 있었다. 그녀는 이 집안의 모두를 가엾게 여겼다. 그리고 그중에서도 차겸이 가장 가여웠다.

가정부는 차겸을 자리에서 일으켰다. 비틀거리는 그를 부축해 2층 그의 방에 올랐다. 침대에 뉘고 이불을 덮어 주고 방문을 나설 때까지도 그는 넋이 나가 있었다. 몸은 현실에 있는데 정신은 온전히 들어와 있지 않은 듯했다.

배가 고플 것 같아 찬을 차려 방으로 올라가자 그는 이불을 덮고 암막 커튼을 친 채 방 한구석에 웅크려 있었다. 가정부는 음식이 담긴 쟁반을 협탁에 내려놓고 조용히 문을 닫고 나왔다. 보통 일이 이

113

닌 것 같아 곧바로 주인 내외의 방으로 향했다. 노크를 하고 방으로 들어서니 제 손에 이런저런 반지를 번갈아 끼워 보던 안주인이 저에게 눈길도 주지 않고 말했다.

"무슨 일이에요?"

"사모님. 저 도련님이 좀…… 이상하세요."

"차겹이가요?"

"예. 갑자기 귀신이라도 본 것처럼 겁에 질리셔서……."

차겹이가? 여자는 인상을 찡그리며 가정부를 쳐다보다가 이내 다시 반지가 끼워진 저의 손가락에 골몰했다. 혼자 완벽한 척하더니 어디 가서 약이라도 처먹었나 보지, 어휴. 그녀는 한숨을 내쉬며 고개를 저었다.

"내버려 두세요. 시간 지나면 제정신 돌아오겠지."

그냥 그러다 말겠지 하고 넘어가기에는 상황이 제법 심각했다. 생전 저러지 않던 이가 아니던가. 가정부는 늘 집을 들락거리는 주치의를 떠올렸다.

"한 교수님이라도 부르는 것이……."

"집안 망신시킬 일 있어요!"

안주인은 신경질적으로 대꾸했다. 가정부는 움찔 놀라고 겁을 집어먹었다.

"남편 그 꼴 보여 준 것도 모자라 자식까지 약 처먹다 저렇게 된 걸 내가 보여 줘야 하냐고!"

"……."

"미친 새끼. 제 아빠 괜찮아진 지 얼마나 됐다고 지가 그 지랄이야! 그러다 확 뒈지든 말든 알게 뭐야! 꼴도 보기 싫으니 나가요!"

"네, 사모님."

가정부는 쏜살같이 밖으로 나가 문을 닫았다. 차겸의 어미는 호흡을 고르고 다시 제 손에 끼어진 반지를 내려다보았다. 아무래도 마음에 들지 않는지 그녀는 파란 사파이어가 큼지막하게 박힌 다른 것을 꺼내 들었다. 이후로 그녀의 세계를 비집고 들어서는 이는 아무도 없었다.

새까만 어둠이 내려앉은 후 판석이 집 안으로 들었다. 그가 귀가하면 늘 문 앞에 나와 있던 아들의 자리가 비어 있어 그는 외투를 벗으며 아내에게 물었다.

"차겸이는?"

아내는 그의 외투를 받아 들며 아무렇지 않게 말했다.

"모르겠네요."

"집에는 있고?"

여자는 가정부에게 무성의하게 고개를 돌렸다.

"아줌마, 차겸이 방에 있어요?"

"네. 사모님, 아까부터 계속 안 좋으세요."

"어디가?"

판석이 묻자 가정부는 머리를 더 조아리며 말했다.

"식사도 안 하시고 방에서 안 나오세요."

"언제부터?"

"이침부터……."

판석이 아내를 향해 눈을 부라렸다.

"당신은 어미가 되어 가지고 제 자식이 어떤지도 몰라!"

"……."

남편의 불호령에 여자는 말문이 막혔다. 겁을 집어먹은 눈동자가 파르르 떨리고 얼굴이 붉어졌다. 판석은 아내의 손가락에 끼어 있는 휘황찬란한 반지를 내려다보았다. 그러자 여자는 더듬더듬 제 왼손을 가렸다. 남편의 독기 어린 눈이 다시 그녀를 노렸다.

"한심한 사람 같으니."

머릿속에 든 거라고는 사치품뿐인 여자. 자식이고 뭐고 상관없이 자기만 귀한 여자. 자신의 신변은 그리 챙기면서도 그 외의 것에는 안중에도 없는 여자. 한 치 앞을 보느라 멀리 내다볼 줄도 모르는 백치 같은 여자. 이런 여자를 아내라고 데리고 대선을 치러야 한다니. 판석은 아내를 향해 인상을 구기며 쯧쯧 혀를 찼다. 바닥으로 떨구어진 아내의 고개는 들릴 줄을 몰랐다. 그녀는 잔뜩 겁을 먹은 채 남편의 뒤를 따랐다.

판석은 방에 가 옷을 갈아입고 곧바로 2층으로 올라갔다. 아무런 예고 없이 차겸의 방문을 열고 불을 켜니 안은 텅 비어 있었다.

"……."

가정부가 챙겨 주었을 식은 저녁 식사와 구겨진 이불이 바닥에 이리저리 나뒹굴었다. 판석은 굳은 표정으로 방을 훑고 창가로 다가가 차겸이 쳐 둔 암막 커튼을 모두 걷어 냈다. 촤르륵 촤르륵 요란한 소리가 방 안에 울렸다. 판석은 날카로운 눈으로 방을 다시 훑었다. 기민한 청각에 쥐 새끼의 숨소리가 느껴졌다. 그는 예고 없이 벌컥 옷장 문을 열었다. 그러더니 아들의 멱살을 잡고 밖으로 끌어내 바닥에 내팽개쳤다.

끄윽끄윽 차겸이 앓는 소리를 하며 바닥에 몸을 웅크렸다. 판석은 어금니를 사리물고 다시 아들의 멱살을 쥐었다. 차겸은 꼬리를 만개였다. 공포에 질려 제정신이 아닌 듯 보였다. 판석의 눈가가 꿈틀거렸다. 그는 아들의 뺨을 사정없이 후려쳤다.

"이게 무슨 꼴이야!"

"아…… 아버지……."

그는 다시 억세게 아들의 뺨을 후려쳤다.

"박판석의 아들이 어디서 패배한 개 꼴을 하고 있어!"

"아버지, 아버지, 살려 주세요. 아버지."

차겸은 그에게 빌었다. 벌벌 떠는 두 손을 모아 비는 그의 얼굴이 땀과 눈물에 젖어 있었다.

"아버지, 괴물을 봤어요. 제가, 제가 괴물을 봤어요."

차겸의 말은 판석을 더 노하게 만들었다. 그는 다시 아들의 얼굴을 후려쳤다. 차겸의 입술이 터졌고 판석의 손에 그의 피가 묻어났다.

"정말이에요 아버지! CTA! CTA요!"

"……."

판석의 손이 멈췄다. 그는 황소처럼 씩씩거리며 숨을 골랐다.

"무슨 소리야. 네놈 CTA에 손댔어?"

"아니에요, 아버지. 그게 아니에요. CTA를 구해다 드리려고……."

"……."

차겸은 엉엉 울었다.

"가영이…… 가영이에게 알아내서 CTA를 받으러 갔는데…… 아버지를 위해서 거래를 하려고 갔는데……."

"그런데!"

"아버지 그자는 괴물이에요."

"……."

"아버지 그자는 아, 악마예요. 귀…… 귀신이에요."

판석은 아들의 뺨을 다시 후려치고 그의 목을 흔들었다.

"이 정신 나간 놈 같으니라고! 똑바로 이야기하지 못해!"

"그 새끼의 피였어요!"

차겸은 히스테릭하게 소리 질렀다.

"그 새끼의 피였다고요! CTA가 그 새끼의 피였다고요……."

피? 괴물의 피라고? CTA가 괴물의 피라고? 이게 대체 무슨 소리란 말인가. 이 덜떨어진 놈이 미쳐 버린 건가. 이 세상의 괴물이나 귀신은 많이 보아 왔지. 그러나 그들은 모두 사람이었다. 괴물이 된 사람, 귀신이 된 사람. 그러나 그들의 피를 먹는다고 해서 젊음을 되찾지는 못한다. CTA란 약 자체가 가지고 있는 신비한 힘. 그걸 의학적으로, 과학적으로 풀이할 방법도 현재로선 없었다. 헌데 그것이 누군가의…… 피라고? 말이 안 되는 듯하면서도 묘하게 이 말도 안 되는 약을 설명해 주는 가장 정확한 풀이로 느껴졌다.

판석은 아들의 멱살을 놓았다.

"괴물의 피였다고요, 아버지. 그건 괴물의 피였어요……. 제가 봤어요. 제가……."

차겸은 바닥에 엎드려 꺼이꺼이 목 놓아 울었다. 그는 벌벌 떨며 다시 제 손을 가슴팍에 숨겼다. 공포에서 벗어나지 못한 채 바닥을 구르는 아들은 어릴 때나 지금이나 변함이 없다. 가족이라고 데리고 있는 것들은 모두 하나같이 이 모양이다. 약해 **빠져서는**, 둔해 **빠져** 서는. 핏줄만 아니라면, 사람들의 이목만 아니라면, 내다 버리거나 벌써 죽였으리라.

판석은 전능하게 그를 내려다보았다. 그의 눈에는 아들을 향한 동정이나 근심을 비롯한 그 어떤 감정도 들어 있지 않았다.

"일어나. 내 아들답게 굴어라."

"……."

차겸이 훌쩍거리며 땅을 짚고 상체를 일으켰다. 아버지의 말에 순종하면서도 여전히 부들부들 떨고 있었다.

"정신 똑바로 차려. 너는 박판석의 아들이다. 내 아들은 오줌 싸는 암캐처럼 울지 않는다."

"아버지……."

"나는 그런 아들은 필요 없다."

"……."

차겸은 입술을 꽉 물었다. 다시 눈앞이 눈물로 흐렸지만 그는 그 울컥 솟는 서러움을 견디기 위해 부서져라 어금니를 물었다.

"씻고 옷 제대로 갖춰 입고 나와. 한 번만 더 이런 꼴 보이면 그땐 가만두지 않겠다."

판석은 방문을 잡고 아들을 향해 냉랭하게 명령했다

"전덕기 청장, 그놈을 내 앞에 데려와."

"네. 아버지."

차겸은 눈물을 훔치고 아버지에게 공손히 대답했다.

비가 오고 있었다. 창밖은 빗소리로 시끄러웠고 명은 여느 때와 달랐다. 가영은 멍하고 불안한 얼굴로 그의 등을 좇았다.

바스락바스락, 가영에게 등을 돌린 채 그는 뭔가를 분주히 뒤적대고 있었다. 가영은 방문에 기대 명을 쳐다보다가 말했다.

"나갈 거야?"

"응."

여전히 그의 뒷모습은 분주했다.

"사냥……하는 거야?"

부스럭거리던 소리가 멈췄다. 명은 몸을 돌렸다. 붉은 눈동자는 평소와 다름이 없건만 그가 오늘 할 일을 생각하니 가슴이 쿵쿵쿵 뛰며 목이 졸리는 듯한 기분이 들었다.

"먹지 않으면 내가 죽어."

가영은 긴장한 얼굴로 고개를 끄덕였다. 받아들여야 해. 명이 그런 존재란 것을. 사람을 죽여서 먹는 존재란 것을. 목구멍으로 잘 넘어가지 않는 그 진실을 가영은 꿀꺽 힘겹게 넘겼다.

"알아. 알고 있어."

명에게 하는 말인지 아니면 본인에게 하는 말인지 가영은 주문처럼 중얼거리며 그에게 다가갔다. 굶주린 코끝에 가영의 달콤한 향이 퍼졌다. 명은 깊게 호흡했다.

"그래서 누구를, 누구를 사냥하러 가는 거야?"

명은 방금까지 자신이 보던 서류 뭉치를 가영에게 내밀었다. 그녀는 조심스레 그것을 받아 들었다.

「장태호」

서류에는 그의 사진, 이름, 나이, 사는 곳, 키와 몸무게를 비롯한 각종 상세한 기록들이 나열되어 있었다.

마약 중독자, 치정에 의한 강간 및 폭행…… 살해……. 가영은 눈으로 글씨를 따라 읽어 내려갔다. 그리고 맨 마지막 항목에 시선을 박은 채 좀처럼 들지 못했다.

「무죄」

"……."

가영은 시선을 들었다. 그녀는 일련의 상황을 정확하게 이해하지 못한 듯 보였다.

"치, 치정이 뭐야?"

"서로 사랑하는 사이에 생기는 온갖 것들."

"그럼 강간은?"

"기범 할배라는 자가 너에게 하려 했던 거."

가영은 안색을 굳히고 더듬더듬 가장 궁금했던 것을 물었다.

"무죄…… 무죄는 뭐야?"

"죄가 없다는 거야."

"……."

그녀는 미간을 구기고 눈을 파르르 떨었다. 명은 그녀의 손에서 다시 부드럽게 서류를 빼앗아 협탁 서랍장에 넣었다.

"세상에는 네가 이해할 수 없는 것들이 많아."

"……."

어느새 바닥으로 떨구어진 가영의 고개를 명은 부드럽게 들어 올렸다.

"그러니 애써 이해하려고 하지 마."

"하지만 알고 싶은걸."

가영이 어깨를 으쓱했다. 저의 뺨을 부드럽게 매만지는 그의 손길이 부드러워 가영은 나른하게 눈을 감았다가 떴다. 네가 하는 일을 전부 알고 싶다. 모두 다 이해할 수 있다면 정말 좋겠어.

"저 남자는 오늘 죽는 거야?"

"응."

"네가 죽인 사람은 엄청 많겠지?"

"응."

"그러면 모두 다 저 남자 같은 사람이었어? 강간, 치, 치정. 또…… 무죄?"

"응."

"한 번도…… 위험한 적은 없었어? 다치거나?"

"……"

그는 가영의 턱선을 부드럽게 매만지며 쉽사리 입을 열지 않았다.

"예전엔. 지금은 아니고."

예전에. 아주 어리숙했을 때. 자신이 어떤 존재인지 잘 알지 못했을 때. 지금보다 덜 자랐을 때. 시궁창의 쥐나, 들고양이를 잡아먹어야만 했을 때. 그로 인해 질병을 얻어 몇 번이고 죽을 뻔했을 때. 길다면 길고 짧다면 짧았던 때.

"내 피를 먹는 건 어때?"

과거에 잠겨 있던 명의 눈이 또렷하게 깨어났다.

"뭐?"

"그러니까, 너한테 필요한 건 피잖아. 그것만 충족되면 뭘 먹어도 상관없다고 했잖아."

"가영. 내가 네 피를 먹으면 너는 죽어. 아까도 말했지만 나는 사람을 죽이려고 피를 먹는 게 아니라 내가 살기 위해 피를 먹고, 피를 먹으면 사람이 죽는 거야."

"대신 너는 비가 올 때만 사냥을 하잖아. 그때까지 참았다가 한 번에 먹는 거잖아. 그런데 나는, 나는 네 옆에 있잖아."

"……"

여자의 얼굴을 어루만지던 손이 방향을 잃고 멈췄다.

"내 피는 매일매일 먹을 수 있잖아. 그럼 매일매일 조금씩 먹으면 되잖아. 그러면 너는 사냥을 하지 않아도 되고, 사람을 죽이지 않아도 되고, 또…… 위험해질 일도 없잖아. 나쁜…… 나쁜 사람은 수환 오빠 같은 형사 아저씨들이 잡으면 되니까. 너도, 너도 힘들지 않아도 되고."

순진한 소리. 모기에 물리는 것과 비슷하다고 생각하는 것이다. 피를 마시려면 살을 씹어야 한다. 그 고통이 어떠한지 모르니까 하는 소리다. 명은 하얗게 드러난 가영의 목덜미를 보았다. 그는 손으로 그녀의 목선과 쇄골을 쓸었다. 보드랍고 여린 곡선. 손끝에 혈액이 힘차게 흐르는 것이 느껴졌다.

"나한테 단내가 난다고 했잖아."

"맞아."

맞아. 너에게는 늘 그 냄새가 난다. 네 숨 내음에서, 너의 살결에서, 너의 체액에서. 꽃 냄새 같기도 달콤한 캐러멜 향 같기도, 군침 돌게 만드는 버터 향 같기도 한 냄새. 입안에 침이 고이고 한입 베어 물어 버리고 싶은 냄새.

"그러니까 그냥 내 피를 먹어."

명은 피식 웃고 고개를 저었다.

"그럴 순 없어. 더 이상 널 아프게 하기 싫거든."

"나는 괜찮은데."

가영은 또렷하게 대답했다. 명은 건강한 피가 좋다고 했다. 가영은 술도, 담배도 한 적이 없다. 신열을 앓았던 적은 있지만, 그것 말고는 육체적으로 질병을 앓아 본 적도 없고 이렇다 할 약을 먹어 본 적도 없다. 튼튼하고 건강했다. 그러니까 굳이 따지자면 저는 무명에게 청정 지역에서 자란 유기농 농작물 같은 것이다.

"살짝 맛만 볼래?"

어처구니없는 물음에 그는 결국 웃음을 터트렸다.

"맛은 여러 번 봤어."

이미 몇 번 그녀의 입술을 씹은 기억이 있다. 아주 적은 양이지만 그 정도면 충분히 안다. 가영의 피가 얼마나 달콤한지.

"곧 돌아올게."

명은 가영의 머리를 부드럽게 쓰다듬었다. 가영은 그의 손목을 꽉 쥐고 불안하게 물었다.

"네가 안 돌아오면 어떻게 해?"

"그런 일은 없어."

가영은 다시 고개를 떨궜다.

"네가…… 피를 뒤집어쓰고 들어오는 게 싫어."

"가영."

"외롭고 슬퍼 보여."

"……"

피를 뒤집어쓴 채 어둠에 숨어 다니는 것이 싫다. 꼭 그렇게 처절하게 살아야 할까. 꼭 그래야만 하나? 그가 괴물이 되는 것이 싫다. 누군가 그를 보며 괴물이라고 부르고 공포에 질려 떠는 것이 싫다. 그는 좋은 사람인데. 너무 따뜻한 사람인데. 사람들이 그걸 알아준다면 얼마나 좋을까. 모두들 무명을 보며 미소 지어 주면 얼마나 좋을까. 그러면 외롭지 않을 텐데. 분명 그는 지금보다 훨씬 더 행복할 텐데. 그의 삶에 자신이 섞여 드는 것이 아니라, 저의 인생에, 보통 사람들의 일상에 그가 섞여 든다면, 그렇게 평범해진다면, 이토록 그에 대해 불안해하지 않아도 될 텐데.

"이게 나야."

명이 말했다.

"이게 나야, 가영. 내가 너에게 원하는 건 네가 이런 나를 받아들이는 거야."

"알아. 알지만, 네가 모두에게…… 모두에게 사랑받았으면 좋겠어. 네가 나에게 좋은 사람이듯 모두에게…… 모두에게 좋은 사람이면 좋겠어."

"나는 너에게만 좋은 사람이면 돼."

"……."

가영의 표정이 말도 못 하게 슬퍼 보였다.

"무섭니? 내가 널 어둠 속으로 데려갈까 봐?"

"아니."

가영이 도리도리 고개를 저었다.

"네가 혼자…… 혼자 갈까 봐."

"……."

그저 순진하다고만 여겼는데. 갖고 싶은 것을 향한 소유욕이나 불안함. 그런 미친 광기는 저에게만 해당된다고 생각했는데. 너에게도 광기가 있구나.

이미 자신은 온전히 그녀의 것이었다. 몸도 마음도 이미 더는 그녀에게 달라붙을 수 없을 만큼 달라붙어 있다. 그럼에도 불구하고 가영은 더 많은 것을 원했다. 더 많은 것. 눈앞에 보이는 진실보다 보이지 않는, 일어나지 않은, 불확실한 것들에 더 마음을 쓰고 있었다. 언젠가 그가 자신의 곁에서 사라질 거라는 그 부질없는 상상. 나는 사라지지 않아. 언젠가 네가 죽어 내 옆에서 사라질 때까지 절대로.

명은 가영의 작은 뺨을 잡아 저와 눈이 맞도록 들어 올렸다. 까만 밤, 후드둑 떨어지는 빗소리가 날카롭게 울렸다. 그의 붉은 눈이 흐트러짐 없이 가영을 내려다보았다. 여자는 아득히 그 시선에 빨려 들어갔다.

"내가 너를 물면, 너는 잠들 거야."

"……."

"이 고통을 생생히 기억해 둬. 두 번 다시 내가 널 물 수 없도록."

그는 멍하게 저를 올려다보는 가영의 목덜미를 쓸어 머리카락을 치워 내고 그곳에 입을 맞추었다. 보드랍고 따뜻한 접촉에 가영의 눈이 가물가물 감겼다. 나른하게 힘이 빠지려는 찰나 그가 가영의 목덜미를 콱 물었다. 가영이 히익 숨을 들이켰다. 무거웠던 눈꺼풀이 위로 펄쩍 들렸다. 으득 하는 소리가 났다. 분명 제 살을 명이 씹는 소리였다. 앓는 소리가 가늘게 끓었다. 가영의 몸이 바들바들 떨렸다.

명은 그녀의 두 어깨를 꽉 잡고 살갗을 더 파고들었다. 그의 하얀 잇새로 핏물이 고였다. 가영의 눈이 뒤로 넘어갔다. 무릎이 꺾이며 축 늘어지려는 여체를 명이 안아 들었다. 주르륵 흐르는 피를 닦아 내고 저의 손바닥을 물어 피를 내 씹힌 가영의 목덜미 위에 섬세하게 발랐다.

새하얀 시트 위에 올려 둔 가영은 잠이 든 공주 같았다. 명은 그녀의 입술에 정성껏 키스하고 이불을 덮었다. 딸깍, 방을 밝힌 불이 꺼지고 어둠이 드리운 명의 긴 그림자가 곧 방 안에서 사라졌다.

깔끔한 양복을 입은 이가 바지런히 키보드를 치고 있었다. 수환은 그 옆에 앉아 다 비운 종이컵에 담뱃재를 털었다. 서 내에서는 금연 이라지만 그것도 근무 시간의 이야기이다. 모두가 떠나 텅 빈 사무 실에서 무엇을 하든 지들이 알게 뭐란 말인가.

남자는 엔터 키를 치고 수환을 쳐다보았다.

"다 썼습니다. 보낼까요?"

피곤함에 눈을 비비던 수환이 늘어졌던 몸을 곧추세우고 모니터 를 넘겨보았다. 메일 창에 빼곡하게 쓰인 히라가나를 알아볼 수는 없지만 대강 적힌 한문은 꼼꼼히 확인했다.

"형사님이 말씀해 주신 대로 '검은 짓'에 대해 물었습니다."

몇 날 며칠 밤을 새어 서적을 뒤져도 모두 헛소리뿐이었다. 무명은 햇볕에 타 죽지 않는다. 벌건 대낮에 세상을 활보하고 돌아다닌다. 그러나 대부분의 서적에서 흡혈귀는 빛에 타 죽는다고 했다. 소설이 건, 잡지식을 그러모아 놓은 것이건, 고서이건 마찬가지다. 하지만 그는 그들의 표현대로 병에 걸린 거 같지도, 죽은 시체 같지도 않았 다. 그는 살아 있었다. 게다가 말뚝에 박혀 죽을 놈 같지도 않았다. 그렇게 고전적인 놈이라면 마찬가지로 햇볕에도 타 죽어야 했다.

그러다 발견한 책자가 '요시마 타카아키'란 일본인이 쓴 책이었 다. 매니악한 삼류 잡지식서처럼 보이는 그의 서적에는 아주 오래전 그의 아버지의, 아버지의, 아버지로부터 들은 뱀파이어에 대한 무용 담을 시작으로 그가 어떻게 뱀파이어에 빠지게 되었는지, 그는 어떻게 뱀파이어가 허구가 아니라 현실이라고 생각하는지에 대해 아주 자세하게 기술되어 있었다. 남들이 보기엔 웬 미친놈인가 싶겠지만 수환에게는 아니었다. 그 책에 쓰인 대부분의 내용이 진실로 받아들여졌다.

그는 뱀파이어를 '혈귀(鬼)'가 아닌 '혈신(神)'이라고 불렀다. 늑대와 개로, 호랑이와 고양이로, 혈귀와 인간을 비교했다. 또한 그는 신이 저와 가장 비슷한 모습으로 뱀파이어를 만들고, 그의 갈비뼈를 떼어 내 인간을 만들었다고 말했다. 명백한 성경에 대한 오독이자 모욕이며 말도 안 되는 헛소리로 여겨졌을 것이 뻔했으니 책이 잘 팔릴 리야 없었다. 고소나 안 당했으면 다행이지.

그러나 분명 요시마란 작자가 말한 뱀파이어의 모습이 무명과 가장 흡사했다. 특히나 그 말도 안 되는 신체적 능력은 더욱 그랬다. 요시마는 책의 말미에 '생명은 모두 붉다. 그러나 또한 검다. 그것만으로 우리는 능히 그를 타락시킨다. 우리는 모두 아담을 타락시킨 하와일 것이다.'라고 적어 놓았다.

검은 것. 그것이 무언지 알아내는 것만이 지금으로선 명에 대해 알 수 있는, 혹은 그의 약점을 알아낼 수 있는 유일한 방법이었다.

톡톡톡. 빗방울이 창문을 두드리는 소리가 들리더니 얼마 지나지 않아 세차게 빗줄기가 쏟아졌다. 그는 창가를 부술 듯 두드리는 빗소리에 귀를 기울였다. 어쩐지 기분이 이상했다.

"형사님. 전화가 왔는데요."

사내는 책상 위에서 진동하는 수환의 휴대폰을 집어 건네며 말했다.

"아. 감사합니다."

그는 액정을 확인했다. 영길의 이름이 떠 있었다. 불길한 기분이 엄습했다.

"수고하셨습니다."

수환은 사내에게 인사하고 급한 걸음으로 사무실 문을 닫고 나왔다.

"여보세요?"

— 선배. 방금 장태호가 여자 데리고 집에 왔는데 분위기가 좀 이상해요.

"여자를 데리고 들어갔어?"

— 네. 대리기사 불러서 들어갔는데 애새끼가 약 빤 거 같아. 여자애 표정도 안 좋고.

놈은 이미 전력이 두 번이나 있었다.

"몇 살로 보여?"

— 스무 살 안팎.

대학생. 그는 늘 여대생을 택했다. 아직 세상의 때가 덜 묻고 철이 없을 나이. 순진한 아이들만 골라 처음엔 간이고 쓸개고 다 빼 줄 듯이 굴다가 얼마 지나지 않아 본성을 드러낸다. 여자를 장난감처럼 다루고 비틀고 부순 후에 그는 다시 쇼핑을 하듯 새로운 여자를 골라 똑같은 짓을 반복했다. 지 목숨이 위태로운 줄도 모르고 사이코 자식이 또 여자를 데려다가 그 짓거리를 하려는 거다.

"20분이면 가. 기다려."

— 선배! 지금…….

갑작스레 영길이 고함쳤다. 그러고는 갑자기 침묵했다. 거칠게 헐떡이는 그의 숨소리만으로도 다급함이 전해졌다. 무슨 일인가가 벌어지고 있었다.

— 씨발!

영길이 날카롭게 욕설을 내뱉었다. 수환은 재빨리 말했다.

"내가 갈 때까지 꼼짝도 하지 마! 야! 듣고 있어?! 한영길!"

그는 휴대폰을 귀에서 떼어 내고 액정을 보았다. 여전히 통화 시간은 초 단위로 바뀌고 있었다. 그는 휴대폰을 꺼 바지 주머니에 넣고 달렸다.

"이런 옘병할!"

초조함에 욕설이 절로 나왔다.

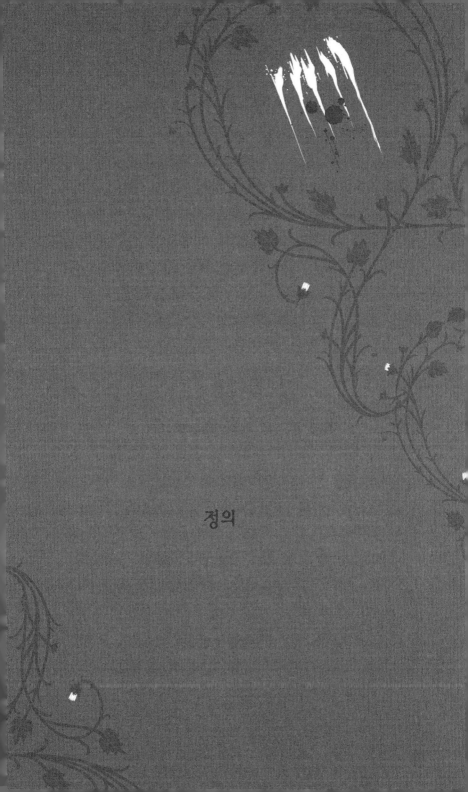

정의

수환은 액셀러레이터를 밟으며 계속해서 영길에게 전화를 걸었다. 아무리 신호가 가도 놈은 전화를 받지 않았다. 그는 욕설을 내뱉으며 휴대폰을 조수석에 던졌다.

핸들을 급히 꺾어 골목으로 들어서자 운전석 문이 열려 있는 영길의 차가 보였다. 그는 급하게 브레이크를 밟았다. 끼이익― 바퀴가 요란한 소리를 내며 아스팔트를 긁었다.

기어를 P에 올려 두며 그는 장태호의 고급 주택 2층 창문을 올려다보았다. 집 안의 불은 모두 꺼져 있었고 창문마다 커튼이 쳐져 있었다. 수환은 무전기로 경찰 지원을 요청한 뒤 벨트를 풀고 급하게 차 밖으로 뛰쳐나갔다. 주택의 철문은 굳게 잠겨 있었다. 그는 차고로 향했다. 꽉 닫히지 않은 차고의 틈새가 열려 있었다. 영길이 그곳으로 들어간 듯 사람 하나가 딱 들어갈 정도였다.

"아, 이 미친 새끼. 그냥 있으라니까."

그는 투덜거리며 그 안으로 몸을 욱여넣었다. 장태호는 오랫동안 운동으로 몸을 단련시킨 놈이었다. 그가 얼마나 힘이 세고 잔악한지는 그에게 맞아 죽은 여인들의 사체만 보아도 알 수 있다. 멀쩡한 장기와 뼈가 없었다. 놈은 오직 유희만을 위해 칼을 쓰고 막상 여자를 죽일 때는 늘 맨주먹으로 패 죽였다.

그는 영길이 지나갔을 계단을 뛰어 올라가, 그가 열어 놓았을 문 안으로 쏜살같이 뛰어 들어갔다. 만약을 위해 늘 안주머니에 소지하고 있던 권총을 꺼내 들었다. 사람을 쏘려고 갖고 있는 게 아니다. 무명이란 놈과 마주할 때를 대비하여 가지고 있는 것이었다. 하지만 여차하면 장태호를 향해 방아쇠를 당겨야 한다. 그러나 과연 그걸 상부에서 용납하고 넘어갈지가 문제였다. 장태호의 몸에 구멍을 뚫어 놓으면 분명 자신의 목은 날아가겠지.

그는 두 손으로 총을 잡고 방아쇠 위에 손을 얹은 뒤 조심스레 발걸음을 뗐다. 아스라이 여자의 울음소리가 들려왔다. 스산한 밤. 비까지 오고 있으니 그 울음소리가 마치 귀신의 곡소리 같았다.

수환은 벽에 붙어 2층 계단을 올랐다. 울음소리가 가까워질수록 무엇인가를 규칙적으로 때리는 둔탁한 소리도 함께 들려왔다. 등골이 오싹했다. 수환은 계단을 막 오르자마자 희미하게 실루엣이 보이는, 소리의 근원지를 향해 재빠르게 뛰어 들어갔다.

"장태호!"

수환은 사내의 이름을 부르며 방문에 다리를 벌리고 서 총부리를 겨눴다.

"……."

시야에 모든 상황이 정확하게 들어왔다. 여자는 벌거벗겨진 채 침대 기둥에 양손이 묶여 있었다. 그녀의 얼굴 어디선가 피가 철철 나고 있었다. 그는 바닥으로 시선을 내렸다. 잘린 한쪽 귀가 여자의 발끝에 놓여 있었다.

그리고 계속해서 둔탁한 소리를 내는 그것. 장태호가 멱살을 쥐고 계속해서 잭나이프로 거칠게 쑤셔 대고 있는 것은 영길의 몸이었다. 수환은 장태호를 향해 정확하게 총을 겨눴다.

"장태호!"

수환이 한 번 더 그를 불렀다. 이미 축 늘어진 영길의 복부를 반복적으로 찌르던 그는 아주 느리게 수환을 향해 고개를 돌렸다.

"……."

장태호의 몸은 흥분으로 들썩였다. 피로 얼룩진 그의 얼굴이 희미하게 드러났다. 희열과 광기에 찬 눈동자를 마주하자마자 전신에 소름이 끼쳤다. 놈은 영길의 멱살을 놓았다. 영길의 몸이 대리석 바닥에 무겁게 늘어졌다.

"자, 장태호. 물러서."

수환이 목소리를 쥐어짜 냈다. 손마디가 떨려 와 그는 총을 더 꽉 움켜쥐었다. 장태호는 물러서라는 수환의 말에 오히려 그에게 다가왔다. 바닥에 번진 핏물이 그의 발바닥 아래 찰박거렸다.

"물러서!"

수환은 리볼버의 해머를 당겼다. 짤깍하고 총알이 장전되는 소리가 방 안에 메아리쳤음에도 장태호는 물러서지 않았다. 그는 아무것도 듣지 못하는 것처럼 보였다. 사람이 아닌 벌레를 보는 듯 그의 눈은 광기에 사로잡혀 있었고 모든 상황을 즐기는 듯 동작은 여유롭고 느긋했다.

"방아쇠를 당기겠어!"

수환이 경고했다. 그는 정확하게 장태호의 머리를 겨냥했다. 쏘면 된다. 방아쇠를 당겨 버리면 된다. 당겨. 어서 당겨 버려. 그러나 그럴 수가 없다. 이대로 장태호를 죽일 수가 없다. 놈을 법정에 세우겠다고 부르짖었던 수많은 날의 결심들이 그를 망설이게 했다. 제 동료가 눈앞에서 죽어 가고 있는데도 말이다. 눈시울이 뜨거웠다. 빌어먹을. 빌어먹을.

놈은 코앞까지 다가왔다. 그러고는 총을 쥔 그의 손을 쳐 냈다.

탕!

리볼버가 허공으로 날아가며 한 발의 총성이 울렸다. 여자는 비명을 지르며 흐느꼈다. 수환은 거대한 괴물이 된 장태호를 바라보았다. 그의 실루엣이 삽시간에 수환을 어둠 속에 가두었다. 달빛, 네온 사인의 불빛, 커튼 사이로 들어오는 모든 빛들이 완전히 차단된 채로 숨도 제대로 쉴 수 없었다.

수환은 뒤로 주춤주춤 물러서며 늘어진 영길의 몸뚱이를 보았다. 사리문 그의 입술에서 신음이 흘렀다. 지원 경찰이 오려면 시간을 더 벌어야 한다. 이렇게 죽을 순 없어. 버텨야 해. 어떻게든. 수환은 장태호의 목을 잡고 그를 뒤로 밀었다. 주춤, 장태호의 몸이 뒤로 젖혀졌다. 그러나 그것이 다였다. 장태호는 저의 목을 쥔 그의 손을 잡더니 반대로 꺾어 버렸다. 으득 소리가 나며 손가락이 모두 기이하게 반대로 접혔다.

"아악!"

수환은 손을 움켜쥐고 바닥에 주저앉았다. 놈이 웅크린 그의 뒷목을 잡았다. 어마어마한 악력. 목뼈가 으스러질 것 같았다. 지금 그는 사람이 아니었다. 약을 한 것이 틀림없어 보이는 퀭한 두 눈 역시 사람의 것이 아니다. 이놈은 지금 괴물이다. 그는 나이프를 쥔 손을 치켜들었다. 수환은 눈을 꽉 감았다. 죽는다!

퍼억 하고 살이 찢기는 소리가 났다. 공포에 마비되어 고통을 느끼지 못하는 것일까? 신체의 어떤 부위도 뭔가에 뚫린 감각이 없었다. 수환은 눈을 뜨고 고개를 들었다.

나이프의 끝이 그의 코끝에 닿았다. 찐득한 액체가 칼날을 타고 아래로 흘렀다. 그리고 그 칼에 관통당한 손등이 시야를 온통 가렸다. 빛을 등진 까만 실루엣. 놈을 주시하던 붉은 눈동자가 저를 내려다보았다.

무명.

열린 창문으로 빗줄기가 쏟아져 들어왔다. 닫혀 있던 커튼이 어느새 펄럭펄럭 바람에 나부끼고 있었다. 장태호는 비릿하게 웃었다. 새하얀 이가 짐승처럼 드러났고 안광에 광기가 서렸다. 그는 무명의 손등에서 빼낸 칼날을 다시 명에게로 휘둘렀다.

퍽, 퍽, 살이 찢기는 소리가 들렸다. 칼날은 자비 없이 명의 목, 가슴팍, 배를 사정없이 찔렀다.

수환은 덜덜 떨며 뒷걸음질 쳐, 영길에게로 기었다. 축 늘어진 영길의 몸을 살피고 그의 목덜미에 손을 대고 지그시 눌러 보았다. 아직 맥박이 뛰고 있었다. 영길의 몸을 눈으로 훑었다. 칼에 찔린 상처가 너무 많아 지혈은 불가능했다. 그는 자신의 점퍼를 벗어 영길의 몸 위에 올려 두고 다시 바닥을 기어 저만치 멀어진 리볼버를 찾아 쥐었다.

철컥. 다시 해머를 당기고 장태호의 실루엣을 찾아 총 머리를 겨눴다. 손가락을 방아쇠에 걸고 당기려던 찰나, 얽혔던 두 개의 몸뚱이가 위치를 바꿨다. 명은 제 몸에 칼날을 박은 그의 손을 움켜쥐었다. 그러고는 놈의 목덜미를 쥐고 벽으로 밀어붙였다. 장태호의 발이 바닥에서 떨어졌다. 허공으로 들린 발이 허우적댔고 붙박인 듯 그에게 잡힌 손을 움직이지 못했다.

아윽 하고 목이 졸린 소리가 났다. 명은 저의 몸에서 칼날을 천천히 빼냈다. 주륵, 칼끝에서 피가 흘러내렸다. 분명 칼날이 그의 광대뼈에 박혔었는데 명의 얼굴은 도자기처럼 상처 하나 없었다. 장태호는 시근덕거리며 눈을 깜빡였다. 이자는 뭐지? 도취되고 고무되었던 흥분이 삽시간에 가라앉았다. 광기에 얼룩졌던 안광이 푹 꺼지고 곧 나락으로 떨어질 눈동자가 이리저리 흔들렸다.

명이 그의 손목을 꺾었다. 우득 소리가 나더니 나이프가 손에서 떨어져 나갔다.

무명…….

수환은 쳐들었던 총구를 내렸다. 전세는 역전되었고 더 이상 장태호는 위협이 되지 못했지만 공포는 여전히 물러서지 않았다.

으드득. 기괴한 소리가 났다. 마치 천을 잡아 찢는 듯했다. 놈의 비명 소리도 점점 더 거칠고 급박해졌다.

놈이 아아아악 비명을 질렀다. 우지끈하고 소리가 들리더니 그의 어깨에서부터 오른팔이 완전히 뜯겨 나갔다. 그 모습을 본 여자가 그대로 까무러쳐 축 늘어졌다. 명은 놈의 잘린 오른팔을 들고 있었다. 후두둑후두둑 바닥으로 핏물이 떨어졌다.

"안 돼! 무명!"

수환이 소리 질렀다. 야행성 눈동자가 무감하게 다시 저를 돌아보았다.

"죽이면 안 돼! 죽여도 싸지만, 그, 그래도 죽이면 안 돼!"

"……."

명이 사지가 늘어진 영길에게 눈길을 주었다. 그가 무슨 생각을 하는지 안다. 알아. 그에게 자신이 얼마나 한심해 보일지 알아. 얼마나 답답해 보이는지 안다. 그러나 그래도 안 된다.

"저 새끼는 법의 심판대에 세워야 해. 그래야 돼."

"……정의."

명은 아래에서 꺽꺽대는 장태호를 내려 보며 중얼거렸다.

"그래. 그게 정의야. 법의 심판을 받게 하는 것이 정의야."

"……."

"그러니까, 그러니까 놈을 죽여서는 안 돼. 네가 그걸 심판해서는 안 돼."

멀리서 사이렌 소리가 들렸다. 붉고 파란 빛들이 창밖에서 번쩍거렸다. 명은 수환을 재 보았다. 머저리라 생각하고 있는지도 모른다. 그러나 그것이 수환의 신념이었다. 올곧아 병신 같은 신념.

"경찰이 올 거야. 여긴 내가 수습할 테니 어서 가."

그 말에 명의 눈이 비웃는 듯 가늘어졌다.

"이상한 일이네."

맞아. 정말 이상한 일이다. 그러나 그는 저의 목숨을 살렸다. 그가 막아 주지 않았으면 저는 벌써 죽었을 거다.

"네놈에게 빚을 질 순 없어. 그러니까 빨리 꺼져."

명은 장태호를 바닥에 던졌다. 놈은 비명을 질렀다.

"내, 내 팔! 내 팔!"

벌레처럼 바닥을 구르며 몸부림치는 동안 열린 수도꼭지에서 물이 쏟아져 나오듯 피가 계속해서 쏟아졌다.

명은 제 손에 들린 장태호의 오른팔을 수환에게 던졌다. 수환의 무릎 아래 둔탁한 소리를 내며 고깃덩어리가 미끄러졌다. 무명은 영길에게 다가갔다. 살아 있는지 가늠하기 위해 아까 수환이 했던 것처럼 그의 맥을 짚었다. 그러더니 저의 손바닥을 물었다. 살이 씹히는 소리가 들렸다. 명은 영길의 턱을 잡아 그의 입을 강제로 벌린 후 혀를 누르고 더 깊이 손가락을 넣었다. 주르륵 소리와 함께 그의 피가 영길의 식도를 타고 내려갔다.

수환은 불안하게 그가 하는 것을 지켜보았다. 그러나 그의 피가 사람의 몸에 어떤 영향을 끼치는지는 이미 들어서 알고 있다. 그는 저의 파트너를 살리려 하는 것이다. 수환은 침을 꿀꺽 삼켰다.

명은 몸을 일으켰다. 여전히 그의 붉은 눈은 무감하게 빛나고 있었다.

"너는 놈을 잡지 못해."

무명은 단언했다.

"으레 그랬듯 다시 빠져나가겠지."

"그래도 다른 방법은 없어. 법대로 해야 해."

수환은 지지 않고 강하게 말했다. 영길의 사지가 부들부들 떨리고 있었다. 명의 피가 효과를 나타내기 시작한 것이다.

"뼈와 근육이 붙기 시작하는 거야. 곧 멀쩡해져."

"고마워."

수환은 파트너의 몸을 부둥켜안으며 명에게 말했고 그는 피식 웃었다.

"고마울 필요 없어. 너는 오늘 일을 두고두고 후회하게 될 테니까."

명은 그 말을 남기고 사라졌다. 억수같이 쏟아지는 장대비 사이로 홀연히 온 것과 같이 홀연히.

문이 열리고 수많은 경관들의 발자국 소리가 집 안에 울려 퍼졌다. 수환은 온기가 돌기 시작하는 영길의 몸을 더 바짝 껴안은 채 내리는 장대비를 멍하게 쳐다보았다.

번쩍. 번개가 쳤다. 장태호는 부들부들 떨며 여전히 발광하고 있었고 귀가 잘린 여자는 여전히 의식을 놓은 채였다.

그는 생각했다. 후회란 것은 무엇을 말하는 걸까.

장태호를 사냥하도록 내버려 두지 않은 것. 아니면 무명 저를 보내 준 것. 그가 말한 후회는 그 둘 중 무엇이었을까. 혹여 둘 다는 아니었을까. 가슴이 불안하게 조였다.

그리고 며칠 후, 모든 건 무명의 말대로 되었다. 놈은 풀려났다. 아니, 구속 영장조차 반부되지 않았다. 검사에게 전화해 온갖 지랄

발광을 해 댔더니 그는 판사가 기각했노라며 성을 냈다. 이미 여러 차례 도주를 한 놈임에도 정신적인 병력이 있고, 이미 한쪽 팔이 잘려 병원에서 치료를 받고 있으니 도주의 위험이 없다고 했다.

하지만 그것 때문이 아니겠지. 그가 재력가의 아들이기 때문에, 권력자의 아들이기 때문에 아마 영영 구속 영장을 발부할 수 없을 것이다.

"빌어먹을 새끼들!"

수환은 제 책상을 발로 쾅 차고 자리에 털썩 주저앉았다. 무명의 피로 인해 다시 온전해진 영길은 그러나, 며칠째 출근하지 않고 있었다. 수많은 살해 현장을 보아 온 그가 어째서 정신적 충격을 받고 말도 없이 잠수를 탔는지 사람들은 알지 못했다. 거의 죽었다가 살아난 그의 비밀에 대해 아는 것은 오로지 수환뿐이었다. 그가 느꼈을 충격과 공포, 그리고 악몽과도 같았던 그날의 일들이 머릿속에서 잘 잊히지 않았으리라.

수환은 제 머리카락 속에 손가락을 파묻고 책상 위로 고개를 수그렸다.

경옥은 다시 아들의 전화번호를 눌렀다. 큼지막한 전화기 자판이 딸각딸각 소리를 내며 꾹꾹 눌렸다. 이미 여러 차례 그에게 전화를 했지만 수환은 받질 않았다.

삐— 음성 녹음으로 넘어가는 신호음이 울리자마자 경옥은 언성을 높였다.

"이 썩을 놈! 애미 전화를 아주 그냥 쥐똥으로 알지! 뭐 하느라고 전화도 안 받아!"

아들을 향해 온갖 욕지거리를 차례로 쏟아 낸 후 그녀는 한숨을 쉬며 저의 머리를 짚었다. 지끈지끈 다시 두통이 도져 눈매가 절로 일그러졌다.

"아무리 바빠도, 짬 내서 집에 한번 와. 너 그렇게 가고 엄마가 마음이 안 좋다."

수환이 서울에 올라가기 전까지 싸웠다. 가영의 문제로 둘은 매번 낯빛을 붉혀야 했다. 아들이 가영을 얼마나 아끼는지 안다. 사랑인지 정인지 뭔지 분간을 못 하고 있어도 그것은 분명 사랑이었다. 어릴 때부터 대쪽 같은 성정의 아이가 열한 살 때부터 보아 오고, 누이로 함께해 온 가영을 이성으로 보고 있다는 사실을 쉽게 인정할 수 없을 것이다. 스스로에게 엄격한 아이였다. 그리고 그만큼 세상에도 엄격한 아이였다.

그렇기에 아들이 저를 어떻게 보는지 안다. 아들은 저를 경멸했다. 원망하는 것도 안다. 가영 때문에 돈을 받아먹었으면서 매번 가영을 종처럼 부렸던 것을 그는 끝끝내 용납하지 않을지도 모른다. 모자의 사이는 이렇게 끊어질지도 모를 일이다.

그러나 경옥은 끊어질 때 끊어지더라도 서로 얼굴을 마주하고 대화라는 것을 해 보고 싶었다. 진실은 전하지 못하더라도 아들에게만은 진심을 이야기해 보고 싶었다. 어쨌든 이런 식으로 아들과 끝내 ㄱ 싶지는 않았다.

"어쨌든 와. 이 메시지 받게 되면 바로 와. 알겠니?"

그녀는 수화기를 내려놓았다. 집 안으로 스산한 바람이 들었다. 경옥은 터덜터덜 방으로 들어가 얼마 전 옷장에서 꺼내어 다려 놓은 명주로 된 한복을 천천히 쓸고 옷걸이에서 곧 그것을 빼 들었다.

"쉬이."

가영은 닭들을 향해 집게손가락을 들어 보였다. 그녀는 소쿠리에 담아 온 딸기와 싸라기를 닭장 안 사료 통에 털어 넣었다. 암탉 몇이 털갈이 중이었다. 가영은 닭들이 늘 알을 낳아 놓는 통을 들여다보았다. 일고여덟 개의 알이 도란도란 뉘어 있었다. 암탉들이 털갈이 중이라 알을 많이 낳지 않았을 텐데 경옥이 며칠째 방치하고 있는 것이 틀림없었다. 가영은 빈 소쿠리에 그것을 담았다. 그러고는 꽉 닫혀 있는 경옥의 집 문을 바라보았다. 마치 누구도 살지 않는 듯 적막했다.

밥은 제대로 챙겨 드실까? 할머니는 이가 좋지 못하셔서 매일매일 상에 두부와 계란찜을 올렸다. 텃밭이며 가축들이며 모두 제대로 돌보고 있는 것 같지 않다. 계속 이대로 두다간 가축들도, 농작물도 모두 죽고 말 것이다. 수환 오빠에게 연락해야 할까? 하지만 할머니는 오빠와 마주치지도 말라고 했다. 그게 키워 준 은혜를 갚는 것이라고.

가영은 담아 둔 계란들을 다시 통 안에 담아 넣었다. 혹시 할머니가 내일은 나와 달걀을 가져가실지도 모르니까. 조금만 더 기다려 보자.

꼬꼬댁. 꼬꼬.

닭들이 싸라기를 부리로 쪼며 소리를 냈다. 가영이 다시 닭들을 향해 '쉬' 소리를 냈다.

"내가 여기 온 건 비밀이야. 알겠지?"

꼬꼬댁. 꼬꼬.

수탉이 날개를 푸드덕거렸다. 가영은 빈 소쿠리를 들고 경옥의 집 마당에서 나와 언덕을 올랐다. 멀리 검은색 세단이 막 산골 마을로 들어서고 있었다. 한눈에 보기에도 고급차였다. 그녀는 세단이 막 돌다리 아래에 서는 것을 보고 집으로 들어갔다.

"명아. 누가 온 것 같아."

명은 다 된 부엌 전등을 빼고 막 새것으로 갈고 있었다. 허리가 굽어 부일이 할 수 없는 일이었다. 부일은 명에게 낡은 전등을 받아 들며 물었다.

"전덕기일까요?"

"아니."

그는 전구를 끝까지 돌려 끼며 고개를 저었다. 그러고는 시선을 돌려 돌다리 아래를 내려다보았다. 세단에서 막 남자 하나가 내렸다. 그는 유유히 주변을 살피고는 매끈하게 빗어 올린 본인의 옆머리를 매만지고 걸음을 옮겼다. 가영이 소쿠리를 탁탁 털어 벽에 걸었고 명은 의자에서 내려왔다.

"우릴 찾아온 게 아니야."

그는 가영을 향해 방그레 웃으며 말을 이었다.

"전혀 모르는 사람이고."

가영은 명이 웃으니 그를 따라 백치처럼 미소 지었다. 그는 손으로 가영의 옆머리를 보드랍게 쓸어 넘겼다.

"배고파."

"응. 기다려."

그녀는 고개를 끄덕이고 부엌으로 들어섰다. 분주히 세간살이를 꺼내는 소리가 명의 등 뒤에서 들렸다. 그는 다시 한번 밖을 주시했다가 곧 가영을 따라 부엌으로 들어섰다.

원죄

세단에서 내린 박판석이 막 경옥의 집 마당으로 들어가고 있었다. 한낮인데도 경옥의 집 주변만 을씨년스럽게 어두웠다. 원래 이곳은 이랬다. 늘 한기가 들고, 항상 볕이 잘 들지 않았다. 그는 손을 들어 수행 비서를 물렸다. 그러고는 구두도 벗지 않은 채 경옥의 집 마루에 성큼 올라섰다.

벌컥. 안방 문이 열렸다. 경옥은 방석을 깔고 앉아 제집 마루에 도둑처럼 들어온 판석을 똑바로 쳐다보았다.

"장 보살."

"가영이는 이 집에 없소."

경옥은 단호히 말했다. 파리한 안색과는 달리 힘이 넘치는 목소리였다. 판석은 껄껄껄 소리 내어 웃었다.

"내 딸을 그놈에게 내주었군. 명이라던가?"

"모든 게 하늘에서 정해 준 뜻대로 흘러가는 거요. 가영이와 내 인연은 다했소. 의원님도 여기서 가영이와 연을 끊는 것이 좋소."

"장 보살, 이제 정말 신기가 다했나 보구려."

판석은 고개를 저으며 말했다. 그의 입꼬리가 자만으로 한껏 말려 올라갔다.

그날, 아들이 꼬리 만 개처럼 바들바들 떨던 날 전덕기는 무명에 관해 박판석에게 사실대로 이야기했다. 그는 불멸의 존재이며, 그의 피는 그러한 불멸의 원천이라는 것. 누구도 그를 해칠 수 없으나 그는 그 어떤 이도 해칠 수 있다는 것. 그리고 거기에 새롭게 더해진 사실이 있었다. 그자가 박판석, 바로 자신의 딸을 사랑한다는 것이었다.

전덕기는 그 신적인 존재를 꿇어앉힐 만한 약점을 찾고 있다고 했다. 그에게 '장태호'를 미끼로 던져 주었다는 이야기, 장 보살의 아들과 긴밀히 협조하여 놈을 쫓고 있다는 사실도 고백했다. 그러나 그건 가진 것이 아무것도 없는 자들이나 하는 짓이다. 박판석에게는 가영이 있었다. 피로 맺어진 혈연. 그 아이를 이용하면 모든 건 쉽게 풀리리라.

가영이 어떤 아이던가. 아주 어렸을 때부터 착하단 말을 달고 살던 물러 터진 아이였다. 엄마에게 인형처럼 쓰이고 제 아버지의 선거 캠페인용으로 밖으로 내몰려도 방실방실 웃던 아이. 엄마 아빠의 웃는 얼굴을 보면 더없이 행복해하던 멍청한 아이가 바로 박가영이었다.

그 아이는 지금도 변한 것이 없다. 지금도 여전히 멍청하고 여전히 물러 터지고 여전히 세상이 동화 같다고 믿는 열한 살의 박가영에서 한 치도 자라나지 않았다. 그 멍청한 게 똥인 줄 알았더니 황금이 아니던가. 이런 판국에 미치지 않고서야 가영과의 연을 끊을 리가 없었다. 오히려 죄고 또 죄고 죌 수 있을 만큼 죄어야 할 때였다.

"최근에 다시 신병에 시달리지 않소?"

경옥이 물었다. 그 물음에 판석의 얼굴에서 여유와 자만이 싹 씻겼다.

"그 신병을 잡으려고 가영이를 이용하려는 것 아니오?"

"말조심하시게. 아버지가 딸을 찾는 데에 이유가 꼭 필요한 것은 아니지 않는가."

"의원님은 아니오. 의원님은 가영에게 '아버지'였던 적이 한 번도 없소."

이년이 늙어 빠지긴 했어도 아직 신기가 다한 것은 아닌가 보군.

장 보살과의 인연은 아주 오래되었다. 판석이 의원 생활을 시작하기 훨씬 전부터 장 보살은 이곳에 살았고, 단 한 번도 이곳을 벗어난 적이 없었다. 그녀는 박판석이 알고 있는 이들 중에서도 가장 그 속을 알기 어려운 이였다. 그리고 판석이 아는 이 중 가장 가난한 자였다. 신기가 있는 무당, 가난해 늘 돈이 필요하고 그럼에도 불구하고 절대로 산골 마을 밖으로 나오지 않으려는 옹색한 이. 신병에 걸려 눈이 뒤집힌 딸년을 맡기기엔 이보다 더 좋은 조건이 없었다. 푼돈 몇 푼을 쥐여 주면 절대로 자신의 부탁을 거절할 수 없을 테니 말이다.

아무리 신을 모시는 자여도, 아무리 세상일에 무심하여도 허기와 가난 앞에서는 장사가 없는 법이었다. 거기에 애비가 누군지도 모르는 아들놈까지 딸려 있으니 더욱 그러했다. 10여 년 동안 경옥은 그러한 판석의 예상에서 한 치의 빗나감도 없이 지내던 자였다. 입을 닫고 주는 돈은 조용히 받아 챙기던. 그런 그녀가 갑작스레 저에게 되지도 않는 태세 전환을 할 이유는 딱 하나였다.

"자네 돈이 부족하구만."

"가영이가 왜 고열에 시달리며 신병을 앓았는가. 의원님은 한 번도 그걸 궁금해한 적이 없지요."

"궁금해할 필요가 없으니까. 자네에게 누차 이야기한 대로, 내 딸년은 우리 집안에서 대대로 이어져 오는……."

"의원님 대신이었소."

"……."

판석의 미간이 구겨졌다. 뭐라고?

"가영이는 의원님 대신해서 신병을 앓았소. 그 아이는 내내 의원님에게 부적이었고 수호물이었소."

가영은 맑았다. 너무 맑아서 잡귀들이 늘 들러붙었다. 이리 당겨지고 저리 밀려지고, 돌부리도 없는 바닥에서 혼자 자빠질 만큼 모든 잡귀들이, 영혼들이 가영의 곁으로 끌렸다. 가영은 내내 아버지를 대신해 그렇게 지냈다. 아버지에게 가야 할 모든 업보를 저가 짊어지고 다녔다.

그런 가영이 악귀가 쓰일까 봐, 애먼 놈이 아이를 홀려 저승으로 데려가 버릴까 봐 걱정이 되어 경옥은 매해 계절이 바뀔 때마다 산이며, 들이며, 영험한 곳들을 찾아다니며 제를 지냈다. 올봄도, 올여름도, 올가을도, 올겨울도 부디 그 모지란 것이 한 계절을 잘 나게 해 주세요. 매년 빠지지 않고 그랬다.

가영은 속세의 때가 탄 범부들과는 어울리지 않았다. 그러기엔 가영의 영혼은 너무 맑고 고귀했다. 사람들은 가영으로 인해 자신들이 짊어질 가혹한 운명에서 보호받지만 가영은 그렇지 못했다. 그녀는 속세의 사람들로 하여금 계속해서 상처받고, 치이고, 썩고, 짓눌릴 아이였다. 세상에 속해선 안 된다. 세상에서 인연을 만들어서는 안 된다.

그래서 경옥은 그녀가 사람들과 섞여 지내는 것을 피했다. 산골에 고립된 채 아이를 학교에 보내지 않은 것도 그런 이유였다. 잔인하고 슬픈 방법이었으나 그것 외에는 가영을 살릴 방법이 없었다.

"의원님은 그동안 딸 덕분에 사지 멀쩡하게 사셨다 이 말이오. 가영이 덕분에, 그 아이가 수호령처럼 의원님의 곁을 지킨 덕분에, 가영이가 그만큼 맑고 귀한 덕분에, 그 아이가 당신 딸인 덕분에."

"······."

그 아이가, 내게 수호령 같은 존재였다고?

"아셨소? 가영이 댁에게 얼마나 고귀한 존재인가를?"

"······."

판석은 말을 잇지 못했다.

"당신에게 들러붙은 놈. 그놈 악귀요. 너무 강해서 신내림을 받아도, 받지 않아도 당신은 죽을 운명이오."

판석의 얼굴이 파랗게 질렸다.

"그럴 리 없어. 내게 악귀 같은 게 씌었을 리가 없어. 모든 건 가영이가…… 그 아이가……."

"가영은 지금껏 그런 놈에게서 당신을 지켜 준 거요."

"그럴 리 없어."

그 아이가 수호령이라면, 정말 그런 존재라면 자신이 신병을 앓아서는 안 되었다. 그 아이는 사지가 멀쩡하게 살아 있었고, 그렇게 여태껏 제 아비를 지켜 준 것이라면 앞으로도 변함없이 지켜야 마땅치 않은가. 그러나 그는 신병을 앓았다. 아주 극심한 신병을 앓아 이젠 무명의 피가 아니면 살 수가 없다. 그러니까, 경옥의 말은 어느 하나 믿을 수가 없다.

"따님은 이제 성인이 되었소."

"……."

"그리고 이젠 다른 이의 짝이오. 당신과의 혈연은 이제 끝났어."

스무 살. 신이 알려 준 것처럼 딱 스무 살이 되던 봄, 가영에게서 명의 그림자가 보였다. 드디어 제 인연을 만난 것이다. 명을 만나고 여성성이 깨어나고 사랑의 감정을 알아 갈 때마다 가영의 주위를 맴돌던 온갖 잡스러운 것들이 희미해져 갔다. 늘 짓눌려 있던 가영의 눈빛에 생기가 돌았고 더 이상 짐승들은 가영을 향해 짖지 않았다.

그리고 명이 가영의 방에서 나오던 날 아침, 처녀성을 상실하고 온전히 그의 여자가 된 그날 아침에 경옥은 똑똑히 보았다. 모든 것들이 가영의 곁을 떠나가고 있음을.

"의원님. 성불하시오."

경옥이 슬픈 낯빛으로 말했다.

"의원님이 왜 가영을 데려가려 하는지 나는 아오. 그러나 이제 연이 다한 딸은 놓아주어야, 그래야 의원님이 살 수 있소. 악귀는 더러운 마음을 먹고 자란다오. 지금부터라도 마음을 곱게 쓰지 않으면 의원님은 악귀에게 먹힐 거요. 의원님이 강해지면 강해질수록 놈도 같이 강해질 거요. 가영은 더 이상 의원님을 지켜 줄 수 없고, 의원님이 저지른 업보로 죽은 악귀들이 지금 의원님에게 주렁주렁 매달려 있소."

등골이 오싹하게 저렸다. 그는 저도 모르게 저의 어깨를 짚었다. 등 뒤가 싸하고 식은땀이 흘렀다.

"성불하셔야 하오. 이게 이 늙은 년이 의원님에게 해 줄 수 있는 마지막 진언(眞言)이외다."

그는 인상을 찌푸리고 안방에 앉아 저를 치뜬 눈으로 보는 경옥을 내려다보았다.

"감히, 선무당 주제에 누구를 겁박해."

그는 어금니를 물었다.

"말도 안 되는 헛소리로 감히 누구를 농락하려고 들어."

경옥은 낙담했다. 운명이란 것이 이렇게 질긴 것이었나. 판석의 태도를 보아하니 무엇 하나 바뀔 것 같지가 않다.

"그러면 의원님은 차라리 죽기를 빌게 될 거요."

죽기를 빌 것이다. 차라리 죽는 것을 간절히 바랄 것이다.

"의원님은 말하지도 보지도 듣지도 못한 채 평생 고통에 허덕이며 살게 될 거요."

"……."

"죽는 그날까지 당신은 누군가의 동정조차 받지 못한 채 바닥을 구르며 쓸모없는 돼지처럼 살게 될 거요."

저를 향해 낮게 이야기하는 말투가 마치 주문 같았다. 그녀의 말 한 마디 한 마디에 모멸감이 들었다. 얼굴이 벌겋게 익다 못해 피처럼 붉었다.

"감히……."

감히 누구의 면전에 대고 추잡한 말을 지껄이고 있는가. 그는 자신의 이름을 되뇌었다.

내가 누구인가. 나는 박판석이다.

분노로 온몸의 털이 곤두섰지만 박판석은 경옥을 향해 달려드는 대신 몸을 돌려 집을 빠져나갔다. 성이 난 걸음으로 그가 다가오는 것을 본 수행 비서가 냉큼 세단 뒷문을 열자, 박판석은 휴대폰을 꺼내 들며 자리에 털썩 주저앉았다.

아무리 해도 화가 가라앉지 않았다.

"물!"

판석의 날카로운 목소리에 비서는 냉큼 생수 하나를 꺼내 뚜껑을 딴 채 그에게 내밀었다. 그는 씩씩거리며 물을 꿀꺽꿀꺽 삼켰다. 지끈한 두통이 왔고 벌겋게 열이 올라 코에서 김이 뿜어져 나오는 듯했다.

그는 재킷 안주머니를 뒤져 CTA를 꺼냈다. 이제 남은 약은 열댓 개가 채 되지 않는다. 대체 어떻게 해야 하는 걸까. 제 아들이 당하고 온 꼴을 보자면 아무런 준비 없이 함부로 그 괴물에게 뛰어드는 것은 자살행위나 다름이 없었고 손에 쥐고 흔들 수 있을 줄 알았던 경옥은 그의 예상에서 완전히 비껴 나 있었다. 그년은 아무것도 해주지 않을 거다.

그 멍청하고 둔해 빠진 늙은 여우. 제까짓 무당 주제에 감히 나를 똑바로 올려다보며 농락해? 나 박판석을? 머지않은 미래에 이 나라의 대통령이 될 나를?

'죽는 그날까지 당신은 누군가의 동정조차 받지 못한 채 바닥을 구르며 쓸모없는 돼지처럼 살게 될 거요.'

그는 시트를 쾅 내리쳤다. 뭣도 없이 늙은 년이 주제도 모르고 감히 나를 저주해? 그는 참을 수 없었다. CTA를 구하는 것도 중요했으나 그를 무시하고 괄시한 자를 처참하게 밟는 것 역시나 중요했다. 그는 자신의 우월함, 자존심, 그리고 그의 권력에 도전하는 것을 가장 참지 못했다.

시야가 흐릿해지며 두통이 한층 더 강해졌다. 사물이 두 개, 세 개로 갈라져 보이기 시작하자 판석은 서둘러 CTA를 입안에 털어 넣었다. 그러고는 눈두덩을 손으로 몇 번 쓸어내렸다. 눈을 깜빡거리고 손등으로 문지르자 다시 시선이 명료해졌다. 지끈거리던 두통도 시차를 두고 서서히 물러났다.

판석은 품에서 휴대폰을 꺼냈다. 몇 번의 신호음이 가더니 경직된 전덕기의 목소리가 들렸다.

— 예. 의원님.

"장태호 어떻게 됐어?"

— 그게…….

수화기 너머 전덕기는 머뭇거렸다.

— 영장은 기각되었습니다만, 장태호 군 상태가 별로 좋지 못합니다.

장태호는 팔 하나를 잃었다. 의사는 너덜너덜하게 찢겨 나간 장태호의 팔을 보며 곤욕스러워했다. 이미 괴사하기 시작한 조직을 살릴 방도는 없다는 것이다. 약에 취해 사리 분간을 못 하던 놈은 길길이 날뛰었다. 지 몸은 끔찍이 여기던 자였다. 으레 그런 새끼들이 그렇듯이.

제집에서 약에 취해 이제 막 스무 살이 지난 여자아이의 귀를 자르고 경찰을 향해 칼부림을 했으니 수갑을 채워 유치장에 가두어 뒀어야 마땅한 놈이었다. 그러나 누구도 그를 가두지 못했다. 그에게는 아버지가 있었다. 청와대의 문으로 통한다는 민정수석. 살아 있는 권력이자, 오랜 검사 생활로 검경을 아직도 수족처럼 부리는 자였다.

이틀 전, 함께 술을 마시다 상을 내리치며 분에 겨워하던 장 수석을 판석은 똑똑하게 기억했다.

내가 언제까지 그 머저리 놈의 뒤치다꺼리를 해야 하는가. 차라리 어디 가서 사고로 뒈져 버리기라도 했으면. 그랬다면 이렇게 애비 얼굴에, 집안의 이름에 먹칠을 하지는 않을 텐데. 그 개만도 못한 놈을 새끼라고 싸질러 놓은 덕분에 이 고생을 한다.

술자리 내내 장 수석의 하소연은 끝도 없이 늘어졌다. 장태호는 집안의 골칫거리였다. 그 골칫덩어리가 여기저기 돌아다니며 사고를 치면 장 수석은 울며 겨자 먹기로 아들을 그 진창에서 빼냈다. 아들의 치부는 곧 그 자신의 치부. 그가 악행을 저질렀어도 그것이 죄가 되어서는 안 됐다. 죄로 인정한 순간, 그것이 받아들여지는 순간, 아들과 함께 아비인 장 수석의 인생도 나락으로 떨어질 것이 분명했으니까 말이다.

온갖 쓰레기 같은 짓을 하고도 아버지의 권력을 이용해 풀려난 것이 벌써 몇 번째인가. 생각이라는 것이 있는 아이였다면 아버지가 저를 외국으로 내쫓으려 할 때 순순히 말을 들었을 것이다. 생각이라는 것이 있으면 사람을 죽이고도 무죄로 풀려난 일에 대해 가슴을 쓸며 좀 더 행동에 신중을 기했을 것이다.

그러나 장태호라는 놈은 생각이라는 것이 없었다. 이번에도 마찬가지였다. 쓰레기는 그냥 쓰레기일 수밖에 없다. 놈은 다시 일을 쳤고, 이번에는 팔이 잘렸다. 평생 장애를 안고 살아야 했다. 상황이 이 지경이 되어도 장태호는 여전히 정신을 차리지 못했다. 주변에 민폐란 민폐는 다 끼치고, 저 때문에 아버지의 정치 생명이 위태위태함에도 그는 저가 병신이 된 것만 분하고 억울해 눈을 뒤집고 발악을 해 댔다.

'죽일 거다! 내 팔을 자른 그 형사 새끼를 죽일 거야! 그 새끼를 죽이고 말 거다!'

"여전히 그 지경이란 말이지?"
— 예.

"아직도 CTA만 찾나?"

— 네. 진통제를 평균 이상으로 처방해 주고 있다고 합니다만 그걸로 성에 차지가 않나 봅니다.

장태호는 가파르게 변하는 제 감정을 조절하지 못했다. 울다가, 웃다가 소리를 지르며 화를 내고 손에 잡히는 대로 집어 던지고 병실로 들어서는 간호사며 의사에게 폭력을 휘둘렀다. CTA에 중독된 놈이 그 외에 다른 약이 성에 찰 리 없다.

놈의 몸에 들어간 것이 진통제가 아니라 CTA였다면 어쩌면 벌써 병신이 된 팔의 상처는 씻은 듯이 나았을지도 모른다. 어쩌면 팔이 다시 붙었을지도 모르지. 그러나 놈에겐 더 이상 CTA가 없다. 놈의 집에 있던 CTA는 경찰을 통해 발각되었고 그 약은 전덕기의 손을 통해 바로 박판석 자신의 손에 들어와 있으니까.

"알겠네."

판석은 전화를 끊었다. 전덕기가 '저' 하며 무언가를 물으려 했지만 판석은 개의치 않고 종료 버튼을 눌렀다. 창밖으로 가로수가 획획 지나갔다. 그는 손에 들린 휴대폰을 엄지로 규칙적으로 쓸며 회색 구름이 가로수에 음영을 드리우는 것을 감상했다.

"태건 병원으로 가지."

"장태호 군이 입원해 있는 곳 말씀이십니까?"

"그래."

"네."

장태호, CTA, 무명 그리고 경옥. 무엇으로 보든지 손해 볼 일이 없는 게임판이었다.

하나씩 하나씩 지금 자신의 손에 쥐어진 패를 떠올리며 그는 비밀스럽고 질척한 미소를 지었다.

가영은 낮 동안 내내 고추 곁순을 땄다. 그동안 명은 곧 고구마 모종을 심기 위해 밭을 갈고 살충제를 뿌렸다. 오전 오후가 그렇게 훌쩍 지나갔다. 저녁을 해 먹고 설거지를 하고 대강의 청소를 마친 뒤에 샤워를 했다. 머리를 감고, 비누칠을 하고, 수건으로 물기를 닦고 옷을 갈아입으며 가영은 근래의 모든 일들이 조금 심심해진 게 아닐까 생각했다.

심심해졌다고 해야 할까 아니면 비워졌다고 해야 할까. 애초에 왜 그렇게 아등바등 살았던 걸까를 떠올리면 경옥에게 버림받고 싶지 않아서였다. 그 집이 아니면 갈 곳이 없었고, 부모님이 저를 찾아올 곳도 그곳 하나뿐이었으니까 죽으나 사나 그 집에 붙어 있어야 한다고 생각했다. 그러니까 그 집에 오랫동안 붙어 있으려면 쓸모 있는 사람이 되어야 했다. 적어도 밥값은 해야 했다.

그런데 이젠 아니다. 원치 않게 그 집에서 쫓겨났지만, 갈 곳이 있었다. 그 집에서 쫓겨나면 길거리에서 굶어 죽어야 한다고 생각했는데 말이다. 그토록 평생 바라 왔던 부모님의 사랑은 이젠 여물다 못해 아예 시들어 버린 과일처럼 느껴졌고, 할머니에게 버려졌어도 죽을 것 같지도 않았다. 그토록 겁내던 일들이 사실 너무도 쉽게 이루어졌고 생각만큼 고통스럽지도 않았다. 가영은 습기가 낀 거울을 쬣은 수건으로 닦아 내고 그곳에 비친 저의 우울한 얼굴을 한참이고 들여다보았다.

"표정이 왜 그래?"

그녀는 저도 모르게 스스로에게 물었다. 왜 이렇게 이상하고 우울한 얼굴을 하고 있는지 말이다.

이젠 뭘 해야 할지 모르겠어. 아무리 애써도 다 소용이 없는 것 같아. 간절히 바랐던 것들이 모두 다 무너졌는데 세상은 무너지지 않잖아. 그럼 나는 이제 뭘 바라며 살아야 하지?

명이를 떠올렸다. 명이를 바라보며 살면 될까? 그럴 수 있을까? 더 많이, 명이에 대해 알고 싶다. 아주 가까이 가고 싶은데 여전히 그에게 다가가지 못하고 뱅뱅 도는 기분이 든다. 안나도 이런 기분을 느꼈을까. 이렇게 무기력하고 초조한 기분이었을까?

그에게 사랑받고 싶은 만큼 그에게 꼭 필요한 사람도 되고 싶어.

명이를 돌봐 주고 싶다. 수환도 그랬고 경옥에게도 그랬던 것처럼 그 아이의 모자란 곳을 채워 주고 싶다. 그 아이의 마음을, 아니 모든 것을 깨끗하게 빨아서 하얗고 보송하게 말려 주고 싶다.

화장실을 정리하고 수북하게 쌓인 빨래 바구니를 들고 그곳을 나왔다. 부일이 코를 고는 소리가 들렸다. 가영은 조심조심 세탁실에 빨래를 넣어 두고 깨금발로 부일의 방에 들어갔다. 드르릉 쩝쩝. 드르릉 쩝쩝. 꿈에서 뭘 그렇게 맛나게 드시나. 냠냠 쩝쩝 입맛을 다시며 코를 고는 부일의 마른 몸 위로 가영은 이불을 꼼꼼히 여몄다. 그러고는 소리 나지 않게 살금살금 부일의 방문을 꼭 닫았다.

달이 드리운 집 안은 어둡고 고요했다. 가영은 부일의 방을 지나

명과 함께 쓰는 침대 방에 들어갔다가 마찬가지로 어둡고 고요한 방 안을 한 번 훑고 다른 문을 열었다. 단단한 쇠붙이로 이루어진 문. 한 번 부러졌다가 부일이 다시 용접해 놓은 손잡이를 잡아 돌리자 육중한 철문이 밀렸다.

부일은 과거에 용접공으로 일했다고 했다. 그냥 평생 명의 밥과 빨래만 해 주었을 거라고 생각했는데 그도 꽤 오랫동안 이런저런 직업을 가지고 있었다. 사실 시골로 들어오기 전까지는 꽤 부유하게 살았다고 했다. 꼭 인생에 염증을 느낀 사람처럼 부유하게 살았다는 말을 하는 얼굴에는 이렇다 할 미련이나 추억도 없어 보였다.

어둡고 축축한 길은 묘하게 아늑했다. 가영은 그 좁은 통로를 익숙하게 걸었다. 마침내, 달빛이 드리운 크고 둥근 굴 안에 도착하자 바로 명이 보였다. 그는 책을 바닥에 하나하나 골라 쌓아 놓고 있었다. 그가 책을 넘기고 덮는 소리가 굴 안에 웅웅 울렸다. 그는 발로 책들을 쓱 밀고 몸을 돌려 가영을 쳐다보았다. 은은한 불빛 아래 명은 그림처럼 예쁘다.

모두가 사라지고 자신의 인생에 명이 하나가 남았다. 명이가 남아 있어서 죽을 것 같은 때에도 죽지 않았고 고통스러울 것 같은 때에도 그렇게 고통스럽지 않았다. 슬픔도, 아픔도 명이를 붙들고 견뎠다. 그런 네가 사라지면 나는 어쩌지, 어느 순간 네가 나에게 차가운 얼굴을 하면? 너에게 더 이상 다가가지 못하고 평생 네 곁을 뱅뱅 맴돌면? 그럼 난 어쩌지?

명이 미소 지었다. 붉은 입술이 유려하게 올라가며 입꼬리가 폭 패었다. 적안이 어스름하게 빛났다. 가영은 불안한 마음을 숨기고 그의 미소에 화답하며 다가갔다.

"다시 정리하게?"

"응."

가영의 물음에 명이 웃으며 대답했다.

"생각해 보니, 네가 책을 골라 보기 어려울 것 같더라고."

오랫동안 책장을 정리하지 않았다. 그러다 보니 가장 최근에 구매한 것이 손에 잘 닿는 곳에 있었고 명이 잘 보지 않는 책들이 구석에 몰려 있었다. 여러 가지 언어의 책들이 난잡하게 섞여 있었고 그 가운데 한문으로 된 것들이 제법 많았다. 가영의 키를 고려하면 그 키에 맞춰 쉬운 책들을 정리해 놓아야 어느 때고 가영이 편안하게 책을 펴 볼 수 있을 터였다. 가영의 인생은 이제 온전하게 그의 것이 되었으니 집도 그에 맞게 재정리하는 것이 맞았다. 명은 그 과정을 즐겼다. 하나씩 천천히. 그리고 기꺼이 그는 새로운 변화를 맞이하고 있었다.

가영은 그가 한쪽에 챙겨 놓은 책들 앞에 쪼그려 앉아 그중 하나를 들었다.

"동화책이네? 근데 이건 무슨 글씨야?"

"일어."

"아, 일본어. 근데 뭐라고 써진 거야?"

명도 가영의 옆에 몸을 굽혀 앉아 그녀의 손에 들린 책의 표지를 살폈다.

"꿀벌 마야의 대모험."

정말 동화책이다. 가영은 노랗게 변색된 책장을 조심스레 펼쳤다.

연한 스케치 위에 알록달록한 색들이 덧입혀져 있었다. 노란 꽃, 파란 꽃, 꿀벌에 관한 책답게 꽃 그림이 참 많았다.

"동화책이 있는 줄 몰랐어. 너도 동화책을 보는구나."

"……."

명은 말을 아꼈다. 그건 '응'이라고 대답할 수 없다는 뜻이었다.

"명이, 네 책이지?"

가영이 한 번 더 묻자, 그는 조금 틈을 두고 대답했다.

"내가 산 거야."

대답이 모호했다. 가영은 책을 내려다보며 눈을 깜빡거렸다. 오래된 동화책. 자신이 샀지만 스스로는 보지 않는 책이라.

"아이를 위해 샀던 거야?"

"……."

"응?"

곤란하게 미간만 구기고 있는 명을 독촉하자 그는 한숨부터 내쉬었다.

"너 또 화낼 거잖아."

"아니야. 화 안 내."

"너 화내면 진짜 무서워."

가영이 킥킥 웃었다.

"진짜 화 안 내. 내가 뭐가 무섭니? 너에 비하면 나는 벼룩 똥만큼도 안 무섭지."

"내가 무서워?"

명이 즉각 되물었다. 가영은 다시 헤헤 웃었다.

"처음엔 무서웠는데…… 지금은 안 무서워. 지금은, 그냥 내가 널 다 이해할 수 있으면 얼마나 좋을까 그 생각만 해."

가영은 오래된 동화책을 손으로 쓸었다. 너는 참 다정한 아빠가 되었겠구나. 가영은 명이 아빠가 된 모습을 상상해 보았다.

"안나가 네 아이를 가진 거 기뻤어?"

아아. 또 고통스러운 질문이 시작되는구나. 명은 혼미해지는 정신을 바짝 바로잡았다. 정신을 차려야 해. 정신만 차리면 호랑이 굴에서도 살아남는다고 했다.

"아니."

꽤 망설임 없는 대답이었는데 가영은 '피' 하는 소리를 냈다.

"거짓말."

아, 망했다. 평생 덥고 춥고를 겪어 보지 않은 명이건만 어쩐지 정수리에서 땀이 나는 기분이 들었다.

"동화책까지 사 놨으면서."

명은 조금 멍했다. 그러네. 가영의 손에 들려 있는 책을 멍청하게 쳐다보다가 그는 웃었다. 웃을 수밖에 없었다. 앞뒤가 맞지 않는 말을 해 댄 것이 웃겼다. 순간 바보가 되어 버렸다는 것이 무척이나 그랬다. 그는 깔끔하게 인정했다.

"그래. 기뻤어. 기뻤던 것 같아."

안나가 아이를 갖는 순간 지루했던 인생이 끝나고 새로운 페이지가 열린 것 같았다. 전혀 알 수 없는 새로운 삶이 시작되었다는 것이 좋았다. 혼자인 기억밖에 없던 그에게 피로 이어진 혈연이 생긴다는 것이 기뻤다. 앞으로 어떻게 살아갈까, 앞으로 어떤 일들이 펼쳐질까 그것이 못 견디게 궁금했다. 언제나 병약했던, 늘 하얗고 마르고 슬픈 낯빛을 했던 안나를 걱정하는 한편 아내의 배가 불러 갈수록 불안함의 크기만큼 설레기도 했다. 희망이란 것을 품어 보기도 했던 것 같다. 결국 모든 것이 헛된 꿈이었지만 말이다.

"그런데 이젠 기쁘지 않아. 결국 난 다 잃었고 다시는 그런 꿈을 꾸고 싶지 않아."

가영이 눈을 들어 그를 보았다. 맑은 가영의 눈망울이 슬퍼 보였다.

너는 나의 외로움을 걱정하는 것일까.

헛된 희망이 깨진 다음에는 더욱 냉소적으로 변할 수밖에 없었다. 삶은 아무런 의미 없이 계속되었다. 가영을 만나기 전까지 그랬다. 명은 가영과 새로운 인생을 살고 싶지 않았다. 그녀를 데리고 모험을 하고 싶지도 않았다. 그저 함께하고 싶다. 그냥 함께. 이 길고 지루한 인생을 그녀와 함께. 오직 그것이면 된다. 이렇게 오랫동안, 아주 오랫동안 머무르고 싶었다.

"나 이거 읽어 줘."

가영이 그에게 책을 내밀었다.

"읽고 싶은데 난 일어를 못 하니까. 네가 읽어 줘."

"……."

가영이 그의 가슴팍으로 책을 밀어붙이고 성큼성큼 카펫 위로 올라갔다. 작고 물기에 젖은 발을 모으고 앉아 그녀는 얌전히 명을 기다렸다. 그는 책을 고르던 것을 멈추고 그녀가 건넨 동화책을 들고 가영의 옆에 가 앉았다. 가영은 그의 한쪽 팔을 들어 제 몸을 감싸게 하고 명의 품에 파고들었다. 그의 가슴팍에 둥글고 여리여리한 어깨가 안정감 있게 붙었다. 가영이 더 몸을 붙이자 뒤통수가 명의 턱에 닿았다.

그녀의 정수리에서 달콤한 샴푸 향이 났다. 명은 가영의 정수리에 입을 맞추고 젖은 목덜미에 코를 비볐다. 부드럽고 촉촉하고 향긋했다. 피부에 명의 뜨거운 입술이 느껴지자 가영은 발끝을 꾹 오므렸다. 한없이 풀어지고 조여지는 기분에 등 언저리가 짜릿했다. 자신을 안은 명의 손에 바짝 힘이 들어가자 가영은 조심스레 그의 손에서 책을 빼앗아 바닥 한쪽에 슬며시 밀어 놓았다.

"있잖아. 책은 나중에 볼까?"

가영이 그에게 더 몸을 붙이며 물었다. 명은 가영의 목덜미에서 입술을 떼고 말간 얼굴로 저를 올려다보는 가영의 눈을 보았다. 깨끗한 눈망울에 정염이 일었다. 위로 가늘게 말려 올라간 미소가 야릇했다. 도톰한 입술 사이에 드러난 하얀 치아 역시 그랬다. 가영은 몸을 돌려 그를 마주 보고 명의 옷가지 사이로 손을 넣어 따뜻하고 두근거리는 그의 가슴팍을 매만졌다.

"솔직히, 난 이게 더 재밌어."

가영은 토끼처럼 커다란 대문니 사이로 핑크색 혀를 쏙 내밀며 웃고는 명의 목을 두 손으로 감고 익숙하게 그에게 입을 맞췄다. 그는 눈을 감고 가영이 저에게 하는 귀여운 짓을 즐겼다. 도톰한 입술로 자신의 입술을 당기고 빠는 것, 벌어진 입술 사이로 딱 하고 이가 부딪치는 것, 작은 혀로 제 입안을 구석구석 핥는 것. 가영의 숨소리가 점점 달아올랐다. 뜨겁게 뿜는 숨결이 점점 달콤하게 변했고, 명은 그 향기에 취했다.

　가영의 작은 몸을 힘껏 껴안고 그녀가 더 자신을 맛볼 수 있도록 강하게 당겼다. 입안에 타액이 엉망으로 뒤섞였다. 잘게 가영의 신음이 들려왔다. 본능적으로 그는 가영의 몸을 더듬었다. 가녀린 허리, 날개뼈가 고르게 솟아난 등, 단단한 등줄기, 여리고 보드라운 목덜미, 앙증맞은 귓바퀴, 셔츠 안으로 손을 넣고 솜털이 일어난 따듯한 피부를 손바닥으로 누르고 거침없이 쓸었다.

　가영은 하아 하고 숨을 내뱉고 윗옷을 훌러덩 벗어 던졌다. 아직 농익지 않은 두 개의 젖가슴이 뽀얗게 드러났다. 가영은 무릎을 세우고 그의 어깨를 짚었다. 말랑거리고 푸딩 같은 가슴이 그의 눈앞에 보였다. 가영은 수줍은 얼굴을 하고 수줍게 말했다.

　"핥아 줘."

　부끄러운 듯, 분명했다. 아아, 너는 얼마나 야하고 위험한 존재인지. 명은 그녀의 가느다란 허리를 붙잡고 기꺼이 그녀의 말대로 붉은 유륜을 담뿍 입안에 담았다. 가영이 으응 하고 신음하며 고개를 젖혔다. 명은 가영의 젖꼭지를 혀로 희롱하며 그녀의 바지와 속옷을 아래로 밀어 내렸다. 깊게 골이 팬 곳에 손을 넣고 미끈거릴 때까지 문질렀다. 제 어깨를 짚은 가영의 손이 힘에 못 이겨 뭉개졌다.

　명은 몸을 일으켜 가영의 머리를 받치고 그녀를 뒤로 넘어뜨렸다. 여체는 명의 손길 아래 실크처럼 가볍게 카펫 위에 눕혀졌다. 그가 제 몸 위로 자신을 겹치자 가영은 헐떡거리며 명의 바지 속으로 두 손을 밀어 넣었다. 그녀는 명의 것을 만지고 쓸고 당기며 헐벗은 제 두 다리를 그의 허리에 감았다. 달뜬 숨소리가, 붉게 달아오른 얼굴이, 바닥에 늘어뜨린 까만 머리카락이 처절하고 조급해 보였다. 그는 가영의 예쁜 눈가를 손으로 매만졌다.

그녀는 도망치고 있었다. 뜨거움 속에 자신을 던져 넣고 외로움에서 달아나려 했다. 그러나 이것으로는 그녀의 불안함을 채울 수 없었다. 가영이 저의 바지를 허겁지겁 내리고 다리를 더 굽혀 재촉하자 그는 가영의 턱을 잡고 저를 보도록 고정시켰다. 열기에 뜨거워진 여자의 눈매가 뿌옇게 흐려졌다.

"해 줘. 빨리."

가영이 칭얼댔다.

"천천히."

명은 가영의 턱을 붙든 채 말했다.

"가영, 천천히 하자."

그녀는 조르는 것을 포기하고 한숨을 쉬었다. 그러자 바짝 힘이 들어간 몸이 노곤하게 풀어졌다.

명이 가영의 턱선을 쓸었다. 너는 내가 너를 사랑한다는 그 말을 언제쯤 받아들일 수 있을까. 수천 번을 이야기해도 믿지 못하면, 느끼지 못하면 사랑한다는 말은 의미가 없다. 마음을 열고 받아들이지 못하면, 그것을 껴안지 못하면 그녀는 항상 외로울 것이다. 그러니 똑바로 보아야 한다. 사랑한다고 말하는 입술이, 그 눈동자가 누구의 것인지, 그 사랑이 누구로부터 오는 것인지.

가영의 눈이 마침내 명료해졌다. 정신없이 탐닉에 몰두하려던 눈동자가 마침내 눈앞의 남자를 제대로 바라보았다. 그녀가 눈으로 명의 얼굴을 그렸다. 이마, 콧날, 광대뼈, 붉은 눈동자, 보기 좋은 입술. 길고 예쁜 목선을 지나 반듯한 쇄골, 셔츠 안에 감추어진 단단한 가슴까지. 그러고는 명의 목에 손을 감아 저에게로 힘껏 당겼다. 그의 상체가 틈 없이 가영에게 딱 붙었다. 단단한 어깨에 눌려 있자 이 동굴처럼 커다란 거푸집 안으로 들어간 기분이었다.

그녀는 명의 목덜미에 얼굴을 묻었다. 두근거리는 맥박이 거기서 생생하게 요동쳤다. 가영은 충동적으로 거기를 앙하고 물었다.

"아야."

명이 앓는 소리를 내자 가영이 그의 목덜미를 문 채 키득키득 웃었다. 천진한 소리였다.

"물려거든 더 세게 물어. 나 사람보다 가죽이 두껍거든."

그 말에 가영은 턱에 더 힘을 주어 강하게 물었다. 반은 장난이었고 반은 오기였다. 그러자 명이 웃었다.

"그래서는 상처도 안 나."

그는 본을 보이려는지 가영의 귓바퀴를 물었다.

"아야!"

가영은 대번에 '악' 소리를 내며 까무러칠 뻔했다. 명이 그녀의 귓불을 쪽 빨았다. 귓불이 얼얼하고 욱신거렸다. 피가 나는 게 분명하다. 장난은 사라졌다. 남은 건 오기뿐. 가영은 작정을 하고 그의 목덜미를 물었다. 오도독하고 살이 씹히는 소리가 났다. 짜고 비린 피가 분명 혀에 느껴졌다.

그러자 명이 더 크게 웃었다. 그는 가영의 입술을 찾아 입을 맞추고 그녀의 가랑이 사이로 자신의 것을 욱여넣었다. 우웅 하고 마주 닿은 입술 사이로 그녀가 신음했다. 방금 가영은 최초로 그의 몸에 잇자국을 남긴 사람이 되었다. 붉게 팬 상처는 곧 사라졌다. 그러나 명은 그 상처만은 사라지지 않고 영원히 남아 있었으면 좋겠다고 생각했다.

"다 왔습니다."

기사의 말에 남자는 인상을 찌푸리고 차에서 내렸다. 차는 어둠 속에 숨은 쥐 새끼처럼 내내 헤드라이트를 끄고 이동했다. 낮게 울리는 엔진 소리가 짐승의 그르렁거림과 비슷했고 동이 터 오기 직전의 하늘은 완전히 암전되어 있었다.

날카롭게 음영만 드리운 돌다리 건너편에는 박 의원이 말한 낡은 판잣집이 있었다. 아직 잠들지 않은 듯 훤히 불이 켜 있었다. 어둠 속에 그곳만이 등불처럼 선명했다. 그곳이 바로 박의원이 말한 곳이었다. 남자는 가쁘게 차오르는 숨을 애써 눌렀다. 그러고는 욱신거리는 오른쪽 어깨를 왼손으로 매만졌다. 부들부들 온몸이 떨렸다. 움켜쥔 곳에서 느껴지는 고통만큼 분노가 차올랐다. 사내는 박 의원이 그에게 한 말을 떠올렸다.

'조수환 형사의 고향 집에 CTA가 있을 거네. 그의 모친이 가지고 있다고 하니 정중히 부탁해 받아 와 보게.'

"도련님."

기사가 머뭇거리며 그를 불렀다. 그가 시키는 대로 했지만 께름칙한 기분을 떨칠 수가 없었다. 그리고 이런 기분이 들 때면 늘 장태호는 사고를 쳤다. 그것도 아주 끔찍한 사고. 이제 어찌해야 하는지를 물으려는데 그는 말도 없이 성큼성큼 다리를 건넜다. 불안한 기분이 가시질 않았다. 남자는 엔진을 끄고 차 문을 닫고 들어앉아 초조하게 손톱을 뜯었다. 이제 꼼짝없이 이곳에 앉아 장태호가 돌아오기만을 기다려야 한다. 죽은 듯이 조용히. 장님, 벙어리, 귀머거리처럼 앉아서 말이다.

원칙대로라면 그는 병원을 나와서는 안 된다. 영감님이 아시면 경을 칠 것이다. 그러나 집안의 개망나니인 그를 어떻게 말릴 수가 있겠는가. 그의 주인은 회까닥 돌면 사람을 패 죽이는 이였다. 억울하게 죽임을 당해도 결과가 어떻게 되는지 제 두 눈으로 똑똑히 보며 그에 대한 공포는 습관이 되었다.

그리고 지금은 그 습관이 되어 버린 공포에 완전하게 짓눌려 버렸다. 여기서 벗어나고 싶으면서도 그는 자리에 잔뜩 웅크렸다. 불안한 마음을 누르고 모든 것이 그저 꿈에서 깨어나는 것처럼 빨리 끝나 버렸으면 좋겠다는 생각만 했다.

경옥은 서랍을 정리했다. 여기저기 나뒹구는 동전을 돼지의 등에 넣어 주고 오랫동안 쓰지 않았던 공책과 오랫동안 보지 않았던 책들을 한구석에 가지런히 정리했다. 여러 가지 서류 뭉치들과 몇 개의 통장과 도장들을 종류별로 분류해 비닐로 쌓아 서랍장에 넣었다.

새벽 4시. 아들에게선 아직도 전화가 없었다. 그녀는 한숨을 내쉬고 명주로 만든 저의 옷고름을 다시 한번 동여맸다.

문밖에서 드르럭 덜컹덜컹, 요란스러운 소리가 났다. 정신없는 발자국 소리가 들렸다가 드르럭드르럭 찬장을 뒤지는 소리가 들렸다가 이내 벌컥 저의 방문이 열렸다. 노인은 천천히 몸을 돌려 앉았다.

남자는 식은땀을 쏟아 내고 있었다. 파랗게 질린 입술, 하얗게 뜬 얼굴. 고통과 공포에 차오른 그는 한눈에 보아도 제정신이 아니었다.

"CTA 어딨어!"

그가 소리를 질렀다.

"나는 그런 것 몰라."

경옥이 차분하게 대꾸하자 그는 씩씩거리며 장롱 문을 열었다. 펄럭펄럭 온갖 옷이 바닥으로 쏟아졌다. 그는 왼손으로 장롱을 쓸고 서랍장을 열었다. 모든 것이 서툴렀다. 이미 사라져 버린 오른손이 아직 있는 듯 자꾸만 신경이 그곳을 움직이려고 했다. 왼손이 순간순간 멈칫했다.

그 새끼 때문에…… 그 개새끼 때문에……. 닥치는 대로 쓸어 내던 그가 경옥을 향해 눈을 부라리더니 발로 노인의 얼굴을 걷어찼다. 억 소리를 내며 경옥은 바닥으로 꼬꾸라졌다.

"씨발! 네년이 낳은 그 호로새끼 때문에 내가 병신이 됐잖아!"

그는 노인의 머리를 발로 내리찍었다. 경옥은 신음하며 두 손으로 머리를 감쌌다.

"그 새끼가 숨겨 놓은 CTA 어디 있냐고! 그 약 어디 있느냔 말이야! 이 개 같은 년아!"

머리를 사정없이 짓밟다가 노인의 마른 몸을 저리로 걷어차 버리고 그는 자개로 만든 서랍장을 뒤졌다. CTA는 보이지 않았다. 그는 자리에서 벌떡 일어나 다시 노인에게 눈을 부라렸다.

"CTA 어딨어."

경옥은 헉헉거렸다. 사내에게 차이고 밟힌 곳이 너무 아파 신음만 흘렀다. 그는 씩씩거리며 안방을 나가더니 부엌에서 칼자루 하나를 집어 왔다. 시퍼런 날이 형광 불빛에 번뜩거렸다.

"약 어딨어!"

"몰라. 무슨 약을 찾는지는 몰라도 이 집에 그런 것은 없어."

악에 받친 남자는 엎어져 있는 노인의 배를 힘껏 찼다. 그러고는 칼을 허리춤에 꽂고 경옥의 머리채를 쥐어 잡았다. 그는 경옥을 질질 거실로 끌고 갔다. 노인을 엎어 놓은 곳은 오래된 전화기 앞이었다. 그는 경옥을 그 전화기 앞에 던졌다. 쿵 소리가 나며 노인의 이마가 장식장의 모서리에 찍혔다.

"전화해. 전화해서 그 새끼에게 약이 어디 있는지 물어봐. 없어도 만들어서 가지고 오라고 해. 어서!"

늙은 육신이었다. 화장실에서 엎어지면 바로 자리에 누워 죽을 날만 기다려야 한다는 나이. 발에 차이고 밟히고 찍힌 노구는 갈피를 잡지 못하고 흔들렸다. 주름진 손이 헐벗은 가지처럼 떨렸다. 잘 빗어 넘긴 머리카락이 이리저리 엉망으로 쏟아져 내렸다.

"이것 봐. 내 팔 좀 보라고!"

장태호는 제 팔을 부여잡고 소리쳤다. 바르르 퍼렇게 질린 입술이 떨리며 그날의 악몽을 떠올렸다. CTA에 도취되어 자신이 사정없이 내리 찌르던 그 하얗고 검은 것. 그러나 상처 하나 없이 멀쩡한 몸으로 제 팔을 잡아 뜯었던 그 붉은 눈동자가 너무도 선명하다.

무서워. 그 붉은 눈동자가 오금이 저릴 만큼 무서웠다. 안정제로도 다스려지지 않는 그 공포를 쫓아낼 길이 없자, 장태호는 그것이 자신이 만들어 낸 환상이라 단정 지었다. 내가 그냥 미친 거야. 그건 그냥 환상이야. 실재할 리가 없어. 그건 악몽에 불과해. 그러니까 그런 존재는 없어. 그런 괴물은 존재하지 않는다. 그러므로 자신을 이렇게 만든 이는 조수환일 수밖에 없다. 반드시 그래야만 한다.

"네년이 싸질러 놓은 새끼가 날 이렇게 만들었다고! 그러니까, 그러니까…… 너한테도 책임이 있는 거잖아. 네 새끼니까! 네가 낳은 새끼니까! ……그러니까 너도 ……너도 나한테 갚아야 할 빚이 있는 거라고. 그러니까…… 전화해. 어서 해!"

경옥은 으흐흐 하고 웃었다. 바닥을 짚고 간신히 상체를 똑바로 일으킨 그녀의 입가가 터져 피가 고여 있었다. 노인은 기묘했다. 주름지고 마르고 굽어 든 몸은 다시 한번 발로 차면 그대로 부서질 만큼 연약해 보였으나 동시에 칼로도 가르지 못하는 물처럼 유연해 보였다. 하얀 명주옷을 입은 그 작은 몸이 아지랑이처럼 일렁거려서 남자는 눈을 가늘게 떴다. 그는 일순 겁을 먹고 뒤로 주춤 물러섰다.

"자식을 위험에 빠트리려는 어미가 어딨소? 내가 죽었으면 죽었지 그건 못 하오."

노인은 완강했다. 협박을 해도 되지 않았다. 그는 분노했다. 더 이상은 눈에 뵈는 것이 없었다. 방법은 하나뿐이었다. 장태호는 경옥의 얼굴에 다시 발길질을 했다. 둔탁한 소리가 나며 노인이 다시 뒤로 꼬꾸라졌다. '억' 소리를 내며 그녀는 저의 얼굴을 움켜쥐었다 코뼈가 으스러진 듯 코에서 왈칵 피가 솟았다. 남자는 허리춤에 꽂았던 칼을 빼 들었다.

그 새끼는 저의 팔을 앗아 갔다. 별 같지도 않은 형사 놈 주제에 팔을 앗아 갔는데 누구도 그놈을 벌하지 않는다. 그 새끼를 잡아 똑같이 만들어 주거나 감옥에 처넣고 콩밥을 먹여야 마땅한데도 누구 하나 나서서 단죄해 주지 않았다.

아버지는 병원에 입원해 있는 내내 저를 찾아오지도 않았고 전화를 받지도 않았다. 늘 그렇듯 외면했다. 그나마 전덕기 청장이 찾아와 자초지종을 들어 주었으나 그 역시 이만하길 다행이라며 더 이상 일을 키우지 말고 얌전히 있으라며 그의 청을 들어주지 않았다.

그렇다면 방법은 하나뿐이었다. 직접 제 손으로 단죄하는 것. 제 팔을 가져갔으니 놈에게는 그보다 더한 고통을 줄 것이다. 그렇게 생각하니 신이 났다. 불안과 공포가 걷히고 정신이 명료해졌다. 흐리고 어지럽던 눈이 맑아졌다.

남자는 칼을 치켜들고 노인에게 달려들었다. 그는 노인의 뱃가죽에 칼을 찔러 넣었다. 노인이 악 하고 길게 비명을 지르려던 찰나 그는 박혔던 칼을 쳐들고 한 번 더 노인의 배를 찔렀다. 비명이 뚝 멎었다. 꼬끼오! 꼬끼오! 암탉이 신경질적으로 울어 댔다. 경옥은 부들부들 경련하며 몸을 웅크렸다. 새하얀 경옥의 명주옷이 붉게 물들었다.

범람

　— 이 썩을 놈! 애미 전화를 아주 그냥 쥐똥으로 알지! 뭐 하느라
고 전화도 안 받아!

　확인하지 않던 음성 메시지를 켜자마자 경옥의 성마른 목소리가
귓구멍을 쿡 찔렀다. 도통 잠을 자지 못해 한껏 찌푸려진 미간을 그
는 손으로 문지르며 어머니의 음성을 계속해서 들었다.

　— 아무리 바빠도, 짬 내서 집에 한번 와. 너 그렇게 가고 엄마가
마음이 안 좋다. 어쨌든 와. 이 메시지 받게 되면 바로 와. 알겠니?

　늘 날카롭던 엄마의 목소리는 끝으로 갈수록 구슬프게 수그러들
었다. 수환은 전화를 끊고 담배를 찾아 물었다. 서로 살가운 사이는
아니었어도 끈끈한 애정은 있는 모자간이었다. 물론 애증도 있었으
나 그보다는 믿음이 더 깊었다. 모친은 바른 사람이었다. 겉으로는
툴툴거리고 차가워도 속정은 누구보다 깊고 넓었다.

그런데 대체 가영에겐 왜 그랬을까. 그것을 수환은 이해할 수가 없었다. 그걸 물어본대도 모친의 성정상 저를 붙잡고 앉아서 조근조근 설명할 사람도 아니었다. 꽤 상처가 컸다. 모친에게 배신감도 들었고 무엇보다 가영에 대한 죄책감에 어머니와 마주하는 것이 껄끄러웠다.

이런저런 생각을 하고 있자니 머리가 더 복잡했다. 그는 담배 한 개비를 반 정도 태운 뒤에 재떨이에 문질러 끄고 자리에서 일어서며 차 키를 찾아 들었다.

새벽녘의 경찰서에는 그 말고는 아무도 남아 있지 않아서 수환이 서를 빠져나오자마자 건물은 텅 빈 채 어둠 속에 잠겼다. 그는 차에 앉아 시동을 켜고 시각을 확인했다. 새벽 4시. 속도를 내면 두 시간이면 도착할 수 있을 것이다.

그는 사이드 브레이크를 올리고 액셀러레이터를 밟아 도로로 합류했다. 듣지 않았으면 몰라도 어머니의 메시지를 듣고 나니 가서 아침밥이라도 같이 먹고 오지 않으면 종일 그 문제가 마음에 걸릴 것 같았다. 평소보다 기운 없어 보이는 목소리도 마음에 걸렸다. 몸이라도 성한 양반이면 화라도 마음껏 내지. 매일 죽을 때가 다 되었다며 자리에 누워만 계시는 분을 계속해서 원망하고 미워할 수도 없었다.

거기에다 가영이 어떻게 지내는지도 보아야 했다. 아직도 무명과 그대로 지낼까. 장태호의 집에서 그가 무감한 눈으로 저를 향해 경고했던 말이 떠올랐다.

'너는 놈을 잡지 못해.'

결국 그의 말대로 되었다. 수환은 세상의 권력 앞에 철저하게 무기력했다. 그 정신 나간 놈을 감방에 처넣기는커녕 구속조차 하지 못했다. 그러나 그는 형사다. 자신의 눈앞에서 명이 놈을 갈가리 찢어 죽이는 걸 두고 볼 수는 없었다. 그가 누구라도, 사욕을 위해 사람을 죽이는 것을 방관할 수는 없었다.

멀리 도로의 끝자락에서 동이 터 오고 있었다. 수환은 액셀을 더욱 힘껏 밟았다.

'꼬끼오' 하고 암탉이 울었다. 가영은 침대에서 몸을 일으켰다. 명의 피가 입에 닿으면 잠을 푹 잘 수 없었다. 귀가 평소보다 훨씬 더 예민해져서 바로 제 옆에서 닭이 울어 대는 것 같았다. 그래 보았자 반나절이면 사라지겠지만 말이다. 가영은 명이 깨지 않게 조심스럽게 이불을 걷어 내고 살금살금 방을 나섰다.

가영은 거실의 커다란 창가에 기대서서 커튼을 살며시 걷었다. 온 세상이 다 붉었다. 가영은 눈이 따가워 손등으로 눈가를 비볐다. 할머니가 닭장을 살펴보셨을까? 닭 모이는 챙겨 주셨을까? 그대로 내버려 둔 달걀들은 가져가셨을까? 텃밭의 잡초를 뽑지 않은 지도 오래였다. 하긴 할머니가 그 몸으로 종일 쪼그려서 텃밭을 가꾸기에는 무리겠지. 수환도 일을 해야 하니 저가 돌보지 않으면 그 집의 작물들은 조만간 모두 죽을 것이다.

아무래도 안 되겠다. 그녀는 부엌에서 닭의 모이로 줄 쌀과 함께

185

를 챙겨 들고 현관에 걸려 있는 외투를 꺼내 입었다. 할머니가 주무
실 때 닭 모이도 주고, 달걀도 건져 오고 텃밭에 난 잡초도 좀 뜯어
내자. 가영은 발걸음을 재촉했다.

집에서 불빛이 반짝였다. 분명 할머니가 주무실 시각인데 방에서
불빛이 새어 나왔다. 어? 이상하네? 벌써 일어나셨나? 그럼 안 되는
데. 가영은 미간을 구겼다. 마당으로 들어서야 하나 말아야 하나 내
리막길에 서서 한참을 고민하는데 멀리 돌다리 밑에 검은 차가 한
대 보였다. 꽤나 이른 시간이었지만 손님과 함께 있는 것이 분명해
보였다. 이왕 왔으니 닭 모이라도 주고 가자. 가영은 종종걸음을 치
며 마당으로 들어섰다.

마루로 들어서는 알루미늄 새시가 활짝 열려 있었다. 매일 밤 가
영이 꼭꼭 걸어 닫고 잤던 문이었다. 그녀가 집에서 나간 뒤로는 한
번도 열리지 않았던 것처럼 굳게 닫혀 있었던 것이다. 그런데 그것
이 완전히 개방되어 있다. 경옥의 방에서 나오는 환한 빛, 동이 터
오는 새빨간 빛이 집 안에 요동쳤다. 가영은 마당에 서서 그 붉고 하
얀 빛들이 어지럽게 마루에 흩어져 있는 것을 보았다.

"……."

까만 것, 그러나 붉은 것이 마루 한가운데에 천 뭉치처럼 뭉쳐져
있었다. 가영은 눈을 가늘게 뜨고 좀 더 다가갔다. 그러고는 곧 그것
이 경옥이라는 것을 알아차렸다.

"할머니!"

가영은 화들짝 놀라며 신을 벗고 마루로 뛰어올라 갔다. 쓰러지셨
구나. 늘 조마조마했던 일이었다. 어느 날 갑자기 경옥이 이렇게 될

까 봐 수환도 저도 늘 마음을 놓지 못했다.

가영은 곁으로 가 그녀의 몸뚱이를 들어 올렸다. 마른 몸이 젖은 솜이불처럼 무거웠다. 가영은 낑낑거리며 엎어져 있던 노인의 몸을 뒤집어 얼굴을 살폈다. 가영은 순간 이 사람이 경옥이 맞는지 의심했다. 분명 이 집에 있으니 경옥이 맞을 것인데 얼굴이 그녀의 것이 아니었다. 얼굴이 퉁퉁 부어올라 있었다. 그것뿐인가 입과 코에는 검붉은 피 얼룩이 져 있었다. 가영은 경옥의 몸을 감쌌던 저의 손을 들어 손바닥을 뒤집어 보았다. 온통 붉은 것이 손에 가득 배어 나왔다.

경옥은 붉은 옷을 입고 있었던 것이 아니었다. 가영은 노인의 몸을 살폈다. 원래 무슨 색의 옷이었는지 모를 만큼 옷이 모두 붉었다. 그녀가 누운 자리가 흥건했다. 이것은 새벽녘의 빛깔에 물든 것이 아니었다. 마루를 적시고 있는 그것은 모두 피였다.

가영은 그 자리에서 굳었다. 명에게서 늘 보던 것이었다. 그러나 그는 살아서 생동하고 있었다. 적어도 그에게는 생명력이 느껴졌다. 그러나 경옥에게선 아무것도 느껴지지가 않았다. 가영은 신음했다. 찬물을 뒤집어쓴 것처럼 정신이 아찔하고 몸이 떨렸다. 그녀는 서둘러 전화기를 들었다. 생각나는 건 수환의 번호뿐이었다.

"어디 전화하게?"

신호가 채 세 번도 가지 않았는데 낯선 목소리가 귓가를 파고들었다. 가영은 펄쩍 놀라 수화기를 떨어뜨리고 뒤를 돌아보았다. 그리고 등골이 쭈뼛 섰다.

그의 몸도 경옥처럼 붉었다. 얼굴도 손도 모두 피에 젖어 있었다.

다른 것이 있다면 그는 살아 있다. 그는 살아서 짐승처럼 숨을 내뿜고 눈을 부라렸다. 그와 눈이 마주치자 가영은 이미 죽은 경옥의 몸뚱이를 더 꽉 안았다. 마치 보호하기라도 하겠다는 것처럼. 그 늘어진 몸을 부여잡은 채 가영은 뒷걸음질 쳤다.

"너 이 집 딸이야?"

"……저리 가."

"너 CTA 어딨는지 혹시 알아? 아까부터 찾고 있는데 못 찾겠네?"

가영은 고개를 세차게 저었다.

"아니, 씨발. 뭐 이 동네는 물어보면 다 모른대."

그는 눈을 굴리며 욕지거리를 하더니 '윽' 하고 저의 오른 어깨를 움켜쥐었다. 그의 몸이 아픔을 참으려는지 가늘게 떨렸다. 끙 하고 신음하더니 그는 어금니를 꽉 문 채 다시 가영을 노려봤다. 겁이 났다. 소름이 돋았고 숨이 꽉 막혔다.

"며…… 명아."

"누구? 뭐? 누구라고?"

"며, 명아."

남자는 낄낄낄 웃었다. '미친년' 그는 혼잣말을 짓씹고 아까 내동댕이친 식칼을 다시 쥐어 들었다.

"하필 왜 재수 없게 지금 나타났어. 나 지금 기분이 무지 안 좋거든. 그리고 너는 내가 완전 좋아하는 타입이고. 무슨 말인지 알아?"

어리고 싱그러운 육체. 겁에 질린 얼굴. 이 편이 더 그에겐 즐거운 일이었다. 물론 그 전에 유희가 더 있어야 했지만 지금으로선 이것으로도 충분했다. 그는 경옥을 찌를 때처럼 칼을 비틀어 쥐었다. 가영은 경옥의 몸을 꽉 부여잡고 몸을 웅크렸다.

명아. 명아. 명아.

사내가 식칼을 위로 치켜들자 가영은 비명처럼 무명을 불렀다.

"명아!"

휴대폰이 몇 번 울리더니 꺼졌다. 부재중으로 뜬 번호는 고향 집의 번호였다. 엄마가 분명한데 다시 걸어도 받지를 않았다.

"뭐야……."

그는 혼자 구시렁거리며 핸들을 오른쪽으로 돌려 산골 마을로 진입하는 2차선 도로에 들어섰다. 날이 막 밝아지고 있었다. 푸른 산이 모두 붉었다. 돌다리 아래에 검은색 고급 외제 차가 보였다. 차창이 모두 까맣게 선팅돼 내부가 보이지 않았다. 매번 이 돌다리 아래에 고급 세단이 서 있을 때마다 좋지 않은 이들이 벌어졌었다. 그러니 별로 좋은 징조가 아니다. 그는 그 외제 차의 바로 뒤에 저의 차를 세웠다. 지나가며 번호판을 확인했다.

'39가 3108'

뭐지? 이거? 되게 낯익은데 누구 번호더라? 수환은 미간을 찌푸리고 이 번호판을 어디서 보았는지 골몰했다. 가영의 아버지 차는 아니다. 그것과 차종부터 다르다. 그는 기억 속에서 파일을 넘겼다. 그동안 사건 조사를 하며 넘겨 온 그 방대한 양의 종이를 후루루룩 머릿속에서 넘겼다.

39가…… 3108. 39가…….

그러더니 벼락이라도 맞은 것처럼 그 자리에 확 굳었다. 39가

3108. 이름 석 자가 입에서 맴돌다 쏟아졌다.

"장태호."

그 새끼가 왜 여기에. 수환의 눈이 본능적으로 제집을 쳐다보았다. 온몸에 핏기가 가셨다. 수환은 '옘병할' 욕을 내뱉고는 미친 듯이 내달렸다. 모래가 이리저리 튀어 올랐다. 그는 힘껏 돌다리를 건너 오르막길에 진입하기 전 저의 집 마당으로 꺾어 들어갔다. 속도를 못 이긴 몸이 휘청 넘어졌다. 그는 손으로 바닥을 짚고 재빠르게 몸을 일으켰다.

"오⋯⋯ 오빠."

가영의 목소리였다. 그 목소리가 먼저 들렸으나 활짝 열린 판잣집 안에 최초로 보인 것은 무명이었다. 익숙한 장면이다. 이 장면을 본 적이 있다. 무명이 누군가의 목을 움켜쥐고 있는 모습. 그리고 누군가가 그에게 잡혀 발을 버둥거리고 있는 모습. 그때도 지금도 놈은 피를 뒤집어쓰고 있었다. 그러나 지금은 그때보다 훨씬 더 많은 피였다. 훨씬 더 많고 훨씬 더 붉은 피.

그는 시선을 가영에게로 옮겼다. 겁에 질린 가영이 마치 아기처럼 손에 안고 있는 것. 수환은 그것을 더 자세히 보기 위해 다가갔다. 다가갈수록 그의 숨소리는 점점 더 가빠졌다.

아니야. 아닐 거야. 아니겠지. 설마 아닐 거야.

모친의 얼굴은 형체를 알아보기가 힘들었다. 으레 장태호에게 맞아 죽어 발견된 시신들이 그렇듯 저의 모친의 얼굴도 그와 같았다. 바닥에 쏟아진 피들. 힘없이 늘어진 어머니의 시체는 그러나 그들과 전혀 다르게 다가왔다.

"오빠······."

가영이 흐느꼈다. 수환은 부어오른 엄마의 얼굴을 어루만졌다. 아무런 온기도 없었다. 수환은 떨리는 손을 갈무리했다. 울컥하고 뱃속에서 뭔가가 솟아올랐다. 거북하고 뜨겁고 아픈 것이.

그는 모친의 몸에 얼굴을 묻고 눈을 꽉 감았다. 끄윽, 끄윽 숨쉬기가 힘겨워 밭은 신음 소리가 났다.

어머니가 죽었다. 나 때문에. 그날, 이 개자식을 죽이지 못했기 때문에. 세상의 정의로 장태호를 단죄하려 한 덕에. 그래. 그 때문에. 그는 자신이 역겨웠다. 너무나 역겨워 스스로에게 구역질이 날 것 같았다.

지금껏 자신이 피해자 가족을 만날 때마다 했던 말들을 떠올렸다. 울부짖는 그들 앞에서 수환은 그때마다 그들을 법의 심판대에 세우겠노라 약속하곤 했다. 그 법의 심판대 앞에 서서 제대로 심판을 받은 놈들이 없는데도 그는 매번 그렇게 말했다. 억울하고 분해도 하는 수 없다고 생각했다. 좆같지만 다른 방법이 없다고, 아니 그 방법만이 유일하고 도덕적인 정의라고 여겼다. 그는 세상을 믿었다. 어리석은 동화를 쓰고 있었다. 악한 자는 어떻게든 벌을 받게 되어 있다고, 언젠가 반드시 정의는 이루어질 거라고 믿었다.

그러나 아니었다. 언젠가 이루어질 정의라는 것은 존재하지 않는다. 이제 알겠다. 어머니의 시체를 앞에 두고서야 알아 버렸다. 그 모든 것은 위선일 뿐이라는 것을.

"죽여."

수환은 몸을 일으켰다. 그리고 제 어미의 처참한 시체를 내려다보앉다. 뜨겁게 눈물이 흘러내렸다. 그 눈물이 너무 뜨거워서 눈물이 지나간 자리마다 피부가 녹는 것 같았다.

틀렸어. 정의 따윈 필요하지 않아.

"그 새끼를 죽여."

복수, 필요한 것은 오로지 그것뿐이다.

"가영이 데리고 나가."

명이 조용히 명령했다. 수환은 눈물을 닦아 내고 제 어미의 몸을 가영에게서 받아 마룻바닥에 똑바로 눕혔다. 울컥, 다시 눈물이 솟았다.

어머니. 그는 죽은 모친의 뺨을 한 번 매만지고 눈물로 범벅이 된 가영을 안아 들었다. 그러고는 뒤도 돌아보지 않고 마당을 지나 오르막길을 올랐다.

장태호의 비명이 날카롭게 울려 퍼지는 동안 그는 한 번도 뒤를 돌아보지 않았다. 놈의 비명 소리가 더 높아질수록, 더 처절하게 죽어 갈수록 오히려 수환의 눈은 더 맹렬하게 타올랐다.

부일은 불을 놓아야 한다고 했다. 머뭇거리던 수환은 엄마의 유품을 정리하고 난 이후 그의 말에 동의했다. 부일은 시너를 가지고 와 집 안 곳곳에 그것을 뿌렸다.

"직접 불을 놓으시겠소?"

우두커니 마당에 서 있는 수환에게 부일이 신문 뭉치와 라이터를 건넸다. 그것을 내려다보는 수환의 눈이 건조했다.

"정말 따로 염을 하지 않을 생각이야?"

명은 마당의 수돗가에서 대충 핏물을 닦고 난 후 수환에게 다가가며 물었다. 그는 잠시 대답이 없다가 입을 열었다.

"장태호의 사지는?"

"찾을 수 없을 거야. 조각난 신체는 곧 날짐승들이 먹을 테고, 설령 발견한다 해도 사람의 것이라 생각할 수 없을 테니까."

수환은 신문 뭉치에 불을 붙여 마루에 던졌다. 화르륵 소리가 나더니 뿌려 둔 시너에 옮겨붙었다. 집은 순식간에 거대한 불길에 휩싸였다.

수환의 가슴이 들썩거렸다. 울컥 넘치려는 것들을 삼키기 위해 그는 주먹을 말아 쥐었다. 억지로 숨을 참으며 그는 다시 명을 향해 입을 뗐다.

"궁금한 게 있어. 너는 어머니가 죽을 걸 알고 있었어?"

"내가 세상의 모든 것을 알 수 있을 리가 없지. 내 눈앞의 여자도 제대로 알지 못하는 마당에."

"……예전에 네가 그랬지. 나에게 너의 어머니가 죽을 수도 있을 거라고."

"네놈은 재수가 더럽게 없어 보였거든."

시큰둥한 대답에 수환은 쓰게 웃었다. 명은 말을 덧붙였다.

"네 어머니 하얀 명주옷을 입고 있었어. 자신의 운명을 알고 있었을 거야."

언젠가부터 어머니는 벽 한쪽에 하얀 명주옷을 걸어 두었다. 스스

193

로 수의(壽衣)를 장만한 후 그녀는 틈만 나면 그것을 어루만졌다. 수환은 그때마다 모친에게 그렇게 죽고 싶으냐 핀잔을 주었다. 왜 몰랐을까. 모친이 죽을 날을 받아 놓고 기다리고 있었다는 것을. 언젠가 저 수의를 자신의 손으로 챙겨 입고 죽을 수도 있다는 생각을.

모친이 그에게 하던 말들. 그 여과 없이 거친 말 속에 숨겨진 슬픔과 고독함을 왜 눈치채지 못한 것일까.

서랍장에서 쏟아진 물건 중에 실로 꽉꽉 묶어 놓은 종이 뭉치가 있었다. 몇 개의 통장과 어머니의 유서였다.

몇 번이고 지웠다 다시 쓴 듯한 흔적이 남아 있는 글씨체는 모친답게 정갈했다. 장례를 치르지 말고 화장을 하라는 것은 어머니의 유언이었다.

집은 태워라. 내 무복, 굿거리 할 때 쓰는 도구들도 모두 태워라. 통장은 모두 가영에게 주어라. 그 아이는 뒷집에 사는 영물이 잘 지켜 줄 것이다. 네 짝이 아니니 보내야 한다. 그리고 너는 어미가 너에게 했던 말들을 잊지 마라. 모든 것은 때와 운명이 있고 나는 죽을 운명에 따라 죽을 때에 죽을 뿐이다. 원망도 미련도 없으니 너는 나의 죽음을 잊어라. 내 죽음에 미련도 가지지 마라. 세상일이 모두 네 뜻대로 되지는 않는 법이니. 어미는 너를 강하게 키웠으니 너는 네 한 몸 정도는 잘 간수하며 살 수 있겠지. 너 하고 싶은 것이나 실컷 하며 살아라. 어차피 천수를 누릴 팔자니 쉽게 죽지도 못할 거다.

어머니다웠다. 감정이라고는 한 톨도 들어가 있지 않은 침착하고 퉁명스럽기까지 해 보이는 내용은 그가 아는 경옥이었다. 웃는 낯을 별로 본 적이 없다. 어머니는 늘 무표정하고 늘 어딘가 먼 곳을 보는 것 같았다. 별로 행복하지 못했던 어머니가 그나마 웃을 때는 저가 신소리로 어머니를 웃길 때뿐이었다.

어머니와 단둘뿐이었지만, 그래서 외롭기도 했지만 그럼에도 행복한 인생이었다. 외로웠어도 삶을 사랑하는 법을, 자신을 믿으며 나아가는 법을, 스스로에게 당당해질 수 있는 법을 그는 어머니로부터 배웠다. 어머니는 늘 그에게 인생에 순응하라고 했다. 그가 어머니로부터 배우지 못한 것은 그것 하나뿐이었다. 스스로를 꺾을 줄 몰랐다. 그만의 도덕과 신념을 도저히 저버릴 수 없었다. 정의란 이름을 한 아집일 뿐이었는데도.

"내가 한심하지 않나? 결국, 이렇게 될 것을."

명은 수환의 물음에 금방 대답하지 않았다. 타오르는 집을 쳐다보고 있다가 그는 굼뜨게 입을 열었다.

"사람은 물과 같은 존재지. 끊임없이 어디론가 흐르지만 스스로 어디로 흘러가는지 몰라. 너는 그저 흐르고 있는 거야."

"넌 어때. 너 역시 흐르는 존재인가?"

"모르지. 살아 있는 한 삶이란 예측할 수 없는 것이니까."

따닥따닥. 목재가 타들어 가는 소리가 들려왔다. 거대한 화염에서 느껴지는 열기에 얼굴이 뜨거웠다. 수환은 그 뜨거움에 눈을 가늘게 떴다. 그는 장태호가 무죄 판결을 받던 날을 떠올렸다. 피해자의 아버지가 눈물을 훔치며 재판관을 향해 울부짖던 그 말들이 머릿속에 필름처럼 되감겼다.

'부디 저놈을 엄벌에 처해 주십시오. 대가를 치르게 해 주십시오. 부디 대한민국에 정의를 실현해 주십시오. 만약, 만약 그렇지 않으면 제가…… 저놈을 제 손으로 죽이겠습니다.'

그때, 죄인이 된 기분이었다. 죄책감과 분함에 고개도 제대로 들지 못했다. 그리고 무척이나 짜증이 났다. 할 만큼 했는데도 대체 어떻게 해야 저 새끼를 잡을 수 있을까. 얼마나 더 해야 저 새끼를 감방에 처넣을 수 있을까. 그게 너무 분해 몇 날 며칠, 잠을 설쳤다.

세상이 정의롭지 않음에 분개했다. 실망도 했다. 무기력했고 좌절하기도 했다. 그러나 그래도 그는 매달렸다. 포기하지 않는 한 언젠가 정의는 이루어진다고. 법전에 쓰여 있는 그 듣기 좋은 말들을 그는 그대로 믿었다. 세상이 그에게 들려주는 달콤한 동화들을 그는 사실이라고 믿었다. 언젠가 꼭 놈을 잡을 수 있다. 언젠가 꼭 놈을 법대로 심판할 수 있을 거다. 분명히 그렇게 믿었다.

그러나 아니었다. 그는 쓰게 웃었다. 눈앞에서 어머니가 죽은 것을 보았을 때, 엉망으로 유린당한 모친의 몰골을 보았을 때 그가 떠올릴 수 있는 것은 딱 하나였다. 죽여야겠다. 장태호를 죽여야겠다. 가능하면 세상에서 가장 고통스러운 방법으로 처절하게 저 새끼를 죽이고 말리라. 그것 이외에는 아무것도 생각나지 않았다. 그것 말고는 아무것도 필요하지 않았다.

멍청했다. 그저 멍청했던 거다. 이제야 그 남자의 울부짖음을 이해할 수 있다. 차라리 당신의 손으로 그를 죽이겠다는 그 절규를 이제야 알 수 있었다. 나는 그냥 위선자였다. 그는 그렇게밖에 생각할 수 없었다.

"내게 후회할 것이라 말했지. 네 말이 맞아. 후회한다. 나는 멍청하게 동화를 쓰고 있었던 모양이야. 그게 어머니를 죽였어."

수환이 자조적으로 말했다. 한껏 허망해진 얼굴이었다.

사람은 흐르는 물과 같다는 말. 명은 그 말 이외에는 그에게 해 줄 말이 없었다. 그를 위로해 주고 싶은 마음 역시 없었다. 긴 생을 살아오며 그가 보아 온 누구나가 겪는 이 혼란은, 시간이 지나면 곧 망각한다. 수환 역시 곧 잊을 것이다. 지금의 아픔이 분노가 되고, 슬픔이 되는 시간이 지나면 그는 변할 것이다. 어떻게든 변하게 되어 있다. 아픔을 붙잡기 위해 또는, 그 아픔을 잊기 위해 무엇으로라도 변할 것이다. 그렇게 변해 부일이 그와 함께했고, 또 그렇게 변해 덕기가 지금과 같은 모습을 했다.

명은 문득 경옥의 사체를 부여잡고 엉엉 울던 가영의 얼굴을 떠올렸다. 수환을 향해 '오빠, 오빠' 울먹이던 모습도.

"믿는 것에 배반당한 인간이 무엇으로 변하는지 알아? 악(惡). 나는 악이 된 인간을 너무 많이 보아 왔다. 스스로를 더럽히는 것은 너무나 쉽지. 쉽기 때문에 모두가 그것을 택해. 너는 나를 악하다고 했지. 그래서 나를 혐오하잖아. 나를 향해 똑바로 눈을 뜨고 욕지거리를 하는 인간은 너 하나였어. 널 멍청하다고 생각했지만 너의 그런 점이 재미있기도 했다."

"……."

"너는 쉬운 인간이 되지 마. 그러면 가영이 슬퍼할 거야."

수환은 흘깃 명을 향해 눈을 돌렸다. 집 기둥이 무너지며 붉은 화염의 파편들이 날렸다. 명도 천천히 그의 시선을 마주했다.

"전덕기 조심해."

경고조의 목소리가 무겁고 공격적이었다. 이제야 무명이 지금껏 보아 온 사내의 눈빛이었다.

"네 뒤통수를 칠 거야. 그 작자가 어디까지 손을 뻗었는지 모르겠지만 박판석 의원과 붙어먹는 것만은 확실해. 그자들은 졸개가 많아. 여러모로 쉽지 않을 거야."

내내 슬픔에 젖어 있던 눈이 불길처럼 맹렬한 빛을 냈다. 명은 고개를 끄덕였다.

"그래. 명심하지."

우지끈 소리가 났다. 집의 한쪽이 와르르 무너졌다. 수환은 다시 말없이 화염을 바라보았다. 치솟는 불길이 산자락을 녹일 듯 뜨거웠다. 까만 연기가 끝도 없이 하늘을 메우고 새들이 비명을 지르듯 이리저리 날아다녔다.

가영은 무명의 집 거실에 서서 커다란 창밖으로 경옥의 집이 쓰러져 가는 것을 보았다. 수환은 그녀를 이 집에 데려다 놓고 얼마 지나지 않아 부일과 함께 다시 아랫집으로 내려갔다. 따라나서려고 했는데 꼼짝도 하지 말고 집에 있으란 수환의 말에 가영은 집 안에서 발만 동동 굴렀다.

사내들은 한참 동안 돌아오지 않았고 얼마 지나지 않아 까만 연기가 꾸역꾸역 치솟더니 이내 할머니의 집은 거대한 화염에 휩싸여 불탔다. 그 불길이 온 집을 삼키고 곧 형체도 없이 무너져 내릴 때까지 가영은 그 광경에서 눈을 떼지 못했다.

뭐가 어떻게 된 것인지 모르겠다. 그 남자는 누구인지 왜 할머니를 죽였는지. 도둑일지도 모른다는 생각도 들었지만 수환 오빠가 아는 남자일 거란 생각이 더 컸다. 형사 일을 하니까 그것과 관계된 걸까. 자신이 그 집에서 나오지 않고 그대로 있었다면, 평소와 다름없이 그냥 쿨쿨 잠을 자고 있었다면 과연 저는 어떻게 되었을까. 그때도 명이가 지켜 줬을까? 아니면 어쩔 겨를도 없이 할머니와 같은 모습이 되었을까? 그 생각이 들자 곧 기범 할배의 일이 떠올랐다. 등골이 오싹하고 저릿했다.

좋든, 나쁘든 9년 동안 추억이 깃든 곳이었다. 불에 타고 있는 집에는 자신의 흔적이 구석구석 배어 있었다. 낡은 부엌, 녹이 슬고 뒤틀린 수저들, 이가 몇 개씩이나 나간 그릇들. 구멍 난 스타킹에 뭉쳐 놓은 비누 조각들, 커다란 솥단지, 부엌 한편에 말려 놓은 시래기와 산나물들. 그 모든 것이 흔적도 없이 타 버리는 것을 보고 있자니 마음 한구석이 허하고 지끈했다. 마치 그 시간들을 부정당하는 것처럼 느껴졌다.

저도 이런데, 수환은 오죽할까. 집도, 가족도…… 수환 오빠는 모든 것을 잃어버렸다. 그걸 생각하니 울음도 나오질 않았다. 그냥 타는 듯 마음만 아팠다.

해가 질 무렵 비가 내렸다. 집은 허물어진 지 오래였다. 주춧돌과 디딤돌 정도만이 멀쩡했고 나머지는 새까만 숯덩이로 변해 나뒹굴고 있었다. 무너진 집터에서는 아직 식지 않은 연기들이 꾸역꾸역 피어올랐다.

머지않아 남자들이 길을 따라 올라오는 것이 보였다. 가영은 그것을 보고 수건 몇 장을 품에 안고 문 앞에서 기다렸다. 삐걱 문이 열리고 부일과 수환이 차례로 들어왔다. 가영은 재빠르게 수건을 건넸다.

"고마워."

수환은 지친 기색이 역력한 모습으로 그것을 받아 들었다. 부일도 가영에게서 수건을 받아 들었다. 가영은 그가 추울까 봐 커다란 타월을 부일의 어깨에 두르고 그의 몸을 꼼꼼히 닦았다. 그러면서 내내 수환의 눈치를 살피고 꽉 닫혀 있는 문을 번갈아 바라보았다. 명이가 왜 들어오지 않는지 궁금했다. 수환 오빠가 괜찮은지도 궁금했지만 쉽게 입이 열리지 않았다.

"가영이 너."

수환이 수건으로 빗물을 닦으며 입을 열었다. 가영은 눈을 크게 뜨고 그가 하는 말에 집중했다.

"괜찮니?"

가영은 열심히 고개를 끄덕였다. 수환은 커다란 손으로 가영의 머리를 쓰다듬었다. 왈칵 눈물이 날 것 같아 가영은 제 어금니를 꾹 물었다.

"오늘 본 것, 쉽지 않겠지만 잊어."

"……."

"잊어버려. 알겠니?"

"……."

잊을 수 있나? 잊을 수 없다. 잊을 수 없지만 어쩐지 그렇게 이야기해서는 안 될 것 같았다.

"알겠어?"

수환이 다시 한번 물었다. 가영이 다시 고개를 주억거리자 그는 안심하고 집 안으로 들어왔다. 간단하게 목욕을 하고 가영이 내어 준 몸에 맞지 않는 명의 옷을 입고서 침묵이 쇠붙이처럼 내려앉은 가운데 식사를 했다. 모래 알갱이처럼 버석거리는 밥을 몇 수저 뜬 이후 그는 가영이 내어 준 침대 방으로 들어가서 나오지 않았다.

혼자만의 섬에 갇혀 있는 그에게 가영은 다가가지도 못했다. 수환은 가영에게 이토록 늘 어려운 사람이었다. 나이를 먹어 가고 시간이 지날수록 더 가까워지는 사람이 아니라 더 멀어지는 사람.

어린아이라 하기엔 아는 것이 많았으나 그렇다고 모든 걸 다 눈치챌 만큼 어른이 되지도 못해서 가영은 그를 어떻게 대해야 좋을지 알 수 없었다. 그에게 위로를 건네야 할지, 아니면 씩씩하게 아무렇지 않은 척해 주어야 할지, 그것도 아니면 그가 저렇게 혼자 갇혀 있는 것을 그저 모른 척 내버려 두어야 할지.

가영은 몇 번이고 닫힌 방문 앞을 서성거리다가 잠이 든 부일의 방에 불을 꺼 주고 혼자 거실에 앉았다. 비탈길 아래를 내려다보는 것이 쉽지 않았다. 까만 자국만 남은 할머니의 집을 제대로 쳐다볼 용기도 나지 않아 가영은 추적추적 비가 내리는 하늘만 올려다보며 명이를 기다렸다. 그는 왜 오질 않는 걸까.

"으아아아아악!"

전덕기는 비명을 지르며 뒤로 넘어갔다. 그의 아내는 텅 소리를 내며 바닥에 떨어진 묵직한 무엇인가를 보자마자 혼절했다. 전덕기는 침대에서 굴러떨어져 장태호의 머리가 뒹구는 그 바닥에 이마를 붙이고 엎드려서 덜덜 떨다가 간신히 고개만 들었다.

장태호의 머리가 왜 여기에 있는가. 박판석 그자가 장태호를 독대한 뒤로 놈이 병원을 빠져나갔다는 것은 안다. 그러나 거기까지였다. 그 이후에는 무슨 일이 있었는지 알지 못한다. 그리고 장태호의 머리는 지금 여기에 있다. 놈은 죽었고 머리가 잘렸다. 제집에 소리도 없이 들어와 잘린 머리통을 던져 놓을 이는 딱 하나였다.

"어…… 어르신, 저는, 저는 어떻게 된 일인지 모릅니다. 정말로, 정말로 모릅니다. 놈이, 놈이 혹시 어르신께 갔습니까? 뭐, 뭔가 해코지를 했습니까? 어르신 저는 정말, 정말 모르는 일입니다."

사방이 새까맸다. 숨소리 하나 들리지 않는 적막이었으나 분명 그가 있었다. 덕기는 두 손을 모아 붙였다.

"제가, 제가…… 제가 해결하겠습니다. 제가, 제가 뭐든, 뭐든 수습할 겁니다. 제가…… 한 번만 더 믿어 주시면…… 제가 어떻게든 알아서 잘, 잘 수습하겠습니다."

어둠 속에서 발 하나가 뛰어나와 툭 장태호의 머리통을 찼다. 데굴데굴 그것이 굴러오더니 딱 덕기의 코앞에서 멈췄다. 피와 날것의 비린내가 구역질이 날 정도로 진동했다. 제대로 말이 나오지 않았다.

대체 어떻게 된 일인가. 박판석이 무슨 말을 했기에, 정신 나간 놈이 설마 무명을 찾아갔나? 설마 찾아가 해코지를 하려 했다 한들 자신은 정녕 아는 것이 없었다. 무명에 대해 어떻게든 약점을 찾아보려 한 것은 맞지만 아직 그에 대해 어떤 것도 알지 못한다. 이렇게 죽는 것은 너무나 억울했다. 무엇을 어떻게 이야기해야 할지 몰랐다. 지금은 그저 무서웠다. 살아야겠다는 생각뿐이다.

침묵은 칼날처럼 그의 공포를 들쑤셨다. 무명이 아무것도 묻지 않자 오히려 그가 아무거나 말하고 싶었다.

"자, 장태호는 집에서도 골칫덩어리였습니다! 시…… 시체만 잘 수습하면 될 겁니다. 그러면 아무도 모르게 이 일을 잘 덮을 수 있을 겁니다. 아마 놈의 집에서는 차라리 없어져 버려 속이 후련할 겁니다. 어르신. 제가 해결하겠습니다. 제가, 제가 어떻게 된 일인지 알아보겠습니다. 믿어 주세요. 제가 다 알아서 하겠습니다."

…….

한동안 머리를 조아리고 빌다가 아직도 아무런 기척이 없자 그는 슬며시 몸을 일으켰다. 그는 가 버렸나? 전덕기는 경계심 어린 표정으로 주위를 두리번거렸다. 목을 빼고 기절한 아내를 살피고 저의 뒤도 살피고 다시 정면을 보던 찰나, 날카로운 것이 목을 긋고 지나갔다. 그는 컥 소리를 내며 제 목을 감았다. 뭔가 미지근한 것이 손바닥에 배어 나왔다. 피. 그는 다시 부들부들 떨었다. 히익 소리를 내며 제 목을 두 손으로 감싸고 꾹 눌렀다. 다행히 숨은 쉬어졌다. 몇 번을 거칠게 연거푸 들이쉬고 내쉬어도 마찬가지로 숨은 계속 쉬어졌다. 깊은 상처가 아니었다. 날카로운 뭔가가 목을 긋고 지나가긴 했어도 완전히 숨통이 끊어진 것은 아니다.

전기 충격이라도 받은 양 벌벌 떨리는 그의 코앞에 붉은 눈동자가 떠 있었다. 귀신불 같은 눈이 진득하게 그의 앞에서 일렁였다.

"내 답례를 놈에게 전해 다오. 그다음 답례로 너의 목을 보내겠다."

"……."

전덕기는 고개를 발작적으로 끄덕였다. 그러니까 이제 얼쩡거리지 말라는 소리였다. 저도, 그리고 박판석도. 그는 반복적으로 덜덜 떨며 고개를 끄덕이는 전덕기를 한참 동안 바라보다 다시 어둠 속으로 사라졌다.

전덕기는 잠시 후, 바닥을 기어 시트 자락을 끌어 내리고 그것으로 제 목을 감았다. 그러고는 어둠을 기어 방 밖으로 나갔다. 우당탕탕, 전덕기가 계단을 구르는 소리에 집 안의 사용인들이 잠에서 깨어났다. 하나둘 불이 켜진 후에는 집 안이 쑥대밭으로 변했다.

몇 분 후에 전덕기의 집 앞에 사이렌을 울리며 119 구급차가 들어섰다. 그러나 전덕기는 밖으로 나오지 않았다. 빈 들것이 다시 구급차 안에 넣어지고 사이렌을 끈 구급차가 왔던 길을 돌아가는 것까지 지켜본 후 무명은 동네를 빠져나왔다. 어느새 빗줄기가 잦아들고 있었다.

동굴은 신기한 곳이었다. 하늘에 구멍이 뻥 뚫려 있는데도 아무리 비가 세차게 몰아쳐도 안으로 비 한 방울 들어오지 않았다. 명은 동굴 안의 공기와 바람이 그것을 밀어내기 때문이라고 했다. 무슨 말인지 잘 이해할 수 없었지만 그저 그가 하는 말이니 그냥 그러려니,

언젠가 이해할 만큼 똑똑해지려니 하고 넘어갔다.

수환에게 침대 방을 내준 덕에 가영은 미리 빼놓은 베개와 이불을 들고 서고로 왔다. 집 안에 비해 조금 서늘한 감은 있지만 명이 말하기를 이곳은 여름에는 시원하고 겨울에는 되레 따뜻하다고 했다. 그것이 아니더라도 가영은 이곳이 좋았다. 신비스럽고 포근한 것이 명과 비슷한 느낌을 주었다.

이불을 뒤집어쓰고 멍하게 까만 하늘만 바라보고 있는데 뭔가 커다란 것이 바닥으로 뚝 떨어졌다. 가영은 '악' 소리를 내며 뒤로 발라당 넘어갔다. 그녀는 그것이 박쥐나 까마귀나 그것도 아니면 아주 커다란, 어쨌든 독수리 같은 것이라 생각했다. 그 커다란 것이 등을 펴고 바로 서기 전까지는 말이다. 떨어진 것이 무엇인지 확인한 가영은 곧바로 성을 냈다.

"어디 갔었어!"

"……."

"걱정했잖아!"

"……."

"이 시간까지 어디서, 어디서 뭐 하다 온 거야!"

웃어야 하나? 아니면 진지한 얼굴로 미안하다고 해야 하나? 화내는 모습이 귀엽긴 한데 귀엽다고 하면 더 화나게 만들 것 같아 명은 그냥 서 있었다.

"종일 기다렸잖아."

가영이 울먹이자 명은 그녀의 앞에 다가가 몸을 굽히고 앉았다. 한껏 들려 있던 가영의 턱이 그의 몸짓을 따라 이래로 내려갔다. 명은 진지한 눈으로 그녀를 바라보다가 살그머니 미소 지었다.

"나 때릴래?"

"……."

"아니면 안아 줄까?"

"……."

"늦게 와서 미안해. 네가 기다릴 거라고 생각 못 했어. 게다가 내가 사람을 죽이고 난 다음에 바로 널 보면 넌 항상 겁을 먹는 것 같아서. 조금 시간이 필요했어."

매번 겁을 먹은 것은 사실이다. 꽤나 노력하지만 사람을 막 죽이고 왔다는 그 선득한 느낌을 떨칠 수가 없었다. 그러나 지금의 명은 핏물을 뒤집어쓰지 않았다. 옷가지에 핏자국들이 묻어 있긴 하지만 빗물에 많이 씻겨 있는 상태였다. 그를 보자마자 투정만 부리고 싶은 기분이 드는 건 어쩌면 그래서인지도 모른다.

"괜찮아?"

수환 오빠도 이렇게 물었다. 그 투박하고 남자다운 목소리로 물었을 때 가영은 고개를 끄덕였다. 그의 앞에서는 괜찮을 수밖에 없었지만 명의 앞에서는 그렇지 않다. 그가 묻는 괜찮으냐는 물음은 훨씬 더 다정하고 찌르르 가슴을 깊이 찔렀다.

"어떻게 해야 할지 모르겠어. 내가 어떻게 하고 있어야 하는지."

"하고 싶은 대로 하면 돼. 울고 싶으면 울고 화내고 싶으면 화내면 되지."

가영은 몸을 더 움츠렸다. 눈으로 바닥을 훑고 망설이는 듯 다시 시선을 들었다.

"내가 그래도 돼?"

"……."

"내가 울거나 화낼 수 있어?"

"……."

"나는 아무것도 아니잖아. 할머니는 늘 나를 싫어하셨는데…… 가족인 수환 오빠도 저렇게 있는데 내가 뭐라고 화를 내거나 울 수 있어? 수환 오빠는 나보고 잊어버리래. 나는 어쩐지 그래야 할 것 같아."

"그는……."

명은 말꼬리를 조금 늘리며 망설였다. 수환은 그녀가 아무것도 모르길 바란다. 그 길고 복잡한 이야기를 가영이 이해하긴 어려울 테고, 설령 이해한다 해도 문제였다. 수환은 그로 하여금 더 큰 죄책감을 느낄 것이 분명했고 그것까지 감당해 내기는 아마도 버거울 것이다. 잊으라고 한 이유는 지극히도 인간다웠다.

"그저 네가 상처받지 않길 바라는 거야."

그런가. 하지만 무엇에? 내가 무엇에 상처받지 않기를 바라는 거지? 가영은 의기소침하게 손가락을 꼼지락거렸다.

"아무도 내게 어떻게 된 일인지 말해 주지 않아. 나는 아무것도 몰라야 하나 봐."

"……."

"……내가 바보라서?"

명은 가영의 몸 위를 덮고 있는 이불을 아래로 부드럽게 끌어 내리고 그녀의 허리를 감아 자신의 앞으로 좀 더 당겼다.

"너…… 힘들어 보여."

"……."

가영이 눈을 양옆으로 굴렸다. 여전히 어물쩍거리는 모양새였다.

"여기엔 수환이 없어. 네가 눈치 볼 사람은 아무도 없어. 그리고 내겐 네가 느끼는 감정만이 소중해."

"……."

"모든 걸 다 알고 싶다면 처음부터 끝까지 말해 줄게."

가영은 고개를 저었다. 혼란스러운지 몇 번이고 입을 뗐다 붙였다.

"뭘…… 뭘 하고 싶은지도 잘 모르겠어. 아무것도 느껴지질 않아. 울어야 하는지 화를 내야 하는지 그것도 잘…… 잘 모르겠어."

그렇게 말하는데 눈물이 났다. 가영은 제 눈을 훔치고는 당황했다.

"내가, 내가 왜 우는 거지."

명은 축축하게 젖은 윗옷을 벗고 품 안으로 가영을 당겼다.

"이리 와."

뺨에 차갑게 물기가 어린 명의 어깨가 닿았다. 가영이 그곳에 눈가를 비비자 그 자리가 뜨끈했다. 명은 혼란스러워하는 가영에게 설명했다. 누군가에겐 슬픔이 쏟아지는 폭포처럼 받아들여지기도 하고 누군가에겐 물에 젖는 스펀지처럼 아주 조금씩 천천히 차오를 수도 있는 것이라고. 모든 감정에 이름을 붙여 정의 내릴 순 없고 그렇기에 모든 것에 명분을 찾을 필요도 없다고. 그러니 그 어떤 것이라도 괜찮다고, 모든 것은 자연스러운 것이라고.

마음이 어지러웠다. 가영은 눈을 감고 명이 저에게 속삭일 때마다 울컥울컥 차오르는 감정을 참으려 그의 등을 더 움켜쥐었다. 어떻게 든 그에게 매달려 혼란스럽게 떠다니는 그 감정을 하나라도 잡아 보려 했지만 잡히지 않았다. 그러나 수환을 떠올릴 때마다 더욱 눈물이 났다. 늘 밝게 웃던 씩씩한 그를 볼 수 없을까 걱정이 되었다. 아프고 슬펐다. 그러나 누구를 향한 것일까.

그가 웃지 않게 될까 걱정하는 것이 그를 위한 것일까, 아니면 자신을 위한 것일까. 그가 불행해질까 걱정하는 것일까 아니면 그로 인해 자신이 불행해질까 초조한 것일까. 그걸 정의 내릴 수 없었다.

나는 왜 이렇게 이기적일까.

끊어진 고리

수환은 밤새 한숨도 자지 않았다. 멍하게 방 안에 앉아 있다가 아침 동이 트는 것을 보고는 자리에서 일어났다. 수많은 감정이 교차했지만 이상하게도 정신은 맑았다. 여느 때와 같은 아침이 어떤 때와도 달랐다.

이런 인생이 정답은 아닐 것이다. 그러나 왠지 모르게 앞만 보고 달리던 때보다 돌부리에 걸려 모든 것이 깨어진 지금이 더 모든 것에 명료했다. 답도 없는 '정의'란 것을 보고 달릴 때는 발밑에 닿는 것이 아무것도 없는 것 같았다. 딛고 뛸 만한 것이 없어서 허우적거렸다. 그러나 그것을 버리고 나니 오히려 딛고 설 만한 땅이 보였다. 이토록 허무하고 단순한 것이었나. 그 고결한 정의를 무너뜨린다는 것은 이토록 쉬웠다.

씻고 옷을 갈아입고 거실로 나서니 부엌에 앉아 있던 가영이 이자에서 벌떡 일어났다. 언제 준비한 것인지 모락모락 김이 나는 하얀 쌀밥이 식탁 위에 올라 있었다. 수환은 여전히 저를 보면 어쩔 줄 몰라 하는 가영의 불안한 얼굴을 보았다. 습관처럼 아침을 차리고 이제나저제나 저를 기다렸을 가영이 짠하고 안쓰러웠다.

이제 다시는 가영이 차려 주는 맛있는 밥을 먹을 수 없을지도 모른다. 그는 더 이상 돌아갈 고향 집이 없었고 가영은 더 이상 저와 함께 살 수 없다. 모친은 그녀를 보내 주라고 했다. 그러니 보내 주어야 한다. 더 이상 과거에 그녀를 매어 두어선 안 된다.

수환은 익숙하게 가영의 머리를 한 번 쓰다듬고는 식탁 위에 종이 뭉치를 내려놓았다.

"……."

수환이 내민 것을 한 번 내려다보고 가영은 다시 그를 올려다보았다. 쉽사리 손을 대지 못하고 조심스레 그에게 표정으로 이것이 무엇인지 물었다. 그러다가 수환이 고개를 끄덕여 보이자 그제야 움츠린 손이 두툼한 뭉치를 집었다.

노란 고무줄로 돌돌 말린 것은 아주 낡은 통장 뭉치와 도장이었다. 가영은 고무줄을 빼고 가장 처음 통장의 첫 장을 펼쳤다. 통장은 수환의 이름으로 되어 있었다. 날짜는 정확하게 9년 전의 봄부터 시작되었다. 그 후 계속 같은 자릿수의 숫자가 찍혀서 쌓여 갔다. 다음 장도 그다음 장도 금액은 주는 것 없이 계속 불어났다.

"엄마가 남겨 놓은 거야. 네 거야."

영문을 모르고 통장만 넘기던 가영의 손이 파르르 떨리기 시작했다. 이게 무엇인지 안다. 매번 알 수 없는 이의 이름으로 보낸 이 돈은 아버지가 보낸 것이다. 저의 딸을 맡아 키우는 조건으로, 입을 다무는 조건으로 할머니에게 건넨 것이다. 이 돈을 모두 썼을 것이라 생각했다. 이 돈을 쓰지 않았다면 대체 수환 오빠의 뒷바라지는 무슨 돈으로 한 것일까. 어째서 이 돈을 하나도 쓰지 않았는가. 가영은 그것을 이해할 수 없었다.

돈 때문에 열한 살짜리 철없는 계집을 견딘 것이 아니라면, 무엇 때문에, 대체 무엇 때문에 자신을 내쫓지 못하고 견뎠나. 무엇 때문에 매일 방구석에 처박혀 울고불고하는 어린아이가 제정신을 차릴 때까지 말없이 두고 본 것일까. 대체 무엇 때문에 이 돈을 하나도 쓰지 않고 모아 둔 것일까. 왜 이걸 저에게 주는 것일까?

가영은 당황해 수환을 올려다보고는 무어라 물어야 할지 몰라 입만 뻥긋거렸다.

"네 거야."

담담하려 애를 쓰는 수환의 눈빛이 슬펐다. 그 눈이 묻고 있었다. 아직 모르겠니?

설마. 가영은 속으로 '설마' 하고 자문했다. 설마 할머니가 날 좋아했을 리가 없어. 할머니가 내게 정이란 것이 있었을 리가 없다. 그런 것이 있었다면 나를 그토록 매정하게 내쫓지 않았을 거다. 함께 사는 9년 동안 상냥한 말 한마디, 따뜻한 시선 한 번 주지 않았다. 늘 짧은 대답, 언제나 돌아선 그녀의 싸늘한 뒷모습만 있을 뿐이었다.

늘 삶에 치여서 힘겨우신 것뿐이라고 애써 생각하곤 했다. 슬프고 지친 낯빛을 한 그녀를 마주할 때면 가영은 그녀가 가여웠다. 어딘가 부족하고 텅 빈 것 같아서, 그 모습이 퍽이나 저와 닮아 있어서,

215

그녀에게 조금이라도 외로움을 덜어 줄 만한 존재가 되고 싶었다. 필요한 존재라고 인정받고 싶어서 그토록 애를 썼지만 돌아오는 것이라곤 차가운 냉대와 나가라고 싸 놓은 짐 보따리뿐이었다.

그런데 이제 와서, 이제 와서 사실은 너를 미워하지 않았노라, 사실은 너를 아꼈노라 이야기하려는 듯이, 그것이 숨겨진 진실이라는 듯이 어째서 이런 것을 꺼내 보이는 것일까.

"싫어. 이거, 이거 안 받을래."

가영은 다시 통장 더미를 수환의 손에 던지듯 쥐여 주었다.

"가영아."

"안 받아. 어차피 오빠 이름으로 되어 있으니까 오빠가 가져가."

"박가영."

"나 이거 필요, 필요 없어."

"박가영!"

"그냥 가져가!"

수환이 언성을 높이자 가영도 지지 않고 언성을 높였다. 격앙된 목소리가 가늘게 떨렸다.

"그냥 가져가 버리라고!"

"엄마가 너 주라고 유서까지 남기셨는데 내가 이걸 어떻게 가져가!"

"싫어! 이런 건! 내가……."

뭉근한 것이 가슴에서 울컥 치밀어 가영은 말을 끝내지 못하고 저의 가슴을 움켜쥐었다. 그 치미는 느낌이 고통스러워 숨을 삼키는데 눈가가 뜨겁게 달아올랐다.

"내가, 고맙단 말도 못 하잖아. 이젠 이런 걸 받아도, 내가……."

눈앞에 경옥이 떠올랐다. 늘 차가운 눈빛으로 저를 쳐다보고는 말 없이 등을 돌려 누웠다. 그것에 어찌나 풀이 죽었는지, 얼마나 슬프고 외로웠는지, 그 모습이 얼마나 상처였는지. 그러나 알았다면, 그녀를 제대로 알았다면 그 모습에 웃음이 났을 것이다. 언제나 소원했던 것처럼 그 작고 마른 몸을 한 번쯤은, 적어도 한 번 정도는 꼭 안아 보았을 것이다. 한 번 정도는 고맙다는 말을 했을 것이다.

늘 어렴풋이 알고 있었다. 처음 이곳에 와 열에 들떠 헛소리를 할 때 다정하게 물수건을 올려 준 이가 수환 오빠가 아니었다는 것을. 옆자리에 누워 조금이라도 바스락거리면 벌떡 일어나 맨머리를 손으로 짚어 주던 이도 그가 아니었다는 사실을. 가영이 당신만큼 키가 크고 손이 여물기 전까지, 그래서 밥을 하고 빨래를 하고 설거지를 맡아 할 수 있을 때까지 늘 저의 방을 쓸고 닦아 주었던 이, 가진 것이 아무것도 없이 몸만 덩그러니 내맡겨진 저의 첫 속옷과 내의를 사 주었던 이가 누구였는지. 그러나 확신이 없었다. 가영은 늘 그것이 필요했고 이제는 확실히 알게 되었다.

그런데 이제 그녀는 없다. 그녀처럼 허름하고 낡은 집과 함께 모든 것이 사라졌다. 이제는 알아도 소용이 없다. 이제는 안아 줄 몸이, 체온이, 할머니가 없다.

꼭 이래야만 하셨을까. 그동안 저가 가졌던 외로움은, 그 서글픔은, 대체 무엇이었을까. 마음 한구석이 뻥 뚫린 것처럼 아프고 공허했던 그 시간들은 모두가 헛것이었다. 손등으로 떨어지는 눈물이 뜨거웠다. 눈물이 이렇게 뜨거울 수가 있구나 그 뜨거움에 누가가 얼얼할 수도 있구나.

수환이 가영을 꽉 안았다. 지진이라도 난 듯 흔들리는 가영의 몸을 가득 죄고 그도 같이 끅끅 울었다.

"보내 드려. 보내 드려야지. 너 이거 받아야 엄마 편히 눈감으신다."

그런 것이다. 보낼 수가 없는 것이다. 인정할 수가 없는 것이다. 할머니가 이렇게 사라졌다는 것을. 이렇게 잊어야 한다는 것을. 이렇게 그녀의 죽음을 인정해야 한다는 것이 싫었던 것이다. 아무것도 느껴지지 않는 것이 아니라 아무것도 받아들이려 하지 않았다. 거친 숨을 히끅히끅 삼키며 가영은 수환의 옷깃을 꽉 쥐었다.

"오빠. 나랑 여기서 살아."

"……."

그는 대답이 없었다. 가영이 붉게 충혈된 눈을 들어 그를 올려다보았다.

"여기서 나랑, 명이랑, 할아버지랑 우리 다 같이 살자. 응?"

"……."

"여기서 그냥 나랑 명이랑, 우리 다 그냥 가족 하면 안 돼?"

수환은 소매로 눈가를 문질러 닦고 고개를 저었다.

"그럼 오빠는 혼자잖아. 혼자 어쩌려고!"

가영이 다시 격분하며 울음을 터트렸다. 수환은 다시 엉엉 우는 가영의 머리를 쓰다듬었다. 사랑한다는 고백 한번 못 해 본 사랑이었다. 너무 늦게 알아차려 손해만 본 사랑이었다. 우리가 남으로 만났다면 나는 너를 첫눈에 사랑할 수 있었을까? 아니. 아니다. 수환이

218

사랑한 것은 늘 아이처럼 깨끗하고 무엇이든 열심히 하던 그 부지런한 모습이었다. 늘 웃음 짓게 만들고 그 옆에 있으면 비로소 쉬는 것 같은 기분이 들게 하는 그 움직임들을 사랑했다. 오랫동안 그렇게 가영은 곁에 있을 것이라 생각했다.

그래서 천천히 걸음을 떼어도, 아주 천천히 시작해도 될 것이라고 여겼다. 너무 소중했기 때문에 오히려 많은 것들이 망설여졌다. 연인으로서 그녀를 얻기 위해 어린 누이로서의 그녀를 포기해야 하는 것이 쉽지 않았다. 가족이라는 이름 아래 영원할 수 있는 그 관계를 끊고 싶지가 않았다. 불확실한 확률을 위해 안전한 길을 버릴 수가 없었다. 그래서 결국 이렇게 되지 않았나.

내가 너에게 오빠가 아니었다면 이렇게 불안한 눈으로 걱정 가득한 낯빛으로 네가 나를 바라볼 일은 없었겠지. 이렇게 나 때문에 불안해 엉엉 울며 발을 구르는 너를 마주할 일은 없었겠지. 늘 아이처럼 대하고 늘 보호하려 했지만 아니야. 오히려 나는 늘 너에게서 힘을 얻었다. 병아리처럼 나를 좇는 그 눈이 얼마나 나를 가치 있는 인간으로 만들어 주는지 너는 모를 거다. 결국 우리는 이렇게 정의된다. 가족. 그 어떤 혈연보다 끈끈하고 귀한 사이.

"연락할게."

"어디 가려고?"

"서울."

"벌써?"

"응. 할 일이 있어."

"더 있다가 가면 안 돼?"

"객식구잖아. 너무 오래 머무는 건 실례야."

"객식구 아니야! 가족이야!"

가영은 다시 이맛살을 찌푸리며 울었다. 모든 것이 버거울 것이다. 그러나 곁에는 무명이 있지 않은가. 어느새 거실 끝자락에서 명이 보였다. 그는 팔짱을 끼고 벽 한쪽에 기대어 침잠해 있었다. 늘 어둠에 침잠해 있는 이, 그러나 그라면 가영을 잘 돌보아 줄 것이다. 다른 건 몰라도 그것만은 믿을 수 있다.

"밥 잘 먹고 씩씩하게 지내고 있어. 오빠가 곧 연락할게."

"언제?"

"언제든."

수환은 가영의 머리를 다시 한번 토닥거리고는 명을 향해 짧게 고개를 끄덕여 보였다. 명의 붉은 눈이 깊게 감겼다가 곧 은은히 떠졌다. 대답은 그것으로 족했다. 수환은 가영을 내려다보고는 잘 떨어지지 않는 발길을 돌려 현관을 나섰다. 녹슨 경첩이 끼익끼익 흔들렸다.

가영은 흔들리는 들풀처럼, 서 있는 자리에서 이리저리 휘청거렸다. 명이 다가가 조용히 그녀의 어깨에 손을 얹었다.

"연락 안 할 거야."

"……."

"수환 오빠 여기 다신 안 올 거야."

"……."

"난 알아."

"……."

난 알아. 오빠를 알아. 거짓말을 할 때면 늘 눈을 못 마주치는 것. 두 번 다시 돌아오지 않을 사람이 저의 머리를 쓰다듬는 그 손길이 어떤 느낌인지 안다. 그는 다시 오지 않는다. 두 번 다시 이곳에 오지 않을 거다.

가영이 손등으로 눈을 문질렀고 명은 그녀의 등을 어르듯 쓰다듬었다.

"혼자는 외로울 텐데……."

"그는 그저 자신의 세계로 돌아간 거야."

그는 형사다. 형사인 그가 살인마이자, 비정상적인 존재인 자신을 가족으로 받아들이고 한집에 사는 것은 그의 경력에 도움이 되지 않는다. 그러니까 그는 어른스럽게 현명한 선택을 한 것일 뿐이다. 그리고 그것이 수환이란 인간이었다. 가영이 알고, 그리고 무명 자신도 알고 있는 수환. 어쩌면 그 어느 때보다 지금이 더욱 그다운 모습인지도 모른다. 인간은 늘 가장 밑바닥을 찍어야 본모습이 보이는 법이니까.

전덕기는 빈손으로 차에서 내렸다. 무명이 판석에게 가져다주라 했던 장태호의 머리는 차마 그에게 줄 수가 없어서 수행 비서를 시켜 은밀하게 처리했다. 어쩌면 장태호의 머리는 드럼통에 보관 중일지도 모른다. 통조림처럼 염산에 절여 버린 채로 말이다. 굳이 어떤 방법으로 그것을 처리했는지는 알고 싶지 않았다. 지저분한 것을 상상하는 것조차 꺼림칙했다. 그저 제 눈에만 보이지 않고 세상 사람 눈에만 띄지 않으면 그만이다.

덕기는 머리를 흔들어 눈앞에 떠오르는 수많은 상상을 떨쳐 냈다. 여느 때와 같이 대문 앞에 서서 벨을 누르자 곧 딸깍하고 민첩하게 문이 열렸다. 육중하나 부드럽게 열리는 철문을 밀어젖히고 들어가니 늘 밖에 나와 저를 맞이할 준비를 하던 차겸이 보이지 않았다. 아직도 무명에게서 받은 충격에 허덕이고 있는 걸까. 아무도 나와 있지 않은 집 풍경이 유난히 스산했다. 그러나 그저 기분 탓일 것이다. 께름칙한 일을 겪은 지 얼마 되지 않았으니까.

덕기는 크게 숨을 들이마셨다가 내쉬고는 걸음을 뗐다. 잘 닦인 구둣발 소리가 화강암으로 만들어진 돌계단을 오를 때마다 저벅저벅 울렸다.

그때였다. 와장창! 하고 무언가가 부서지는 소리가 바람과 함께 갑작스레 일었다. 뺨을 때리는 그 날카로운 굉음에 덕기는 본능적으로 몸을 웅크리며 바닥에 앉았다. 그의 어깨와 뒤통수, 그리고 손등 위로 작고 날카로운 조각들이 모래알처럼 떨어져 내렸다.

"……."

전덕기는 그 반짝이는 작은 알갱이들, 깨알같이 쪼개진 유리 알갱이들을 보고는 얼떨떨하게 고개를 들었다. 집 창문 밖으로 흉물스럽게 커튼이 펄럭거렸다. 사방은 다시 평화롭고 조용했다. 처음 느낀 것처럼 판석의 집 안은 적막에 잠겼다. 그러나 쿵쿵쿵 덕기의 심장은 처음과 비교되지 않을 정도로 빠르게 뛰었다.

벌컥 현관문이 열리고 하얗게 얼굴이 질린 차겸이 울먹이며 바닥에 주저앉은 그를 내려다보았다.

"아저씨! 도와주세요!"

"……."

"아버지가, 아버지가……."

불길한 기분이 들었다. 그 기분이 들었을 때 어쩌면 발길을 돌렸어야 하는 것이 맞았다. 그러나 전덕기는 무언가에 홀린 듯 넋을 놓고 차겸을 따라 집 안으로 들어섰다.

그곳에서 마주한 것은 그가 아는 박판석이 아니었다. 실핏줄이 모두 터져 붉게 충혈된 흰자위는 차라리 검은색에 더 가까웠다. 괴로움에 몸부림치고 비틀린 그는 핏줄이 모두 툭툭 불거진 손으로 바닥을 긁으며 신음했다. 그가 신음할 때마다 바닥으로 나자빠진 식기들이 가늘게 떨렸다.

선거가 코앞이었다. 당 대표는 대선으로 가기 전 박판석의 마지막 관문이었고, 거기에는 전덕기 자신의 운명도 달려 있었다. 그는 박판석에게, 이 강력한 권력의 괴물에게 자신의 명운을 모두 내걸었다. 눈앞의 남자는 늘 괴물이었으나 그럼에도 인간이었다. 그러나 지금 미친 사람처럼 침을 흘리며 초점이 나간 눈을 한 그는 인간도 괴물도 아닌 광기에 휩싸인 투견 같았다.

"CTA……."

투견이 으르렁거리듯, 박판석이 중얼댔다.

"CTA를 가져와……."

침이 투둑투둑 바닥으로 떨어졌고 이마에 터질 듯이 핏줄이 불거졌다. 잔뜩 가슴이 부풀더니 그는 참지 못하겠다는 듯 하얗게 이를 드러내고 고함쳤다.

"CTA를 가져와!"

덜덜 떨리던 식기가 와장창 소리를 내며 깨졌다. 사방에서 사용인들의 비명이 들려왔다. 아아악 하는 판석의 비명이 집 안을 휩쓸었다.

이것이 전덕기, 그 자신의 미래였다. 이것이 그가 내맡긴 운명의 끝이었다. 광기에 휩싸인 광경. 그의 운명을 거머쥔 자의 본모습이란 이런 것이었다. 그것이 믿기지가 않아 전덕기는 눈앞의 광경을 제대로 받아들일 수 없었다. 그는 넋을 놓고 어깨를 늘어뜨린 채, 울부짖는 판석을 멍하게 바라볼 뿐이었다.

차겸은 두 손으로 귀를 막고 뒤로 주춤주춤 물러섰다. 모든 세계가 일그러져 있었다. 눈앞의 모든 것이 현기증이 날 정도로 어지럽게 일그러졌다. 이것은 꿈이 아닌 현실이었다. 꿈에서도 보고 싶지 않았던 현실. 꿈에서조차 꿀까 봐 두려웠던 악몽. 현실은 이제 그에게 악몽 그 자체였다.

아니야, 아니야, 아니야.

수없이 되뇌어 보아도 늦었다. 이 악몽에서는 깨어날 수가 없을 것이다.

한바탕 난리가 지나고 난 다음의 모습은 예전과 같았다. 판석은 발작을 하다가 고열에 시달리며 쓰러졌고 사용인들은 그를 침대에 묶었다. 이미 여러 번 겪은 이후라 사람들은 모두 저마다 알아서 자신의 역할을 했고 전덕기와 차겸, 그리고 판석의 아내도 예전과 같은 모습으로 소파에 앉았다. 과거의 한때로 돌아간 듯 초췌하고 암담한 낯빛은 똑같았으나 상황은 그때보다 훨씬 더 안 좋았다.

무거운 침묵 속에 덕기가 어렵게 입술을 뗐다.

"CTA는 계속 드시고 계신 거니?"

"네."

"……창문은 어떻게 깨졌지?"

"모르겠어요. 아버지가, 아버지가 발작을 하시니까 깨졌어요."

"……."

원래 판석의 병은 이성이나 과학으로 설명할 수 없는 종류의 것이었다. 어떤 이론으로도 설명되지 않는 제3의 것이었기 때문에 마찬가지의 존재인 무명의 피만이 답이라고 생각해 왔고 실제로 그것이 답이 되었다. 그러나 지금은 어떠한가. 과연 무명의 피가 그의 병을 막는 유일한 치료제가 될 수 있을까?

"더 이상 CTA도 듣지 않게 된 걸까요?"

차겸이 묻자 전덕기는 아주 느리게 고개를 저었다.

"모르겠구나. 알 수가 없어."

그 대답에 차겸은 저의 바짓단을 구겨 잡았다. 손이 떨리고 입술이 떨려 그는 몇 번이고 저의 입술을 물었다가 놓았다.

"아버지가…… 이젠 아버지가 너무, 너무 무서워요. 늘 무서웠지만 지금처럼, 지금처럼 이토록 무서웠던 적은 없었어요. 이젠 정말…… 어떻게 해야 할지 모르겠습니다."

차겸은 흐느꼈다. 어린아이처럼 떨며 어찌할 바를 몰랐다. 비정하고, 늘 생각을 알기 어려워 무서웠던 이미지는 그렇기에 애정을 길

구할 수밖에 없는 대상이었다. 그에게 사랑받고자, 인정받고자 하는 욕망이 지금껏 차겸을 살게 했다.

그러나 지금의 아버지는 어떤가. 지금은 도저히 멀쩡한 사람이라고 여길 수가 없다. 지금의 아버지는 자신의 손가락을 뜯어냈던 무명보다도 훨씬 더 무서웠다. 무명은 적어도 대화는 통할 만큼 제정신이었잖은가. 지금의 아버지는 대화조차 제대로 할 수 없는 상태다. 아버지가 다시 예전의 모습을 찾으실 수 있을까. 그걸 장담할 수가 없어 두려웠다.

"그 약이요."

내내 시체처럼 새하얗게 질려 있던 판석의 부인이 입을 열었다.

"그 약, 더 구할 수 없나요?"

"……."

덕기는 쉽게 대답을 못 했다. 무명과는 사이가 멀어졌을 뿐만 아니라 무명에게서 목숨을 위협받고 있는 상황이었다. 그에게는 더 이상 CTA를 구할 방법이 없었다.

"한 알이 안 되면 두 알을 먹고, 두 알이 안 되면 세 알을 먹고, 그게 안 되면…… 한 주먹, 두 주먹, 그렇게 먹으면요."

"사모님…… 그것은…….."

"의원님한테 유일하게 듣는 약이잖아요. 그것밖에 방법이 없다면서요. 그러면, 그걸로 어떻게든 해야죠."

지난번 발작 이후 그녀는 자신의 남편에게서 벗어나고자 여러 번 짐을 쌌다. 남편의 발광하는 몰골을 더 이상 두고 볼 수가 없어서, 이대로 남편의 병 수발이나 하며 늙어 가고 싶지 않아서, 하루에도 몇 번씩 짐 가방을 쌌다. 은행에 가서 현금 뭉치를 뽑아 와 그대로 해외로 달아나 버릴까 공항 앞까지 갔다가 발걸음을 돌린 것이 벌써 여러 번이다.

이대로 박판석에게서 도망가면 과연 어떤 인생을 살까. 지금까지 남편의 옆에서 함께 누렸던 그 권력을 계속 누릴 수 있을까. 바닥이 드러나지 않는 화수분 같은 이 돈을, 누구에게도 무시당하지 않고 세상의 모든 것이 저에게 머리를 조아리는 이 달콤하고 화려한 인생을 과연 버릴 수 있을까. 그럴 자신 없었다.

박판석을 버리는 것은 쉬웠다. 그러나 박판석이란 이름 석 자에 담긴 권력과 돈을 버리는 것은 불가능했다. 박판석의 아내라는 명패에 달린 그 수많은 특권들을 버리는 것만은 도저히 할 수가 없었다. 그것을 버릴 수 없기 때문에 이렇게 사는 것이다. 그 특권을 계속 누리기 위해 자식도 버렸다. 그 특권을 계속 누리기 위해서라면 무엇이라도 할 수 있었다.

남편은 어떻게든, 저가 살아 있는 한 어떻게든 제정신을 차려야 한다. 그가 목표했던 대로 이 나라에서 가장 높은 곳까지 올라가야 한다. 그 이후에는, 그 이후엔 어찌 되어도 상관없어. 이대로 무너질 수는 없다. 이대로 뭣도 아닌 일개 의원 나부랭이의 마누라로, 그것도 신병에 걸려 미치광이가 된 남자의 아내로, 저급한 삼류 잡지에나 실릴 법한 이런 사연을 가진 여자로 모두의 웃음거리가 될 수는 없었다. 어떻게 살아온 인생인데. 어떻게 버텨 온 세월인데. 여자는 이를 사리물었다.

"오가는 말들을 들은 게 있어요. 그 약, 뭔가의 피라면시요."

"……."

덕기의 얼굴이 짐짓 굳었다. 차겸의 몸이 움찔하는 것이 느껴졌다. 남편과 전덕기, 그리고 아들이 주고받은 말들을 정확하게 다 알지는 못한다. 그러나 오다가다 들리는 몇 가지의 단어들로도 이해할 수 있는 맥락은 있었다. 어떤 존재의 피로 만들어졌다는 것이 그것이다. 제 남편은 신병을 앓고 있었다. 허무맹랑하다며 웃어넘길 만한 이야기가 몇이나 있겠나.

"그 피를 몽땅 다 짜내면요?"

"……."

"아니면, 어딘가에 사육하며 피만 빼내는 건요? 가두어 놓고 피만 생성하게 하면 되지 않나요?"

"……."

무지하기 때문에 하는 말이다. 모친의 입에서 나오는 말은 그래서 섬뜩했다. 무명을 보지 못해 하는 말이다. 그자가 과연 피를 몽땅 뽑아내거나 어딘가에 사육하며 피만 짜낼 만큼 무기력한 생명체던가. 그자는 마음만 먹으면 이 집 안에 있는 모든 인간을 죽일 수 있다. 그자는 한 번 쳐다보는 것만으로도 사람의 사지를 마비시킨다. 그가 인간을 다루는 것은 그토록 쉽다.

차겸은 전덕기를 쳐다보았다. 그 역시 무거운 눈빛으로 고개를 저어 보였다.

"그건 불가능합니다."

"왜요? 사람이에요?"

"아니요. 사람은 아니에요."

"잘됐네요. 사람이 아니면 법에 저촉되는 것도 아니잖아요. 짐승이면 죽여도 상관없잖아요."

"죽일 수가 없는 자입니다. 사모님. 죽이기는커녕 통제할 수도 없고요."

"찾아보셔야죠."

"……."

"어떻게든 찾아서 가지고 오셔야죠. 의원님 저대로 정신 놓으시면 청장님도 무사하지 못하실 거예요."

"……."

"사시려면 찾아오세요. 목숨 걸고 찾아오세요."

여자의 눈이 맹목적인 집념에 활활 타올랐다.

평화

　부일은 방에 들어가 옷가지를 잔뜩 가지고 와 가영 앞에 늘어놓았다. 모두 단추가 떨어진 것들이었다.

　"할아버지, 이게 다예요?"

　"예. 일단은요."

　가영은 고개를 끄덕이고 바늘구멍에 실을 넣었다. 노안이 와서 할 수 없던 일이었다. 작은 유리병에는 옷에서 떨어진 단추가 한가득이었다. 넝마 같던 옷들은 단추가 떨어지면서 더 볼품없어졌지만, 코앞도 잘 보이지 않는 눈으로는 바늘귀에 실을 꿸 수 없으니 어쩔 수 없이 방치해 두어야만 했다. 단추를 달아 달라는 부일의 부탁을 받고 가영은 흔쾌히, 그리고 착실하게 바느질을 했다. 몇 번이고 실을 감아 튼튼하게 단추를 고정시키고 마무리까지 야무진 손놀림이었다.

부일은 가영이 단추를 달아 개켜 놓은 옷가지를 펴 보며 흡족하게 웃었다. 이렇게 오랫동안 마음에 걸렸던 일들을 하나둘 처리해가면 되겠지. 몸을 굽히고, 펴는 것이 힘들어 정리해 놓지 못한 세간살이들도 가영의 손에 하나씩 말끔히 정리되어 가듯 그가 하지 않았고, 앞으로도 하지 못하는 일들은 모두 가영에게 맡기면 되는 것이다.

"아이구, 속이 다 시원하네."

부일이 칭찬하듯 감탄하자 가영은 헤헤 웃으며 바지런히 손을 놀렸다.

"가영 아가씨. 이제 책은 많이 읽으십니까?"

"네. 명이가 얼마 전에 읽을 만한 책을 따로 모아 주어서요. 이것저것 재밌는 거 많이 보고 있어요."

"그러셔야죠. 원래 똑똑하신 분이니 뭐든 금방 잘 이해하실 겁니다."

언제부터인가 부일은 가영에게 존칭을 썼다. 그보다는 그냥 가영 처자라고 부르며 살갑게 대해 주는 것이 좋았지만 부일은 그럴 수 없다고 했다. 자신은 무명을 모시는 사람이니 무명의 짝 역시 그렇게 대하는 것이 맞으며, 하대했다가는 무명이 가만두지 않을 거라니 가영도 그쯤에서 수긍하는 수밖에 없었다.

"어르신이랑 살면서 세상과 동떨어진 기분도 종종 들고 그러실 겁니다. 외로운 기분도 느끼실 테구요. 저는 그럴 때는 책을 봤습니다. 그러면 위로도 받고 사는 것 같은 기분도 들고 그렇더라고요."

가영은 펼친 옷가지를 다시 가지런히 정리하는 부일을 보며 물었다. 여전히 바느질을 하는 손은 쉬지 않고 움직였다.

"할아버지는 언제가 가장 외로우셨어요?"

그는 희미하게 웃었다. 마치 과거를 회상하는 듯 평안한 미소였다.

"비가 오는 날이요. 비가 오고 어르신이 사냥을 나가면 그 장대비를 올려다보며 오만 생각을 하게 됩디다. 그럴 때면 참 숨이 막히고 외롭고 그렇더라고요."

어렴풋이 그가 무엇을 말하는지 알 것 같았다. 명이 사냥을 나가고 나면 가영도 멍하게 장대비만 쳐다보았다. 외롭다는 기분보다는 그가 어디선가 저와 같은 사람을 죽이고 있다는 생각에 무엇을 해도 진정이 되지 않았다.

그 행위는 모두 이해한다. 특히 경옥이 죽고, 수환이 분노에 잠긴 목소리로 명에게 모친을 해한 남자를 죽이라고 하였을 때 가영은 명이 하고 있는 일이 무엇인지 어렴풋이 알 수 있었다. 그것이 어쩌면 옳을지도 모른다고 생각했다.

그러나 그가 핏물을 뒤집어쓰고 숨죽인 짐승처럼 집 안으로 들어오면 섬뜩했다. 그를 머리로는 이해해도 그가 그런 모습을 할 때면 여전히 마음으로는 받아들일 수가 없었다. 아직도 나는 너무 늦되다. 생각이 거기에 미치자 가영은 금방 침울해졌다. 명이 원하는 건 늘 있는 그대로의 자신을 받아들여 주는 것인데. 다정한 자신도, 섬뜩한 자신도. 모두 말이다.

"할아버지가 있어서 다행이에요."

가영은 진심으로 그렇게 생각했다. 부일이 있어서 다행이다, 아마 그가 있어서, 명에 관해 이야기를 나눌 상대가 있어서 저는 생각보다 외롭다는 기분을 느끼지 못하는 것이리라.

"아가씨는 강한 분이세요. 안나 아가씨랑은 매우 다르십니다."

안나보다 눈물도 많고, 더 마음이 여리고 순수한 여자이지만 가영은 유연했다. 엉엉 울다가도 눈물을 훔치고 나면 맑은 눈은 똑바로 자신의 앞을 바라보고 있었다. 안나는 그렇지 않았다. 안나는 감정에 휩쓸리고 나면 그 여파를 이기지 못해 휘청거렸다. 만일 안나가 가영과 같은 일을 겪었다면 그녀는 지금쯤 침실을 벗어나지 못하고 종일 앓아누웠을 것이다.

그러나 가영은 아니었다. 상처를 받고 깨지는 것이 아니라 더욱 단단해져 갔다. 길을 들이면 들일수록 더 날카로워져 가는 칼날처럼, 두드릴수록 단단해지는 쇠붙이처럼 강해지는 동안에도 여전히 순수했다.

"아가씨를 만나 얼마나 다행인지 모릅니다. 어르신께 얼마나 잘된 일인지요."

가영은 헤헤 웃으며 볼을 붉혔다. 그런 소리 말라는 듯 손사래를 치더니 다시 바느질에 몰두했다. 그 모습이 사랑스러웠다.

명은 이제야 저와 딱 맞는 짝을 찾았는지도 모른다. 가영이 그의 옆에 있으면 인간이라는 존재에 대해, 그리고 그 인간이 가질 수 있는 선함에 대해 분명 애정과 믿음을 잃어버리지 않을 것이다. 명이 메마를 때마다 가영은 그에게 파도처럼 쏟아져 내릴 것이다. 무명의 인생은 부일 저가 있을 때보다 훨씬 풍요롭고 아름다워지리라. 분명 그럴 것이다.

"수건이 없어."

화장실에서 나오는 명의 손에서 물이 뚝뚝 떨어졌다.

"앗. 여기 있어!"

가영은 얼른 옷감을 손에서 놓고 바느질을 하기 전에 미리 개 놓은 수건을 들고 그에게 다가갔다. 명이 불만스러운 얼굴로 부일을 내려다보았다.

"수건 정도는 너도 가져올 수 있지 않아? 굳이 바쁜 가영이 일어서야 해?"

부일은 가영이 바느질해 놓은 옷을 일부러 탁탁 털며 천연덕스럽게 대꾸했다.

"제가 관절염이 있어서요."

"그럼 기어 오든가."

명이 고압적으로 어금니를 물자 가영이 그의 어깨를 찰싹 때렸다.

"할아버지한테 그렇게 말하지 마! 버릇없이!"

명은 억울해 눈알을 굴렸다.

"내가 쟤보다 나이가 많다고!"

부일은 깔깔 웃음을 터트렸다. 즐거웠다. 이제야 평범하고 행복한 일상을 영유하고 있는 것 같았다.

부일은 저녁으로 가영이 끓여 주는 맛있는 된장찌개를 평소처럼 잔뜩 먹고 기분 좋게 잠자리에 들었다. 달그락달그락 가영이 부엌을 정리하는 소리가 꼭 자장가 같았다. 이런 날을 조금 더 오랫동안 누리고 싶다. 가능하다면 조금 더.

새벽 동이 터 오를 무렵 닭이 울었다. 가영은 익숙하게 자리에서 일어나 맨 먼저 경옥의 집에서 데리고 온 닭들에게 모이를 주었다. 꼬꼬댁, 꼬꼬. 제 주인이 죽은 줄도 모르고 모이를 찾아 부리를 쪼는 닭은 평소처럼 평화로웠다.

전날 먹다 남은 된장찌개를 불에 올리고 밥솥을 긁어 누룽지를 끓였다. 빛이 따갑게 거실에 들어 주방까지 길게 그림자를 드리우자 명이 방에서 나왔다.

"부일은?"

명이 에스프레소 머신에 캡슐을 끼우며 물었다.

"아직."

그는 잔에 커피가 다 내려질 때까지 기다렸다가 머그잔을 들었다.

"그냥 주무시게 둬."

가영의 말을 듣기나 했을까. 명은 아무 말도 없이 가영을 스쳐 부일의 방으로 들어갔다.

"부일."

명이 문을 열고 그의 이름을 부르는 소리가 들렸다. 그러고는 한참이고 그 어떤 소리도 들리지 않았다. 보글보글 누룽지를 끓이다가 너무 오랫동안 아무런 인기척이 없는 것이 이상해서 가영은 불을 끄고, 행주에 손을 닦으며 부엌을 나서 명의 뒤를 쫓았다.

"아직 안 일어나셨어?"

가영이 커튼 사이로 햇살이 아스라이 비치는 부일의 방에 들어서서 물었다. 부일은 여전히 누워 있었다. 평소와 똑같이 드르렁 코를 마시고 푸우— 하고 뱉는 듯 입을 벌리고 누워 있는 그의 옆에 명이 멀뚱히 서 있었다.

"명아. 그냥 주무시게 두자. 어?"

"……."

명은 머그잔을 부일의 방에 놓인 작은 교자상 위에 내려놓고 부일이 누워 있는 곳을 보며 몸을 굽혔다. 그러고는 부일의 턱에 손을 대고 그의 벌어진 입을 닫았다.

"……."

부일의 입이 부드럽게 닫혔다. 그리고 여전히 미동이 없었다. 그게 너무 이상했다. 갑작스레 찬물을 뒤집어쓴 것처럼 가영은 정신이 번쩍 들었다. 찌르르하고 가슴에 통증이 일었다. 가영은 조금 더 방 안으로 들어가 명의 옆에 섰다. 그와 같은 위치에서 부일을 내려다보고 있자니 그가 평소보다 훨씬 더 평화롭고 깊은 잠에 빠져든 듯이 보였다.

"……명아."

가영은 더듬대며 명을 불렀다. 굽히고 앉은 명의 등은 잠잠했다. 평소와 같았다. 그런데 그걸 보고 있는 저의 심장이 아프게 뛰었다. 그는 손을 뻗어 서랍장을 열었다. 거기서 아주 오래된 옥반지를 꺼내고 이불 위에 얌전히 내려앉은 부일의 왼손을 잡아 그의 새끼손가락에 그것을 끼웠다.

너는 늘 그 계집의 곁으로 가고 싶어 했지. 무릎을 꿇고 용서를 구히고 싶어 했지. 인제나 잊지 못했지. 죽음은 니를 그녀의 품으로 네려다주었나? 언제? 그녀는 네놈이 기억하는 그 모습 그대로인가?

긴 인생이었다. 오랫동안 곁을 지켜 주었다. 힘들던 때에도, 외로운 때에도, 고통스러운 때에도 네놈은 늘 그 자리를 지켜 주었다. 그러니 너의 안식을 기뻐해 주마. 함께해서 좋은 삶이었다.

명은 옥반지를 낀 부일의 손을 한 번 꽉 쥐었다가 놓았다.

"잘 가, 부일. 내 친구."

노인은 잠자는 듯 평화로웠다. 마치 금방이라도 다시 일어날 것 같은데 명은 그가 죽었다고 했다. 가영은 그 신기한, 그리고 너무도 이상한 부일의 모습을 내려다보다 명을 따라 밖으로 나갔다.

명은 집 처마 밑에 모아 둔 장작들을 아직 다 고르지 못해 아무것도 심지 않은 밭에 차곡차곡 쌓았다. 가영은 저도 팔을 걷어붙이고 명을 도와 장작을 옮겼다. 모든 것은 느리고 평화로웠다. 장작을 넓고 높게 쌓고 나서야 가영은 그게 부일을 화장하기 위한 재단을 쌓은 것임을 알아차렸다.

명은 마른 노인의 몸을 안아 와 이불째 그곳에 눕혔다. 그러고는 기름통을 가져다가 장작과 부일의 몸에 뿌리고는 불이 붙은 신문지를 장작 사이에 던져 넣었다. 화르륵 소리와 함께 순식간에 재단에 불이 붙었다.

그의 주름진 손가락에 옥반지가 반짝거렸다. 한낮의 해는 따가웠다. 불길이 풍경 속에서 이글거렸다. 그 뜨거움 때문에 눈물이 났다. 가영은 명의 허리춤을 꽉 쥐고 손등으로 눈을 문질렀다.

명이 너는 왜 이렇게 아무렇지도 않니. 왜 이렇게 무덤덤하고 평화로운 거니. 어째서 눈물 한 방울 흘리질 않니.

"울지 마."

명은 훌쩍거리는 가영의 어깨에 다정하게 손을 둘러 품에 안았다. 그리고 어렴풋이 웃었다.

"부일은 이제야 평안을 찾은 거야. 그러니까 슬퍼하지 마."

아니야. 그것 때문이 아니다. 부일이 떠난 것이 슬프지만, 할아버지를 다시 볼 수 없다는 것이 너무나 아쉽지만 그것 때문에 가슴이 아픈 게 아니다. 슬퍼 보이지 않는 네가 아프다. 죽음에 너무 익숙해 보이는, 그래서 평화로워 보이는 너를 보는 것이 너무나 아프다.

수환 오빠는 엄마의 죽음 앞에서 분노했다. 울고 소리치고 자책하고 화르륵 자신을 태웠다. 그 모습을 보며 그 강렬함에 압도되어 차마 슬퍼할 수가 없었다.

그런데 너는 어째서 나를 위로하는 거야. 9년을 같이 산 경옥의 죽음도 단 몇 달을 함께한 부일의 죽음도 이렇게 가슴에 사무치는데 넌 어째서 아무렇지도 않은 거니.

너는 어떤 인생을 산 것일까. 이토록 죽음에 가까워 언제나 그것을 맞이하며 산 것일까. 그렇게 슬프고 외로운 인생을 산 네가 너무나 가엾다. 위로를 받아야 할 사람은 너고 위로를 해야 할 사람은 나인데 위로하듯 토닥이는 너의 손길이 너무나 슬프다.

가영은 명의 허리를 꽉 안았다. 장작처럼 마르고 뜨거운 명의 외로움도 슬픔도 저가 대신해 주면 좋겠다고 생각했다. 간절히 그러길 바랐다. 너는 혼자가 아니야. 너는 절대로 혼자가 아니야, 명아. 절대로, 절대로 너를 혼자 두지 않을 거야.

수환은 멍하게 서류철을 내려다보았다. 그동안 출력해 놓은 무죄로 풀려난 흉악범들의 신상과 사건 기록 파일들이었다.

서로 복귀하자마자 그동안 무명에 대해 조사해 두었던 서류를 모두 파쇄하고 컴퓨터 기록들은 모조리 삭제했다. 그것으로 된 것 아닌가. 뭘 하자고 이것들을 뽑아 둔 것일까. 이걸 무명에게 넘기려고? 믿었던 정의가 무너졌으니 이제 전덕기가 그랬던 것처럼 그와 거래를 하려고? 그래서 그의 피를 얻으려고? 그래서 전덕기와 똑같은 인간이 되려는 건가?

수환은 좌우로 머리를 털었다. 그렇게 생각하니 저가 하는 짓이 너무 끔찍했다. 미쳐 가고 있다. 이렇게까지 할 필요가 없어. 그는 서류철을 정리해 서랍 깊숙이 밀어 넣었다. 더 이상 미제 사건에 매달리지 말자. 더 이상 스스로의 힘으로 어쩌지 못하는 것에 집착하지 말자. 그렇게 마음먹고는 여전히 비어 있는 자신의 옆자리를 물끄러미 바라보았다. 아무래도 영길은 이대로 복귀를 못 할 것만 같았다. 새로운 파트너를 찾는 것은 쉽지 않을 것이다. 수환은 일에 관해서는 독불장군이었고 영길만큼 그런 수환을 믿고 따라 주는 동료는 없었다. 무척이나 씁쓸했다.

관용차 안, 덕기의 표정은 복잡했다. 장 수석은 자신의 아들이 사라진 것에 별다른 신경을 쓰지 않았다. 아들의 전담 운전사가 빈 차만 몰고 와 황망하게 도련님이 사라졌다고 했을 때에도 그는 실종 신고조차 하지 않았다. 할 필요성도 느끼지 못하는 듯 보였다.

'그놈이 어찌 되든 내 알 바가 아니야. 죽었으면 죽은 거고, 살아도 죽은 것처럼 지내 주면 돼.'

예상은 했다. 장 수석에게 막내아들은 치우지 못해 거치적거리는 똥 같은 존재라는 것을. 그렇기에 박판석이 장태호를 이용한 것이다. 어디서 사고를 치고 집안 망신을 시키느니 차라리 죽어 버리는 것이 장 수석의 앞날에 도움이 되는 존재니까. 죽어 보았자 그 어떤 이도 신경 쓰고 싶어 하지 않는 자니까.

이 나라를 등에 업고 산다는 자들의 세계는 혈연, 학연, 지연으로 얽히고설킨 거미줄 같았다. 그러나 그것만으로 이루어진 세계에서도 단연 가장 중요한 것은 모두들 자기 자신이었다. 자신을 지킬 수 있다면 그 모든 것을 끊어 버릴 만큼 비정한 곳. 정신을 차려 보니 자신이 들어와 있는 곳은 그런 곳이었다. 그중에서도 가장 깊어 더 이상 발을 뺄 수도 없는 곳. 아니, 절대로 들어와서는 안 되는 곳에 발을 담가 버렸다.

정신이 나간 박판석은, 무명이라는 절대적 힘의 위협을 감수하면서까지 인생을 모두 걸고 잡기엔 너무 썩어 버린 동아줄이었다. 그렇다고 무명에게 돌아갈 수도 없었다. 그렇게 하기에는 무명에게도 너무 멀어져 버렸다 이대로 꼼짝없이 죽을 수밖에 없나. 어느 쪽으로 가도 길은 보이지 않았다. 그는 차창 너머의 한강을 멍하게 바라보았다. 명의 손에 목이 잘리느니 차라리 자진해서 물에 빠지는 게 더 현명할지도 모른다.

무음의 차 안은 문이 열리는 바람에 조금 흔들렸다. 곧 검은 정장의 한 사내가 신속하게 차 안으로 들어왔다. 그가 차 안으로 들어오는 동시에 운전석에 타고 있던 운전수가 차 밖으로 빠져나갔다. 사내는 덕기에게 서류 봉투 하나를 내밀었고 덕기는 그것을 받아 들었다.

"조수환이 관련 파일과 자료를 모두 폐기했습니다."

믿을 만한 수하를 부려 알아본 바로 장태호가 죽인 이는 바로 조수환의 모친이었다. 박판석은 장태호에게 조수환의 모친을 살해하도록 유도했다. 정확한 이유는 몰라도 짐작 가는 바는 있었다. 그로 인해 조수환이 심경의 변화를 일으켰음도 충분히 짐작할 수 있는 것이었다.

어차피 언제든 버릴 수 있는 장기짝으로 쓰고자 했던 이 아니던가. 조수환에게 있어 쓸모가 있는 것이라고는 무명과 사적으로 얽혀 있는 치정이란 감정 하나뿐이었다. 그를 믿고 신뢰해서도 아니었고, 그가 아주 중요해서도 아니었다. 언제든 바꾸거나 치울 수 있는 장기짝, 그저 저에게 날아와 꽂히는 무명의 주의를 조금 흐트러트리는 존재. 그러니까 덫 앞에 놓아두는 미끼 정도에 불과했다. 여차하면 무명의 손에 죽어도 상관이 없었다.

"지난주에, 조수환이 일본의 요시마 타카아키란 작자에게 보낸 메일이 있습니다. 답장이 온 것을 조수환이 삭제하기 전에 복사해 두었습니다."

덕기는 봉투를 열고 내용물을 훑었다. 일어로 된 원문 바로 다음 장에 번역본이 있었다. 그는 아주 꼼꼼히 그것을 읽어 내려갔다.

요시마 타카아키는 정중한 어투로 격식을 차려 조수환에게 답 메일을 보냈다. 그러나 타국의 누군가가 자신을 알아봐 준다는 사실에 대한 흥분과 기쁨이 묻어난 듯 자못 열정적이었다. 길고 긴 답 메일의 길이가 그것을 증명했다.

"조수환은 요시마란 작자의 책에 그나마 뱀파이어의 약점에 대한 단서가 있다고 본 것 같습니다."

「각설하고, 형사님께서 물으신 검은 것에 대해 제 생각을 말해 드리겠습니다. 먼저 이것을 저 역시 증명해 본 적이 없음을 알려 드립니다. 다만 제 부친이 돌아가시기 전에 제게 구술로 전해 주신 이야기입니다.

부친은 인간이 그에게 위해를 가할 수 있는 방법은 단 하나뿐이라고 하셨습니다. 바로 우리가 가진 것. 생명이지요. 그들은 생명을 주고 또한 생명을 취합니다. 살아 있는 것을 먹음으로써 삶을 유지하고, 우리는 그 피를 먹고 삶을 영유하게 되었지요.

그렇다면 반대의 경우는 어떨까요. 우리가 그에게 죽음을 준다면 말입니다. 생명이 아니라 죽은 것을 취한다면 과연 어떨까요.

부친께서는 과거 마치 흑사병에 걸린 사람처럼 죽어 가는 뱀파이어를 목격한 일이 있다고 하셨습니다. 그들은 육체적으로는 강인하나 그렇다고 완전무결한 것은 아닙니다. 인간이 그렇듯 그들도 진화한다고는 들었습니다만 그것 이외에 같이 진화하는 것들이 있습니다. 바로 인간의 질병이지요. 인간이 가진 질병이 정확하게 그들에게 어떤 영향을 미치는지에 대해서는 확신할 수 없습니다만, 제가 말씀드릴 수 있는 것은 그들은 썩고 부패한 것, 망가지고 더 이상 생명이 없는 것들에는 매우 취약하다는 것입니다.

저는 그것들을 통틀어 '검은 것'이라고 부릅니다. 바로 죽은 자의 것이지요.」

"죽은 자."

전덕기는 메일에 쓰인 단어를 중얼거리며 생각에 빠졌다가 곧 물었다.

"이것을 조수환도 알고 있나?"

"답장을 열람하지 않았으니 모를 겁니다."

썩고 부패한 것, 망가지고 더 이상 생명이 없는 것들. 질병에 걸린 인간의 검은 피. 생각이 거기까지 미치자 일순 복잡했던 마음이 차분하게 가라앉았다. 어쩌면, 어쩌면 이것이 살기 위한 마지막 기회인지도 모른다. 어쩌면 생각보다 더 많은 이득을 보는 기회가 될지도 모른다. 원래 위기는 기회라 하지 않던가. 이것이 정말 제대로 된 기회라면 써먹지 않을 이유가 없지.

덕기는 서류를 다시 봉투에 넣고 사내를 물렀다. 그러곤 다시 차에 탄 기사에게 명령했다.

"박 의원님 댁으로 가지."

비가 내렸다. 빗줄기가 꽤 거셌고 바람도 아주 많이 불었다. 후드득하고 빗줄기가 창문을 두드리는 소리에 가영은 멍하게 그것을 바라보았다. 달빛이 여자의 얼굴에 빗물의 그림자를 만들었다. 번쩍 번개가 치자 하얗게 바랬다가 다시금 어두워졌다.

가영은 부일의 뼛가루를 담아 둔 하얀 단지를 보기 위해 시선을 내렸다. 명은 부일의 흔적을 잿가루와 함께 그대로 땅에 묻으려 했지만 가영이 한사코 그것을 반대했다. 아무리 그래도 작게라도 봉분을 만들고 묘비를 세우는 게 좋지 않겠냐고 했지만 그것은 명이 거절했다. 그 묘를 관리할 사람이 없다는 것이 그 이유였다. 살아 있는 동안은 자신이 관리하고, 자신마저 죽으면 명이 네가 관리하면 되지 않을까, 설핏 그런 방법도 생각났지만 가영은 그것을 입 밖에 내지 않았다.

무명은 죽음을 그런 식으로 기리지 않았다. 너무 흔하게 겪어 왔기 때문이겠지. 죽은 자들이 너무 많으면 일일이 묘비를 세우지 않고 한곳에 모두 매장해 버리는 것처럼 명에게는 그것을 마음에 담아 둘 이유도 여력도 없는 것이다. 그에겐 그저 익숙하게 다시 혼자가 되어 버린 것뿐일 테니까.

부일이 살면서 가장 외로웠다고 한 시간이었다. 비가 내리고 무명이 집을 비운 때. 가영은 혼자 덩그러니 남아 외롭다고 말하던 부일의 얼굴을 떠올렸다. 외롭다고 말하던 얼굴에는 그리움이 묻어 있었다. 어쩌면 부일은 그때부터 자신의 운명을 예감했는지도 모른다.

단추가 다 떨어진 옷가지를 들고 오며 이젠 눈이 침침해 실을 꿸 수 없다며 겸연쩍게 웃던 그때부터였을지도 모른다.

명은 안나를 어떻게 보냈을까. 부일을 보내듯 했을까. 부일의 시신 위로 망설임 없이 불을 놓듯이 그렇게 침착했을까. 내가 그를 떠나면……? 그때 그는 어떨까. 잿가루로 변해 버린 저의 시신 앞에서 그는 돌아설 것이다. 차갑고 익숙하고 무감한 얼굴로 다시 뚜벅뚜벅 어디론가 사라질 것이다.

그 뒷모습을 상상하자 가슴이 사무쳤다. 이젠 정말로 가영 자신뿐이었다. 명의 곁에 남아 있는 사람은 오로지 저 하나. 그리고 저마저도 머지않아 그를 떠나야 했다. 삶을, 시간을, 다가오는 날들을 멈출 수는 없으니까 말이다.

— 개당 천은 너무 심한 것 아닙니까?

수화기 너머의 사내가 화를 냈다. 남자는 머리를 쓸어 넘기곤 오만하게 담뱃불을 비벼 끄며 말했다.

"싫으면 관두든가. 그쪽 아니어도 달라는 사람은 많습니다."

— 아니, 아니, 기다려. 기다려 봐.

다급한 목소리였다. 그럴 수밖에. 더 이상 CTA를 구할 길이 없었으니까 말이다. 지금 현재로서는 저가 내놓는 장물이 다였다.

— 조, 좋아. 준비할게. 돈은 준비할게. 얼마나, 얼마나 줄 수 있죠?

“열 알.”

— 겨우?

“그게 다요. 싫으면 관두시든가요.”

— 조, 좋아. 열 알. 어, 어디로 얼마나 보내면 됩니까?

“내가 다시 연락하겠습니다. 기다리세요.”

그는 대답을 기다리지 않고 휴대폰을 껐다. 참으려 해도 자꾸만 신이 나 입꼬리가 올라갔다. 전덕기를 따라 무명에게 피를 받으며 기회가 닿을 때마다 조금씩 빼돌렸다. 전덕기는 더 이상 CTA를 가지고 있지 않고 이제는 구할 수도 없었다. 가지고 있는 것은 저가 가진 약 오백여 알 분량의 CTA가 다였다.

그는 가격을 있는 대로 높일 생각이었다. 가장 높은 가격으로 최대한 빨리 이 약을 소진해 버리고 이곳을 떠 버릴 작정이었다. 앞으로 가격을 더 높여 100억 정도 마련한 후에 그 돈을 가지고 원하는 대로 살리라. 그렇게 하면 더 이상 전덕기의 개가 되어 종노릇을 할 일도, 그의 눈치를 보며 몸을 사릴 일도 없다. 더는 더러운 짓거리는 하지 않아도 된다. 그 생각을 하니 신이 나 견딜 수가 없었다.

그는 방금 자신과 통화를 한 자의 전화번호를 메모지에다 적어 놓고 스케줄표를 살폈다. 다음 연락부터는 조금 더 가격을 높여야겠군. 그는 혼잣말을 하며 자리에서 일어나 지하 창고로 향했다. 약이 얼마나 남아 있나 확인도 할 겸 겸사겸사였다.

현관을 나오자 빗줄기가 쏟아졌다. 그는 외투로 대충 제 머리를 가리고 계단을 내려가 창고 앞에 섰다. 두꺼운 쇠사슬로 칭칭 감아 걸어 둔 커다란 자물쇠를 열고 녹이 슬어 잘 열리지 않는 문은 체중을 실어 잡아당겼다. 날카롭고 육중한 소리가 났다. 활짝 열린 문 사이로 어둡고 매캐한 냄새가 배어 나왔다. 그는 그 음습한 향에 소매로 저의 코와 입을 가렸다.

바지 주머니를 뒤지다가 휴대폰을 집 안에 두고 나왔음을 깨달았다. 일이 조금 귀찮게 되었다고 투덜거리며 하는 수 없이 벽을 더듬어 스위치를 찾았다. 얼마 지나지 않아 손가락에 단단한 돌기가 닿았다. 그것을 위로 툭 밀어 올리자 껌뻑거리며 등에 불이 들어왔다. 평소에 비해 현저히 어두워 그새 등을 갈 때가 되었나 그는 천장을 쳐다보았다.

그러고는 '으악' 하며 뒤로 자빠졌다. 천장에는 장태호의 머리가 달려 있었다. 아니, 정확하게 말하면 전등갓처럼 장태호의 머리가 전구 알을 감싸고 있었다. 벌어진 그의 입에서 빛이 새어 나오고 있었다.

남자는 본능적으로 고개를 돌려 며칠 전 그 머리를 파묻은 시멘트 벽을 바라보았다. 벽은 깨어져 있었다. 남아난 곳이 없었다. 두껍게 발렸던 시멘트는 모두 내려앉았고 골조만 앙상했다. 그의 치부가 모두 드러났다. 장태호의 머리뿐이 아니다. 형체도 알아보지 못할 정도로 부패해 뼈만 남은 어떤 이의 시체, 이제 막 부패가 시작된 시체, 사지가 절단되어 아무렇게나 쌓아 둔 시체도 모두 그 형상을 드러냈다.

누가. 대체 누가, 남의 사유지에 들어와 아무도 모르게 벽에 묻어 둔 장태호의 머리를 꺼내 저렇게 기괴한 방식으로 전시해 둔단 말인가. 남자는 엄습해 오는 공포감에 숨도 제대로 쉴 수가 없었다.

그때 뚜벅뚜벅 리드미컬한 발소리가 들렸다. 그는 미처 등의 불빛이 닿지 못한 곳을 바라보았다. 어둠 속에 새까만 발이 드리웠다. 걸음을 옮길 때마다 어둠 속에서 희미하게 드러나는 실루엣이 늘씬했다. 붉은 눈이, 어둠 속에 불처럼 차오르는 두 눈동자가 보였다. 무명. 그자다.

"살려 주십시오."

그 형체가 다 드러나기도 전에 남자가 빌었다.

"살려 주십시오. 저는 그저 전 청장님이 시키는 대로 하는, 그런, 그런 졸개일 뿐입니다. 저, 저 사람들, 저 사람들 제가 죽인 것이 아닙니다. 저는 그저…… 그저…… 시, 시키는 대로, 그저 시키는 대로만, 했을 뿐입니다. 저는 그저…… 그저 청소만 해 준 겁니다."

남자는 두 손을 모아 빌며 절박하게 말했다. 어느새 무릎까지 꿇고 있었다. 정말이다. 처리만 해 주었다. 늘 전덕기 청장이 부탁하면 저는 그 뒤처리만 했다. 어느 부잣집 도련님이 저지른 짓인지 모른다. 어떤 돈 많은 나으리가 한 짓인지 그것도 모른다. 어떤 이들이 한 짓인지는 모르지만 그냥 시키는 대로 했다.

불우하게 태어나 조직폭력배에 적을 두고 이런저런 불법을 저지른 그가 자신의 과거를 덮고 그나마 사람답게 살 수 있는 방법은 이것뿐이었다. 전덕기의 뒷구멍을 닦아 주는 일. 저가 가장 잘하는 일을 한 것뿐이다. 정말이지 그것뿐이다.

눈시울이 뜨거워졌다. 식은땀이 주룩 관자놀이를 타고 흘렀다. 그는 금방이라도 무명의 바짓가랑이를 잡을 기세였다. 무명이 손에 쥔 무언가를 바다에 후드득 쏟았다.

"너에게 준 적이 없는데."

붉은 알약이 모랫바닥을 굴렀고 남자는 바닥으로 떨어진 고개를 제대로 들지 못한 채 넙죽 엎드렸다.

"살고 싶어서 그랬습니다. 저도 살아야겠기에, 전덕기에게 그냥 당하고 살 수는 없어서, 저도 살길을 찾아야 해서."

무명이 남자의 향을 맡기 위해 몸을 숙였다. 킁킁 그가 저의 뒷목에 대고 향을 맡자 일순 소름이 끼쳐 말문이 막혔다.

명은 그에게서 나는 향에 만족했다. 매우 건강한 사내의 향이었다. 그는 킁킁 냄새를 맡는 것을 관두고 몸을 일으켰다. 남자는 결국 무명의 바짓가랑이를 잡았다.

"살려 주십시오! 제발 저를……."

제 등어리에서 뭔가가 뜯겨 나갔다. 우득 소리와 함께 뭔가가 그의 척추를 뚫고 들어와 그대로 뜯어냈다. 남자는 더 이상 말을 잇지 못하고 앞으로 꼬꾸라졌다. 명의 손에는 남자의 등뼈가 들려 있었다. 피가 울컥 위로 솟구쳤다.

인간의 몸이 종잇장처럼 무명의 발아래 늘어졌다. 명은 제 손에 들린 미끈거리고 피에 절은 등뼈를 만지작거리다가 바닥에 내던졌다. 피의 달고 비린 향이 후각을 자극했고 배 속 깊이 허기가 요동쳤다. 그는 눈두덩을 손으로 문질러 닦고 길게 숨을 내쉬었다.

원래 이런 것이다. 이제 와 넌덜머리 낼 필요가 없다. 이제 와 늘 혐오해 왔던 자신을 달리 생각할 필요도 없다. 산 것을 죽여 피와 살을 취하는 이 행위를 달리 정의할 필요도 없다. 허기를 참을 수 없다. 그 본능만은 도저히 뜻대로 되지 않았다. 허기를 참지 못해서 그렇게 죽을 수가 없다면 그저 혐오스러운 이 본능 그대로 따라야만 했다. 원래 이런 존재이다.

늘어진 사내의 뱃가죽 아래로 피가 흘러 고였다. 명은 가쁘게 숨을 내쉬며 그 진하고 끈적이는 피 웅덩이가 점점 더 넓어지는 것을 바라보았다.

취해. 먹어. 생명을 가져. 허기를 채워. 지금껏 그랬던 것처럼.

그는 어금니를 꾹 물고 사내의 몸을 조각냈다. 몸을 굽히고 앉아 짐승처럼 그것을 먹어 치웠다. 핏물이 여기저기 튀었다. 셔츠를 적시고 바지를 적시고 뺨을, 눈두덩을, 입가를 물들였다. 남자의 몸은 흔적도 없이 사라졌다.

배가 부를 때까지 육신을 취한 그는 그 음습한 창고를 빠져나왔다. 발견된 시체들은 모두 그대로 두었다. 아마 부일이 있었다면 집에 불을 질러야 한다고 잔소리를 퍼부었을 것이다. 부일은 늘 무명이 어딘가에 흔적을 남기는 것을 싫어했다. 그렇게 오랜 세월을 함께했으면서도, 제 눈으로 무명이 어떻게 사람을 죽이는지 보았음에도 그는 날이 갈수록 그 사실을 잊고 싶어 하는 것 같았다. 가능하면 그 잔인함을 외면하고 싶어 했다.

부일은 평화를 원했다. 더 이상 치열함을 원하지 않았다. 오래전에 떨어져 나왔던 세상에 다시 섞여 들어가고 싶어 했다. 그것이 되지 않는다면 그런 체라도 하고 싶어 했다. 죽기를 원했던 것도 분명 그렇게 세상의 일부가 되고 싶어서였을 것이다. 명은 그런 부일의 마음을 이해했다. 그가 보였던 그 지친 표정들은 그런 간절함을 내포하고 있었음을 명은 산의 가장 높은 바위에 앉아 그 아래를 내려다보았다. 저의 집에 발끝이 닿아 있었다. 어둠이 내려앉아 칠흑처럼 새까만 집 안에서 가영이 저를 기다리고 있을 것이다. 늘 졸졸 쫓아다니며 어디를 가느냐, 오늘도 사냥을 가느냐, 언제 돌아오느냐, 안 가면 안 되느냐, 말을 붙이던 가영은 오늘따라 아무것도 묻지 않고 멍하게 그를 보냈다. 나오기 전 가볍게 만졌던 가영의 뺨이 문득 젖어 있었던 것 같았다. 어둠뿐이었다. 저의 곁에서 보내야 하는 인생은 늘 그랬다.

그는 비가 오는 날이면 늘 겁을 잔뜩 집어먹고 크게 뜬 가영의 눈동자를 떠올렸다. 그녀가 자신을 기다리지 않기를 바랐다. 익숙해질 리 없는 외로움일지라도 어느덧 익숙해져 쿨쿨 잠을 자고 있길 바랐다.

빗물이 조금 더 그를 씻어 내려가길 바랐다. 그 어떤 존재가 되어도 상관없었지만 적어도 가영에게만큼은 무서운 존재가 되고 싶지 않았다. 그러니 조금만 더, 조금만 더 이곳에 머물러 시간을 벌고 싶었다. 사냥의 열기가 식을 때까지 말이다.

나락

　가영은 테이블에 두 손을 가만히 내려놓고 있었다. 저의 손가락을 매만지는 손길은 초조했으나 얼굴에는 그러한 기색이 비치지 않았다. 살짝 벌어진 입에서 들숨과 날숨이 규칙적으로 들었다가 나갔다. 어둠이 익숙해진 눈이 장대비를 바라보다가 멍하게 바닥을 주시했다. 시각도 촉각도 모두 숨죽인 채 가영은 오로지 청각에만 집중했다. 이 굵은 빗줄기를 뚫고 들려오는 명의 발소리만을 고대하고 있었다.

　그는 언제 돌아올까. 이대로 날이 밝을 때까지 혼자 있어야 하는 건 아닐까. 혹시나 그가 나 모르는 어떤 곳에서 혼자 슬퍼하고 있는 것은 아닐까. 불안한 마음에 가운뎃손가락의 손톱을 톡톡 건드리며 뜯고 있는데 벌컥 창문이 열렸다. 굵은 빗방울이 안으로 몰아쳤다. 가영은 숨을 멈추고 명의 젖은 몸이 집 안으로 들어서는 것을 눈으

로 좇았다. 삐걱하고 젖은 바닥과 발이 마찰했다. 가영은 자리에서
일어섰다. 명의 눈동자가 그녀를 따라 일어섰다. 명은 가영이 저에
게 다가오기 시작하자 몸에 빗물이 들이치지 않도록 창문을 닫았다.

"……."

가영의 숨이 가빠 왔다. 앞가슴이 들썩거렸고 벌어진 입에서 새어
나오는 숨소리도 거칠었다. 명은 그녀가 금방 다시 울음을 터트릴
것이라 생각했다. 홀린 듯이 저를 바라보는 눈동자는 표정이 없었으
나 젖어 있었고, 무척이나 밝았다.

사람들은 저의 붉은 눈동자에 홀리곤 했다. 그로 인해 그 자리에
서 기절하기도 하고, 곧바로 최면에 걸리기도 했다. 지금 가영의 눈
동자가 마치 그것 같았다. 저의 야행성 눈동자처럼 밝았고 꼭 그것
처럼 자신을 홀렸다.

가영이 입고 있던 자신의 티셔츠를 느리게 끌어 올렸다. 머리카락
이 그 방향을 따라 나풀거리며 헝클어졌다가 내려앉았다. 껍질처럼
들린 천 뭉치가 그녀의 손끝에서 바닥으로 떨어졌다. 그녀가 무엇을
하려는 것인지 명은 알지 못했다. 그저 그녀의 하얀 발이 바로 저의
앞까지 오는 것을 넋 놓고 지켜볼 수밖에 없었다. 가영이 그의 얼굴
을 향해 손을 뻗었다. 핏물인지 빗물인지 분간할 수 없는 것이 여린
손가락을 적셨다. 반대쪽 손도 뻗어 그의 뺨에 대었다.

가영은 어둠 속에서 그를 살폈다. 비 내음에 비릿한 핏빛 향기가
섞여 들었다. 손에 닿는 감촉은 차고 시렸다. 그를 적시고 있는 것은
분명 붉은 빛깔이었다. 특히나 그의 가슴팍을 적신 것은 더욱 선명
했다. 가영은 손을 내려 그곳을 어루만졌다. 진득하게 무엇인가가

손바닥에 눌려 묻어 나왔다. 언제나 무서워 피하던 것인데 그때처럼 선뜩한 느낌은 들지 않았다. 잠잠하던 명의 가슴팍이 들썩였다. 그가 동요하고 있는 것 같았다.

가영은 그의 입술에 자신의 입술을 맞추었다. 시고 비린 것이 혀에 느껴졌다. 그것이 무엇이든 상관없었다. 이것이 너라면. 가영은 기꺼이 입술을 벌려 그를 맛보았다. 명의 입술에 저의 입술을 부비고 그에게서 얼굴을 떼었다. 가영은 명의 손을 잡아 저의 뺨에 올리고 그곳으로 고개를 기울였다. 번쩍 번개가 쳤다. 명의 눈이 움찔 가늘어졌다. 가영의 손이, 입가가, 뺨이 핏빛으로 번져 있었다. 저의 얼굴을 훑는 명의 눈동자가 떨렸다.

그는 균열하고 있었다. 그리고 가영은 그 틈으로 기꺼이 저를 메우고 싶었다. 이젠 네가 무섭지 않아. 나는 기꺼이 너의 세계로 들어갈 거야. 기쁘게 너를 맞이할 거야. 어느 때고 너를 혼자 두지 않을 거야. 기꺼이 너의 짝이 될 거야. 나는 너를 품을 거야. 바닥이 드러날 때까지 나를 퍼서 너에게 담을 거야.

하얀 피부에 묻은 붉은 것들이 기괴했다. 피와 죽음과는 어울리지 않는 처녀. 순수하고 맑아서 늘 공기 같고 구름 같던 아이. 그래서 이 기괴함은 황홀하다. 더할 나위 없이 아름다웠다. 천국의 언저리를 맴돌던 천사가 핏물에 젖어 저의 앞에 떨어졌다.

어쩌자고. 같이 지옥으로 떨어지자고……? 가영이 그의 손을 저의 젖가슴으로 내렸다. 봉긋한 선을 따라 그의 손이 오목하게 패었다. 그녀는 제 가슴에 닿은 그의 손을 내려다보고 다시 눈꺼풀을 들어 명을 바라보았다. 대담하게 저를 쳐다보는 눈빛이 숨 막히도록 아름

적이었다. 명은 핏줄이 불거진 손으로 그곳을 움켜쥐었다.

그래. 그러자. 어디든 상관없다. 네가 있으면 된다. 네가 너의 발목을 내어 준다면 나는 그것을 잡을 거다. 네가 너의 날개를 내어 준다면 나는 기꺼이 그것을 부러뜨리겠다. 그래서 나는 너를 가져야겠다. 벌어진 가영의 입에서 신음이 새어 나오기 전에 명이 그녀의 허리를 옭아매 당기고 입술을 삼켰다.

명은 몸을 돌려 가영을 창가에 눌렀다. 그녀의 하체를 더듬어 바지와 속옷을 움켜쥐고 찢어 냈다. 얇고 낡은 천은 힘없이 뜯겼다. 나풀거리는 여체를 위로 들어 올리고 저의 골반으로 받쳤다. 바지를 풀면서도 허기를 참을 수 없어 가영의 가슴을 물고 힘껏 빨았다. 작고 부드러운 돌기가 삽시간에 딱딱하게 부풀었다.

"우웅……."

가영은 그의 목에 손을 두르고 그 허리에 두 다리를 감은 채 달아오른 몸을 어쩌지 못해 칭얼댔다. 어느 때부터 흥분해 있었던 것일까. 어쩌면 그가 집으로 들어섰을 때부터, 아니 어쩌면 그를 기다리면서부터일지도 모른다. 슬픔이 커질수록, 괴로움이 커질수록, 그에 대한 갈망도 커졌다.

명의 것이 가랑이 사이에 느껴졌다. 습하고 축축한 곳에 단번에 열기가 번져 나갔다. 가영은 더욱 허벅지를 죄며 헐떡였다.

"넣어 줘. 명아. 넣어 줘."

명이 가영의 허리를 쥐고 안으로 밀고 들어왔다. 삽입이 여느 때보다 깊었다. 명이 허리를 쳐올리자 가영은 '헉' 하고 숨을 토하며 그의 목을 더 강하게 끌어안았다. 명은 가영의 목덜미를 움켜쥐고 가영의 입술을 찾아 물었다. 뭉근하게 누르고 강하게 빨며 다시 한 번 허리를 쳐올리자 그녀는 자지러졌다.

"아아!"

젖은 몸이 위아래로 사정없이 흔들렸다. 그가 쳐올리는 세기가 너무 강해 골반이 얼얼했다. 명의 턱이 긴장과 흥분으로 굳었다.

"아응. 앗!"

가영은 정신없이 허우적거리다 손을 뻗어 커튼을 잡았다. 터져 나오는 처절한 신음을 뱉어 내다가, 또 참아 내다가 혼곤해지는 정신을 붙잡으려 이를 악물었다. 고통과 쾌락이 아슬아슬하게 줄타기를 했다. 동전의 양면처럼 앞뒤로 뒤집히기를 반복했다.

그녀는 처음 그와 몸을 섞던 날, 제 몸을 찢는 고통에 도망치려 발버둥 쳤던 때를 떠올렸다. 다시는 도망가지 않을 테다. 네가 사람이 아니래도, 설사 짐승이래도, 괴물이래도, 나는 품을 테다. 그녀는 천을 구겨 잡았다. 부들부들 떨리더니 곧 커튼째 우두둑 아래로 뜯겨 나갔다.

가영의 몸이 균형을 잃고 아래로 늘어지자 명은 아예 그녀를 바닥에 뉘었다. 생명줄인 것처럼 꽉 잡고 있던 천 뭉치를 가영의 손에서 빼내 어느 곳엔가 던져 버리고 대신 저의 손을 쥐여 주었다. 얇고 작은 손가락이 그의 손등 위에 감겼다. 그는 반대편 손도 그렇게 했다. 양손을 모두 마주 잡아 가영의 귀 옆에 붙이고 무게를 실어 누른 뒤 벌어진 그녀의 허벅지 사이에서 다시 허리를 움직였다.

"아아!"

가영은 입을 크게 벌리고 자지러졌다 목이 위로 들렸다가 아래로 툭 떨어지며 눈동자가 허공을 굴렀다. 그가 같은 무게로 제 몸을 빼내자 이번에는 반대로 턱이 들렸다. 그녀의 시야가 까무룩 했다.

명은 기다랗게 드러난 가영의 목덜미에 입술을 부비고 혀로 핥아 올라가 턱을 물었다. 탄력을 받은 동작이 리드미컬했다. 명의 입에서도 앓는 듯 신음이 흘렀다. 그는 눈을 감고 본능에 몸을 맡겼다. 가영의 흐느끼는 신음이 귓가에 몽롱하게 울렸다. 참을 수 없어. 그는 금세 박자를 잃고 파정하기 위해 다급하게 가랑이 사이로 저를 박아 넣었다. 숨을 멈추고, 마지막으로 저를 끝까지 밀어 넣자 '아악' 하는 가영의 비명이 들렸다. 방출감에 그의 허리가 몇 번 더 잘게 움직였다.

명이 가영의 손을 놓아주었다. 너무 세게 쥐어 하얗게 질린 손가락에 간신히 피가 돌았다. 가영은 질끈 감은 눈을 뜨고 저의 위에 있는 그를 바라보았다. 사정의 여운을 즐기는 그 표정이 좋았다. 그가 뭔가를 쏟아 내고 그것을 자신이 받는 것도 좋았다. 가영은 그 표정이 사랑스러워 그의 뺨에 손을 올리고 부드럽게 어루만졌다. 명은 그녀의 손을 끌어와 손바닥에 입술을 부비고 키득키득 가영이 웃는 소리에 눈을 들었다. 아름다운 루비색 눈동자에서 아직 열기가 가시지 않았다.

가영이 무엇인가를 말하려고 입을 달싹였는데 그는 가느다란 발목을 잡아 가영의 몸을 뒤집었다. 딱딱한 바닥에 가영의 뺨이 닿았다. 그가 뒤에서 허리를 잡아당기자 엉덩이가 위로 불룩 솟았다. 가영은 숨을 죽이고 눈을 깜빡였다. 무엇을 하려고? 곧 축축하고 뜨거운 것이 그 가랑이 사이를 핥았다.

"앗!"

가영은 신음하며 본능적으로 허리를 앞으로 뺐다. 명이 도망가지 못하게 가영의 엉덩이를 움켜쥐었다. 그러곤 다시 혀를 길게 빼 갈라진 가영의 틈새를 핥았다. 눈앞이 아찔하여 그녀는 손을 뻗어 그의 굵은 손마디를 애타게 잡았다.

"명아! 그만! 그만해! 그만…… 아."

허리가 뒤틀렸다. 가영은 바닥을 긁으며 제 입술을 물었다.

"으응."

명이 핥을 때마다 여체가 녹아 갔고 녹아내리는 여체를 다시 명이 핥아 올렸다. 혀에 달고 끈끈한 맛이 느껴졌다. 횟수가 반복될수록 넘칠 듯 흘러나왔다. 명은 그것에 입술을 대고 쭉 빨았다. 가영이 부르르 몸을 떨었다. 헐떡이느라 벌어진 가랑이 사이의 뱃가죽이 부풀어 올랐다가 쑥 들어갔다. 명은 제 희롱에 흥건해진 작은 돌기를 혀로 건드리고 이로 가볍게 물었다. 그러자 가영이 '흐윽' 하고 흐느꼈다. 사랑스러워 견딜 수가 없었다.

명은 다시 자리를 잡고 팽창한 자신을 그녀의 가랑이 사이로 단번에 욱여넣었다. 가영은 비명을 지르며 앞으로 무너졌다. 명이 반듯하고 하얀 그녀의 어깨를 잡아당기자 등이 새우처럼 굽으며 바르르 떨었다. 가느다란 가영의 허리를 붙들고 그는 몸을 앞뒤로 움직였다. 붉게 부풀어 오른 질구는 부드럽고 유연했다. 이미 한 번의 사정을 하였으나 흥분을 가라앉히는 데에는 도움이 되지 않았다. 오히려 마르지 않는 욕정만 더욱 지폈다.

천천히 시작해 점점 강도를 올렸다. 철퍽철퍽 몸이 부딪치는 소리가 점점 더 크고 빠르게 울렸다. 희미한 빛에 드러난 가영의 등허리가 비단처럼 매끄러웠다. 그녀의 등 근육이 나비의 날개처럼 예뻤다. 예뻐. 너무 예쁘다.

명은 몸을 숙여 움푹 파인 등허리를 따라 혀를 움직였다. 가영이 다시 한번 흐윽 하며 턱을 치켜들었다. 허리가 아래로 쑥 꺼지며 동그란 엉덩이가 위로 솟았다. 명은 충동을 이기지 못하고 젤리처럼 말랑거리고 윤기 나는 그녀의 엉덩이를 손바닥으로 찰싹 때리고 움켜쥐었다.

"아웅!"

가영이 고양이처럼 가르릉 신음했다. 명은 가영의 턱을 잡고 저를 보게 당겼다. 입술을 대고 혀를 능란하게 옭아맸다. 신음을 흘리는 숨 내음이 뜨겁고 달았다. 명은 가영의 가슴을 잡아 움켜쥐고 부드럽게 주무르고 돌기를 비볐다. 가영이 도리질하기 시작했다. 고양감을 이기지 못할 때 하는 행동이었다. 명은 더 강하게 가영의 골반을 치받았다.

"아, 으. 명아."

그녀의 상체가 마룻바닥에 엎어졌다. 뺨과 이마가 마룻바닥에 긁히자 가영은 제 팔뚝에 이마를 대고 더 강하게 도리질했다. 안 돼. 못 참겠어. 눈앞에 번쩍, 몇 번이나 번개가 쳤다.

"명아."

주먹을 꽉 쥐고 입술을 짓씹으며 숨을 참았다. 눈이 질끈 감겼다. 그러고는 뭔가에 홀린 듯,

"사랑해……."

헐떡이며 내뱉었다. 명은 화답이라도 하듯 더 강하게 그녀에게 파고들었다. 철퍽철퍽. 빠르고 규칙적으로 저를 치고 들어오는 느낌을 이제는 견딜 수가 없었다.

"아악!"

가영은 마침내 비명을 질렀다. 절정을 느끼며 부르르 떤 몸이 앞으로 완전히 무너졌다. 충격에 발작적으로 몸이 튀어 올랐다. 명은 여전히 가영의 골반을 쥐고 있었다. 쾌감에 못 이겨 이리저리 비틀리는 가영의 어깻죽지에 입술을 대고 부드럽게 얼렀다.

"하아, 하아……."

가영이 숨을 골랐다. 마른 입술을 혀로 핥으며 헐떡거리는 숨을 진정시켰다. 명이 헝클어진 가영의 머리카락을 뺨에서 걷어 내자 붉게 달아오른 얼굴이 뽀얗게 드러났다.

"예뻐."

명이 중얼거렸다.

"너무 예뻐. 가영."

그러고는 다시 허리를 움직였다. 가영이 히익 숨을 들이켰다. 눈앞이 명멸했다.

"아윽!"

명이 신음하는 가영의 몸을 다시 반대로 뒤집었다. 얼굴에 달라붙은 헝클어진 가영의 머리카락을 모두 치워 내고 이마에 입을 맞추었다. 하얗게 드러난 가영의 젖무덤을 손으로 쥐고는 몸을 일으켜 벌어진 다리 사이에 번들거리는 제 것이 가영의 안으로 들락거리는 것을 보았다. 네가 나를 무너뜨렸어. 봐, 가영. 나는 이렇게 너에게 굴

주렸어.

"채워 줘, 가영아. 나를 채워 줘."

너를 향한 내 갈증을 채워 줘. 너는 나를 사랑한다고 했잖아. 그는 조금 더 속도를 올렸다. 양옆의 허연 허벅지가 부르르 떨리며 좁혀졌다. 여전히 팽창해 있는 그의 것이 송곳처럼 저를 찌르는 그 느낌이 너무 거대해 가영은 받아들이기 버거웠다. 어느새 신음에 '흐으윽' 하는 흐느낌이 섞여 들었다. 명은 그녀의 눈가에 입을 맞추며 애걸했다.

"채워 줘. 제발. 나를."

그녀는 손을 뻗었다. 잡고 버틸 것이 필요했다. 명이 몸을 숙이자 가영은 힘껏 그의 어깨를 껴안았다. 그러고는 양발을 교차해 그의 허벅지에 발을 둘렀다.

가영은 명의 몸에 매달렸다. 그가 자신을 꿰뚫었다가 나가면 그에 맞춰 비명을 내질렀다. 단단한 명의 몸은 불덩이처럼 뜨거웠다. 펄떡펄떡 심장이 뛰고 숨이 가빠진 뜨거운 등을 참다못해 긁었다. 정신이 까무룩 했다.

"가영."

혼미해지는 의식을 명이 붙잡았다. 그는 가영의 목덜미를 물었다.

"아아!"

따끔한 고통에 신음하며 눈을 떴다.

"날 물어."

그가 다시 제 몸에 들이치며 말했다. 가영은 '악' 하고 신음을 하더니 그가 내민 어깨를 콱 물었다. 그가 다시 한번 제 몸에 들이쳤다. 어금니에 힘이 들어가며 비릿한 피 맛이 혀에 번졌다.

명은 가영의 턱을 잡아당겨 입을 맞췄다. 비릿한 피가 그의 혀에 섞여 타액과 함께 넘어갔다.

"삼켜. 이번에는 삼키는 거야."

꿀꺽. 명의 피가 식도를 타고 내려갈 때마다 몸에 불덩이가 번졌다. 눈앞으로 뭔가가 쏟아졌다. 명이 다시 입을 맞추었다. 그가 허리짓을 계속했다. 다시 감각이 춤을 추었다. 이번엔 도달하지 못한 곳을 향해 있었다.

명은 몇 번의 사정을 거듭했다. 가영의 몸이 늘어질 때마다, 힘에 부쳐 정신을 놓으려 할 때마다 그는 자신의 피를 먹였다. 몇 번이고, 몇 번이고.

그가 몽롱히 속삭였다. 끝까지 가자. 우리 끝까지 가자.

날이 새는지, 해가 뜨는지, 그래서 닭이 우는지 그녀는 알지 못했다. 그 세계는 벌거벗은 암컷과 수컷의 몸만 있었다. 가영은 기꺼이 그것에 매달렸다. 다른 것은 아무래도 좋았다. 시간은 쉬지 않고 흘렀지만 가영은 명의 시간에 갇혀 있었다. 아무런 의심도, 두려움도 없이 기꺼이 그곳에 머물렀다.

살포시 꿈에서 깨어나니 다리가 뻐근했다. 꿈에서 자꾸만 발등을 타고 오르는 개미들을 쫓으려 연신 다리를 털어 댔기 때문인가. 그 꿈이 너무 생생하여 깨어서도 그 감각이 남아 있는 거가 헷갈려 몸을 뒤척이다가 자신이 무엇 때문에 그런 꿈을 꾸었는지 깨달았다. 명이 아직도 제 허리 아래에서 꼼지락거리고 있었다. 가영은 꿈에서 개미를 털어 내던 그 자세로 명의 손이 붙어 있는 제 다리를 털었다. 그러자 명이 킥킥킥 웃음을 터트렸다. 그 웃음소리에서 새어 나오는 입김이 가랑이 사이에 번졌다.

"너 어디를 핥고 있는 거야."

가영이 볼멘소리를 하며 볼을 붉혔다. 아직 얼굴을 붉힐 만한 일이 남았나 싶었지만 그래도 얼굴이 붉어졌다.

"네 엉덩이."

명은 하얗고 둥근 가영의 엉덩이를 이로 잘근잘근 물고 빨며 대답했다. 명이는 엉덩이를 참 좋아하는구나. 가영이 가느다랗게 신음했다.

그녀는 어느 지점쯤에서 축 늘어졌다. 아무리 피를 먹이고 어르고 달래도 사람의 육체란 것은 한계가 있다. 횟수가 거듭될수록, 단단한 제 살가죽을 이로 물다가 그대로 기절했다. 그게 다였다. 결국, 참아 낸 거다. 명이 그녀에게 구걸한 사랑을 그녀는 그가 원하는 방식으로 증명해 준 것이다. 그래서, 그런 그녀가 너무나 어여뻐서, 죽은 듯 잠이 든 가영의 육체를 끊임없이 어루만지고 희롱했다. 보고 싶은 대로 보고 만지고 싶은 대로 만지며 날을 지새웠다. 무척 즐거운 시간이었다.

책의 어느 페이지에선가, 번식을 위해 수컷과 인간 여자를 어둡고 음습하고 좁은 굴속에 가둬 놓고 몇 날 며칠을 그대로 두었다고 적혀 있었다. 명은 그걸 보며 미개하다고 생각했다. 인간도 짐승도 하지 않을 만한 짓을 가장 고등 생물이라 스스로를 찬양하는 종족이 했다는 것이 한심하기도 했고 굳이 그렇게까지 해야 하나 싶기도 했다.

그러나 지금 와 돌이켜 보자면 그건 번식을 위한 수단이었다기보다 그냥 본능에 가까운 행동이라고 여겨야 맞을 것 같았다. 필요해서라기보다 원해서 선택한 방법. 명도 가영과 이대로 몇 날 며칠을 지내고 싶었다. 어둡고 음습한 곳에 갇혀서 그녀와 단둘이 이대로 몸을 부비며 지냈으면 좋겠다고 생각했다.

명의 미끈하고 따뜻한 혀가 가영의 가랑이 사이를 농락하다가 붉게 충혈된 클리토리스를 쿡 찔렀다. 느리게 흔들리던 엉덩이가 위로 삐끗 솟았다. 명이 쪽 소리를 내며 입술을 떼고 가영이 등을 대고 눕도록 몸을 뒤집었다. 그가 자신의 무릎을 잡고 벌리자 가영이 배꼽에 손을 올리며 칭얼거렸다.

"배고파."

명이 간지럽게 웃으며 가영의 입에 입술을 대었다. 도톰하고 번들거리는 혀가 유영하며 들어와 가영의 것을 옭아맸다. 가영이 무어라 웅얼댔다. 알아듣지 못하는 소리였으나 명은 알아들은 듯 대꾸했다.

"금방 끝낼게."

일단, 노력은 해 볼게. 그는 진즉 달아오른 제 아랫도리를 가영의 질구에 밀어 넣었다. 가영은 목젖을 울리며 인상을 찡그렸다. 교합된 부분이 쓰라렸다. 부푼 명의 페니스가 제 안을 들락거릴 때마다 간지러운 한편 얼얼했다. 탁탁 부딪히는 엉덩이뼈는 아무래도 명이든 것 같았다. 그가 들이칠 때마다 가영의 허리가 뻣뻣하게 굳었다.

269

"으응."

가영이 흐느끼듯 신음하자 명이 행위를 멈췄다. 그는 걱정스러운 표정으로 가영을 내려다보았다. 잔뜩 인상을 찡그리고 있는 것이 꽤나 고통스러워 보였다. 벌거벗은 여체의 여기저기가 울긋불긋했다. 그중 몇 개는 행위 중 흥분에 못 이겨 본인이 문 흔적이었다. 자신의 살가죽 위에 가영의 잇자국이 있었듯이, 가영의 몸 위에도 저의 자국이 그대로 남아 있었다. 무명의 피로도 지우지 못한 그 흔적은 가영이 정신을 놓기 바로 직전에 새겨 놓은 것들일 게다.

명은 제 집게손가락을 물어 피를 냈다. 그러고는 가영의 붉은 흔적 위에 저의 피를 덧발랐다. 약간의 시간을 두고 혀로 그곳을 핥자 매끈한 피부는 흔적도 없이 깨끗해졌다.

한참 동안 그렇게 가영의 몸 위의 흔적을 지우는데 저의 것을 머금은 가영의 질구가 좁아 들었다. 명은 인상을 찡그리며 저도 모르게 가는 신음을 흘렸다. 재촉하듯 질구가 한 번 더 수축했다. 허리에 바짝 힘이 들어갔다. 그는 상체를 일으켜 제 아래에 누운 가영을 내려다보았다. 반쯤 눈꺼풀을 들어 올린 눈동자가 나른했다. 도톰하게 부풀어 오른 예쁜 입술을 혀로 축이고 난 후 그녀는 허리를 들어 올렸다. 질구가 다시 수축했다.

명은 신음하고 어금니를 물었다. 턱에 근육이 경련했다. 그녀는 분명 재촉하고 있었다. 바닥에 늘어뜨린 비단 같은 머릿결. 볼을 붉히고 저를 쳐다보는 얼굴은 넘치는 생명력으로 빛났다. 명은 홀린 듯 가영의 입에 저의 집게손가락을 밀어 넣었다. 손마디 끝에 보드랍고 뜨거운 혀가 느껴졌다. 가영은 입술을 오므리고 혀로 그의 손가락을 옭아맸다. 마치 그것이 그의 성기라도 되는 양 음란하고 뜨겁게 그것에 혀를 비볐다. 명백한 성애의 고백이었다.

명이 뒤로 물러섰다가 다시 그녀를 가르고 들어갔다. 가영이 할딱이며 신음했다. 손가락을 옭아매던 혀가 풀어졌고 유려한 턱이 위로 들렸다. 명은 가영의 턱에서부터 배꼽까지 그 황홀한 곡선을 손으로 쓸고 가영의 두 허벅지를 잡아 아래로 눌렀다. 벌어진 질구가 그의 것을 더 깊이 머금었다. 가영이 날카롭게 신음했다.

"아파?"

명이 묻자 가영은 도리질을 하며 그의 허리에 다리를 감아 매달렸다. 열기와 아픔으로 가영의 눈가가 뿌옜다. 가영은 명의 손을 잡아 저의 클리토리스 위에 올려놓았다.

"만져 줘."

내가 아프지 않게.

명은 가영의 사랑스러운 이마에 입을 맞추며 손을 움직였다 교합된 몸 사이에 미끄러지듯 끼어들어 가 그 작은 우주를 손으로 머금었다. 가영의 질구가 조금 더 뜨겁게 조여들었다. 그녀는 헐떡이며 명의 어깻죽지를 잡았다. 손아귀에 힘이 들어갔다. 본능적으로 허리가 둥글게 돌아갔다. 솔직하고 성실한 몸이었다. 명은 가영의 귓바퀴를 잘근잘근 씹었다. 쾌락을 찾아 제 몸을 움직이는 것이 너무 사랑스러워 그녀를 통째로 삼켜 버리고 싶었다.

"아, 거기."

어디쯤을 눌렀을 때 가영이 한 톤 높아진 목소리로 그의 손길을 반겼다. 달아오른 뺨에 훅 열이 올랐다. 가영은 더욱 그의 몸을 비꼈 죄었다.

"거기. 문질러 줘."

명은 손가락에 힘을 주고 둥글게 비볐다. 가영의 안이 부드럽게 질척거렸다. 척추로 불길이 치고 올라왔다. 명은 그녀가 달아오르는 속도에 맞춰 허리 짓에 속도를 붙였다. 바닥에서 허리가 완전히 떨어지고 활시위처럼 당겨진 몸이 잘게 경련하기 시작했다.

"아! 아앙!"

신음하는 소리가 점점 크고 높아졌다. 허공에 뜬 가영의 시선이 하얗게 바래 갔다. 무명은 더는 참을 수가 없었다. 몸짓이 자비 없이 격렬해졌다. 클리토리스를 부비는 손도 그랬다. 노래하듯 내지르는 신음이 날카롭게 솟구치더니 이내 악 하고 터졌다. 몸이 튀어 오르는 속도에 맞춰 내벽이 불규칙적으로 좁아 들었다. 더는 절정을 유예할 수 없어 명은 그녀의 안 깊숙이 자신을 묻고 곧 쏟아 냈다. 긴 사출에 몇 번이고 그의 허리가 앞뒤로 흔들렸다.

저의 허리에 감긴 가영의 다리가 맥없이 풀려 바닥으로 떨어졌다. 벌어진 허벅지에 통증이 오는지 끙끙거리며 사타구니를 떨었다. 명이 그녀의 몸에서 물러났다. 불긋한 여체가 햇살 아래 잘 여문 사과처럼 매끈하게 빛났다.

가영의 배에서 꼬르륵 소리가 났다. 그 소리에 가영은 제 배를 감싸고 킥킥킥 웃었다. 그러고는 다시 한번 고백했다.

"나 배고파."

저의 굶주림을 채웠으니 이젠 가영의 허기를 달래 줘야 할 때였다. 명은 그녀를 안아 일으켰다.

좋아. 요리라는 것을 해 보자. 명은 바지를 찾아 대충 걸쳐 입고 힘에 부쳐 늘어진 가영을 식탁 의자에 예쁘게 앉혀 놓았다. 개수대 앞에 서서 저가 할 수 있는 음식이 뭐가 있는지 골몰했다. 마지막으로 제 손으로 해 먹은 요리가 뭐더라? 아. 토끼구이였다. 아마 부일을 만나기 몇 세기 전이었으리라. 거죽만 벗겨 불에 익힌 것도 요리라 할 수 있을까. 아마 없겠지, 그 외에는 뭐가 있을까. 커피를 내리는 건 잘했다. 버튼 하나만 누르면 기계가 알아서 해 주니 '한다'고 말할 것도 없지만. 밥 짓는 것 정도는 할 수 있다. 그것도 물과 쌀을 넣고 버튼 하나만 누르면 기계가 해 준다. 그것 말고 할 수 있는 게 뭐가 있지? 계란프라이 정도는 할 수 있을지도.

그는 프라이팬을 찾아 가스레인지에 올려놓고 냉장고에서 계란도 찾아 꺼냈다. 프라이팬 위에 대충 기름을 두르고 열기가 오르기도 전에 계란을 깼다. 뭘 잘못 깬 것인지 프라이팬에 닿자마자 노른자가 터졌다. 어, 뭐지. 뜻대로 되지 않자 하나를 더 깼다. 이번에도 터졌다. 어라. 이상한데? 그는 혀를 빼물고 좀 더 신중을 기해 계란을 깼다. 이번에도 터졌다.

약간 울컥했다. 이게 사람 머리통이면 진작 손으로 으깨 놓았을 것 같았다. 그는 다시 계란을 노려보며 하나를 더 깼다. 이번엔 제대로 노른자가 터지지 않고 올라갔다. 울컥한 게 조금 가라앉았다. 흰자가 하얗게 익어 갔다. 그는 싱크대에서 뒤집개를 꺼내 들었다. 그러고는 심호흡을 했다. 단 하나의 온전한 노른자를 터지지 않게 뒤집고 싶었다.

프라이팬 바닥을 삼삼 긁는데 뻐뻐한 것이 느낌이 좋지가 않았다.

273

그의 미간이 매섭게 구겨졌다. 눌어붙었나? 이번엔 약간 더 힘을 주어 바닥을 긁었다. 득, 득 하는 소리가 났다. 그는 다시 혀를 빼물었다. 누더기가 된 계란프라이가 너무 커서 뒤집개로는 어림없을 것 같았다. 그는 계획을 바꾸어 프라이팬 손잡이를 잡았다. 한 번에 뒤집으리라. 거대한 포부였다. 그는 몇 번 손을 흔들어 보고 힘을 주어 프라이팬을 튕겼다. 위로 들렸던 계란 덩어리가 '철퍼덕' 하고 뒤집어져 제멋대로 뭉개졌다. 하나뿐인 노른자가 터지는 소리였다.

결국 계란프라이는 정체불명의 것이 되었다. 성질에 못 이겨 프라이팬을 반으로 쪼개려다 말았다. 명은 꼴사납게 굴지 않으려고 이를 물고 그것을 접시에 담아 가영의 앞에 내려놓았다. 냉장고에서 케첩을 꺼내 뿌리니 더욱더 알 수 없는 모양새가 되었다.

가영은 식탁에 뺨을 붙이고 엎드려 있다가 따뜻한 김이 오르는 접시를 보며 얼굴을 들었다. 그러고는 명을 한 번 쳐다보고는 방그레 웃었다. 다시 발갛게 뺨에 생기가 피었다. 반딧불처럼 깜빡거리는 눈으로 그녀가 말했다.

"나…… 나 누가 해 준 음식 처음 먹어 봐."

그 말인즉슨, 저와 가까운 사이, 그러니까 서울 집에서 고용인으로서 존재하는 가정부 아주머니를 빼고 저를 위해 누군가가 호의로 음식을 만들어 주는 것을 뜻했다. 그녀가 알고 있고, 마음을 쓰고, 사랑을 받고 싶어 노력하던 존재 중 그 누구도 저를 위해 음식을 해 준 이가 없었다. 명이 최초였다. 다 뭉개진 계란 덩어리를 보는 눈은 그래서 초롱초롱했다. 그 내용물이 무슨 모양이건 상관없이 그건 가영에게 세상에서 가장 맛있는 음식이었다.

명은 그녀의 앞에 앉아 턱을 괴고 그 환해진 얼굴을 물끄러미 바라보았다. 앞으론 뭐가 되었든 좀 더 해 줘야겠다. 이 얼굴을 또 보려면 말이다.

가영은 침을 삼키고 포크를 들었다. 뒤적뒤적 케첩을 성실하게 섞고 한 움큼 포크로 찍어 입안에 넣었다. 오물오물 계란을 씹는 입가가 꼭 부럼을 깨 먹는 다람쥐 같아 명은 미소 지었다.

냠냠 야무지게 먹는데 어금니에 뭐가 버석하게 씹혔다. 그 우드득하는 소리가 예민한 명의 청각에도 들렸다. 가영은 제 입을 두 손으로 가렸다. 뭐가 곤란한지 얼굴을 붉히며 명의 눈치를 살폈다.

계란 껍데기일 게 분명했다. 아픈가? 입안이 긁혔나? 명이 걱정스럽게 그녀를 쳐다보자 가영은 고개를 저으며 손사래 쳤다.

"맛있어! 맛있어! 되게 맛있어."

그러더니 다시 오물오물 씹었다. 우득, 우드득 몇 번 더 계란 껍데기가 씹히는 소리가 났다. 가영은 아랑곳 않고 꼭꼭 씹어 꿀꺽 삼켰다. 무명이 자신을 위해 해 준 음식이었다. 안에 든 게 계란 껍데기가 아니라 돌이래도 무조건 씹어서 삼킬 수 있었다. 명은 거슬리는 소리에 인상을 쓰고 있다가 가영이 헤헤 웃자 저도 따라 웃었다.

그녀가 못 견디게 사랑스러웠다. 이러면 또 야한 걸 하고 싶어지는데. 큰일이네.

쓰임이 다했으니 버린다. 혹은 더 이상은 필요가 없으므로 치워
낸다. 지방으로의 전출 소식을 수환은 그렇게 이해했다. 서 내의 모
든 동료들이 그 공고를 보고 수환이 길길이 날뛸 것이라 생각했으나
그는 무척 덤덤했다. 갑작스레 달라진 그의 태도에 모두가 어안이
벙벙했다. 현실을 자각 못 하는 건가, 아니면 같이 다니던 파트너 영
길이 반쯤 정신을 놓은 이후 그 역시 파트너를 따라 그렇게 되어 가
는 건가. 찜찜한 호기심을 숨긴 눈이 줄곧 그를 따라붙었다.

그러나 예상했던 일이니 덤덤할 수밖에 없었다. 전덕기와의 관계
는 '무명'이란 공공의 적에 관한 이해관계가 맞았기 때문에 시작된
것이었고 이제는 그 이해관계가 완전히 달라졌으니 그자가 저를 자
신의 지근거리에 둘 리가 없었다.

지금은 가장 먼 지방의 경찰서로 간다 하여두 머지않아 어느 섬익

지구대나 파출소로 내려갈 것이다. 파도가 거칠어 뭍으로 나오기가 힘들다는 뭐 그런 곳 말이다. 수환은 자신의 앞날을 예감했다. 이젠 화를 내고 싶지도 않았다. 그러나 가슴 한구석이 서걱서걱했다. 누가 그곳에 모래를 포대째 부어 버린 듯 둔통이 일었다. 타오르거나 차오르는 것이 아니라 미적지근한 물에 진흙이 젖듯 분노가 질척하게 젖어 갔다. 내딛는 발걸음이 무거웠다.

믿었던 정의가 사라졌다고 해서 전덕기와 같은 인간이 되지는 않을 것이다. 적어도 그런 괴물은 되지 않겠다. 그런 놈의 발아래로 기어 들어가 발바닥을 핥지는 않겠다. 자신의 사욕을 위해 괴물과 거래하고, 그 돈으로 제 잇속을 챙기며 세상을 썩고 곪게 하지는 않겠다. 적어도 개자식이, 개 같은 짓거리로 제 눈앞에서 떵떵거리는 꼴을 보지는 않을 것이다.

수환은 차 키를 들고 자리에서 일어섰다.

얼마든지 해 봐. 할 만큼 해 봐. 그 손아귀에 사람을 움켜쥐고 마음대로 주물러 제 앞에서 치울 수 있다고 멋대로 생각하고 웃어 보라고. 나를 당신 뜻대로 치워 냈다고 생각하며 즐거워해. 나는 절대로 그렇게 되지 않을 테니까.

그는 차에 올라 시동을 걸며 이를 사리물었다. 모든 것이 무너진 지금은 그것이 정의였다. 알량한 자존심이라도 지키려 오기를 부리는 것. 고작 그것. 그는 스스로를 비웃었다. 정말 좆같은 정의네. 스스로 혼잣말을 하고는 휴대폰을 확인했다. 세 통의 부재중 전화와 한 통의 음성 메시지. 그는 음성 메시지함 버튼을 누르기 전에 잠시 망설였다. 누군지 알고 있어서 그랬다. 몇 번이고 허공을 맴돌던 손가락이 통화 버튼을 눌렀다. 그리운 목소리가 스피커를 타고 울렸다.

— 오빠. 바빠? 목소리 듣고 싶어 전화했는데 안 받네. 있잖아. 명이네 집에는 전화가 없어서 나 전화할 때마다 읍내 터미널로 나와야 해. 그러니까 다음부터는 모르는 번호가 떠도 꼭 받아. 알겠지? 잘 지내지? 오빠 담에 또 할게. 그땐 꼭 받아. 알겠지?

가영의 목소리가 가늘게 떨렸다. 울컥 감정이 치솟았다. 걱정이 가득한 맑은 목소리에 그는 그대로 무너지고 싶었다. 예전처럼 차를 몰고 곧장 그 산골로 찾아가 산비탈 길을 정신없이 내려오는 가영이를 꼭 안고 그녀의 솜털 같은 머리카락을 쓰다듬어 보고 싶었다.

놓아주어야지. 놓아주어야 한다. 어머니가 그녀를 놓아주어야 한다고 했다. 네 짝이 아니니 놓아주어야 한다. 그래야 한다고. 엄마가 그녀에게 얼마나 모질게 굴었는지를 떠올렸다. 단 한 톨의 미련도 남겨서는 안 된다. 그게 그녀를 위한 것이다. 그는 반복 재생 버튼을 눌렀다.

— 오빠. 바빠?…….

몇 번이고 그는 버튼을 눌러 그 그리운 목소리를 들었다. 횟수가 계속될수록 치솟던 감정들이 고요해졌다. 슬퍼 보이기만 하던 목소리를 반복해 듣다 보니 안정감도 느껴졌다. 잘 지내고 있는 것 같았다. 그는 휴대폰을 끄고 크게 숨을 고른 후 차를 출발시켰다.

영길은 문뜩문뜩 배가 아팠다. 손톱만큼의 상처도 없는 뱃가죽에

기시감처럼 찌릿한 고통이 스칠 때가 있었다. 그는 그래서 늘 습관처럼 제 복부를 문질렀다. 직업이 형사인데 쇠붙이가 싫었다. 포크나, 나이프의 날카로운 모서리가 보이면 그는 몸을 떨었다. 의사는 외상 후 스트레스 증상이라고 했지만 영길은 외상을 입은 기억이 없었다.

그날 무슨 일이 있었는지 사실 하나도 기억하지 못했다. 장태호의 집 안으로 뛰어 들어가고 난 이후의 모든 상황이 암전된 상태였다. 눈을 떠 보니 들것에 실린 채 병원에 있었다. 신체는 모두 멀쩡했다. 본인도 본인이 왜 쓰러져 있는지 몰랐다. 그렇다고 애써 기억하고 싶지는 않았다. 오히려 기억하는 것이 두려웠다. 아무것도 기억나지 않지만 떠올리고 싶지도 않았다. 모든 것을 잊었으나 공포가 남아 있었다. 형체도 이유도 없는 공포였으나 그것은 분명히 그에게 존재했다.

집으로 찾아온 수환을 마주하자마자 그는 다시 저의 몸에 뿌리내린 공포를 느껴야 했다. 매끈한 복부에 고통이 느껴져 그는 습관처럼 제 명치를 두 손으로 누르고 앉은 자리에서 조금 더 물러섰다. 그러고는 수환의 시선을 피해 고개를 대각선으로 내렸다. TV에서는 의미 없는 방청객의 웃음소리가 간간이 터져 나왔다. 그 소리만이 어두운 방 안의 정적을 메웠다.

"형사 새끼가……."

수환이 금방이라도 욕설을 퍼부을 듯한 언성으로 뒷말을 삼키고 완전히 방 안으로 들어섰다. 침구는 정돈되지 않아 아무렇게나 구겨져 있었다.

영길의 모친은 그가 내내 침대에서 누워 지낸다고만 했다. 가끔 담배를 피우러 나오지만 그래도 집 밖으로는 나가지 않는다고 말이다. 저러다가 방 안에 틀어박혀 히키코모리인가 뭣인가가 되는 거 아니냐며 연신 발을 구르셨다. 수환은 그런 영길의 모친에게 걱정 마시라 웃으며 안심시켰다. 걱정 마시라고. 곧 괜찮아질 것이라고. 그러나 못 보던 사이에 부쩍 마른 영길을 보며 그는 잠시 말문이 막혔다. 귀신은 무서워해도 살인마 새끼들에게는 눈 하나 깜짝하지 않던 놈인데, 지금의 이 꼴은 대체 뭐란 말인가.

영길은 그 자리에서 죽었어야 했다. 원래대로라면 그랬어야 했다. 장태호의 칼에 찔려 그대로 죽었어야 맞았다. 그런 그를 무명이 살려 놓았다. 그래서일까. 전혀 다른 사람처럼 보이는 것은. 영길이 달라진 것은 운명을 거슬렀기 때문인지도 모른다. 그래서 그가 이토록 달라진 것인지도 모른다.

"도와주라."

"……."

내내 초점 없이 허공을 향해 있던 눈이 그 애절한 한마디에 제자리를 찾아 돌아왔다. 수환은 그의 침대 앞에 무릎을 꿇고 앉았다. 영길이 멍한 눈을 느리게 깜빡였다.

"어머니가…… 어머니가 죽었다."

"선배……."

"장태호가 죽였다."

"……."

영길이 흡 하고 숨을 멈췄다. 다시 복부에 타는 듯한 고통이 일었다. 그는 다시 배 위의 옷깃을 쥐었다.

"나는 이제 혼자다. 영길아."

혼자일 뿐 아니라 지방으로 좌천당했고 오는 길에 검은색 세단이 저를 계속해서 따라붙는 것도 알았다. 누가 끄나풀을 심었는지는 두 번 생각할 것도 없다. 수환은 전덕기에 대해 많이 알지 못했다. 높은 자리에 올라앉은 권력자, 조직의 가장 우두머리라는 점 말고는 자신과 부딪칠 접점도 없었고 그에 대해 관심도 없었다.

무명으로 얽혀 마주하게 된 전덕기는 그리 이치에 밝고 똑똑한 이로는 보이지 않았다. 무명의 피를 가진 자들의 전리품으로 만들고, 그것으로 개인의 영달과 사욕을 채웠다는 사실로 유추해 보자면 그는 차라리 이기적인 인간에 가까웠다. 그렇기에 무명에 대해 뒷조사를 하는 내내 꺼림칙했고, 자신이 하는 일이 과연 옳은 일인지 더 확신할 수가 없었다.

사실대로 말하자면 가영에 대한 욕심에 눈앞이 흐렸다고 보아야 맞았다. 평소의 그라면 잡지 않았을 손을, 오로지 가영을 되찾고 싶다는 생각에 앞뒤 따질 겨를 없이 잡아 버린 것이다. 그렇게 제 손으로 목줄을 감았으니 제 손으로 풀 방도도 찾아야 했다. 어머니의 석연치 않은 죽음도 확실하게 밝혀야만 했다. 감정을 이기지 못해 왜 어머니에게 그런 짓을 했나 자백할 놈을 죽였으니 그 주변을 탐문해 볼 수밖에 없다. 그리고…… 그리고 가영.

무명을 돕고 싶은 마음은 없지만 지금은 가영이 그와 함께 있었다. 전덕기는 무명에게 해를 입히려 하고, 그렇다는 것은 가영에게 해가 된다는 뜻이기도 했다. 그러니 전덕기의 계획을 알아야 한다.

그가 무명을 상대로 어떤 짓을 꾸미고 있는지 말이다.

"네가 나를 좀 도와주어야겠다. 날 도울 수 있는 사람은 너뿐이다."

수환은 서 내에서 늘 미운 오리였다. 다혈질에 앞뒤 없이 자신만의 정의를 부르짖고 다니는 그는 사사건건 동료들과, 상관들과 부딪쳤다. 위험천만하고 늘 목숨을 내놓고 일을 하는 그와 함께하고 싶어 하는 이들은 아무도 없었다. 그를 따르고, 그와 함께 기꺼이 목숨을 내놓던 이는 오직 영길, 자신뿐이다.

그 생각에 갑자기 배가 아팠다. 찌릿한 고통이 송곳처럼 저의 복부를 뚫고 등가죽을 찢는 것 같았다. 그리고 눈앞의 남자는 끝이 날카로운 정으로 머리부터 발끝까지 관통당한 듯 자리에 굽어 있었다. 자신도 수환도 결국엔 그날 일어난 일 때문에 고통받는 것이다. 장태호가 그의 어머니를 찾아간 것도 분명 거기에서 시작된 것이다.

그날은, 자신이 기억하지 못하는 그날은 분명 다른 날들과 달랐다. 수환도 자신도 그즈음 뭔가에 쫓기는 사람들처럼 행동했다. 준비 없이 들이닥친 재앙이었는지는 모르지만 본능적으로 큰일이 날 것 같다는 직감은 있었다. 분명 무엇인가가 있다는 것. 장태호라는 괴물 뒤에 분명 더 거대한 무엇인가가 있다는 것을 그는 분명 알 수 있었다.

가영은 우울한 표정으로 버스에서 내렸다. 수환 오빠는 나와 영영 모르는 사이가 되고 싶은 걸까, 그 생각을 하니 너무 우울했다. 휴대폰 번호를 바꾼 것은 아닐 거다. 바꾸었다면 이렇게 집요하게 안 받을 리가 없었다. 한 번쯤은 받을 만도 한데. 밥은 잘 먹고 있을까, 잠은 잘 자고 있을까. 그냥 잘 지낸다 한마디면 괜찮을 것 같은데 그 한마디도 들을 수 없다는 것이 몹시도 슬펐다.

고개를 푹 숙이고 발끝만 보며 좁다란 도로를 걸었다. 발에 차이는 돌을 툭툭 치며 걷다가 문득 고개를 들어 보니 돌다리 아래 하얀 세단이 보였다. 낯이 익은 차지만 바라던 이는 아니었다.

차겸은 기어를 주차에 둔 채 초조하게 운전대를 잡고 있었다. 핸들을 쥔 손이 자꾸만 떨려 그는 힘을 꾹 주었다. 망설임이 길어질수록 목이 바짝바짝 타 그는 마른 입술을 축였다. 모친의 닦달에 어떻게든 오기는 했다만 차마 문을 열고 나갈 자신은 없었다. 온몸에 잔털이 일어서고 귓가에 스치는 작은 소리에도 몸이 움찔움찔했다.

가영은 분명 저 집 안에 있을 테지. 어머니가 분명 가영을 데리고 오라고 했는데. 데리고 가지 않으면 실망하실 게 분명하고 그러면, 쓸모없는 자식이 되겠지. 이러면 아버지에게 도움도 안 된다. 그럼 저는 쓸모가 없어진다.

그는 몇 번이고 마음을 다잡았다. 어떻게든 가영을 데리고 가야만 한다. 그래야만 한다. 그는 침을 삼키고 다시 한번 마음을 다잡고 고개를 들었다. 쥐어짜 내듯 용기를 끌어 올리고 어금니를 꾹 물었다. 일단, 차에서 내려 조금이라도 비탈길을 올라가 보자. 운이 좋으면 가영이 저를 먼저 발견하고 와 줄지도 모른다. 어쨌든 왔으니 뭐라도 해야 했다. 이렇게 가만히 앉아 있을 수만은 없었다.

차에서 내리려 막 사이드 브레이크를 올리는데 '쿵' 하는 소리와 함께 차 보닛 위에 묵직한 뭔가가 내려앉았다. 차체가 흔들리는 것이 느껴지더니 와장창 굉음을 내며 앞 유리가 깨졌다. 차겸은 '으아악' 소리를 지르고 날카롭게 쏟아지는 유리 파편을 피하려 두 손으로 얼굴을 가렸다. 정신없이 소리를 지르는데 콱 멱살이 잡혔고 그는 그대로 위로 끌려 올라갔다. 그다음에 보이는 것은 허공의 풍경이었다.

"안녕."

듣기 좋은 미성의 목소리가 다정히 인사했다. 차 보닛에 두 다리를 디딘 채 저의 멱살을 들어 올린 무명이 방긋 웃었다. 그것을 본 차겸이 전기 충격이라도 받은 듯 몸을 바들바들 떨었다.

"오랜만에 보네. 그런데 무슨 일로 왔을까?"

"……."

차겸은 대답 대신 신음했다. 대답을 하려고 해도 신음만 나왔다. 그는 본능적으로 고개를 좌우로 저어 댔다. 뭘 물어도 부정하고 싶었다.

"손가락이 아니라 다른 것을 잘려 보고 싶은가?"

"아, 아니요! 아닙니다! 아니에요. 그게 아니라 가영이…… 가영이……."

"누구?"

"가, 가영이를……."

가영이? 명의 한쪽 눈썹이 치켜 올라갔다. 안 그래도 칼날 같은 눈매기 더 날카로워졌다.

"전덕기가 내 말을 전하지 않은 모양이군."

"모, 모, 몰라요……. 모릅니다."

차겸이 히익 소리를 내며 성실하게 부정하자 무명이 좌우로 고개를 씰그러뜨리며 차겸의 목덜미를 살폈다. 마치 어디를 갈라 어떻게 떼어 낼지를 가늠하는 눈이었다. 사실 그냥 힘주어 뜯어내면 그만인데 말이다.

"네 아비가 장태호 다음으로 원하는 것은 전덕기가 아니라 네 머리통인가?"

차겸은 결국 울음을 터트렸다. 바지와 속옷이 뜨끈했다. 공포에 질려 있던 차겸의 얼굴이 수치심으로 붉게 달아올랐다.

무명은 보닛 위로 흐르는 그 뜨끈한 액체를 내려다보았다. 소변을 지리는 것을 보니 저가 무섭긴 무서운 모양인데, 이렇게 마주하는 것만으로도 발작적으로 떨면서도 이곳에 온 이유가 궁금했다. 설마 저와 마주치지 않고 가영을 볼 수 있을 거라 생각한 걸까. 사실 그날 이후로 다시 그를 볼 것이라 생각지 않았다. 제정신이라면 두 번 다시 얼씬거리지 않을 테니까.

무명은 숨통이 죄어 꺽꺽 울고 있는 차겸의 얼굴을 무심히 살폈다. 이놈은 제 아비의 허수아비지.

"박판석이 가영이를 데리고 오라던?"

"……."

"대답해야지."

명이 목소리에 힘주자 그가 고개를 미친 듯이 끄덕였다.

"왜? 뭣 때문에? CTA 때문에?"

그는 고개를 저었다.

"몰라요. 모릅니다. 그저 아버지가, 아버지가 많이 펴, 편찮으셔서…… 가, 가영이를……."

"언제부터 그렇게 가영이가 애틋했다고."

"모, 모릅니다. 저는 잘 모르겠습니다."

명은 그의 목덜미를 쥔 손에 더욱 힘을 주었다. 차겸의 이마에 핏대가 불거졌다. 컥 소리와 함께 벌어진 그의 입에서 침이 주룩 흘러내렸다.

"나는 네가 안 찾아왔으면 좋겠다."

"……."

"알겠니?"

차겸이 덜덜 떨며 고개를 끄덕였다. 점점 몸에 힘이 빠졌다. 현기증 같은 것이 찾아오며 눈앞에 노랗게 바랬다. 부릅뜬 눈이 뒤로 자꾸만 넘어갔고 점점 정신이 혼미해졌다.

"명아!"

앙칼진 목소리가 아래에서 들렸다. 어느새 뛰어온 가영이 숨을 쌕쌕대며 날카롭게 소리쳤다.

"빨리 내려놔!"

무명이 듣지 않자 가영은 힘주어 그의 정강이를 퍽퍽 때렸다. 쇠기둥처럼 단단한 그의 정강이를 힘껏 지차 손바닥이 얼얼했다. 가영은 아픈 손바닥을 털며 다시 소리 질렀다.

"너 나랑 약속했잖아! 이러지 않기로 했잖아!"

명이 미간이 구겨졌다. 그는 잠시 제 어금니를 씹다가 그이 면산을 당겨 귓가에 속삭였다.

"내가 널 놓으면 가능한 한 빨리 여길 벗어나. 내가 널 뒤쫓을지 모르니까."

무명은 그를 다시 깨진 앞 유리 안으로 밀어 넣었다. 차 안으로 욱여넣듯 들어간 차겸은 거친 기침을 내뱉으며 물에 빠진 이처럼 허우적거렸다. 명은 볼썽사납게 차 사이드 브레이크를 올리고 시동을 거는 차겸을 내려다보다가 보닛에서 사뿐히 내려왔다. 가영은 명을 보며 씩씩대다가 제 오빠에게 말을 걸기 위해 몸을 돌렸다. 그러나 채 말을 붙이기도 전에 차겸은 후진 기어를 넣고 급히 액셀러레이터를 밟았다.

"오, 오빠!"

가영이 차 보닛을 치며 그를 불렀으나 소용이 없었다. 차는 쏜살같이 멀어졌다. 허망하기 이를 데 없었다. 멀찌감치 떨어진 차가 이리저리 휘청거리는 것을 보자니 차겸이 얼마나 겁을 먹고 도망치는지 훤히 알 수 있었다. 가영은 신경질적으로 몸을 돌려 명을 노려보았다.

"거짓말쟁이!"

가영의 얼굴이 붉으락푸르락했다.

"너 나한테 약속했잖아! 해코지 안 한다고 했잖아!"

분에 못 이겨 씩씩대는 목소리가 자못 위협적이었다. 명은 조금 당황했으나 침착하게 대꾸했다.

"그냥 겁만 준 거야."

"지난번에도 그러더니 왜 그래? 자꾸 겁을 줘서 쫓아내는 거야?

차겸 오빠가 너에게 무슨 잘못을 했다고!"

"……."

잘못이야 꽤 많이 했지. 명은 입을 다물고 저 혼자 생각했다.

"차겸 오빠가 뭐라고 생각하겠어! 나는 어디 가서 너 싫은 소리 듣는 거 싫단 말이야! 하물며 차겸 오빠는 내 가족인데……."

서로 웃으며 마주해도 모자랄 판에…… 또 아빠에게 가서는 뭐라고 하겠는가. 과연 저의 가족들이 그를 좋게 보겠는가. 아무리 멀리 떨어져 살아도, 서로가 서먹해도 가족은 가족이다. 그리고 소중한 사람일수록 그를 가족에게 인정받게 하고 싶은 것이 당연하지 않나. 사이좋게 지내 주길, 같이 어울려 도란도란 화목하길 당연히 바라지 않나. 하지만 저가 바라는 것은 거기에도 한참 못 미치는 것이다. 겁을 주지 말라, 해코지하지 말라, 때리거나 다치게 하지 말아 달라. 고작 그거였다.

"너 나와 분명히 약속했잖아. 이러지 않기로 했잖아! 왜 약속을 안 지켜!"

"가족?"

명은 미간을 구겼다. 가영이 이야기하는 저의는 전혀 다른 것이었는데 명은 오로지 그 단어가 거슬려 다른 것은 다 지운 모양이었다.

"누가 누구의 가족이야? 저 남자가 네 가족이야?"

"뭐라고?"

가영은 너무나 당연한 것을 생경한 듯 묻는 명의 태도에 당황했다.

"더 이상 그는 너의 가족이 아니야. 너의 가족은 오로지 나 하나뿐이야."

명의 얼굴이 냉정했다. 가영은 거기에서 말문이 막혔다.

"너에게 나 이외의 가족은 필요 없어. 그러니 그를 신경 쓰지 마."

"명아……."

가영은 황망히 그의 이름을 불렀다. 너무도 당황하여 말문이 막혔다.

"내가, 내가 하고 싶은 말은…… 그게 아니야. 나는 네가, 아니 우리가 누구에게라도 사랑받았으면……."

"필요 없어."

"……."

"너 이외에는 어떤 사랑도, 어떤 관심도 필요 없어."

"……."

"너는 나를 받아들인 것이 아니었나?"

"……."

"너는 이미 내 것이고, 내 것인 이상 내 세상에서 살아야 해. 너의 세계에는 나 이외의 것은 필요하지 않아."

"명아."

"나에게 네가 전부이듯, 너에게도 내가 전부여야 해."

"……."

처음으로 그의 행동에 숨통이 조여 왔다. 무명의 세계가 어떤지 안다. 그 외롭고 처절한 세계에 가영은 분명 제 발로 걸어 들어갔다. 그것에 단 한 톨의 후회도 없었다. 그러나 단둘의 세계를 지키기 위해 다른 이들에게 해코지하는 것은 싫다. 그렇게 손 내민 모두에게 겁을 주고, 상처 입히는 것은 싫었다. 평생 고슴도치처럼 가시를 세우고 살고 싶지는 않았다. 그건 너무 외로워. 설사 그 외로움에 적응해야 한다 해도 이렇게는 아니었다. 이렇게 한순간 벼락 치듯 모든 걸 바꿀 수는 없다.

"나는 그렇게, 그렇게 댕강 무 자르듯 모두를 잘라 낼 수가 없어."

"넌 그래야 해."

"난 못 해!"

"해야 해."

"명아!"

"너는 그렇게 해야 해. 그게 앞으로 네가 사는 방법이야."

"왜 이러게 모질게 굴어! 너는 내게 이러면 안 되잖아!"

사랑한다고 했잖아. 사랑해서 무엇이든 내가 하는 말은 다 들어줬잖아. 내 외로움을 누구보다 잘 이해해 줬잖아. 늘 그걸 채워 주려고 노력했잖아. 그런데 대체 왜 이러는 거야. 너는 내게 다정해야 하잖아. 따뜻해야 하잖아.

무명이 짧게 한숨을 내쉬었다. 하고 싶은 말이 혀 위에서 뱅뱅 맴돌았다. 그는 그 어지러운 단어들을 삼키고 전혀 다른, 그러나 분명 진심이 담긴 말을 꺼냈다.

"너를 지키려는 거야."

나를? 나를 무엇으로부터? 차겸 오빠로부터?

"차겸 오빠는 그런 사람 아니야. 물론, 옛날에, 예전에는 내게 못되게 굴었지만, 지금은 그렇지 않아. 지금은 모두, 모두 나와 잘 지내고 싶어 한다고. 아빠도, 엄마도 모두 내게 잘해 주려고 노력해. 그래서 나는 최대한 모두와 잘 지내고 싶어, 아프게 하고 싶지 않아,

실망시키고 싶지 않아."

가영이 더듬더듬 그들의 편을 들었다. 찌푸려 든 눈동자가 혼란스럽게 흔들렸고 말투는 조금씩 격앙되어 갔다. 그런 가영을 바라보며 명은 제 이를 꾹 물고 입 밖으로 쏟아져 나오려는 말을 꾹꾹 눌렀다.

너의 가족은 너를 한 번도 가족이라 생각한 적이 없다. 단 한 번도 그런 적이 없다. 아버지가, 오빠가, 그 가족이 어떤 인간인지 너는 모른다. 얼마나 이기적이고 더러운지, 자신의 딸을, 동생을 어떻게 이용하려고 하는지, 가영을 어떻게 취급하고 있는지, 얼마나 금수만도 못한 인간들인지 말이다.

그러나 가영에게 그것을 어떻게 말한단 말인가. 가영의 맑은 눈이 아픔에 찢기는 것이 싫었다. 그녀의 인생이 다시 큰 슬픔에 잠기는 것을, 그녀가 다시 무너지는 것을 지켜보고 싶지 않았다. 가능하다면 이대로, 그냥 이 산골에 갇혀 나물을 캐고 닭 모이를 챙기고 들꽃을 보며 행복해하는 그 모습으로만 그녀를 지키고 싶었다. 다른 세상이, 혹은 현실이 그녀를 더럽히게 하고 싶지 않았다. 야수의 유리관에 갇힌 장미꽃처럼 영원히 시들지 않게 지키고 싶었다.

그래서야. 그래서 나는 너에게 무엇도 말할 수가 없다. 네가 상처받을까 봐. 네가 아파할까 봐. 네가 더럽혀질까 봐. 안나처럼 네 눈에 슬픔이 어릴까 봐. 나는 평생 그런 너를 무기력하게 지켜보아야 할까 봐. 나는 그것이 견딜 수 없을 정도로 두렵다. 내가 너를 잃을까 봐.

"너에게 다른 선택은 없어. 나와 함께한다는 건 이런 거야. 너도 알고 있잖아."

가영은 '익' 소리를 내며 격분했다가 이내 자신을 억눌렀다. 그에게 꽥꽥 소리를 지르고 싶지 않았다. 무엇보다 이토록 치미는 생소한 감정을 어떻게 처리해야 할지 몰랐다. 좋아. 그래. 그를 이해할 수 없는 건 당연해. 그는 어려운 존재이니까. 그가 하는 말을 이해하고 싶지만 그것 역시 안 될지도 몰라. 하지만 어디쯤이라도, 그와 저의 어디쯤에서라도 타협할 수 있는 일을 찾아야 했다. 가영이 다시 진지하게 입을 열었다.

"그럼 내게 시간을 줘. 내가 모두와 작별을 할 수 있도록, 그래서 너와 함께할 수 있도록. 부모님과 차겸 오빠, 그리고 수환 오빠를 만날 시간을……."

"안 돼."

명이 더 이야기를 듣지 않고 말허리를 잘랐다.

"왜?"

가영이 바로 반박하듯 되물었으나 명은 입을 다물었다. 아무런 표정 없이 그저 가영을 쳐다보았다. 이럴 때면 그렇게 따듯하고 사랑스럽던 그가 전혀 다른 것으로 보였다. 감정이라고는 전혀 없는 사물처럼, 영혼이 없는 박제품처럼 느껴졌다.

"왜 안 되는데?"

"안 돼. 그냥 그래."

그냥 그렇다고? 그걸로 끝이야? 어떤 이유도 말해 주지 않는 거야? 가영은 주춤 그에게서 뒤로 물러서며 멍하게 고개를 저었다. 대체 왜 이러는 거지. 왜 이렇게 말이 안 통하는 거지. 내게 아주 조금도 설명할 가치가 없단 말인가. 아주 조금이라도 내게 이해를 구할 만한, 그 정도의 성의조차 보일 필요가 없다는 거야? 고작 나는 너에게 그런 존재란 말인가. 지금껏 동네의 모든 사람들이 그랬다.

넌 몰라도 돼. 넌 알 필요 없다. 어차피 넌 이해도 못 하잖아. 잔말말고 시키는 대로 해.

지금 무명은 그들과 같은 태도를 보이고 있었다. 쓸모없고 하찮은 것을 다루는 듯한.

"너에게, 내가 정말 소중하긴 하니?"

"가영."

너에게 내가 소중하다면. 네가 나를 진실로 사랑한다면 내 외로움을 헤아려 주어야 맞다. 내게 이것이 얼마나 절실한 문제인지 이해해 주어야 맞다.

"나빠."

"가영."

"너는 나를 조금도 생각해 주지 않아."

"그렇지 않아."

"너도 나를 무시하는 거야."

"가영. 그냥 내 말 들어."

"싫어."

"이게 널 위한 거야. 그러니까 그냥 아무것도 묻지 말고 시키는 대로 해."

한 치의 망설임도 없이 단언하는 명에게 가영은 울컥 화가 솟구쳤다.

"바보 취급 하지 마!"

"가영."

"네가 시키는 대로 하는 바보처럼 날 취급하지 말라고! 난 바보가 아니야! 나는 내가 하고 싶은 대로 할 수 있어!"

가영이 그에게서 등을 돌렸다. 씩씩대며 그대로 터미널로 가 서울로 가는 버스를 탈 작정이었다. 누가 네 말을 들을 줄 알고! 너 따위, 나를 바보 취급 하는 너 따위! 성큼성큼 걸음을 옮기는데 얼마 가지 않아 몸이 번쩍 들렸다. 허리춤에 명의 억센 팔이 감겼다.

"놔!"

가영은 이를 물고 버둥거렸다. 가영은 팔을 허우적거리며 그의 팔을 꼬집고 손에 잡히는 대로 때렸다.

"놔! 놓으라고!"

명은 꿈쩍도 하지 않았다. 가영은 점점 더 숨이 가빠졌다.

"숨 막혀! 숨 막힌다니까!"

가영이 꽥꽥 소리를 지르며 흐느끼자 명은 손을 풀었다. 가영은 바닥에 털썩 주저앉았다. 버스럭거리는 흙더미를 짚은 손이 가늘게 떨렸다. 헝클어진 머리카락이 우수수 어깨 아래로 떨어졌다. 그녀는 비참했다. 비참해서 눈물이 났다. 그것을 내려다보며 명이 낮게 읊조렸다.

"너는 아무 데도 못 가. 내가 원하지 않는 한, 너는 여기서 벗어날 수 없어. 여기서 나와 함께 죽을 때까지 사는 거야."

그는 죽을 때까지 자신을 벗어나지 못할 것이라고 했다. 이미 여러 번 그렇게 말했다. 그게 기쁠 때도 있었지만 지금은 그저 숨이 막혀 왔다. 이런 뜻이었구나. 네가 내게 한 말은. 가영은 훌쩍이며 눈가를 훔쳤다.

"네가 싫어"

"……."

"네가 너무 싫어!"

가영은 벌떡 일어나 명을 노려보았다. 도전적이고 날카로운 눈빛을 그는 피하지 않았다. 각을 세우고 저를 누르려 하는 모양은 아니었으나 그의 그 고요함마저도 충분히 강인했다. 그녀는 손등으로 눈물을 문질러 닦고 쌩하니 명을 스쳐 비탈길을 올랐다. 보폭을 넓혀 씩씩하게 걷는 동안에 울음은 걷잡을 수 없이 커졌다. 집에 다다랐을 때에는 거의 어린아이처럼 엉엉 울고야 말았다.

명에게서 벽이 느껴졌다. 너무 견고하고 단단해서 도저히 부술 수 없을 것만 같았다. 그는 늘 자신을 온전히 받아들여 달라고 했지만, 가영도 그를 온전히 받아들였다고 생각했지만, 그가 차가운 얼굴로 저를 쳐다보고 있으니 돌연 그에게서 다시 멀어진 기분이 들었다.

나를 사랑한다고 했으면서. 거짓말쟁이. 네가 정말로 나를 사랑하는 게 맞니? 나를 이토록 무시하고 있는데도? 그는 아무것도 알려주지 않는다. 자신을 이해하지도 못하고, 이해시키려고 하지도 않는다. 왜 그러는 것인지 자신을 설명하지도 않는다. 그저 입 다물고 시키는 대로 하라고 한다. 한껏 드높아졌던 자존감과 자존심이 거기에 뭉개졌다. 그게 너무나 비참했다.

너도 남들과 똑같아. 너는 지금 다른 사람들처럼 나를 바보 취급하고 있잖아. 그게 바로 나를 아프게 해. 아니? 이 세상 모든 사람이 날 무시하는 것보다, 네가 나를 무시하는 것이 백배 천배는 더 아파.

왜 내게 아무것도 말해 주지 않니. 어째서 내가 아무것도 이해하지 못할 거라 생각하는 거야? 나도 알아. 나도 알 수 있어. 네가 말해 주기만 하면, 네가 그래 주기만 한다면 나도 안단 말이야. 그게 대체 뭐가 그렇게 힘든 거야. 나를 가치 있는 사람 취급 해 주는 게 대체 왜 그리 어려운 거니.

처음 무명이 자신을 돌보라고 했던 때가 떠올랐다. 이럴 거면 왜 사랑한다고 했어. 이럴 거면 왜 그렇게 아프도록 내 심장을 쿵쿵 두드려 댔어. 너도 나를 남들처럼 대했으면 됐잖아. 머슴처럼, 하인처럼 부렸으면 됐잖아. 내 입에 입을 맞추는 대신, 다정하게 내 이름을 부르는 대신 나를 소모품처럼 사용했으면 됐잖아. 왜 나를 두드려 너에게 모든 것을 내놓게 하고 이제 와 주워 담을 수도 없게 만드는 거야. 왜 나를 특별하다 여기도록 만들었어. 왜 이토록 네가 간절하도록 만든 거야.

혈육에게 좋은 사람이 되고 싶은 마음이 그렇게 잘못된 것일까. 그렇게 멍청한 짓이었을까. 차겸과 사이좋은 오누이는 아니었다. 굳이 따지자면 서로 서먹한 사이였다. 서로 마주하는 것보다 마주하지 않는 것이 편한 사이였다. 그러나 한 번쯤 노력할 필요는 있다고 생각했다. 그 불편하고 슬프고 아픈 과거를 지우고 대신 행복하고 따듯한 애정으로 채울 기회를 한 번은 가져야 한다고 생각했다. 그것이 왜 나쁜 거지?

평생 외로움에 시달렸다. 몸을 부빌 온기가 필요해서 늘 누군가가 저에게 손 내밀어 주길 간절히 바라며 살아왔다. 평생 그것에 갈증을 느끼며 살았기에 저를 향한 배려나 호의를 쳐 내는 것은 부메랑처럼 저 자신에게 상처로 다가왔다. 명은 그것을 모르는 것 같다.

경옥도, 수환도, 그리고 부일도 떠났다. 모두 제대로 준비할 시간도 없이 떠났다. 그들이 떠날 때마다 가슴속에 빈자리는 더욱 커져 갔다. 무명이 아무리 노력한다 해도 그것을 당장 채울 수는 없었다. 안다. 어떻게 해도 채울 수가 없는 그것을 채우는 유일한 방법은 그 허전함에 익숙해지는 것뿐이라는 것을.

지금 가영이 원하는 것이라고는 그렇게 밀어닥친 이별에 적응할 시간이었다. 고작 그것뿐이다. 아주 약간의 치유, 아주 약간의 위로가 될 만한 시간. 소중했던 이들이 모두 떠난 그 텅 빈 자리에 아주 약간의 기쁨을 채우는 것. 다시 또 누군가를 그렇게 차갑게 떠나보내는 것이 아니라. 그러나 명은 그것을 이해해 주지 않는다. 아니, 그러고 싶어 하지도 않는다. 아직 자신에게 그것이 낯설고, 어렵다는 것을, 아직은 준비되지 않았다는 것을 전혀 생각해 주지 않는다.

가영은 흐느끼며 부엌 개수대를 짚었다. 수도꼭지를 잡아 돌리자 쏴아아 하고 요란한 소리를 내며 물이 쏟아졌다. 그녀는 그 소리에 위로를 얻기 위해 애를 썼다. 그러나 소용이 없었다. 생각은 더욱 아득해져 가고 마음은 더욱 절망적으로 변했다.

무명에게 아무리 소리를 질러도, 화를 내도, 길길이 날뛰어도 자신은 갈 곳이 없다. 이곳이 아니면 머물고 싶은 곳도 없다. 무명이 자신을 버리면 그녀는 희망도 미래도 없었다. 나는 네가 아니면 네 옆이 아니면 이제 정말 아무짝에도 쓸모가 없단 말이야. 네가 아니면 누구도 나를 필요로 하지 않는단 말이야. 그 생각에 도달하자 그녀는 와르르 무너졌다. 휘청하며 무릎이 꺾였을 때 억세고 단단한 것이 다시 익숙하게 허리에 감겼다. 목덜미를 따듯하고 말랑한 것이 꾹 눌렀다. 가영은 중심을 잃었고 명이 그녀를 받쳐 안았다.

"미안해."

명이 그녀의 귓가에 입술을 대고 속삭였다. 가영은 터져 나오는 울음을 삼키지 못했다. 눈시울이 더 타는 듯 젖어 들었다.

"내가 잘못했어."

가영은 명의 어깨에 얼굴을 묻었다. 흐느끼느라 여린 어깨가 들썩였다. 명은 그 작고 둥근 어깨를 부드럽게 쓸며 끊임없이 말했다.

미안해. 내가 잘못했어. 내가 잘못했어. 울지 마. 잘못했어.

귓가를 타고 오는 그의 속삭임에 엉망진창으로 망가진 가영의 마음이 부드럽게 녹아내렸다. 제 몸에 손을 두르고 힘껏 당기는 손길에 추운 겨울의 장작처럼 굳은 몸이 풀어졌다. 불가항력이었다.

어느 날인가, 명의 서재에서 읽은 책의 한 구절이 떠올랐다. 사랑은 길들여지는 것이라는. 가영은 이제 그 말을 이해할 수 있다. 그가 미운 순간에도 그에 대한 뜨거움이 사라진 적은 없었다. 오히려 화가 날수록 그가 자신을 붙잡고 진정시켜 주길 바라는 마음도 함께 커졌다. 뒤돌아서는 순간에도, 그를 때리는 순간에도, 그에게 모진 말을 내뱉는 순간에도 그가 다가와 자신을 무너뜨려 주기를 원했다. 자신을 품에 안고 달콤한 말을 속삭여 주기를 말이다.

"너 싫다고 한 거 거짓말이야."

가영이 코를 들이켜며 꺼이꺼이 고백하자 명이 그녀의 머리를 부드럽게 쓰다듬었다.

"알아."

안다고 말하는 음성은 또 왜 이리 상냥한가. 나는 이제 네가 아니고는 살 수가 없다. 어쩐지 서럽고 억울해 가영은 더 큰 소리로 소리 내어 울었다.

사내는 방금 막 편의점에서 사 온 영양 음료의 뚜껑을 따며 차창 밖을 주시했다. 시계를 확인해 보니 조수환이 과일 바구니를 들고 한영길의 집으로 들어간 지 한 시간이 넘은 시각이었다. 생각보다 조수환이 영길의 집에 머무는 시간이 길어지자 피로감이 몰려왔다. 그는 꿀꺽꿀꺽 찬 음료를 목으로 넘겼다.

전덕기 청장의 수하들 사이에 찜찜한 소문이 돌았다. 늘 청장을 보좌하던 수행 비서가 행방불명이 되었는데 그자의 집에서 죽은 자의 시체가 산더미처럼 나왔다는 이야기였다. 신문과 방송에 대서특필되었어야 하는 사건이었으나 매체는 모두 잠잠했고 경찰의 수사도 없었다. 전 청장도 자신의 수행 비서가 사라진 것에 대해 가타부타 말이 없었다. 마치 처음부터 없었던 사람인 듯했고 모든 것은 그저 풍문처럼 떠돌았다.

사내도 사실 정확히 어떻게 된 일인지는 몰랐다. 다만 수행 비서가 전덕기의 밑에서 어떤 일을 했는지는 알고 있었다. 그가 연쇄 살인마가 되기에는 억울한 감이 없지 않아 있었지만, 만약 그 일이 수면 위로 드러난다면 그가 연쇄 살인마가 되는 것이 가장 깔끔한 마무리였다. 그나마 최선을 택하자면 말이다.

전덕기의 아래에서 일하는 자들은 대부분 비슷했다. 처음엔 출세하고 싶은 마음에 그의 손을 잡았다가 이래저래 얽힌 이들이었다. 욕심이란 것이 그렇다. 누군가 가두고 조이지 않아도 스스로가 권력에 중독되어 자신의 발에 덫을 걸게 만든다. 자신을 포함해 전 청장의 곁에는 이제 그런 이들만 남아 있었다. 욕망에 동화되어 버린 자들. 인생의 모든 의미가 지워지고 오로지 출세만이 전부가 되어 버린 자들. 그러다가 이제는 욕망조차 거세당한 채 의미 없이 기계처럼 움직이는 자들도 더러 있었다. 바로 자신처럼 말이다.

음료를 다 마시고 나니 대문 밖으로 조수환이 나왔다. 딱딱하게 경직된 표정에 발걸음이 무거운 것을 보니 일진이 그리 좋아 보이지는 않았다. 사내는 수환이 차에 올라 시동을 걸고 출발하는 것을 지켜보다가 저도 조용히 시동을 켜고 액셀러레이터를 밟았다.

수환의 차는 도심지를 한참 벗어난 외곽으로 향했다. 산을 깎아 만든 2차선 도로가 구불구불하게 이어졌고 남자는 수환의 꽁무니를 밟으며 차창 밖으로 들어오는 주변의 풍경을 살폈다. 시간이 지날수록 수목이 울창하게 하늘을 덮었다.

수환의 차량은 호숫가에서 멈췄다. 차에서 내려 담배를 꺼내 무는 표정이 심란해 보였다. 일이 뜻대로 되지 않아 복잡한 마음에 바람이라도 쐬려는 것일까. 남자는 그에게서 거리를 두고 차를 세웠다. 사이드 브레이크를 올리고 수환의 입가에서 끊임없이 뿜어져 나오는 담배 연기를 보고 있다가 '나도 담배나 한 개비 피울까' 하는 생각이 들었다. 그는 재킷 안주머니를 뒤져 담배 케이스를 꺼냈다. 수환에게서 눈을 떼지 않은 채 담배 한 개비를 뽑아 입에 물고 다시 라이터를 찾기 위해 속주머니를 뒤졌다.

가만, 라이터를 어디에 뒀더라? 그는 제 몸을 더듬거리며 라이터를 찾았다. 몸에는 지니고 있지 않았다. 제 바지 주머니를 몇 번 더 뒤져 보고는 조수석에 위치한 글러브 박스를 열었다.

사내는 반짝 빛이 들어온 글러브 박스를 흘깃 쳐다보았다. 여러 가지 잡동사니에 뒤섞인 가운데를 손으로 이리저리 휘저어 보자 얼마 전 편의점에서 구입한 라이터가 집혔다. 그는 라이터를 쥐고 글러브 박스를 닫았다. 그러면서 조수석 쪽으로 찔그러진 몸을 바로 하며 다시 호숫가를 주시했다.

수환은 거기에 없었다. 아주 잠시 눈을 뗐을 뿐인데, 눈에 보여야 할 그의 실루엣이 보이질 않았다. 망막에 맺히는 잔상은 즉각적이었으나 그가 사라졌다는 것을 머리로 알아차리는 것은 그보다 조금 늦었다.

"어."

하고 놀라움에 외마디 탄성을 지르는데 와장창 운전석 차창이 깨졌다. 탄성은 비명으로 바뀌었고 사내는 몸을 굽혔다.

영길은 들고 있던 짱돌을 바닥에 버리고 깨진 차창 안으로 손을 넣어 차 문의 잠금 쇠를 풀었다. 문을 열고 사내의 뒷덜미를 잡아당기자 마른 몸이 바닥으로 맥없이 내동댕이쳐졌다.

"이원국."

남자는 낮게 자신의 이름을 내뱉는 목소리를 따라 고개를 들었다. 낡은 워커의 발끝을 따라 시선을 옮기니 아직 다 태우지 않은 담배를 들고 있는 수환이 보였다.

"꼬리가 길면 밟히는 법이지."

수환이 그를 내려다보며 웃었다. 그러고는 워커 발로 그의 턱을 있는 힘껏 찼다. '퍽' 하는 둔탁한 소리와 함께 사내의 몸이 뒤로 넘어갔다. 사지가 바닥에 늘어진 채 그는 미동조차 하지 않았다. 영길이 이원국의 몸을 질질 끌어 차 트렁크에 실을 동안 수환은 손에 들고 있는 담배를 끝까지 피웠다. 호수의 비릿한 이끼 냄새가 담배의 쓴 냄새와 함께 코끝에 머물다 사라졌다.

캉. 캉. 캉.

단단한 쇠붙이끼리 부딪치는 소리가 귓가에 어스름히 들렸다. 이원국은 그 소리에 정신을 차렸다. 느리게 눈꺼풀을 들어 올리자 사위가 거뭇했다. 습하고 퀴퀴한 냄새, 사방으로 울리는 둔탁한 소리에 그는 이곳이 인적이 드문 건물의 내부임을 알아차렸다. 잔뜩 쌓아 놓은 철근들이 보였다. 조수환이 아까부터 계속해서 치고 있는 것이 그것이었다.

"깼나 본데요."

영길이 지저분한 시멘트 바닥에 앉아 원국의 휴대폰을 뒤적거리다 중얼거렸다. 지루하게 반복되던 소리가 뚝 멎었다. 수환이 고개를 돌리자 원국과 눈이 마주쳤다.

전덕기 청장의 지시로 그에 대해 조사한 지는 꽤 되었다. 그래서 원국은 조수환에 대하여 꽤 많이 알고 있었다. 조수환은 정도를 벗어나는 경찰이 아니었다. 언제나 원리 원칙을 중시했고, 늘 자신이 맡은 바를 성실히 수행했다. 남들이 꼼수를 부리고 잔꾀를 피울 때도 그는 달랐다. 자신에게 혹독했던 그를 동료들은 독종, 혹은 별종으로 여겼다. 그래서 그가 저처럼 은밀히 전덕기와 손을 잡았을 때는 무척 의아했더랬다. 그리고 자신을 납치해 사지를 의자에 결박해 놓은 지금은 더 혼란스럽고 말이다.

말을 하려고 입을 벌리는데 턱이 얼얼했다. 그는 인상을 찡그리고 더듬더듬 말했다.

"조수환. 너, 너, 이런 짓 할 놈 아니잖아."

그 말이 너무 우스워서 수환은 저도 모르게 픽 웃어 버렸다. 그는 손에 든 바이스 플라이어를 건들건들 흔들었다.

"나도 몰랐는데 말이야. 사람 변하는 거 그거 진짜 쉽더라고. 이원국 당신도 처음부터 전덕기의 개로 살진 않았을 거 아냐. 안 그래?"

대꾸할 말을 떠올리는데 영길이 끼어들었다.

"가장 최근에 통화한 사람이 전 청장이네요. 선배 사진도 잔뜩 들어 있고요."

영길은 자신을 도와 달라는 수환의 청을 거절할 수 없었다. 자신이 아니면 수환을 도와줄 이가 없어 보였고 그 청을 무시하기에 영길은 수환을 좋아했다. 그는 좋은 선배고, 좋은 파트너고 또 좋은 인간이었다. 자신이 자리를 비운 사이 수환에게 어떤 일들이 있었는지 구체적으로는 모르지만 어딘가 나사 하나가 풀린 듯 망가진 그를 그냥 두고 볼 수는 없었다. 비어 버린 그의 한구석을 저가 채워야만 할 것 같았다.

"나는, 서 내의 경찰들을 감시하고 감찰할 의무가 있어."

그는 경찰 내사팀 직원이라는 자신의 신분을 철저하게 이용했다.

그러나 그의 명분에도 수환은 웃음을 터트렸다.

"좆 까고 있네. 당신이 내사 업무를 한 적이 있던가? 내가 알기론 전덕기의 똥구멍만 핥았던데 말이야."

"네가 이러고도 무사할 것 같아?"

수환이 귀를 파며 대꾸했다.

"글쎄. 늘 무사한 적이 없어서 무사한 게 어떤 건질 모르겠네."

그는 새끼손가락을 후 불며 씩씩대는 원국을 내려 봤다.

"그쪽은 늘 무사해서 무사하지 않은 게 어떤 건지 잘 모르겠지?"

"……."

원국은 몸부림쳤다. 칭칭 묶인 의자가 그의 움직임에 달싹였다.

"사는 게 참 묘해. 한 번 정도에서 벗어나면 길을 잃어버리더라고. 내가 지금 그래. 그래서 당신이 지금 어떤 인생을 사는지 잘 알아. 에이, 모르겠다. 될 대로 되라지. 그런 맘이잖아. 인생이 참 뭣 같아. 그지?"

"너 지금 실수하는 거야."

"전덕기가 뭘 알아 오래?"

"……."

"내가 어딜 가나 뭘 하나 일거수일투족 감시해서 뭐 하려고?"

수환은 손에 든 바이스 플라이어를 공중에 휙휙 돌리며 다가왔다. 원국은 힘겹게 침을 삼켰다.

"정신 차려. 넌 경찰이야."

"좆같은 소리 그만하고 묻는 말에 대답이나 해."

"……."

원국은 그를 노려보았다. 아무리 세 치 혀를 놀려 대도 조수환은 경찰이다. 그것도 늘 원리 원칙을 지키던 경찰. 본래라면 타의 모범이 되어 표창을 받았어야 할 경찰. 제 앞에서 깡패처럼 건들거려도 한순간 사람이 180도 다른 이로 변할 수는 없다. 원국은 확신에 차 입꼬리를 비틀어 웃었다.

"좆 까."

수환이 원국의 어깨를 발로 차자 의자째 그의 몸이 뒤로 넘어갔다. 우당탕 요란한 소리를 내며 뒤통수가 시멘트 바닥에 충돌했다. 정신을 차릴 새도 없이 입안으로 뭔가가 들어왔다. 도리질을 하자 영길이 그의 턱을 잡아 눌렀다. 우악스럽게 들어온 쇳덩어리가 이를 눌렀다. 대문니가 서서히 묵직해지더니 눈 깜짝할 새에 뽑혀 나갔다.

"아악!"

원국이 아픔에 못 이겨 비명을 질렀다. 영길이 엎어진 의자를 바로 세우자 원국이 입안에 고인 피를 뱉어 냈다. 바닥에 흩뿌려지는 제 핏물을 보면서도 자신에게 닥친 상황이 믿기지 않았다. 고통에 식은땀이 흘렀고 그는 수환을 다시 노려보았다.

"이 미친 새끼……."

수환은 다시 그를 발로 차 눕혔다. 비명을 지르는 원국의 입안에 다시 바이스 플라이어가 들어왔다. 아까보다 더 빠른 속도로 나머지 대문니가 뽑혀 나갔다. 영길이 의자를 다시 일으켰다. 원국은 다시 피를 뱉어 내고 몸을 부르르 떨었다. 바닥에 널브러진 이가 두 개였다. 혀로 이가 뽑혀 나간 자리를 건들 때마다 찌릿했다. 피가 쉴 새없이 흘러나왔다. 뱉지 못한 피가 입안에 고였다가 입가로 흘러내렸다.

조수환 이 새끼는 제정신이 아니다. 제정신이면 이런 짓을 할 수가 없다. 그는 변했다. 눈 하나 깜짝 안 하고 동료의 생니를 뽑는 그는 지금껏 저가 보아 왔던 조수환이 아니었다. 모친이 죽고 난 후 미친 게 틀림없다. 그 일로 전덕기에게 복수를 하려는 것이다. 무명과 한패가 된 것이다. 어쩌면…… 어, 어쩌면 전 청장의 수행 비서를 죽인 것도 그일지 모른다. 공포가 엄습했다.

"그…… 그만해."

수환은 다시 그를 밀어 넘어뜨렸다. 사족은 필요 없었다. 그가 원하는 것은 대답이었다. 시간을 벌기 위해, 혹은 인정을 호소하기 위해 하는 쓸데없는 소리를 들을 여유 따위는 없었다.

다시 바이스 플라이어가 입안을 쑤시고 들어왔다. 원국은 머리가 하얗게 바랬다.

"바, 박판석 때문이야!"

"……."

수환이 뒤로 물러서자 영길이 의자를 일으켜 세웠다. 원국은 헉헉거리며 넋이 나가 조잘댔다.

"그자가 네 어머니를 죽인 거야!"

"……."

어머니라는 단어에 수환은 일순 멍했다. 뭐라고? 모친은 자신 때문에 죽었다. 자신이 장태호를 풀어 줬기 때문에, 그 미친 자식이 번지수가 틀린 복수심으로 제 어머니를 해쳤다. 그 일에 박판석은 아무런 관련이 없었다. 그런데 그의 이름이 왜 나오는 건가? 왜? 지금?

"바, 박판석이, 그 사람이 사주했어. 그 사람이 전 청장에게 사주한 일이야."

"……무슨 소리야."

"그, 그자가…… 그자가 그랬어."

수환은 원국의 멱살을 잡아 흔들었다.

"무슨 소리냐고 그게!"

"박판석이, 박판석이 지시했어. 장태호를 풀어 주라고. 그를 감시하던 경찰 인력을 모두 무르라고. 나는…… 나는 몰랐어. 나중에 네 모친이 죽고 난 이후에 알았어. 전덕기의 수행 비서가, 그가 알려 줘서 안 것뿐이야. 네 집 주소, 네 집 주소가 그렇게 쓰일지 난 몰랐어. 그게 장태호의 손에 들어갈 줄, 난 정말, 정말 몰랐어. 나는 네 어머니의 죽음과는 아무 관련이 없어. 모두 바, 박판석과 전덕기가 한 일이야. 내가, 내가 한 일이라곤 그냥 네 이메일, 이메일을 해킹한 것과 너를 쫓아다닌 것뿐이야. 그것 말고는 한 것이 없어."

"……"

덜덜 떨며 실토하는 원국의 말에 영길도 수환처럼 넋이 나갔다. 이게 다 뭐야. 결국, 수환 선배의 모친은 전 청장이랑 박판석이 죽였다는 이야기야? 그는 퍼렇게 질린 수환을 멍청하게 쳐다보았다. 대체 이게 다 무슨 이야기란 말인가. 박판석이라면 여당의 원내 대표가 아니던가. 그자가 수환의 모친과 무슨 관련이 있어 그분을 죽인단 말인가.

"서, 선배. 이게 대체 무슨……"

수환은 바이스 플라이어로 원국의 얼굴을 후려쳤다. 얼굴뼈가 부서지는 소리가 나더니 그의 얼굴이 옆으로 돌아갔다가 앞으로 툭 떨어졌다.

"영길이 너."

"선배……."

"이 일에서 빠져. 알겠어? 내가 부를 때까지 얌전히 서에서 죽치고 있어."

수환은 바이스 플라이어를 바닥에 던졌다. 혼란스러운 얼굴이 분노로 뒤덮이더니 참지 못하고 폐건물의 출입구를 향해 몸을 돌렸다.

"선배!"

영길은 뛰쳐나가는 수환을 붙잡으려 다급하게 그를 불렀다. 통하지 않자 그도 수환을 따라가려 했으나 의식을 잃고 늘어져 있는 원국과 바닥에 내팽개친 바이스 플라이어가 그의 발목을 잡았다. 여길 수습해야 했다.

"아 씨!"

그는 신경질적으로 혀를 차며 바이스 플라이어를 주워 들었다.

"대체 뭐가 어떻게 돌아가는 거야."

박판석의 안부는 묻지 않느니만 못했다. 언제나 들려오는 소식은 '좋지 않다'는 것뿐이었다. 집 안의 고용인들이 모두 박 의원의 병세에 벌벌 떨었다. 거품을 물며 발작을 일으키는 것은 이제 아무렇지도 않았다. 그들에게 공포는 박 의원이 발작을 할 때마다 벌어지는 이상한 일들이었다.

인간의 이성과 상식으로 도저히 설명할 수 없는 종류의 것들이 그 집에서는 시시때때로 일어났다. 게다가 그 악취. 박판석의 병세가 악화되어 갈수록 그의 몸에서는 사람의 것이라 할 수 없는 악취가 풍겼다. 그 덕에 고용인들은 하루가 멀다 하고 그 집에서 도망쳤고 안주인은 그들의 입단속을 하기에 바빴다.

그렇게 현상 유지를 할 수는 없었다. 박 의원의 거처를 다른 곳에 옮기자고 제안한 것은 전덕기였다. 개발이 제한되어 사실상 버려진 대지 위에 가건물을 짓고 그는 박판석을 서둘러 그곳으로 옮겼다. 집 안에 남아 있는 고용인들이 하루씩 돌아가며 사지가 묶인 박 의원에게 마약성 진통제를 투여하는 것 말고는 할 수 있는 일도 없었으니 보안을 유지할 수 있는 최소한의 인원으로 어떻게, 어떻게, 하루하루를 견뎌 내고는 있었다.

하지만 언제까지 이 짓을 해야 하려나. 전덕기는 한차례 거품을 문 뒤 죽은 듯이 잠에 빠진 박판석을 내려 보았다. 정신병자에게나 입히는 구속복으로 사지가 묶인 그를 보고 있자니 인생에 회한이 몰려들었다. 고작 이런 인간에게 인생을 바쳤던 건가. 결국 이렇게 병신이 될 남자에게.

전덕기에게 가장 중요한 것은 무명이 더 이상 자신에게 위협이 되지 않는 것이었다. 박판석이 제정신을 차리는 것은 그다음의 문제였다. 무명이란 위협을 제거할 수만 있다면 일이 복잡해지더라도 박판석의 목숨은 어찌 되어도 상관이 없었다. 후일의 도모는 그다음에 생각하고 싶었다.

거기에다 지금의 박판석에게 무명의 피를 먹인다고 그가 다시 멀쩡해질 수 있을지도 장담할 수 없는 상황 아닌가. 혹여 그가 제정신을 차린다고 해도 그다음엔 또 어쩔 텐가. 무명의 피가 아니면 인간이라고 할 수도 없는 이가 대체 앞으로 무엇을 할 수 있단 말인가.

전덕기는 기도 협착으로 숨을 쉴 때마다 쇳소리가 나는 박판석을 보며 박가영을 떠올렸다. 박가영이 그의 핏줄이다. 무명이 제 옆구리에 끼고 사는 여자. 수환을 치정으로 얽히게 만든 것도 그 아이였고, 무명의 손에 장태호를 죽게 만든 것도 결국 수환의 모친과 오랫동안 연이 닿아 있던 그 아이일 것이다. 인간에게 단 한 톨의 인정도 베풀지 않던 그가 차겸을 번번이 살려 보내는 것도 아마 그 아이 때문이리라.

전덕기는 가건물에서 나오며 피어오르는 미소를 감추었다. 제깟 놈도 별수가 없지. 사내란 것들은 모름지기 그렇다. 지가 아무리 날고 긴다 해도 저 역시 수컷인 것을 어쩌겠는가. 그러니 그 멍청한 년을 꾀어내면 된다. 그년을 꾀어내면 명을 불러 올가미를 씌울 기회가 생길 것 같았다.

전덕기는 관용차가 서에 도착하는 동안 내내 어떻게 하면 가영을 이용해 무명을 무너뜨릴지를 골몰했다. 무명은 그 계집을 얼마나 마음에 두고 있을까. 그 아이를 위해서라면 제 목숨도 심장도 가져다 바칠 만큼? 적어도 자신의 욕망을 채우는 도구나 부일처럼 제 수하로 부리고 있는 것은 아니었다. 그가 하는 모양이 그랬다. 남녀 간의 애정이 아니라면 설명할 수 없는 정황이 너무 많았다. 그러니 박가

313

영을 이용해야 한다. 그 무자비하고 잔인한 놈을 상대하는 데 어쩌면 박가영은 단 한 번뿐인 기회인지도 모르니 말이다.

수행 비서 대신 임시로 운전기사 노릇을 하고 있는 경관이 서 앞에 차를 세우고, 차 문을 열었다. 무명이 수행 비서를 죽여 먹어 치운 그 현장을 떠올리면 늘 몸서리가 쳐졌다. 그가 왜 그런 짓을 했는지 안다. 그에게 공포를 상기시키는 것이다. 다음은 바로 네가 될 것이라고.

그렇게 될 순 없지. 그놈 손에 죽을 수는 없다. 그놈이 저를 이런 식으로 위협하게 둘 수는 없다. 구석에 몰리면 쥐도 고양이를 문다고 했다. 나 전덕기는 그리 호락호락한 사내가 아니다. 그는 다문 입술에 꾹 힘을 주었다. 한일자로 닫혀 있는 입매가 가늘어졌다.

"전덕기!"

청으로 들어서는 계단에 발을 내딛자마자 사납게 저의 이름 석 자를 부르는 목소리가 들렸다. 지난 몇 년 동안 자신의 이름 석 자를 그토록 험악하게 부르는 이가 없어 전덕기의 미간이 절로 구겨졌다.

"이 개새끼!"

뒤이어 들려오는 목소리는 더 사나웠다. 미친개처럼 제 이름을 짖어 대는 놈이 조수환이란 것을 알아차릴 찰나 쇳덩이 같은 그의 주먹이 안면으로 날아들었다. '어이쿠' 소리를 내며 전덕기가 바닥에 쓰러졌다. 조수환은 바닥에 엎어진 그의 멱살을 쥐고 흔들었다.

"네가 엄마를 죽였지! 이 쓰레기 같은 새끼야!"

사방에서 호루라기 소리가 들렸다. 청장의 얼굴을 후려친 일개 경사의 등장에 모두가 혼비백산했다. 누군가 그의 겨드랑이에 손을 끼워 그를 전 청장에게서 떨어뜨려 놓으려 안간힘을 썼다. 그러나 그의 안광에 몰아닥친 광기처럼 사나운 그의 육신을 당해 낼 재간이 없어 네댓 장정이 그에게서 떨어져 나갔다.

"이 좆같은 새끼!"

수환이 다시 그의 얼굴에 주먹을 꽂았다. 변명은커녕 비명을 지를 틈도 없었다. 턱이 뭉개지고 입안으로 피가 고였다. 비껴 나간 주먹에도 콧대가 얼얼했다. 어쩌면 부러졌을지도 모른다. 사람들이 구름처럼 몰려들었다. 직원들이 나와 수환의 허리와 두 팔을 붙들고 목에 팔을 둘러 졸랐다. 끌려가는 와중에도 수환은 전덕기에게 연신 발길질을 해 댔다.

"죽일 거야! 너도 똑같이 죽여 주고 말겠어! 너도! 박판석도! 똑같이 죽여 주마!"

누군가 수환의 입을 틀어막았다. 새까만 남자들에 싸여 그는 바닥에 엎어졌다. 직원 하나가 하얗게 질린 얼굴로 전덕기에게 손을 내밀었다.

"괘, 괜찮으십니까?"

그는 덕기를 일으켜 세우고 바지 주머니에서 손수건을 꺼내 건넸다. 전덕기의 입가에 피가 흥건했다. 덕기는 그것을 받아 입을 훔치며 이원국 그 병신 같은 놈이 조수환에게 세 치 혀를 놀린 것을 알아차렸다. 이래서 세상 물정 모르고 욕심만 많은, 자칭 엘리트란 놈들은 부리면 안 되는 거다. 좀 더 부리기 쉽고 쓸 만한 놈들을 찾아야했다. 가능하면 아무것도 알려고 들지 않으면서도 저돌적인 놈들로 말이다. 돈독이 올라 있는 양아치 새끼들이면 딱일 것 같았다. 그는 최근에 세력 싸움으로 잔뜩 독이 올라 있는 몇몇 건달들을 떠올렸다. 그중 불법으로 사제 총을 가지고 있는 놈들도 꽤 될 것이다.

전덕기가 사무실에 들어가 흙 묻은 제 옷을 벗고 책상에 앉아 건달들 신상을 펼쳐 본 지 얼마 되지 않아 형사과장이 문을 두드렸다.

"유치장에 억류해 두었습니다. 바로 절차대로 처리하겠습니다."

"아니, 일단 그냥 내버려 둬."

전덕기가 분주하게 서류철을 넘기며 지시했다.

"유치장에 붙잡아 두고만 있어."

공권에 의해 놈이 처벌되는 것을 별로 원하지 않았다. 절차대로 하기에 그는 너무 많은 것을 알고 있고, 그러면 일이 너무 복잡해진다. 귀찮고 끈적진 놈이니 일이 마무리될 때까지 구금해 두었다가 이후에 사태가 수습되면 놈을 처리해도 된다. 일이 잘 풀리지 않을 시에 희생물로 그가 필요할지도 모르고.

"그러면…… 조 형사의 가족에게는 어떻게……."

형사과장은 수환이 유치장에 억류되어 있다는 것을 그의 가족에게 통보해야 하는지를 물으며 말꼬리를 흐렸다. 덕기는 고개를 저었다. 그놈에겐 어차피 연락할 가족도 없다. 장태호의 손에 하나 남은 제 가족은 뒈졌으니까 말이다. 외부에 연락하지 않는 것이 좋다. 어차피 놈의 생사를 궁금해하는 이도 없을 테지. 쥐도 새도 모르게 어디에 파묻어도 뒤탈이 없을 테고.

"알겠습니다."

형사과장이 고개를 숙여 인사하고 발길을 돌리자 전덕기가 퍼뜩 고개를 들어 그를 불렀다.

"잠깐."

"예?"

"······."

그저 불쾌해 보이기만 했던 전 청장의 낯빛이 다른 빛을 띠고 있었다. 그는 형사과장을 불러 세워 놓고 빠르게 머리를 굴렸다. 그러고 보니 조수환 그놈, 박판석의 딸을 두고 무명과 치정으로 얽혀 있지 않던가. 그 계집을 '동생'이라고 칭하던 수환의 애틋한 얼굴이 눈앞에 떠올랐다.

무명을 맨손으로 이길 방법이 없다. 그러니 그를 이기려면 그의 약점을 쥐어야 했고 그것이 가영이었다. 그 아이를 데려와 제 뜻에 따르도록 해야 한다. 그러나 친혈육인 차겸이 가서도 가영을 데리고 오지 못했다. 오히려 무명에게 경고를 받고 오줌을 지리며 도망쳤다. 억지로 끌고 오는 것도 불가능하고, 그 계집을 납치하는 것도 불가능하다. 상대는 무명이었다. 불사의 몸을 지닌 귀신같은 존재. 그렇다면 방법은 하나였다. 그 계집이 제 발로 그 집을 나오게 하는 것.

그 아이에게 조수환은 과연 어떤 존재인가. 조수환이 그렇게 애틋해하는 만큼 그 계집에게도 조수환이 애틋할까. 전덕기는 입꼬리를 올리고 조용히 웃었다. 어쩐지 조수환이 측은하기도 하고 재밌기도 했다.

어디 한번 봅시다. 과연 네놈의 순정이 어느 정도 가치가 있는가 말이야.

명은 가영에게 축음기 만지는 법을 알려 주었다. LP판이란 것을 처음 보았다. 무명이 말하기를 아주 오래전에는 음악을 이런 것으로 들었다고 했다. 가영은 조르쥬 비제의 '카르멘' LP판을 턴테이블 위에 내려놓고 바늘을 올렸다. 지지직거리는 소음과 함께 꽃잎 모양의 스피커를 타고 소리가 울렸다. 처음엔 명과 함께 서고에서 들었으나 횟수가 잦아지며 축음기를 아예 거실로 옮겨 두었다. 이제는 일상적인 취미가 되어 버린 것이다.

별로 음악과 친한 삶이 아니었다. 아주 어릴 땐 그저 선생님을 따라 동요를 불렀고 그 외에는 서울 아빠의 집에서도 경옥의 집에서도 음악이라는 것을 감상하기 위해 틀어 본 적이 없었다. 지금 와 생각해 보니 참 사는 게 각박했다 해야 할까. 음악이란 것은 그저 가끔 TV에서 흘러나오는 외로움을 달래 줄 소음 그 이상의 의미가 아니었다.

명은 음악을 좋아한다고 했다. 그저 적막을 메워 줄 소음이 아니라 그것 그대로를 감상하는 것을 좋아한다고 말이다. 대체적으로 그의 취향은 고상했다. 노랫말이 없는 음악이 대부분이었고 노랫말이 있어도 가영은 알아들을 수 없는 언어로 된 것뿐이었다. 그는 기본적으로 클래식을 좋아하고 그것이 아니면 '오페라' 라는 것을 즐기는 것 같았다. 스피커를 타고 '하바네라' 가 흘렀다. 정열적이고 매혹적인 선율이었다.

가영은 LP판에 찍힌 영어를 손으로 꼭꼭 짚으며 단어들을 곱씹었다. 알파벳으로 쓰여 있지만 영어가 아니었다. 프랑스 사람이라고 했으니 프랑스어일 거다. 서고에 가면 프랑스어 사전도 있을 텐데. 꺼내서 봐 볼까 잠시 고민하다가 이내 포기하고 창밖 풍경으로 고개를 돌렸다.

무명이 토마토 모종에 물을 주고 있었다. 감자를 캐낸 자리에는 곧 팥을 심어야 했다. 상추와 시금치, 당근도 심어야 하고 조금 더 지나면 김장 배추와 무도 심어야 한다. 그러려면 빈 경작지의 돌도 열심히 골라야 했다. 명은 빛이 좋을 때는 대부분 밭일을 했고 해가 지면 집으로 들어와 가영과 같이 책을 읽거나 음식을 만들었다.

명과 함께 산 이후, 일상은 점점 더 게을러졌다. 명은 아침을 먹지 않아 새벽같이 일어나 아침밥을 차릴 이유가 없었고, 그럴 이유가 없으니 기상 시간도 점점 더 늦어졌다. 경옥과 달리 명은 건강했고 그 때문에 경옥에게 했던 것처럼 명을 돌봐야 할 일도 없었다. 오히려 시간이 지날수록 명이 자신을 돌보고 있었다.

명은 가영을 대신해 닭들에게 모이를 주고 그녀를 대신해 잡초를 뽑고, 가영이 경옥에게 그랬던 것처럼 잠자리에 든 그녀의 몸에 이불을 끌어 덮어 주었다. 그동안 노동으로 채워져 있던 시간들은 지금처럼 전혀 다른 것들로 채워졌다. 독서, 음악, 아주 길고 두서없는 명상과 감상들. 처음으로 삶이 여유롭고 풍족하다고 느껴졌다.

"명아."

가영이 미닫이 창문을 열고 그를 불렀다. 무명이 내뿜는 물줄기로 무지개가 졌다.

"우리 강아지 기를까?"

강아지? 평온하던 무명의 미간이 조금 좁혀졌다. 강아지를 기르자고? 작물과 닭을 기르는 것도 모자라 또 뭔가를 기르자는 건가. 명은 기본적으로 동물들과 사이가 그리 좋지 않았다. 놈들은 명을 보면 미친개처럼 짖거나 아니면 꼬리를 말고 도망가거나 둘 중 하나였다. 네발 달린 짐승 중에 뭐를 길러야 한다면 차라리 소나, 양이나, 돼지나 뭐든 먹을 수 있는 게 좋다. 개 따위는 짖어 대기만 하고 하등 도움이 안 된다.

　"강아지 귀엽잖아. 예전에 경옥 할머니 집에 '백구'라고 하얀 진돗개가 있었는데 할머니가 장에다 내다 팔았거든. 되게 귀여웠는데."

　"왜 팔았다는데?"

　명이 아무 뜻 없이 묻자 가영이 멋쩍게 웃으며 자신의 팔뚝을 문질렀다.

　"날 물어서. 여기. 난 백구 되게 좋아했는데 백구는 나 엄청 싫었나 봐."

　백구뿐 아니라 모든 짐승이 그랬다. 앞마당에 놓아둔 닭들도 가영을 싫어했다. 그런데 어찌 된 일인지 요즘은 그렇지 않았다. 더 이상 닭들이 저를 향해 울며 위협하지 않았고, 새들도 더 이상 가영에게 새똥을 갈기지 않았다. 지나가기만 해도 컹컹거리고 짖던 읍내의 개들도 어느 순간부터 조용했다. 무슨 이유에서인지는 저도 모른다. 어렴풋이 무명 때문인가? 하는 생각은 했다. 증거는 하나도 없지만 어쩐지 그 때문이라는 기분이 들었다. 그러니까 무명과 같이 있으면 강아지를 기를 수 있지 않을까 생각한다.

　"강아지 귀엽잖아. 이름 부르면 꼬리 흔들면서 막 뛰어오고. 나 진짜 그거 해 보고 싶은데."

"내가 하잖아. 이름 부르면 내가 막 달려가고."

"넌 꼬리 없잖아."

"그래도 흔들 만한 건 있어."

"……."

가영은 이해하지 못한 듯 눈만 멀뚱거렸다. 나름 회심의 개그였는데 먹혀들지 않았군. 다른 개그를 쳐 볼까 입을 열었으나 가영이 목을 빼고 비탈길 아래로 얼굴을 돌렸다. 집배원 하나가 폐허나 다름없는 땅이 된 경옥의 집 앞에서 갈피를 못 잡고 서성거리는 것을 발견하고는 가영은 자리에서 일어나 집 밖으로 나왔다.

"어디 가?"

무명은 신발을 반쯤 꺾어 신은 채 급하게 종종걸음을 치는 가영을 향해 물었다.

"아랫집에! 뭐가 왔나 봐! 우체국 아저씨 있어! 잠깐 갔다 올게!"

가영은 명의 대답을 기다리지 않고 비탈길을 뛰어 내려갔다. 집배원은 곤란한 얼굴로 서 있다가 허겁지겁 비탈길을 내려오는 가영을 발견했다.

"아저씨!"

처음 보는 얼굴이었다. 매번 오던 집배원이 아니었지만 이곳에 사는 동안 몇 번이고 담당 집배원이 바뀌곤 해서 가영은 개의치 않았다.

"안녕하세요."

가영이 고개를 꾸벅 숙여 인사하자 남자는 마른 입술을 축이고 물었다.

"아가씨. 이 집 사람들 이사 갔어?"

"아······."

가영은 뭐라 말해야 할지 몰라 망설이다가 손을 내밀었다.

"저, 저 주시면 돼요."

"혹시 아가씨가 장경옥이야?"

"아, 아니요. 그건 아니고 그······ 가족이에요. 가족."

"아. 그래?"

우체부는 그 말에 납득을 한 것인지, 아니면 그냥 귀찮아서인지 손에 든 봉투를 가영에게 건넸다.

"주소지 좀 다 바꿔. 전입 신고 했어도 쇼핑몰이며, 관공서며 다 전화해서 주소지 바꿔야 해. 알았지?"

"네. 감사합니다."

가영은 타고 온 오토바이에 다시 오르는 집배원에게 꾸벅 인사했다. 남자는 대충 손을 한 번 흔들고 온 길을 되돌아갔다. 가영은 그가 돌다리를 건너자 손에 든 우편물을 살폈다. 받는 이는 장경옥이었고 발신지는 '중앙 경찰청'이라고 적혀 있었다. 수환 오빠가 보냈든지 그와 관련된 일일 게 분명했다. 가영은 두 번 생각할 것도 없이 봉투를 찢었다.

「○○시 ○○동 ○○번지에 사는 조수환은 공무 집행 방해 및, 폭행죄로 중앙 경찰청에 구속되어 있음을 알려 드립니다.」

구속? 수환 오빠가? 수환 오빠는 경찰인데? 폭행죄, 공무 집행 방

해. 구속……. 반듯하게 접혀 있는 하얀 종이를 펼치고 글자를 읽는
데 무슨 소리인지 한눈에 들어오지 않았다. 구속이 되었다는 건 그
러니까 죄를 짓고 붙잡혀서 감옥에 가 있다는 소리인 건가? 이해하
고 나니 눈앞이 노랗고 현기증이 왔다. 몸을 휘청거리며 가영은 종
이에 적힌 글자를 다시 읽었다. 분명 거기에는 '조수환'이라는 이름
석 자가 정확하게 쓰여 있었다.

수환 오빠.

그를 생각하니 눈시울이 뜨끈했다. 두 번 다시 돌아오지 않을 듯
한 모습으로 뒤도 돌아보지 않고 자신에게서 멀어지던 그가 아직 눈
에 선했다. 그때 붙잡았어야 했다. 그렇게 두 손 놓고 멍하게 그를
보냈으면 안 됐다. 그랬다면 수환 오빠에게 이런 말도 안 되는 일이
일어나진 않았을 거다. 가영은 뜨거운 제 눈가를 손으로 문질러 닦
고 찡해 오는 코를 훌쩍 들이마셨다. 그러곤 다시 한번 내용을 눈에
담고 종이를 벅벅 찢어 바닥에 버리고 모래로 덮어 흐트러뜨렸다.

뭐라도 해야 돼. 오빠를 위해 무엇이라도 해야 했다. 아빠라면, 아
빠에게 부탁하면 어떻게든 해 줄지도 모른다. 염치없을지라도, 혹은
매몰차게 거절당할지라도 그래도 해 봐야 했다. 자신이 생각할 수
있고 할 수 있는 일은 그것뿐이다.

현관으로 들어서서 신발을 벗는데 무명이 화장실에서 막 손을 씻
고 나오고 있었다. 그는 집으로 들어오는 가영에게 물었다.

"무슨 일이래?"

"어…… 그냥 돌아갔어."

"그냥?"

"응. 집에 아무도 없다니까 그냥 갔어."

가영은 최대한 천연덕스럽게 대꾸하며 주방으로 가 분주히 창고를 뒤졌다. 명의 관심을 다른 곳으로 돌리고 싶었다.

"감자전 해 줄까?"

"그래. 좋아."

명은 흔쾌히 대답했다. 가영은 감자칼로 감자 껍질을 벗기며 이를 사리물었다. 이 일을 명에게 말해선 안 된다. 들켜서도 안 된다. 그라면 절대로 가영이 뜻대로 하게 내버려 두지 않을 거다. 그렇다면 분명 또 그와 언쟁을 벌일 것이다. 그러고 싶지 않았다. 그라면 아빠를 만나러 가는 것은 물론, 수환을 위해 뭐라도 하려는 것을 용납하지 않을 게 분명했다. 저를 만나러 온 차겸을 내쫓았던 것처럼 수환에게도 똑같이 할 거다. 다른 사람들에겐 다 그렇게 해도 수환에게만은 안 돼. 이 일에 관해서만은 명이 제 손을 질질 끌어 다시 저를 이 산골에 가두게 둘 수 없었다.

— 전 청장님 말씀대로 될까요?

불안한 음색이었다. 그녀는 이 일에 전혀 확신이 없었다. 어떻게든 남편을 제정신으로 돌려놓겠다고 악을 써 댔으면서도 자신이 해야 할 일에 대해서는 불안해했다. 전 청장은 불이 꺼진 서의 복도를 걸으며 말했다.

"힘드시더라도 사모님이 잘해 주셔야죠. 차겸 군은 저리 못 한다고 펄펄 뛰니, 결국 따님을 설득할 분은 사모님뿐입니다."

— 그 아이. 내가 낳았지만 내 배에서 나온 아이 같지 않아요. 내 말을 들을지 모르겠어요. 늘 무슨 생각을 하는지 모르는 아이라 뜻대로 되지 않을 수도 있어요.

그녀는 자신의 딸에 대해 전혀 애정을 품고 있지 않았다. 애초에 '정'이란 것이 뭔지 모르는 여자가 아이를 낳았다고 '모성'을 가질 리는 없다. 그녀에게는 차겸이나 가영이나 매한가지였다. 사랑으로 키우는 혈육이라기보다 필요에 의해, 혹은 쓸모에 의해 키우는 종류의 것이었다.

그런 여자를 엄마라고 두고 따르는 차겸은 어쩌면 버려진 가영보다 더 가여운 존재인지 모른다. 쓸모가 없어지면 저도 가영처럼 버려질까 매일매일 벌벌 떨며 악착같이 사는 모습을 보고 있자면 참으로 불쌍했다. 전덕기 자신은 적어도 제 새끼에게만큼은 무한히 애정을 베풀어 준다. 그게 설령 제 자식을 망치고 있다 해도 말이다.

"따르게 하셔야죠. 얼러서 안 되면 부러뜨려서라도요."

수화기 너머 긴 한숨 소리가 들려왔다. 자못 신경질적이었다.

"박 대표님 목숨이 지금 사모님 손에 달려 있습니다."

— 알겠어요. 일이 잘못되면 나중에 뒷수습이나 잘해 주셔요.

"걱정 마세요."

덕기는 가영 모친과의 통화를 마무리하며 유치장 출입문을 열었다. 보호관이 그를 보더니 거수경례를 하고 자리를 비켰다. 멍하게 벽을 보고 앉아 있던 수환과 눈이 맞았고 덕기는 입을 꼭 다물고 저를 올려다보는 그의 눈에 어린 살기를 보았다. 덕기는 휴대폰과 제 손을 바지 주머니에 넣고 쇠창살 앞에 섰다.

"네가 똑똑한 놈이 아니란 건 진즉에 알아봤지."

"왜 그랬어."

수환이 이를 사리물고 물었다.

"왜 하필 우리 어머니였어. 왜, 우리였어?"

'왜'라. 세상에 일어나는 일들에 반드시 거창한 이유가 있는 것이 아니다. 때론 그저 거기에 있어서, 혹은 즉흥적으로 이루어지는 일들도 있다. 무슨 거창한 존재라고 그에 거창한 이유가 있겠는가. 하찮은 존재에겐 그저 그런 하찮은 이유가 딱이다.

전덕기는 이런 조수환을 꼭 보고 싶었다. 저 혼자 세상 정의롭고 도덕적인 척은 다 하는, 그래서 만인에게 칭송받는 그가 저런 처참하고 망가진 모습으로 저를 올려다보는 것을. 네놈이 아무리 바른 척, 강한 척해도 결국 거기가 네놈의 자리인 것이다. 끝까지 제 아래에 기어 들어오지 않은 패배자의 자리.

"멍청하기 때문이지."

"……."

"멍청하기 때문에 이용당하는 거야. 멍청하기 때문에 네놈은 날 찾아왔고, 멍청하기 때문에 네 어미는 죽은 거다. 멍청하기 때문에 그깟 계집에게 얽혀 일을 이 지경으로 만든 거야."

수환은 몸을 일으켜 그에게 달려들었다. 쇠붙이 창살이 덜커덩거렸다. 전덕기를 향해 손을 뻗었지만, 옷깃에도 닿지 못했다.

"세상이 공평하다느니, 만인이 평등하다느니, 그런 헛소리를 진리마냥 믿기 때문에 네놈은 이렇게 사는 거야. 미개한 너 같은 놈은 그냥 밟히며 사는 거다. 멍청한 놈들의 인생이란 그런 거야. 정의니 도덕이니, 약자를 보호한다느니 그런 건 그냥 아둔한 놈들이 지들끼리 자위하느라 해 대는 소리일 뿐이다. 네 꼴을 봐라, 조수환. 가진 게 없으면 기회라도 잘 잡아야지. 얼빠진 이념에 사로잡혀 헛짓거리나 해 대더니 이런 꼴이지 않은가. 결국 제 분에 못 이겨 이렇게 일을 치는 것이 딱 네놈의 수준이지."

"널 죽일 거다……. 내 손으로……."

"날 죽이겠다고? 유치장에 갇혀 손끝 하나 건들지 못하는 주제에 네가 나를 어떻게?"

수환의 얼굴이 분노로 벌겋게 달아올랐다. 창살을 쥔 손이 하얗게 질려 부들부들 떨렸다. 그 꼴을 보며 덕기는 더 조소했다.

"무명은 세상에서 사라질 거야. 그놈이 사라질 때까지 네놈은 목줄에 매인 개처럼 끌려다니며 사용될 거다. 그 계집도 마찬가지야."

"……."

가영. 늘 저를 기분 좋게 만들어 주던 가영의 미소가 떠올랐다. 마지막, 그녀에게 등을 돌리며 보았던 그 걱정스럽고 슬픈 얼굴도. 수환은 분에 못 이겨 창살을 흔들어 댔다.

"네가 그러고도 경찰이야? 이 더러운 새끼!"

"결국 이것도 직업일 뿐이지. 잘 먹고 잘 살기 위해 업으로 삼은 직업. 내겐 그 이상도 그 이하도 아니야. 말했지 않은가, 도덕이니 정의니 그런 것들은 미개한 놈들이 지어낸 헛소리일 뿐이라고."

"너는 인간이길 포기했구나."

전덕기는 그 말에 박장대소했다. 지금껏 들어 본 수한이 말 중 가장 우스운 이야기였다.

"아니, 천만에. 인간이란 이런 거다, 조수환."

악하게 태어나 '선'을 배우는 것이 인간이다. 그러나 정말 우스운 것은 그 '선'을 배우면 절대로 강해질 수가 없었다. 그저 남들에게 뜯어 먹히기 좋은 들풀이 되어 버리고 만다.

"그러니 얌전히 처박혀 있도록 해. 네 쓰임이 다할 때까지 말이야."

덕기는 그에게 웃어 보이고 유치장을 빠져나왔다. 귓가에 철창이 부서지는 듯한 소리가 들렸다. 수환이 제 성질에 못 이겨 발광하고 있는 것이다. 선하고 미련한 인간. 저만큼 좋은 제물이 또 어디에 있겠는가. 이제 때만 기다리면 된다. 한바탕 소나기가 올 때 말이다.

악(惡)

꽤 오랫동안 비가 내리지 않았다. 가뭄에 작물들이 말라 가자 명과 가영은 부지런히 물을 주었다. 명의 얼굴에 점점 혈관이 돋았고 그의 말수가 줄어들었다. 표정도 점점 단조로워졌다. 이대로 영영 비가 내리지 않으면 어쩌나, 작물도 명도 이대로 말라 갈까 불안한 찰나, 아침나절부터 평소와 다르게 공기가 끈적끈적하고 후덥지근했다. 가영은 본능적으로 이제 곧 비가 내릴 것이라 생각했다.

그날 가영은 일찍 잠자리에 들었다. 피곤하다며 이불을 덮어쓴 가영의 옆에 앉아 명은 한참 동안 책을 보는 것 같았다. 책을 보다가 지루해지면 가영의 볼을 쓰다듬거나 잔머리를 쓸었다.

가영은 몸을 웅크리고 누워 명이 오늘은 비가 와도 나가지 않는 걸까 조바심이 나는 마음을 애써 다잡았다. 아니, 그는 나갈 거야. 오랜만에 내리는 비였다. 이 기회를 놓치지 못할 것이다. 곧 스탠드가 꺼졌다. 명이 제 옆에 눕는 듯했다. 더욱 굵어진 빗줄기가 창문을 때리는 소리는 점점 더 커졌다.

"가영."

한참 만에 명이 저의 이름을 불렀다. 가영은 눈을 감고 미동도 하지 않았다. 그가 얼굴을 어루만졌다. 비단 같은 손길이 부드럽게 목덜미를 쓸고 어루만지는 동안에도 가영은 꼼짝하지 않았다.

끝도 없이 이어질 듯한 나른한 손길이 어느 순간 사라졌다. 아마 깜빡 잠이 든 모양이었다. 가영은 서늘함을 느끼고 번쩍 눈을 떴다. 옆자리가 횅했다. 몸을 일으켰다. 방은 어둠에 잠겨 있었고 방문은 반쯤 열려 있었다.

그녀는 자리에서 일어나 열린 문 밖으로 나갔다. 어디에도 명의 모습이 보이지 않았다. 그가 사냥을 나간 것이다. 가영은 무명이 없는 것을 확인하고 서둘러 서고로 뛰어 들어갔다. 가장 구석 자리에 오래된 나무 상자. 그 허름하고 볼품없는 상자 안에 명은 늘 현금을 잔뜩 쌓아 두고 있었다. 전덕기에게 피를 주고, 받은 돈뭉치 중 아무거나 한 묶음을 잡아 제 주머니에 넣었다.

현관에서 손전등과 우산을 집어 들고 나와 무작정 비탈길을 뛰어 내려갔다. 인적이 드문 산골은 칠흑처럼 어두웠다. 가영은 정신없이 2차선 도로를 달렸다. 그녀가 버스 터미널로 내달릴 동안 오가는 차는 한 대도 없었다.

그녀는 터미널에 도착하자마자 공중전화부터 찾았다. 무명이 사냥을 마치고 집에 돌아오기 전까지 일을 해결해야 하니 시간이 별로 없었다. 그녀는 제집 전화번호를 눌렀다. 몇 번의 신호음이 가고 나서 가정부 아주머니가 전화를 받았다.

— 예. 박판석 의원님 댁…….

"아주머니. 저 가영이예요! 아빠 있어요?"

— 아.

가정부는 탄식하며 알은척했다.

— 잠시만요, 아가씨. 사모님 바꿔 드릴게요. 조금만 기다리세요.

수화기 너머 다급하게 모친을 찾는 소리가 들렸고 얼마 후 헐레벌떡 엄마가 전화를 받았다.

— 가영아. 너 어디니?

"엄마. 저 지금 버스 터미널인데 급하게, 급하게 말할 게 있어서요."

— 일단 집으로 와라. 집으로 와서 이야기해.

"안 돼요. 그건 안 되고, 아빠, 아빠한테 부탁할 게 있어요. 시간이 없어서 전화로 말할게요."

— 가영아.

모친의 목소리가 엄해졌다.

— 기사 아저씨 보낼 테니 집으로 오렴.

"안 돼요. 그럼 너무 시간이……."

— 가영아.

모친이 그녀의 말을 가로막고 다시 한번 엄한 목소리로 불렀다. 좀 더 낮은 그 목소리가 호되게 혼내는 거 같기도 하고 아니면, 우는 것 같기도 해서 가영은 잠시 당황했다.

— 아버지, 아프셔.

"……."

— 많이 안 좋으셔."

"어, 어디가요? 어디가 어떻게요?"

— 모르겠다. 의사도 원인을 모르겠다고 하고 정신 놓으신 지 좀
됐어.

"저랑, 저랑 같은 건가요? 신병 같은……."

— 자세한 이야기는 와서 하자. 일단 오렴. 지난번에 그것 때문에
네 오빠 보냈는데 만나지도 못했다고 하더구나.

"아."

가영은 낮게 탄식했다. 가슴이 철렁 내려앉았다.

— 아버지 돌아가실지도 몰라. 그러니까 와. 마지막일지도 몰라.

"……."

마지막. 마지막이란 그 단어를 어떻게 정의 내려야 할까. 아버지
와 보는 것이 마지막일지도 모른다. 어릴 땐 늘 저를 품에 안고 다니
던 분. 웃고 노래하고 춤추면 누구보다 환하게 웃어 보이시던 분. 울
며 저를 버리고 또 울며 저를 찾으러 오신 분. 아버지는 용서를 빌었
다. 함께 살자고 했다. 오랫동안 떨어져 있어서, 어느새 그것이 익숙
해져서, 아버지의 청을 자신이 거절했다.

철이 들고 나서 아버지에게 해 준 것이 없었다. 자식이라면 당연
히 해야 할 여러 가지 일들을, 그러니까 효도란 것을 한 적도 없었
다. 물론 그럴 기회도 없었지만 말이다. 그런데 마지막일지도 모른
다고 한다. 아버지를 보는 마지막일지도 모른다고. 아무런 준비 없
이 아끼는 이들을 차례로 떠나보내고 나니 이제는 아버지였다. 또

손 한 번 잡아 보지 못하고 따뜻한 말 한마디도 해 주지 못하고 저에게 의미 있는 이들을 떠나보내고 싶지 않았다.

"갈게요. 버스 타고 갈게요."

— 도착하면 전화해. 기사 대기시켜 놓으마.

엄마가 안도의 한숨을 내쉬었다. 자식이 아버지를 보러 가겠다고 말하는 것에도 마음을 졸인다. 자신이 엄마를 그렇게 만든 것 같아 마음이 짠했다. 명이 마음에 걸렸지만, 그도 이해해 줄 것이다. 다른 이도 아니고 아버지니 말이다.

전덕기와 관계가 틀어지고 난 후 사냥감을 찾는 것이 번거로워졌다. 미리 목표물을 탐색하고 날을 잡아 죽이는 것과 목표물을 찾는 것부터 시작하는 사냥은 들이는 시간부터가 달랐다. 명은 벌써 수 시간째 장소를 바꿔 가며 목표물을 탐색했다. 눈에 띈 이들은 많았으나 그중 딱히 구미에 당기는 이는 없었다.

"왜 이러세요!"

인적이 드문 공단의 골목이었다. 다닥다닥 붙어 있는 창고형 공장의 비탈길 아래에서 울먹이는 여자의 목소리가 들렸다. 명은 공장 굴뚝 위에 앉아 아래를 보았다. 붉은 우산이 바닥을 데구루루 구르고 한창 남녀가 몸싸움 중이었다.

사내는 체구가 작았다. 170이 되지 않아 보이는 작달막한 몸집이 었으나 손바닥이 두꺼비처럼 두꺼웠다. 그 손으로 여자를 내려치니 여자의 몸이 맥없이 쓰러졌다. 길바닥에 엎어지며 회색 치마가 진창에 젖어 들었다. 엉망이 된 원피스 아래로 새하얀 허벅지가 드러났다. 사내는 가타부타 말없이 여자를 발로 밟고 주먹으로 쳤다. 그녀는 두 손으로 제 머리를 감싸고 몸을 달팽이처럼 말았다.

"아저씨! 아저씨! 살려 주세요! 살려 주세요! 살려주세요…….살려……."

높고 카랑하던 목소리는 남자의 발길질이 계속될수록 잦아들었다. 명은 눈을 좀 더 가늘게 떴다. 많아 봤자 스무 살 안팎. 피에 젖어 있는 안면은 아직 젖살이 빠지지 않은 듯 통통했다.

여자를 향해 무자비하게 폭력을 행사하는 이는 인근의 형사들이 눈에 불을 켜고 찾고 있는 상습 강간범이었다. 상대를 기절할 때까지 폭행하지만 살인은 하지 않았다. 다만 반항하지 못하게 만들어 제 욕구를 채울 뿐이다.

높은 곳에서 내려다보면 사람이 사는 세상은 개미집 같았다. 미로처럼 뻗어 나가는 그 길들이 저들 눈에는 얽히고설키어 복잡하겠지만 명의 눈에는 어디가 끝이고 어디가 시작이고 어디가 교차점인지 명확하게 보였다. 이 안에서 일어나는 그 많은 일들은 그래서 저와 상관이 없는 코미디처럼 느껴지기도 했다.

명은 사내가 여자를 향해 미친 듯이 폭력을 행사하는 모습을 구경했다. 흔하게 벌어지는 일이었다. 주로 나약한 놈들이 여자나 아이를 공격해 제 욕구를 채웠다. 바로 저놈처럼. 돈에 미쳐 사람을 죽이는 놈들은 그나마 머리가 좋은 편에 속했다. 당장 뒷일을 생각 못 하고 일을 치르는 저런 놈들은 대체적으로 머리도 나쁘다. 멍청하고 작고 더러워 전혀 구미에 당기지 않는 먹잇감이다.

사내는 너무 많이 맞아 더 이상 신음조차 내지 못하는 여자의 머리카락을 휘어잡았다. 포니테일로 묶은 꽁지 머리에 두꺼운 손이 갈고리처럼 얽혔다. 여자는 끙끙 신음하며 남자의 손길에 질질 끌려갔다. 패닉에 빠진 채 고통스럽다는 것 이외에는 무엇도 머릿속에 떠올릴 수가 없었다.

사내는 어느 건물의 뒤편으로 여자를 끌고 갔다. 막다른 길 아래에 머리채를 던지듯 놓자 종잇장 같은 몸이 철퍽 그 아래에 쓰러졌다. 여자는 눈을 뜨지 못했다. 코와 입에서 흘러내린 피가 비와 함께 젖어 들어 비린내를 풍겼다. 그녀는 까끌한 아스팔트 위에 뺨을 대고 늘어졌다. 차가운 빗물에 몸이 완전히 젖어 들었다. 뺨을 때리는 빗줄기가 점점 굵어져 차가운 송곳이 피부를 뚫는 것 같았다.

"……."

여자는 눈을 깜빡 떴다. 1분 1초가 영겁처럼 길게 느껴졌지만 바닥에 방치되어 있는 시간이 지나치게 길었다. 저를 부술 듯 차고 패던 억센 손발이 멎은 지 한참 된 것이다. 여자는 사방에서 울리는 빗소리를 들으며 가만히 엎어져 있다가 벌벌 떨며 몸을 일으켰다. 겁이 나 뒤를 돌아보는 데도 오랜 시간이 걸렸다. 사내가 있어야 할 곳에는 아무것도 없었다. 그래. 아무도 없었다. 아무도. 여자는 몸을 웅크리고 흐느껴 울었다.

풀어 버린 벨트가 짤랑짤랑 소리를 냈다. 주르륵 내려간 바지가 사내의 발끝에서 달랑거렸다. 빗물에 노출된 사각팬티가 흥건히 젖었다. 남자는 목이 졸린 채 발을 휘저었다. 발에 닿는 것이 아무것도 없었고 눈에 보이는 풍경은 깜깜한 건물의 지붕들이었다.

"으. 으악! 으악!"

그는 자신이 공중에 떠 있다는 것을 자각하고 연신 비명을 질렀다. 빗줄기가 벌어진 입안으로 후드득 쏟아져 들어갔다. 그는 쿨럭쿨럭 기침을 하며 저의 멱살을 쥔 자를 바라보았다.

하얗고 가는 체구, 목을 조르는 억센 악력의 그는 짐승처럼 눈을 빛내고 있었다. 그 기이한 빛깔을 보고 있자니 이것이 꿈인가 싶었다. 현실성이 없었다. 자신의 상황도 그랬지만 눈앞의 남자의 기묘한 모습은 더욱 그랬다. 사내라 치기엔 지나치게 아름다웠다. 지금껏 자신이 본 어떤 여자와도 비교할 수 없을 만큼 색기가 넘쳤다. 공포에 질린 그 얼굴이 멍해졌고 벌어진 입 밖으로 작은 탄성을 흘렸다.

"아……."

세이렌에게 홀린 듯 멍한 그 신음이 다하기 전에 명은 목덜미를 쥔 손을 놓았다. 그를 들고 있기도 귀찮았던 것이다. 남자의 비명이 아래로 길게 이어지더니 이내 '퍽' 하는 충돌 소리와 함께 끊겼다.

건물 아래, 아스팔트에 사지가 아무렇게나 비틀린 남자의 붉은 피가 퍼졌다. 개울물처럼 졸졸졸 소리를 내며 소나기를 따라 아래로 흘렀다. 명은 죽은 남자의 보잘것없는 시신을 보다가 몸을 돌렸다. 정신을 차린 여자가 흐느끼며 막 비탈길을 달려 내려가고 있었다.

가영의 또래로 보여서다. 순진무구한 얼굴이 그랬고, 덜덜 떨며

애원하는 맑은 목소리도 그랬다. 명은 공장 지대를 벗어났다. 비가
그치기 전에 배를 채워야 한다. 더 이상 시간을 낭비할 수 없었다.

터미널에 도착하자 엄마의 말대로 기사가 와 있었다. 버스에서 내
리는 가영을 보자마자 그는 알은체했다. 일전에 본 일이 있어 낯이
익은 그에게 가영은 꾸벅 고개를 숙여 인사하고 그의 안내대로 차에
올랐다. 빗물 때문에 차창 밖의 풍경이 그리 명확지는 않았지만 어
쨌든 저에게 익숙한 길은 아니었다. 아무래도 서울 집으로 가는 길
이 아닌 것 같았다.

"아저씨."

가영은 휙휙 지나가는 풍경을 보며 기사를 불렀다.

"예. 아가씨."

길은 점점 더 으슥해졌고 가영은 불안감에 기민하게 창밖 풍경을
살폈다.

"어디로 가는 거예요? 여기, 집으로 가는 길이 아니잖아요."

"사모님이 이리로 모셔 오라고 했습니다."

"……어디로요?"

"저도 정확히는 모르겠네요. 거의 다 왔습니다."

차는 한동안 가로등은커녕 불빛조차 없는 길을 달렸다. 가영의 머
릿속에 뭔가가 잘못된 것 같은 생각이 들었다. 뭔가가 이상했다. 심
장이 빠르게 뛰어 제 가슴팍을 꼭 쥐고 있는데 별안간 차가 섰다.

"다 왔습니다."

밖을 보니 차의 헤드라이트 빛을 받고 선 엄마의 모습이 보였다. 가영은 그 뒤쪽의 풍경을 바라보았다. 한창 공사 중인 공사장. 그렇게 설명할 수밖에 없을 만큼 어수선하고 엄마와는 전혀 어울리지 않는 풍경이었다.

기사가 뒷문을 열어 주었다. 가영은 슬금슬금 몸을 움직여 밖으로 나왔다. 우산을 들고 마네킹처럼 서 있던 엄마가 말했다.

"왔구나."

두 손을 모으고 선 엄마의 목소리는 자못 가라앉고 긴장되어 있었다.

"엄마."

가영이 다가가자 엄마는 그녀의 손을 잡았다. 엄마의 손이 너무 차가웠다. 가영은 그 섬뜩한 체온에 깜짝 놀라 제 엄마를 보았다. 피곤하고 지친 얼굴. 딱딱한 표정 너머 푸석한 낯빛의 엄마가 어느새 눈물을 터트렸다.

"오느라 고생했다."

엄마의 목소리가 슬픔에 떨렸다. 가영은 여기가 어딘지, 왜 여기로 왔는지를 물으려 했다. 그러나 엄마가 흐느끼니 마음속에 동정과 애정이 물밀 듯 쏟아져 들어왔다. 가영은 엄마의 손을 꽉 잡고 그녀의 마른 어깨를 안았다. 엄마가 가여워서 견딜 수가 없었다.

"괜찮아요, 엄마. 괜찮을 거예요. 다 괜찮아질 거예요."

엄마는 애써 울음을 참으며 고개를 끄덕였다. 그러고는 가영의 손을 잡아 어수선한 풍경 안으로 그녀를 잡아끌었다.

"가자. 일단 가서 아빠부터 보자."

아빠가 이런 곳에 있다고? 집이 아니라? 그 점이 의아했지만 가영은 고개를 끄덕였다.

"네."

그러고는 엄마의 손을 꼭 잡고 보폭을 맞추어 뒤를 따랐다. 가건물에 가까워지자 심한 악취가 코를 찔렀다. 가영은 저도 모르게 소매를 끌어 내려 코를 막았다. 머리가 아프고 속이 매슥댔다. 엄마는 쌓여 있는 컨테이너 박스 중 가장 끝 건물의 문을 열었다.

신병에 걸리면 어떻게 되는지는 누구보다 잘 안다. 몸이 불덩이처럼 달아오르고 그 뜨거움을 견디지 못해 여러 번 정신을 놓는다. 아무것도 먹지 못하다가, 또 어느 때는 걸신들린 이처럼 미친 듯이 먹고 그 이후 모든 것을 게워 내 버리면 또 정신을 놓는다. 저도 모르는 헛말이 자꾸만 튀어 나가고 자기 입 밖으로 내는 말임에도 본인이 알지 못한다. 수분이 고갈된 땅처럼 몸은 마르고 거칠어지며 낯빛은 숯불처럼 붉다가, 시체처럼 흙빛으로 변하기도 했다.

가영은 고열에 시달리며 머리카락이 빠졌다. 그대로 며칠 더 앓았다면 아마 손발톱도 모두 다 빠졌을 것이다. 그러니까 병을 앓는 동안에는 본인도 꽤 끔찍한 몰골이었다.

하지만 눈앞의 남자, 그러니까 아버지만큼은 아니었다. 저가 아는 제 아빠가 맞는지 의심스러운 것은 말할 것도 없고 그가 살아 있는 것은 맞는지도 궁금했다.

온몸은 시퍼렇고 머리카락, 손발톱은 이미 모두 빠져 있었다. 송장이라고 표현하기도 어려웠다. 사람이 아니라 그냥 이미 죽어 써어

가고 있는 오래된 고목. 곰팡이가 피고 시꺼멓게 썩은 고목으로 보였다. 가영은 새하얀 침대에 산소마스크를 하고 누워 있는 아버지라는 '것'을 내려다보며 할 말을 잃었다.

"아직 아무도 몰라. 네 아버지 부고가 나더라도, 이렇게 죽었다는 부고는……."

엄마는 말을 채 잇지 못하고 다시 울음을 터트렸다. 가영은 엄마의 어깨를 다시 안았다. 둘은 조금 더 안에 머물렀다가 컨테이너 박스를 빠져나왔다. 밖으로 나왔어도 악취가 너무 심했다. 그냥 단순히 구역질이 나는 악취가 아니라 오장육부가 뒤틀리는 악취였다. 등을 타고 식은땀이 났다. 가영은 슬픔에 빠진 엄마에게 들킬까 얼른 제 이마에서 식은땀을 닦아 냈다.

컨테이너 박스를 나오자 마치 앞마당처럼 휑한 모랫바닥이 펼쳐졌다. 곳곳에 삭막한 건축 자재가 쌓여 있었고 그 위에 파란 비닐천이 덮은 모양새였다. 키가 큰 크레인도 한 대 보였다. 무거운 철근 다발까지 달고 비를 맞고 있는 모습이 처량했다.

가영은 엄마가 왜 아빠를 이런 외진 곳에 옮겼는지 짐작했다. 악취가 너무 심했고 아버지가 이런 몰골이라는 것을 주변에 들키고 싶지도 않았을 것이다. 늘 예쁘고 아름다운 것만을 좋아하던 엄마였다. 아빠가 저렇게 변하는 것을 지금껏 지켜봤다는 것만으로도 가영은 엄마가 얼마나 고통스러웠을지 가늠할 수 있었다.

"의사들도 두 손 들고 떨어져 나갔어. 무당도 불러 보고 굿도 해 봤지만 신내림을 받아도 해결이 안 된대. 모두 다 포기했다. 지금은 그냥 수면제나 진통제 같은 걸로 간신히 하루하루 버티고 있어."

엄마는 가영의 손을 잡고 걸으며 말했다.

"그래도 엄마는 아직 희망이 있다고 생각해. 아직 네 아버지 살릴 수 있어."

엄마는 희망적으로 말했다. 가영은 고개를 끄덕이며 그런 엄마에게 힘이 되고 싶어 말했다.

"물론이죠. 아빠 꼭 다시 일어나실 거예요. 저도 도울게요."

"정말이니?"

"네. 그럼요. 뭐든지 할게요."

엄마는 자리에 멈춰 흐르는 눈물을 닦고 물었다.

"정말 아빠를 위해 뭐든지 할 거니?"

"당연하죠!"

가영이 망설임 없이 대답하자 엄마는 빙그레 웃었다. 그녀는 제 딸을 보며 기쁘게 말했다.

"듣자 하니 너 무명이란 자와 함께 지내고 있다지?"

엄마의 입에서 명의 이름이 나오는 건 뜻밖이었다. 그러나 충분히 차겸 오빠에게서 들을 수 있었을 거다. 가영은 얼떨떨하게 고개를 끄덕였다. 그러자 모친은 희망적인 빛을 띤 눈동자를 반짝였다.

"아빠를 위해 그자를 데려올 수 있니?"

"명이를요?"

가영은 눈을 굴리며 엄마의 의도를 유추하려 노력했다. 아프다는 아빠에게 명의 피로 만든 알약을 준 적이 있다. 차겸 오빠도 명에게 그 약을 얻어 달라고 저를 찾아왔었다. 그러다가 한동안 찾지 않기에 이제 필요 없는가 보다 생각했다. 그 사실을 까맣게 잊고 있었다고 해야 맞을지도 모른다.

가영은 시꺼먼 얼굴로 누워 있는 아빠를 떠올렸다. 엄마는 분명 명의 피가 필요하다는 이야기를 하려는 거다. 명에게 피를 달라고 하면, 명은 어떻게 반응할까. 그는 가족이란 오로지 자신뿐이라며 으름장을 놓았었다. 아빠를 위해 너의 피가 필요하다고 하면 그가 그것을 이해해 줄까. 아니, 이번에도 차갑게 일갈하며 화를 낼 거야. 지난번에도 차겸 오빠를 씹어 먹지 못해 안달하던 아이인데.

"이야기는…… 이야기는 해 볼 수 있어요. 약이 필요한 거죠? 명이의 약이요."

모친은 고개를 저었다.

"아니. 그건 아무런 도움이 안 돼. 그를 여기로 데리고 와야 해."

"하지만 일단은……."

"너라면 죽고 못 산다며."

"네?"

"그 명이란 자. 너라면 끔찍하다며. 그래서 그렇게 차겸이가 질겁할 만큼 겁을 줘 내쫓는 거 아니었니?

"……."

"엄마도 알 건 알아. 네 아빠가 그동안 먹었던 것이 그자의 피였다는 거. 그 남자, 평범한 사람 아니라는 거. 전 청장도 네 오빠도 그자가 괴물이라고 하더구나."

"엄마. 명이는…… 괴물이 아니라……."

"엄마는 그가 뭐건 관심 없다. 엄마가 관심이 있는 건 그 피가 네 아빠를 살릴 수 있다는 거야. 고작 피 몇 방울 얻자고 엄마가 이렇게 너에게 도움을 구하겠니?"

모친은 갈수록 격양되었다. 가영은 엄마의 목에 핏대가 서고 그 지점에서부터 귀까지 붉게 물드는 것을 멍하게 보았다. 엄마가 원하는 것이 몇 방울의 피가 아니라면 그럼 무엇일까. 가영은 점점 흥분하는 엄마의 눈동자에서 기묘한 무언가를 읽어 냈다. 처음 이곳에 와 엄마의 손을 잡았을 때 느꼈던 그 섬뜩함이 다시 느껴졌다.

가영은 이런 기묘한 눈빛을 몇 번이나 보았었다. 저의 엉치를 장도리로 내리찍던 기범 할배에게서, 피에 젖은 경옥을 내려다보던 장태호에게서, 그런 장태호를 죽이라던 수환 오빠에게서 읽어 낼 수 있었던 것. 이제 더 이상 저는 바보가 아니다.

"나는, 네 부모야. 너는 나의, 네 아버지의 자식이야. 우리는 가족이야. 혈육으로 이어진 가족. 누구도 끊을 수 없는 연을 가진 가족. 너는 부모를 위해, 네 아버지를 위해 할 수 있는 일은 무엇이든 하겠다고 했잖니. 고작 그 명이란 애를 이곳에 데리고 오는 거. 네가 할 것은 오로지 그 쉬운 일 하나야."

준비된 대사를 읽듯이 더듬거림 한 번 없이 내뱉는 강경한 어조에 가영은 모골이 송연했다. 자신이 느끼는 이 기이한 기분이 착각이든 아니든 결론은 하나였다. 명이를 이곳에 데리고 올 순 없다. 부도덕한 아이라고 해도, 낳아 준 은혜도 모르는 패륜아라 욕해도 어쩔 수 없다. 왜냐하면…… 저울이 한곳으로 기울어 버렸다. 가족과 명이 올라간 저울의 추가 본능적으로 움직였다. 아빠보다, 엄마보다 그가 더 소중해. 영문도 모르고, 그를 이곳에 데리고 올 수는 없어. 나는 엄마를, 아빠를 그 정도로 믿고 있지 않아. 가영은 최대한 침착하고 정중하게 입을 열었다.

"명이는 제가 멋대로 할 수 있는 아이가 아니에요. 도와 달라고 이야기는 해 볼 수 있어요. 그렇지만 그게 다예요."

앙큼한 계집. 여자는 제 딸의 말을 믿지 않았다. 어금니를 사리무는 표정이 냉엄했다. 가영은 엄마의 굳은 얼굴을 불안스레 곁눈질했다. 그러나 자신이 한 말을 물릴 생각은 없는 듯했다.

"네 아버지의 목숨이 달렸는데도?"

"……."

"네 손에 네 어미의 인생이 달렸는데도? 그래도?"

가영은 대답하지 않았다. 그러나 그것으로 대답은 충분했다. 엄마의 몸이 조금씩 떨렸다. 꼭 쥔 주먹이 부들부들 떨리는 것을 그녀는 애써 제 허리 뒤에 숨기고 크게 숨을 내쉬었다. 그 숨소리마저 식지 않은 화가 느껴졌다.

"엄마. 죄송해요……. 그렇지만 꼭, 꼭 도와 달라고 할게요. 꼭 이야기해 볼게요. 약을 얻을 수 있다면, 꼭 얻어 올게요. 꼭이요."

필요 없어. 처음부터 너 따위는 필요가 없었어. 산 채로 그놈을 데려와 천장에 매달아 놓고 피를 쥐어짜 낼 것이 아니라면 네년의 존재는 하등 쓸모가 없다.

"그래. 어쩔 수 없지. 네가 싫다는 것을, 할 수 없다는 것을, 내가 억지로 시킬 수는 없지."

그녀는 제 본심을 억누르며 침울히 말했다. 마음 같아선 제 딸의 머리채라도 쥐어 잡고 싶었으나 참았다. 그런 감정적인 대응은 그 괴물 놈을 데리고 오는 데 하등 도움이 되지 않으니 말이다.

"더 늦기 전에 돌아가야지. 기사 아저씨를 부르마."

여자는 제 딸의 손을 잡고 애써 미소 지었다.

"잠깐 여기 있으렴. 전화하고 오마."

모친은 가영의 손에 우산을 쥐여 주고 반대편으로 걸어갔다. 생각만큼 엄마가 노여워하지 않은 것에 가영은 안도했다. 제 엄마의 주먹이 떨리는 것을 보며 뺨이라도 한 대 맞을 것이라고 생각했는데, 엄마는 뺨을 때리는 대신 저의 손을 잡았다.

엄마에게 미안했다. 또 죄책감도 들었다. 엄마를 정말로 오해한 것인지도 모른다. 엄마의 눈빛에서 느꼈던 살의도 착각일지도 몰랐다.

그러나 그렇다 해도 역시 명을 데리고 올 수는 없었다. 비록 저의 착각이라 해도 그를 이곳으로 데리고 오는 것은 역시나 망설여졌다. 그러나 말했듯이 명에게 도움은 구할 것이다. 무릎을 꿇고 비는 한이 있어도 명에게 도와 달라고 해 볼 것이다. 자신이 할 수 있는 최선은 거기까지였다. 거기까진 해 보고 싶었다.

가영은 우산을 들고 엄마를 기다렸다. 밤이 깊어지자 공기도 바람도 점점 더 차가워졌다. 가영은 손으로 연신 제 어깨를 쓸었다.

벌컥 컨테이너 박스 문이 열리는 소리가 났다. 우산을 쓰고 질척하게 젖어 가는 발끝을 바라보다가 가영은 아무런 생각 없이 소리가 나는 쪽을 향해 고개를 돌렸다. 엄마가 사라진 곳과는 반대편이었다.

검은 양복을 입은 험상궂게 생긴 남자 하나가 사지가 결박당한 누군가를 질질 끌어내고 있었다. 가영은 그 광경에 얼어붙었다. 손발이 묶인 자는 머리에 모직으로 된 주머니를 쓰고 있었다. 그는 컨테이너 박스와 적당한 거리까지 끌어내지더니 질척한 모랫바닥에 던져졌다.

이것이 TV라면 가영은 실수로 리모컨을 눌러 버린 것 같았다. 저도 모르게 다른 채널로 돌아가 전혀 다른 화면이 나오는 듯한 착각이 일었다. 검은 양복의 남자가 머리에 쓴 것을 들어 올렸고 가영은 사지가 묶인 포로가 누구인지 그의 얼굴을 보았다.

"오빠!"

확인하자마자 그녀는 우산을 바닥에 떨궜다.

"오빠!"

수환 오빠가 왜 저런 모습으로 이곳에 있는가. 이곳이 어디인지 방금까지 누구와 있었는지도 잊었다. 가영은 비명처럼 그를 부르고 그에게로 뛰었다.

수환은 바닥에 처박혔던 고개를 들었다. 희끄무레한 시야로 어렴풋이 가영의 실루엣이 보였다. 얼굴이 가려진 채 이곳이 어디인지도 모르고 끌려왔다. 저를 데리고 온 자들이 저의 팔뚝에 뭔가를 놓았다. 따끔한 바늘이 제 표피를 가르고 들어오자마자 온몸이 늘어지고 눈이 흐려졌다. 이것이 꿈인지 현실인지도 분간하기 힘들었다. 이 비는 진실로 내리고 있는 것인지, 지금 저가 듣는 가영의 목소리가 참인지, 아니면 저의 간절함이 빚어낸 신기루인지.

수환은 눈을 깜빡거리며 눈에 맺힌 형상을 좀 더 또렷하게 보려 애썼다. 저를 향해 뛰어오는 가영의 모습을 조금 더 담아 보려 했다. 그것이 신기루든, 아니든 가영이 보고 싶었다.

사내가 허리춤에서 무언가를 꺼냈다. 반원을 그리며 손을 **빼** 들더니 곧 섬광과 함께 굉음이 났다. 가영은 그 소리에 놀라 뜀박질을 멈추고 몸을 움츠렸다. 섬광과 굉음은 몇 차례 계속됐다. 가영은 두 귀를 막고 비명을 질렀다. 열기가 식지 않은 총구가 아래로 떨어졌다. 가영이 수환을 다시 보았을 때 그는 바닥에 늘어져 있었다.

"……."

가영은 수환을 향해 뛰었다. 넘어지듯 그의 앞에 꿇어앉고 그의 머리를 들어 올렸다. 수환의 몸은 젖어 있었다. 빗물이 아니었다. 빗물치고 너무 뜨거웠다. 가영은 수환의 머리를 받쳐 들었던 저의 손을 내려다보았다. 달빛에 비친 제 손이 새까맸다. 비 내음을 타고 늘 무명에게서 맡았던 그 향기가 코를 찔렀다. 피비린내.

"……."

수환의 이마가 새까맸다. 구멍이 뚫린 것 같았다. 차마 만지기가 무서워 손도 대지 못했다. 빗물이 번진 새까만 핏물이 계속해서 흘렀다. 그는 눈을 감고 있었고 생기가 없었다. 벌어진 입에서는 숨소리조차 나지 않았다. 경옥을 품에 안았을 때와 똑같았다.

"살려, 살려 주세요!"

가영이 소리쳤다. 수환의 얼굴을 가슴팍에 꼭 껴안고 엉엉 울었다.

"도와주세요! 누가 좀 도와주세요!"

가영은 빌며 주위를 돌아보았다. 수환에게 총구를 겨누었던 사내도 어디로 간 것인지 보이지 않았다. 금방 돌아온다던 엄마도 보이지 않았다. 분명 이곳 어딘가에 있을 터인데. 이곳 어딘가에서 그 커다란 굉음을 들었을 텐데. 목청 터져라 비명을 지르는 저의 목소리도 분명 듣고 있을 텐데.

"살려 줘……. 살려 주세요……. 누가, 누가 좀……."

여기는 어디일까. 무엇을 위해 이곳에 온 것일까. 무엇인가가 잘못되었다. 새까만 어둠이 가영을 좀먹어 들어갔다. 바닥이 없는 낭떠러지 아래로 내동댕이쳐진 것처럼 정신이 아찔했다. 눈앞에 닥친 상황을 제대로 인지하는 것조차 불가능했다. 생각할 수 있는 것이라곤 수환 오빠가 피를 흘리고 있다는 것. 그리고 어쩌면 죽어 버렸을지도 모른다는 것뿐이다. 가영은 늘어지는 수환의 몸을 자꾸만 당겨 안았다.

안 돼. 안 돼. 수환 오빠는 안 돼. 제발요. 수환 오빠는 안 돼요.

"도와줘……. 도와줘……."

도와줘. 도와줘! 명아! 제발!

죽은 자의 몸은 살아 있을 때보다 훨씬 무거웠다. 그것이 어린아이래도 마찬가지다.

"야, 달구야. 서둘러라."

본래 '최'로 시작하는 본명이 있음에도 어려서부터 단 음식을 너무 좋아해 '달구'라는 별명이 붙은 뒤로 그는 달구로 불렸다. 큰 키에 두툼한 살집의 그는 번듯한 직장 없이 막노동을 전전했다. 그에 비해 운전석에서 그를 재촉하는 영재는 이름답게 친구들 중 가장 능력이 출중하고 또 영민했다. 달구는 영재가 자신을 재촉하자 트렁크에서 포대자루를 꺼내 재 어깨에 멨다. 어슬렁어슬렁 산기슭을 오르는 모습이 곰 같았다.

영재는 사이드 미러로 달구의 모습이 사라지는 것을 보며 담배를 물었다. 그러고는 제 품에 들어 있던 휴대폰을 꺼내어 찍어 두었던 영상을 재생시켰다. 엄마를 찾으며 엉엉 울고 있는 아이의 얼굴은 눈물과 콧물로 범벅이었다. 영재는 그 꼴을 보며 만족스럽게 웃었다. 다음번엔 조금 더 덩치 큰 아이로 해 볼까. 등신 같은 달구가 아무 말 없이 제 심부름을 해 주니 것도 나쁘지 않을 것 같았다. 놈이 머리는 나빠도 힘은 좋으니 말이다.

그는 휴대폰을 다시 안주머니에 넣고 담배에 불을 붙였다. 느긋하게 달구가 아이의 사체를 처리하고 나올 때까지 담배나 피우며 기다릴 심산이었다. 그러나 심지가 절반도 타들어 가기 전에 산꼭대기에서 달구의 투박한 고함 소리가 들렸다.

뭐야. 영재는 미간을 찌푸렸다. 멍청한 새끼. 조용히 처리하라니까 왜 저 지랄이야. 고개를 틀어 창밖을 내다보니 달구가 가파른 산비탈을 바위처럼 데굴데굴 굴러 내려왔다. 저 새끼 왜 저래. 혼비백산한 듯 연신 비명을 지르는 모양새가 꼭 산에서 멧돼지라도 만난 듯했다.

"영재야! 영재야!"

달구가 차로 달려오며 꽥꽥댔다. 신경질이 나 욕을 해 주려는 심산이었으나 달구의 모습이 가까워질수록 그의 실루엣이 이상해 욕이 쏙 꺼졌다. 뭐, 뭐야. 뭐야 저 새끼! 애, 애 누, 눈알 하나가 없어!

절뚝절뚝 저를 향해 걸어오는 모습이 꼭 드라마에서 본 좀비처럼 기괴했다. 그는 서둘러 차에 시동을 걸었다. 달구의 몸이 쾅 하고 차창에 부딪혔다.

"으악!"

영재는 질겁해 고함쳤고 달구는 애절하게 차창을 긁었다. 저를 태워 달라는 뜻인지 뭔지 알 수도 없었다. 가까이서 본 몰골은 더 처참했다. 눈알이 뽑혀 시커먼 눈자위, 너덜너덜한 광대뼈와 형체도 없이 사라진 귀. 피로 얼룩진 시체 같은 얼굴로 달구는 헛되이 중얼거렸다.

"영재…… 영재야……."

마음이 급하니 평소에 잘만 하던 것도 잘되질 않았다. 아무리 당겨 보아도 사이드 브레이크는 올라가지를 않았다.

"영재…… 컥!"

달구가 외마디 비명을 지르며 차창에서 미끄러져 내렸다. 그의 몸이 붓이라도 된 양 붉은색이 차창에 주르륵 그어졌다.

후드득 물줄기가 차창에서 미끄러져 내렸다. 달구의 몸이 사라진 자리에 이젠 다른 이가 있었다. 마르고 가녀린 몸의 누군가가 차창으로 고개를 숙였다. 달구의 피를 뒤집어쓴 사내였다. 으악 하고 소리를 지르며 사이드 브레이크를 올리자 마침내 스틱이 위로 올라갔다. 그는 액셀러레이터를 힘껏 밟았다. 부르르릉 소리가 났으나 차가 앞으로 나가질 않았다. 차바퀴가 헛돌고 있었다.

"아아아아아악!"

영재는 있는 힘껏 비명을 질렀다. 액셀러레이터를 밟고, 기어를 조작하고 그것도 안 되자 저도 모르게 클랙슨을 울렸다. 정신없이 아무거나 누르는데 몸이 공중에 떴다. 놀이기구를 타는 것도 아닌데 그의 몸이 차와 함께 거꾸로 뒤집혔다. 차는 그렇게 공처럼 경사 길을 데굴데굴 굴렀다. 쿵쾅쿵쾅. 차가 돌 때마다 창문이 깨지고 차체가 조금씩 내려앉았다. 몸이 사방으로 충격을 받아 숨을 쉬는 것도 힘겨웠다.

영재는 정신을 차릴 수가 없었다. 비명조차 지르지 못하는 상황에서 누군가 그의 멱살을 잡고 밖으로 끌어냈다.

명은 빼빼 마른 돼지 새끼처럼 끌려 나오는 사내를 연기가 피어오르는 차에 기대어 놓았다. 찢긴 이마에서 흘러나오는 피비린내가 아주 달았다. 드물게 건강하고 싱싱한 육체를 지닌 자였다.

"내가 오늘은 운이 좋네."

명이 흥분된 목소리로 읊조렸다.

"사, 사, 살려……."

남자는 아직 제정신을 차리지 못한 채 중얼거렸다.

"살려 주세요……."

— 살려 주세요! 엄마! 아빠! 아저씨! 살려 주세요!

안주머니에서 남자아이의 울음소리가 울렸다. 잠금 되었던 동영상이 어찌 된 영문인지 풀려 버린 모양이었다. 아이의 처절한 목소리가 휴대폰 스피커를 타고 흘렀다.

"들었지?"

명이 그의 가슴팍을 쳐다보다가 물었다. 영재는 꿀꺽 침을 삼켰다. 숨이 차고 눈시울이 뜨거워졌다. 흐윽 흐윽 그는 어느새 흐느끼고 있었다. 무명은 그런 그를 웃으며 구경했다. 저가 죽인 꼬마가 울 때 그가 그랬듯이.

무명이 그의 목을 죄며 그를 차체에서 움직이지 못하게 고정시켰다. 붉은 명의 혀가 붉은 입술 위에서 날름거렸다. 쥐를 잡은 고양이처럼 교활하고 잔인한 눈을 하고서 사내의 하얗고 수염이 잘 정돈된 뺨에 제 손톱을 갈고리처럼 세우고 긁었다.

"으아아아아악!"

손톱이 사내의 피부를 파고들어 갔다. 그 손톱이 지나간 자리마다 피부가 패었고 그 고통에 못 이겨 사내의 얼굴이 푸르딩딩 질려 갔다. 명이 그의 턱을 잡아 힘을 주었다. 으드득 턱이 으스러져 갔다. 사내의 비명이 뭉개졌다.

죽는다. 이젠 꼼짝없이 죽는구나. 고통은 더욱 심해졌고 심장은 고통에 못 이겨 펄떡거렸다. 곧 이대로 터져 버릴 것이다.

그런데 갑자기 행위가 멈췄다. 정지 버튼을 누른 듯 미동도 않고 눈을 끔뻑이더니 명은 곧 허공으로 시선을 돌렸다. 그가 어디를 보고 있는지 영재는 알 수 없었다.

그러나 턱을 부술 듯 옥죄어 오던 손길이 둔해져 가고 있음을 느꼈다. 곧 제 몸을 억누르던 모든 압박이 빛처럼 빠르게 그의 몸 위에서 사라졌다. 귀신같이 나타났던 괴물은 귀신처럼 사라져 버린 것이다. 영재는 바닥에 엎어졌다.

"으, 으윽…… 으으으…… 으으으윽……."

아팠다. 죽을 듯이 아팠다. 턱이 부서져 비명도 제대로 낼 수가 없다. 뺨의 살점은 떨어져 나갔다. 영재는 신음하며 아스팔트를 기었다. 인적이 드문 고속도로였다. 그는 벌레처럼 꿈틀거리며 앞으로 전진해 나갔으나 그가 정신을 놓기 전에 누군가 그를 발견할 수 있을지는 미지수였다.

괴물

"도와줘!"

정신이 반쯤 나간 채 가영이 연신 비명을 질러 댔다.

"도와줘! 나 좀 도와줘!"

품에 수환을 꽉 안았다. 그렇게 하면 그가 살아날까. 혹 폭포수처럼 흐르는 피가 조금이라도 멎을까. 가영은 그의 머리를 감싸 안고 울었다.

순간, 무언가가 쿵 하고 바닥에 떨어졌다. 물웅덩이에 고인 빗물과 흙탕물이 송곳처럼 얼굴에 튀어 올라 가영은 흠칫 몸을 웅크렸다. 바스락하는 발소리. 진동하는 피비린내 속에 익숙한 향기가 느껴졌다. 명이 제 여자의 어깨를 잡았다.

가영은 울고 있었다. 지금까지 우는 얼굴을 정말 많이 보았지만 그중 가장 처절했다. 명은 주변을 살폈다. 가영의 비명 소리를 정신

없이 쫓아오느라 저가 어디로 향해 가는지도 몰랐다. 여기가 어디지? 가영이 왜 이곳에 있는가. 그제야 피비린내와 악취가 코를 찔렀다.

"명아……."

가영이 흐느끼며 저를 불렀다. 일단 이곳에서 나가야 했다. 무명은 가영을 일으켜 세우고 그녀를 받쳐 안았다.

"안 돼! 명아!"

가영이 그의 옷깃을 쥐고 버둥거렸다.

"안 돼! 명아 살려 줘! 수환 오빠 살려 줘!"

수환? 명은 저의 발밑을 내려다보았다. 거기에 수환이 있었다. 이마에 구멍이 뚫린 채 그는 바닥에 늘어져 있었다.

"살려 줘, 명아……. 살려 줘……."

가영이 벌벌 떨었다. 수환은 좋은 자다. 그건 안다. 그러나 지금 이 상황에 그의 목숨은 명에게 별로 중요하지 않았다. 가영이 중요했다. 어딘지도 모르는 곳에 저 혼자 떨어져 울고 있는 가영을 원래의 안전한 곳으로 옮겨 놓는 것이 가장 중요한 일이었다.

"살려 줘, 명아. 제발. 살려 줘."

어쩌면 벌써 죽었을지도 모른다. 죽은 자는 살리지 못한다. 명은 애걸복걸하는 가영을 쳐다보며 제 입술을 물었다. 공포에 질린 그 얼굴을 외면할 수가 없어 심란했다.

"명아, 나…… 수환 오빠 죽으면, 나도 죽어. 나 못 살아."

수환 오빠가 죽으면 저도 죽는다. 정말로 죽는다. 살 수가 없다. 수환 오빠까지 죽으면 더 이상 살 수 없다. 절박한 마음으로 신에게 기도하듯 가영은 명에게 빌었다.

"제발. 제발."

명은 안았던 가영의 몸을 내려놓고 수환을 향해 무릎을 굽혔다. 명이 수환의 맥을 짚자 가영이 벌벌 떨며 울었다.

맥을 짚어 본 명이 제 손바닥을 으득 씹었다. 아직 미미하지만 맥이 뛰고 있다. 지금이라면 살 수 있을지도 모른다. 그는 수환의 얼굴을 바로 하고 관통당한 상처에 제 피를 덧발랐다. 피를 짜느라 주먹 쥔 손이 가늘게 떨렸다. 그는 다시 제 손바닥을 씹었다. 입안에 가득 머금은 채 인공호흡을 하듯 입술을 맞부딪쳤다. 의식이 없는 그의 식도를 타고 부디 피가 그의 몸 구석구석 번져 나가길 바랐다.

가영은 명이 정신없이 수환을 추스르는 것을 꼼짝 않고 지켜보고 있었다. 바닥에 힘없이 늘어진 수환의 손이 움직이길 바랐다. 쿨럭쿨럭 기침을 하며 일어나길 바랐다. 엉망진창이 된 그의 얼굴이 다시 말끔해지기를 바랐다.

수환 오빠가 왜 여기에 있는 걸까. 여기는 죽을 날만을 기다리는 아빠가 남들 눈을 피해 누워 있는 곳이었다. 그런데 수환 오빠는 어째서 여기서 이런 꼴로 있는 건지. 가영은 눈물을 훔치며 도저히 맞추어지지 않는 퍼즐을 맞추어 보려 애썼다. 수환 오빠가 대체 왜. 무엇 때문에. 무슨 이유로 도축될 가축처럼 이곳에 끌려와 저렇게 죽어 가는 것인지 도통 이유를 모르겠다. 그 사실에 가영은 더 애가 탔다.

다시 쾅 하는 굉음이 들렸다. 번쩍하는 찰나의 빛, 주저앉아 있던 몸이 단단한 것에 부딪혀 두 뒤로 꼬꾸라졌다. 바늘 같은 것이 제 머리를 찌르는 듯 날카로운 고통이 이마에 파고들었다. 한순간이었다. 초침이 움직일 새도 없이 빠른 순간. 가영은 단말마의 비명도 지르지 못하고 뒤로 넘어갔다.

"가영!"

명이 뒤로 넘어가는 가영의 몸을 붙잡았다. 어깨를 붙잡고 가영의 보드라운 뺨을 잡아 그녀의 얼굴을 똑바로 보았다. 총알이 뚫고 지나간 관자놀이 한쪽이 뭉개져 있었다.

"……."

명은 입을 벌리고 숨도 쉬지 못했다. 그는 바르르 제 입술을 떨다 조심스레 불렀다.

"가영."

미동도 하지 않는다. 뜬 눈을 감지도 않는다. 명은 무서웠다. 처음으로 모든 것이 무서웠다. 그는 가영의 목에 손을 대었다. 더듬더듬 손끝을 옮겨 보았지만 어디서도 맥이 짚이지 않았다.

"……."

많은 죽음을 보아 왔다. 아끼던 이도, 소중한 이도 수없이 잃어 보았다. 너무 익숙해 지겹기까지 했다. 그 고통도 아픔도 외로움도 모두 다 말이다. 명은 멍하게 가영의 말간 얼굴을 들여다보았다. 눈물로 범벅이 된 붉은 볼, 붉은 입술, 늘 향기로운 냄새가 났던 길고 가는 목덜미. 이것을 인정할 수 없다. 인정할 수 없다.

어떻게 찾았는데. 어떻게 얻었는데. 그 길고 지겨운 삶을 견딘 대가였는데. 저가 가진 모든 것. 피와 뼈와 살을 모두 다 뜯어 바쳐서라도 지니고 싶었던 것. 다시 숨 쉬는 의미가 되어 준 것. 다시 가슴이 뛰게 해 준 것. 그것이 가영이었다. 그것이 광기건, 비틀린 욕망이건, 지랄 같은 사랑이건, 무엇이라 이름 붙여도 좋았다. 가영 너를 가질 수만 있다면. 너의 인생에 동행할 수 있다면, 너의 얼굴에 주름이 지고, 등이 굽고, 함께 추억을 더듬다가 네가 잠드는 그 순간, 다시 외로움의 나락에 떨어진다 하여도, 나는 기꺼이 그 찰나의 불길에 모든 것을 내던질 수 있었다. 너와 살 수 있다면, 내가 너의 생에 들어갈 수만 있다면 말이다.

한눈을 판 탓이다. 욕심을 부린 탓이었다. 무시했어야 했다. 본능에 따랐어야 했다. 너의 우는 얼굴이 너의 죽은 모습을 보는 것보다 견디기 쉽다. 명은 가영을 으스러지게 안았다. 너무 오랫동안 잊고 있어서 아예 비어 버린 줄 알았던 감정이 울컥 솟았다. 명의 어깨가 떨렸다. 눈시울이 뜨거웠다.

아직 준비가 안 됐어. 아직 혼자 남을 준비가 되지 않았다. 아직 나는 너를 잃을 준비가 되지 않았다. 금수처럼 등을 굽히고 제 여자를 안고 있는데 오른쪽 어깨가 따끔했다. 살이 찢겨도 곧 다시 붙는 것이 저의 몸이었다. 그러나 이것은 조금 달랐다. 꼬집듯 따끔한 감각의 뒤로 더 거대한 아픔이 번졌다.

명은 고개를 들었다. 반대편 손으로 제 어깻죽지에 박힌 것을 빼들었다. 동물 마취용 주사기. 이미 박히는 순간 내용물이 흘러들어가 실린더 안은 텅 비어 있었다.

번쩍하는 불빛과 함께 굉음이 났다. 총구가 총탄을 떠나 저에게로 날아오는 소리가 기민한 감각에 울렸다. 명은 몸을 숙여 가영을 덮었다. 총이 명의 날개뼈 아래를 파고들어 갔다. 폐가 타는 듯 고통스

363

러워 쿨럭 기침을 하니 붉은 피가 쏟아져 나왔다. 총탄이 내장 어딘가에 박힌 것 같았다.

명은 제 오른손을 들어 보았다. 하얗던 피부가 썩어 가는 시체처럼 새까맣게 변하고 있었다. 나무줄기처럼 그의 손등에 혈관이 불그죽죽 일어났다.

덕기는 컨테이너 박스 안에서 무명이 자리에 엎어져 피를 토하는 것을 제 눈으로 똑똑히 보았다. 그는 수하에게 손을 들어 보였다. 마취 총을 들고 있던 저격수가 그 신호에 총구를 내렸다.

천하의 무명이었다. 도저히 사람의 힘으로는 어쩌지 못하는 신과 같은 생명체였다. 그런 그가 고작 여자 하나에 무너졌다. 고작 여자 하나에 말이다. 이 얼마나 우스운 일인가. 사내란, 수컷이란 모름지기 성애에 대한 욕구가 가장 큰 약점이었다. 암수로 나눠진 모든 생명체가 그랬다. 그 본능을 이기지 못해 모두 제 생명을 갉아먹는다. 무명이라고 다르지 않았다. 계집에 미쳐 주위를 둘러보지 않은 탓이다. 여자에게 잡혀 어쩔 줄 몰랐던 스스로의 탓이었다.

그는 얼마 전 돈으로 사들인 조폭 똘마니 중 하나에게 다시 손짓을 했다. 돈과 마약, 그리고 수감 중인 다른 조직원들의 감형과 석방으로 딜을 하니 놈들은 그의 말에 이렇다 할 대꾸도 하지 않은 채 묵묵히 저를 따랐다. 경찰 나부랭이들보다 훨씬 부리기 쉬운 수족이었다. 사내는 꾸벅 인사를 하더니 손에 회칼을 들고 쏜살같이 컨테이너를 뛰쳐나갔다.

"이제 된 건가요?"

묵묵히 그의 뒤에서 지켜보던 가영의 모친이 침을 꿀꺽 삼키고 물었다. 저의 딸이 제 눈앞에서 저격수의 총에 맞아 죽었는데도 그녀는 눈 하나 깜짝하지 않았다. 여자에게 중요한 것은 오로지 무명의 피, 그리고 그로 인해 다시 말짱해질 저의 인생이었다.

"좀 더 확실히 해야죠."

"이왕이면 죽이지 말아요. 피가 얼마나 필요할지 모르니까."

어찌 되어도 상관없다. 어차피 죽어야 할 놈이니 이렇게 쉽게 죽어 주는 것도 나쁘지 않지. 그러나 덕기는 제 속마음을 숨기고 미소 지었다.

"반신불수 정도면 될 겁니다."

그가 다시 수하에게 고갯짓을 했다. 사방에서 개떼처럼 사내들이 밀어닥쳤다. 명은 가영의 볼에 제 입술을 부빈 뒤 그녀를 가지런히 수환의 옆에 내려놓았다. 잘 지켜 줘.

명은 무엇이 저를 그렇게 만드는지 잘 알고 있었다. 몸을 썩어 가게 만드는 것은 딱 하나였다. 죽은 자의 피. 한번 피가 번져 죽어 가기 시작한 제 몸은 되돌릴 수 없다. 그는 이를 물고 제 어깨를 잡았다. 방법은 하나밖에 없었다. 환부를 도려내는 것. 그는 자신의 팔 한쪽을 도려냈다. 사냥감에 그러하듯 어깨를 잡고 힘을 주어 뜯어냈다. 새까맣게 죽은 팔 한쪽이 바닥에 툭 떨어졌다. 잘린 부위에서 피가 용솟음쳤다.

명은 손으로 환부를 누르고 잠시 휘청거렸다. 어금니를 질끈 물고, 가누지 못하는 마음을 애써 붙잡았다. 심호흡을 하고 똑바로 두 눈을 들고, 그리고 눈앞에 보이는 자들을 닥치는 대로 죽였다. 손에 잡히는 대로 부쉈다. 도축당한 사체든이 땅바닥에 아무렇게나 쌓였다. 다시 마취용 주사기가 날아들었다. 그것을 손으로 잡아 부쉈다. 날카로운 것이 저의 무릎을 찍었다. 날카로운 장도리가 무릎뼈에 박혔다. 명은 제 무릎을 아작 낸 남자의 머리통을 잡고 그의 목덜미를 물어뜯었다. 떨어져 나간 제 한 손 대신이었다. 다시 마취제가 날아들었다. 사방에서 날아든 것들이 저뿐만 아니라 저에게 달려드는 자들에게도 가 박혔다.

정강이에 찌릿한 아픔이 느껴졌다. 명은 그 자리에 무릎을 꿇고 엎어졌다. 하늘을 보고 눕자 저를 향해 칼과 총을 치켜든 자들의 너머로 커다란 쇳덩이가 보였다. 핑 하고 줄이 끊기는 소리와 함께 육중한 무게가 저의 몸 위로 떨어졌다.

차겸은 모친의 뒤에 숨어 그 광경을 바라보며 사지를 덜덜 떨었다. 전쟁 영화에서도 이런 장면은 없었다. 짐승을 사냥할 때도 이렇게 무자비하지는 않을 것이다. 사방이 죽은 자들의 시체였다. 전덕기는 적군이건 아군이건 상관이 없는 것 같았다. 철근 다발 아래 깔린 이는 무명뿐이 아니었다. 그의 수하들도 마찬가지였다. 마치 절구통에 마늘을 넣어 으깨듯, 그 아래 모든 것들이 으깨어졌다. 그런데도 그 누구 하나 떨지를 않는다. 모두가 마치 재난 영화의 한 장면을 바라보듯 그저 감상할 뿐이었다. 차겸은 거기서 기가 질렸다. 여기는 전쟁터보다 더한 곳이었다. 재난이었다. 세상에 종말이 있다면 그것이 바로 지금, 꼭 여기였다.

이것을, 이것을 수습할 수 있나. 이런 끔찍한 광경을 수습할 수 있는 걸까. 차겸은 그렇지 못할 것이라 생각했다. 모두가 광기에 차 있었다. 모두가 미쳐 있었다. 그 안에 자신도 발을 담그고 있지만 그는 겁이 났다. 자신이 없었다. 그냥 도망치고 싶다는 생각을 하는데 모친이 저를 잡아끌었다.

"가! 너 가서 아버지 데려와!"

모친의 고함에 차겸은 서둘러 컨테이너를 나섰다. 그 길을 나서서 그대로 도망칠까 아주 약간 고민했다. 그러나 그래서 어디로 향한단 말인가. 엄마 아빠의 그늘이 아니면 그 역시 숨 쉬고 살 수 있는 곳이 없었다. 원하는 것은 오로지 아버지에게, 어머니에게 인정받는 것. 사랑받는 것. 그것 하나였다. 차겸은 주머니에서 수건을 꺼내 코를 막고 곧 아버지가 누워 있는 컨테이너로 들어갔다.

떨어지는 빗물 너머로 별이 보였다. 저가 가영과 함께 사는 시골보다 현저하게 적었지만 그래도 별은 별이었다. 그러고 보니 가영과 함께 누워 별을 본 적이 없었다. 늘 함께 보고 싶었지만 어쩐지 타이밍이 잘 맞지 않았다. 그 별이 쏟아지는 밤하늘을 함께 보았더라면. 어깨에 그 예쁜 머리를 이고 가영이 내뱉는 규칙적인 숨소리를 듣고 싶었다. 그 달콤한 향기와 따뜻한 온기를 느끼며 무명은 그대로 영원히 잠들었으면 좋겠다고 생각했다. 완벽한 쉼. 명은 가영의 곁에서 그것을 꿈꿨다. 불가능한 꿈이었으나 가능하면 가영의 옆에서 그 온기에 파묻혀서 이 지긋지긋한 삶을 끝내고 싶었다.

허리 아래에 감각이 없었다. 이미 철근 더미에 짓이겨져 있을 것이다. 불사의 존재라 해서 그의 몸이 강철로 이루어진 것은 아니었다. 쉽게 부서지는 뼈, 가르면 곧 튀어나오는 피, 그리고 날카로운 곳에 긁히면 여지없이 찢기는 살이 그의 몸을 이루는 전부였다.

"이게 무슨 꼴인가."

명은 느리게 시선을 돌렸다. 전덕기의 구둣발이 제 관자놀이 바로 옆에 있었다. 이죽거리는 이가 허옇게 드러났다.

"완전무결하고 고결하신 분께서 이렇게 처참하게 드러누워 있다니."

"너는……."

명은 다시 희끄무레한 별들을 보며 입을 열었다. 온몸이 으깨진 자답지 않게 명료하고 차분한 목소리였다.

"너는 시시한 자로군."

차겸이 멀리서 죽은 고목 같은 제 아비를 휠체어에 태워 낑낑거리며 오고 있었다. 모친이 재빨리 그 곁으로 다가가 우산을 씌웠다. 죽어 늘어진 제 딸아이의 시체를 지나는 여자의 얼굴은 흥분과 희망으로 상기되어 있었다. 전덕기는 무명의 앞에 꿇어앉아 그의 성한 팔에 주삿바늘을 꽂았다.

"세상은 변했어. 예전에는 말이야. 네놈이 전지전능했을지 몰라도 이젠 아니야. 지금 네놈은 그저 패배자이다. 이제 네가 인간을 먹는 게 아니라 네가 인간에게 먹힐 차례야."

정맥의 위치를 찾아 바늘을 이리저리 쑤시자 얼마 지나지 않아 호스를 타고 피가 흘러나왔다. 덕기는 혈액 팩에 흘러들어 가는 무명의 피를 보며 승리감에 도취되었다.

"봐라. 이 얼마나 고무적인 일인가. 내가 너를 이겼다."

황홀경에 젖어 짓무른 전덕기의 목소리가 어지러웠다. 장대비 같던 비가 서서히 멎어 갔다. 명은 생각했다. 이대로 죽을 수 있나. 그게 가능한가. 전덕기 같은 놈이 어떻게 살든, 그래서 얼마나 많은 사람을 죽이든, 세상을 어떻게 통째에 처박건 관심 없다. 이대로 죽을 수 있다면, 그냥 이렇게 죽고 싶기도 했다. 원하던 죽음의 모습은 아니었지만 말이다.

여자는 핏물이 팩에 가득 들어찰 때까지 초조하게 입술을 씹었다. 그러나 더는 기다릴 여력이 없었다. 그녀는 차겸에게서 휠체어를 빼앗아 부득부득 전덕기의 앞까지 끌고 가더니 그가 들고 있던 혈액 팩을 낚아챘다.

"이리 내요!"

여자는 혈액 팩에서 호스를 뽑아냈다. 그러곤 정신을 잃은 채 거품을 물고 있는 남편의 입안으로 내용물을 쏟아 넣었다.

"어…… 어머니."

울컥울컥 핏물이 아버지의 입에서 치솟는 걸 보며 차겸이 질겁했다. 여자는 아들에게 눈을 흘겼다.

"언제까지 기다리고 있어!"

더는 기다릴 수 없다. 더는 저의 인생을 저당 잡고 말라비틀어진 남편이 이제 죽을까 저제 죽을까 초조해하고 싶지도 않았다. 다시 원래의 인생을 찾고 싶다. 그것 말고는 바라는 것이 없다. 다시 예전으로 돌아가고 싶을 뿐이다.

효과는 매우 즉각적이었다. 까맣게 썩어 가던 판석의 피부에 혈색이 돌았다. 기괴하게 꺾였던 목이 반듯하게 펴졌다. 늘 흰자위만 허옇게 떠 있던 눈에 비로소 동공이 보이기 시작했다.

"박 의원님! 정신 들어요?"

여자는 남편의 모습에 반색했다. 마치 생존 가능성이 없는 뇌사자가 드라마틱하게 의식을 차린 듯 기쁜 목소리에 차겸도 그녀의 옆으로 가 저의 아버지를 내려다보았다. 시체 같던 아버지가 점차 사람의 몰골이 되어 갔다. 차겸은 뒤를 돌아 명을 보았다. 거대한 철근 더미에 깔린 무명은 반대로 점점 더 기괴해져 갔다. 하얀 얼굴에 푸른 혈관들이 돋아나고 미라처럼 말라 가고 있었다.

정말인가. 정말 저자가 죽는가. 정말 저놈이 세상에서 사라지는 건가. 매일 악몽을 꾸게 만드는 저 귀신같은 놈이, 저 괴물 같은 놈이 정말 전덕기의 손에, 아버지의 손에 죽는 건가.

뻐끔뻐끔 입술만 물고기처럼 움직이더니 박판석이 소리를 내어 말했다.

"CTA……."

가래가 끓듯 힘없이 처진 목소리에 여자는 눈물을 글썽거리며 감격했다.

"기다려요! 기다려!"

얼굴에 발갛게 홍조를 띤 채 그녀는 바닥에 떨구어진 호스를 집어 들어 제 남편의 입에 빨대처럼 꽂아 주었다. 판석은 게걸스럽게 볼을 홀쭉거리며 어떻게든 명의 피를 한 모금이라도 더 받아먹으려 애썼다. 구역질이 날 만큼 역겨운 욕구였다.

전덕기는 박판석에게 명의 피가 효과를 나타내는 것을 보고 차겸에게 눈짓으로 신호를 보냈다. 차겸은 단단히 마음을 먹고 그의 신호에 따라 허리춤에서 총을 꺼냈다. 그는 방심하고 있던 덕기의 수하들을 향해 차례차례 방아쇠를 당겼다. 믿을 수 없는 자들은 하나도 남겨 두어선 안 된다. 덕기는 귀에 못이 박히도록 그것을 강조했다. 방해가 될 만한 놈들은 모두 죽여라. 뒷일은 수습될 것이다. 지금껏 그렇게 살아왔듯이 말이다.

차겸의 동작은 꽤나 민첩하고 정확했다. 사격은 아주 오래전부터 배웠다. 미국 유학 당시에는 아예 총기를 소지하고 다녔다. 물론 불법이었지만, 소지하고 있다는 것만으로도 불안함이 가셨기 때문이었다. 부모님의 기대치에 미치지 못할까 스트레스를 받을 때면 방아쇠를 당기며 기분을 달랬다. 그것이 차겸의 유일한 취미였다. 그러니 사격에는 어느 정도 자신이 있었다. 제가 쏜 총알에 덩치 큰 자들이 맥없이 꼬꾸라지자 일말의 희열 같은 것도 몰려들었다.

차겸은 제 총을 다시 허리춤에 넣으며 잔뜩 고무된 표정으로 덕기를 바라보았다. 덕기는 고개를 한 번 끄덕였다. 단지 그뿐이었으나 차겸은 주인에게 칭찬을 받은 개처럼 기뻐 어쩔 줄 몰랐다.

"평화롭지 않은가."

전덕기가 푸르게 말라 가는 명에게 말했다. 사방이 잠잠했다. 그리고 모든 것이 뜻대로 이루어졌다. 이토록 완벽한 평화를 느껴 본 적이 없었다. 그리고 이토록 정력적인 기분을 느끼기도 처음이었다. 이제 이대로 무명만 세상에서 사라지면 된다. 확실하고, 완벽하게.

"너는 내게 큰 교훈을 알려 줬다. 이 세상에 완전무결한 존재는 없다. 네놈은 나에게 그걸 알려 줬어. 살을 가르고 뼈를 잘라도 네놈은 살아난다고 했지."

덕기는 바닥을 살폈다. 폭력배 놈들이 쓰다가 떨어뜨린 사제 총과 장도리, 회칼 등이 마구잡이로 떨어져 있었다. 그는 개중 장도리를

371

골라 집어 들었다.

"내가 네놈의 머리를 으깨 놓는다면 어떨까. 그래도 네놈은 살아 날 수 있나?"

명은 텅 빈 눈으로 그를 지켜보았다. 고통엔 익숙했다. 그가 제 머리를 으깨든 몸을 갈아 마시든 관심이 없었다. 전덕기의 유희를 위해 무서운 척 연기하기도 싫었다.

"참으로 고고하네. 결국 세상에서 가장 추하게 죽을 텐데."

전덕기는 두 손으로 장도리를 번쩍 치켜들었다. 그의 머리를 박살낼 작정이었다. 으깨져 뇌수가 튀어나오고 그마저도 산산조각이 날 때까지 몇 번이라도 내리칠 수 있었다. 그렇게 제 인생의 가장 큰 악몽이고 가장 큰 두려움인 무명을 완전히 없애 버려야 두 다리를 뻗고 잘 수 있을 것 같았다. 전덕기는 제 어금니를 물고 장도리에 온 체중을 실어 내리쳤다.

탕—

하는 소리와 함께 섬광이 번쩍했다. 날카로운 것이 무명의 머리를 부수기 전에 제 손에서 장도리를 쳐 냈다. 그뿐 아니라 제 손등도 관통했다. 퍽 소리가 나더니 손바닥으로 피가 튀었다.

"아아악!"

덕기는 손을 부여잡고 주저앉았다. 고통에 벌벌 떨며 제 손을 들여다보았다. 못 박힌 예수의 손처럼 손바닥 가운데에 크게 구멍이 나 있었다. 전덕기는 신음하며 총알이 날아온 방향으로 고개를 획 돌렸다. 예상할 수 없는 방향이었다. 전덕기도 그랬지만 차겸도, 그의 모친도 마찬가지였다. 데리고 온 조폭 놈들은 모두 죽었다. 대다 수는 무명이 죽었고 개중 살아남은 자는 명이 철근에 깔릴 때 같이 깔렸다. 설령, 그들 중 한둘이 살아남았다 해도 전덕기를 향해 총질을 할 놈은 없었다.

총을 든 굵은 손마디가 부들부들 떨렸다. 전덕기가 장도리를 치켜든 것을 보고 곧바로 바닥에 떨어진 아무 총이나 집어 들어 방아쇠를 당겼으나 이내 힘이 달려 몸이 꼬꾸라졌다. 그 와중에도 정확하게 조준한 것은 순전히 저의 능력이었다. 오랫동안 병상에 누웠다 일어난 듯 근육에 힘이 제대로 들어가지 않아 그는 바닥에 엎드린 채 헉헉거렸다.

"아 씨발…… 황천길 건넜다 왔더니 죽겠네……."

차라리 그대로 황천길 갔으면 오히려 덜 아팠을 거다. 뼈가 붙는 동안 머리가 깨져 버리는 줄 알았다. 아니, 사실 깨졌었던가. 완전히 박살 난 관자놀이에 신경이 다시 붙을 땐 차라리 죽고 싶었다. 하여간 저 무명인가 뭐시긴가 저 개새끼는 뭐 하나 맘에 들게 해 주질 않는다.

낭패였다. 전덕기에게는 낭패일 수밖에 없었다. 조수환이 살아났다. 머리가 깨져 그대로 즉사한 줄 알았던 그를 기어이 무명의 피가 살려 놓은 것이다. 일이 귀찮게 되었다. 전덕기는 차겸과 눈을 맞추었다. 조폭 나부랭이들을 처리했듯이 그가 조수환도 처리해 주길 기다렸다.

수환은 정신을 차리려 애썼다. 그대로 죽었다고 생각했다. 기억의 마지막은 가영의 희미한 모습이었다. 그 이후 뼈가 붙고 심장이 뛰고 삼절들이 얽히기 시작할 때야 알았다. 저가 죽다 살아났음. 그리고 누가 죽은 저를 살려 놓았는지도.

그는 관자놀이를 누르고 철근 구조물에 깔린 무명을 좀 더 선명하게 눈에 담았다. 그의 정수리만 보여 명확하게 구분하긴 힘들었지만 죽어 가고 있는 건 틀림없어 보였다. 마치 슈퍼맨처럼 뛰어다니던 놈이 말이다.

그렇다면 가영은 어디 있지. 그는 다시 눈두덩을 누르며 주변을 살폈다. 무심결에 제 옆으로 흙탕물에 젖은 작은 발이 보였다. 그 발을 발견하자 공기도, 바람도 느리게 흘러가는 것만 같았다. 꼭 시간이 멈추어 가듯, 막 살아난 저의 심장 박동도 숨이 막히게 잦아들었다.

가영의 것인가? 이것은 가영의 다리인가? 미동도 없이 누워 있는 이 다리가? 너무 가지런하고 하얘서 보기가 겁났다. 수환은 아주 천천히 몸을 틀어 그 발을 따라 시선을 올렸다. 가영이었다. 가영이 너무 예쁘게 누워 있었다. 지나치게 예뻤다. 이 녀석은 잘 때도 이런 모습이 아니다. 잘 꾸며 놓은 인형처럼 누워 있는 것은 전혀 그녀답지 않았다.

"가영아."

수환이 더듬더듬 그녀의 무릎, 그녀의 허벅지, 그녀의 배, 그녀의 어깨를 잡아 흔들었다.

"박가영!"

수환은 가영의 뺨을 어루만졌다. 늘 햇살에 보기 좋게 그을어 있던 얼굴이 백지장처럼 하얗다. 숨을 쉬고 있지 않았다. 뺨을 아무리 때려도 축 늘어진 몸에 힘이 들어갈 줄 몰랐다. 아니야. 아니야. 아니다. 아니야. 그는 가영의 뺨에 제 얼굴을 대고 자신의 모친을 떠올렸다.

이 세상에서 살 팔자가 아니란 말이 이 뜻이었어? 인연이 아니라고 보내 주어야 한다더니 이 뜻이었어? 무명에게 보내야 한다더니, 그럼 평생 행복에 겨워 살아야지. 그래야 맞는 거잖아. 이렇게 죽는 게 어떻게 가영을 위한 일이야. 돌팔이 무당 같으니. 사기꾼.

아니다. 엄마의 잘못이 아니다. 저의 잘못이다. 전덕기 같은 놈을 믿은, 그와 한때라도 손을 잡은, 그래서 기꺼이 미끼가 된 저의 잘못이었다. 저가 다시 죽어서라도 가영을 살릴 수만 있다면 그러고 싶다. 백 번이고 천 번이고 죽을 수 있다. 그러니 살려 주세요. 가영이를 살려 주세요. 다시 숨 쉬게 해 주세요. 다시 웃게 해 주세요. 다시 비탈길을 구르고, 다시 뺨에 흙을 묻힌 채 뛰고, 걷고, 조잘거리며 살게 해 주세요. 수환은 온기가 사라진 가영의 몸을 부둥켜안고 빌었다.

대체 저년이 뭐라고. 차겸은 제 누이의 시체를 붙잡고 덜덜 떨고 있는 수환을 보며 가영에게 다시금 환멸감을 느꼈다. 저 계집이 뭐라고 무명도, 수환도 이토록 절절매는가. 저년은 그냥 바보다. 할 줄 아는 거라곤 웃는 것뿐인 바보. 방실방실 웃으며 사람을 홀리는 병신 같은 계집일 뿐이야. 태어나 사랑받기 위한 노력이란 걸 한 적이 없는 아이다. 저는 부모의 사랑을 받기 위해 아등바등 노력할 때 저 계집은 예쁜 외모와 귀여운 웃음으로 단번에 호감을 샀다. 누구나 저년을 좋아했다. 누구나 사랑에 빠져서 간이고 쓸개고 다 빼 주려 했다.

어째서. 어째서 이토록 노력해도 안 되는 것을, 저년은 이토록 쉽게 갖는가. 어째서 나는 한 번도 가져 보지 못한 애정을 저년은 분에 넘치게 받는가. 차겸은 그 생각만으로 심사가 뒤틀렸다. 모두 다 꼴보기 싫었다. 저년도, 저년에게 절절매는 이 모든 병신 같은 것들도.

차겸은 수환을 향해 총구를 겨누었다. 이번에 그의 머리를 박살 낸다면 무명도 살려 내지 못하리라. 숨을 멈추고 머리를 들 때까지 기다렸다가 수환이 흐느끼며 고개를 들자 차겸은 방아쇠를 당겼다. 탕! 총구에서 불이 번쩍였다. 반동으로 어깨가 뒤로 밀리고 불을 뿜듯 총알이 튀어 나갔다.

총알은 공기를 가르며 회전했다. 그것은 정확하게 수환의 뒤통수를 향해 날아갔다. 뒤를 돌아볼 시간조차 없었다. 속도는 빛처럼 빨랐고 수환은 총이 격발되는 소리를 듣고도 그것을 자각하지 못할 정도의 찰나였다.

그러나 총알은 수환의 머리를 관통하지 못했다. 눈 깜짝할 새에 총구에서 발사되어 그 누구도 눈으로 볼 수 없을 만큼 빨랐음에도 그것은 수환의 얼굴 바로 앞에서 멈추어야 했다.

작고 하얀 손이었다. 피로 물든 하얀 손이 수환의 머리 앞에서 달구어진 총알을 집어삼키었다.

"……."

수환의 얼굴로 길게 그늘이 졌다. 아무것도 눈치챌 수 없었다. 그는 고개를 돌려 제 누이의 팔이 들려 있음을 확인했다. 고막에 저의 심장 소리와 헐떡임이 광광 울렸다. 수환은 눈도 깜빡이지 못하고 시선을 내렸다.

송아지처럼 맑은 눈이 느리게 감겼다 떠졌다. 얕게 벌어진 입가에서 색색 숨소리가 났다. 여전히 백지장처럼 하얀 볼에 조금씩 홍조가 돌았다.

"……박가영?"

수환이 넋이 나가 그녀의 이름을 불렀다. 그러자 가영이 다시 눈을 감았다 뜨며 저를 올려다보았다. 가영이었다. 생명이 깃든 가영이었다. 숨을 쉬고 눈을 깜박이며 다시 그 맑은 시선으로 저를 쳐다보고 있었다. 그녀는 몸을 일으켰다. 그러는 동안에 인상을 살짝 찡그렸다. 꼭 잠시 넘어졌다가 일어나는 것처럼.

그 자리에 있는 사람 전부가 눈앞에서 벌어진 일을 믿지 못했다. 죽었다. 죽은 것을 분명 보았다. 총알이 그녀의 관자놀이를 관통했다. 살점과 뼛조각이 터져 나가는 것을 분명 눈으로 보았다. 무명은 그녀에게 피를 먹이지 못했다. 즉사였다. 살릴 수가 없었다. 무명이 그녀를 살린 것도 아니었다. 그런데 대체 어떻게, 어떻게 살아났단 말인가. 그것도 저렇게 멀쩡하게 말이다.

무명은 고개를 돌려 가영이 몸을 일으키는 것을 제 눈에 각인시켰다. 가영의 깜빡이는 눈과 마주쳤다. 그녀는 잠시 영문을 모르다가 이내 울먹였다. 여태껏 그랬듯, 명을 보며 아이처럼 눈시울을 붉혔다.

"명아."

가영이었다. 그녀가 맞았다.

"말도 안 돼."

전더기가 저 혼자 준얼거렸다. 말두 안 돼. 맘두 안 돼. 말두 안 돼. 차겸은 넋을 놓고 있다가 다시 총을 들었다.

"안 돼!"

수환이 그를 향해 달려들었다. 수환과 부딪혀 뒤로 넘어지면서 동시에 탕 하는 격발 소리가 났다. 총알이 허공으로 날아갔다.

굉음이 울리자 덕기도 정신을 차렸다. 그는 주위를 두리번거렸다. 무명이든 가영이든 어차피 죽어야 한다. 누구 하나라도 살아선 안 된다. 가영이 대체 어떻게 살아난 것인지 모르지만 다시 죽어야 했다. 그는 바닥에 떨어진 총 하나를 발견하고 몸을 굽혔다.

그때를 놓치지 않고 명이 손을 뻗어 있는 힘껏, 그의 무릎을 잡아 비틀었다. 그가 가영에게 해코지하는 것을 두고 볼 순 없었다. 우득 하는 소리와 함께 순간 전덕기는 중심을 잃고 쓰러졌다. 명은 제 쪽으로 쓰러진 전덕기의 옷깃을 잡아당겼다. 그를 당기는 손이 부들부들 떨렸다. 그러고는 곧바로 그의 귀를 물어뜯었다.

"아아아아아악!"

전덕기가 아픔에 몸부림쳤다. 명은 발버둥 치는 전덕기의 목덜미를 물었다. 깊게. 놈을 한 번에 죽일 수 있게. 이 끝에 살아 펄떡거리는 동맥이 느껴졌다. 명은 그곳을 씹었다.

"아아아아악!"

전덕기가 다시 비명을 질렀다. 명은 살점을 뜯어냈다. 피가 분수처럼 솟구치고 전덕기가 충격으로 사지를 뒤틀었다. 늙고 주름진 피부를 뱉어 내자 전덕기의 몸이 바닥에 대자로 뻗었다. 바르르, 바르르, 진동하듯 떨리는 몸이 벌레처럼 굽기 시작했다.

수환은 총을 든 차겸의 손을 바닥으로 힘껏 내리쳤다. 악 소리와 함께 그가 권총을 놓쳤다. 수환은 그의 몸 위에 올라타 연방 그의 얼굴에 주먹을 날렸다. 퍽, 퍽, 콧대와 광대뼈, 턱에 사정없이 수환의 주먹이 날아들었다.

아들이 주먹질을 당하는 것을 보며 여자는 겁에 질려 뒤로 물러섰다. 그녀는 남편을 살폈다. 명의 팔뚝에는 여전히 주삿바늘이 꽂혀 있었고 호스를 붙잡고 피를 빼는 남편의 얼굴에는 완전히 혈색이 돌았다. 남편은, 그러니까 박판석은 지금 아무것도 보이지 않는 것 같았다. 이 아비규환 속에도 그의 정신은 오로지 무명의 피를 빼는 것에만 집중되어 있었다. 옆에 누가 죽어 나자빠지든 전혀 모르는 것 같았다. 그렇다면, 그렇다면 어떻게든 내가……. 그녀는 주변에서 칼 하나를 주워 들었다. 수환의 등을 바라보며 그녀는 두 손에 칼을 힘껏 쥐었다.

"엄마."

수환의 등에 칼을 어떻게 쑤셔야 하나 골몰하는데 불현듯 딸의 목소리가 들렸다. 그녀는 저도 모르게 '악' 하고 비명을 지르며 뒤를 돌아보았다. 가영이 서 있었다. 분명 죽었을 가영이 사지 말짱하게 서 있었다. 관자놀이에는 여전히 부수어졌던 흔적이 역력했다. 가영은 눈을 깜빡거렸다.

"나, 이제 알았어요."

가영은 악의 없는 목소리로 말했다. 그렇게 말하는 얼굴이 멍하고도 슬펐다. 가영은 엄마의 손에 들린 칼을 조용히 빼앗았다. 느리고 평화로운 손길이지만 거역할 수 없는 무엇인가가 느껴졌다. 여자는 그렇게 황망하게 칼을 빼앗긴 채 저의 딸을 내려다보았다.

"엄마는 날 사랑하지 않았어요."

멍청하고 순한 계집이었다. 시간이 지나 마주한 아이는 여전히 멍청하고 순했지만 떨어져 지냈던 시간만큼 가늠하기 어려운 아이이기도 했다. 저랑은 너무나 많이 달라져 있었다. 그냥 산골 소녀. 그냥 시골뜨기. 도저히 제 딸 같지는 않았다. 신병에 걸리지 않았다면, 그래서 계속 함께했다면, 그랬다면 이 계집애는 지금과 달랐을까. 조금은 저를 닮았을까. 어쩌면 꽤 사이좋은 모녀 사이가 되었을까.

"가영아."

그녀는 다정하게 저의 딸을 불렀다. 그 목소리는 조금 겁에 질려 있었다. 웃지도 못했다.

"그리고, 엄마."

가영은 슬픈 한편 차분했다. 느껴졌다. 잔잔한 바다처럼 고요하고 평화로운 제 마음이 말이다. 그러니 망설임 없이 말할 수 있다. 진실을 마주할 시간이었다.

"나도 엄마를 사랑할 수 없었어요."

가영은 긴 칼을 치켜들고, 제 엄마의 발등에 무게를 실어 내리찍었다. 엄마가 날카롭게 비명을 지르며 자리에 주저앉았다. 값비싼 구두가 바닥까지 관통당해 피로 물들었다.

사랑하려고 노력했지만 그럴 수 없었다. 혈육의 정이란 것을, 그 당연한 것을 저도 가져 보려 노력했지만 뜻대로 되지 않았다. 이미 아주 오래전부터 남이었다. 전혀 친근하지도, 정겹지도 않았다. 늘 어색하고, 불편하고, 불쾌했다. 혼자라는 것이 싫어서, 이 세상에 혼자 남겨지는 것이, 그래서 혼자 살아가야 한다는 것이 싫어서, 그래서 애를 썼다. 누구라도 좋으니, 어떤 것이라도 좋으니 비어 버린 곳을 채우고 싶었다. 기범 할배로라도, 엄마로라도, 아빠로라도. 그러나 진작 마주했어야 했다. 새가 둥지에서 날아가듯, 다 큰 짐승이 어미를 떠나듯, 때가 찾아왔을 때 저 역시 떠나가야 했음을.

모친은 제 발등에 박힌 칼날을 빼지 못하고 허우적거렸다. 너무 아파 차마 뺄 생각도 못 하는 것이다. 가영은 절박하게 호스를 잡고 명의 피를 마시는 아빠를 바라보았다.

그는 정상일 수 없다. 살아난다 해도 제정신이 아닐 거다. 제 가족들이 죽어 나가는데도 명의 피만 빠는 데 혈안이 되어 있는 저 남자야말로 혈귀였다. 불쌍한 남자다. 가영은 주변에 떨어진 칼 하나를 집어 들어 명의 팔과 연결되어 있는 호스를 끊었다.

"안 돼!"

판석이 그 꼴을 보고 비명을 질렀다. 그러고는 비칠비칠 휠체어에서 일어섰다.

"안 돼!"

안 돼. 안 된다. 나는 단지 살아나기만을 원하는 것이 아니다. 나는 저놈이 되고 싶다. 나는 저놈처럼 인간을 뛰어넘는 존재이고 싶다. 그의 피를 몽땅 빨아 먹어서, 그가 되고 싶다. 할 수 있다면 그의 심장, 그의 눈, 그의 뇌도 모두 먹어 치워 그가 될 것이다. 나는 인간이 아닌 신으로 살아가고 싶다. 판석의 얼굴에 광기가 어렸다.

"이 쓸모없는 계집 같으니!"

판석은 당장 제 딸의 머리채를 잡을 기세로 그녀를 향해 걸음을 뗐다. 그러나 곧 수환에 의해 저지당했다. 그는 박판석의 목에 제 팔을 걸어 죄었다.

가영은 계속해서 걸었다. 명의 모습이 확연히 보일 때까지. 그의 숨소리를 들을 수 있을 만큼 가까이. 명에게 다가갈수록 울음이 터졌다. 가영은 손등으로 제 얼굴을 문지르며 꺼이꺼이 울었다.

"안녕."

그가 다정하게 인사했다. 늘 그렇듯 따뜻하게 미소 지었다. 가영은 흐르는 눈물을 닦고 그의 몸을 짓이기고 있는 철근을 있는 힘껏 밀었다. 하나씩 하나씩 철근이 우수수 그의 몸에서 밀려 나갔다.

가영은 명의 앞에 무릎을 꿇고 앉았다. 그리고 그의 팔뚝에 꽂힌 바늘을 빼내 저 멀리 던져 버렸다. 피가 흘렀다. 바늘이 들어갔던 자리에 파랗게 멍이 들었다. 언제나 손으로 한 번 문지르고 나면 사라지던 상처가 아무리 문질러도 그대로였다. 아무리 더듬어도 푸르게 변한 색이 돌아오질 않았다.

"명아. 나 무서워."

가영이 벌벌 떨며 흐느꼈다. 오직 무명만이, 곁에 있어 주었다. 부르면 언제든 와 주었다. 혹여라도 그가 세상에서 사라지면 어쩌나. 정말로 혼자 남겨지면 어쩌나. 그가 없는 세상에서 살게 되면 어쩌나.

나는 이제 알았다. 네가 왜 그렇게 나를 가두려 했었나. 왜 그렇게 차겸 오빠를 쫓아 버렸나. 왜 그렇게 가족과 만나는 걸 싫어했었나. 이미 아주 오래전 나는 가족에게 버려졌고, 그들은 한순간도 나를 사랑하지 않았음을, 남보다 못한 사이였음을, 너는 모든 것을 알고서도 내가 상처받을까 봐 그 모든 진실을 삼키고 있었다.

신병에 걸려 부모에게 버려진 나를, 바보 같은 나를 너는 사랑스럽다 해 주었다. 모든 장막을 거두어 내고, 너는 있는 그대로의 나를 봐 주었다. 나도 모르는 나를, 나조차 외면한 나를 너는 기꺼이 안아 주었다. 너는 인간보다 인정이 많았다. 사람보다도 사랑이 많았다.

네가 나에게 보여 주었던 것들을, 네가 나에게 기꺼이 내주었던 것을 나는 어떻게 갚아야 할까. 내게 그럴 기회가 주어질까.

"명아. 너 피를 너무…… 너무 많이 흘려."

"알아."

"멈추지가, 멈추지가 않아."

가영이 어쩔 줄 모르고 울자 그는 웃었다.

안심해. 안심해. 가영. 모든 건 괜찮아질 거야.

가영이 아이처럼 울며 저의 몸을 흔들었다.

"명아. 죽으면 절대로 안 돼. 나랑 살자. 나랑 같이 천년만년 살자. 둘이서, 단둘이서 살자."

다리가 으스러졌다. 팔 한쪽이 잘렸다. 평소에 다치는 정도와는 완전히 다르다. 지금 당장 심장 박동이 멈춰도 이상할 것이 없을 정도로 망가져 있었다. 회복하기는 매우 어려울 것이다. 살면서 이 정도로 몸이 망가져 본 일이 없었으므로 이대로라면 죽을 수 있을지도 모른다. 평생 염원하던 것을 이룰 수 있다. 죽는 것. 이 시시하고 잔인한 삶을 끝내는 것. 부일처럼 평화로워지는 것. 그러나 그럼에도, 가영, 너를 보면 죽음이 두렵다. 너의 말처럼 네 옆에서 천년만년 함께 살고 싶다. 명은 힘겹게 손을 올려 가영의 뺨을 어루만졌다.

핏기가 가신 손끝이 차가웠다. 그 불안하고 메마른 손길에도 안정감이 느껴졌다. 그의 손이 닿은 자리마다 부드럽게 녹고 따뜻한 싹이 트는 듯했다. 명이가 아니면 누구의 손길에서도 느끼지 못하는 감각. 그러니 그가 아니면 안 된다.

명은 그녀의 뺨을 어루만지고 그녀의 어깨를 타고 내려가 그녀의 아랫배에 제 손바닥을 댔다.

"……."

가영은 명의 손길이 닿는 자리를 내려다보았다. 그녀는 그것이 무엇을 의미하는지 알 수 없었다. 다만 그의 눈길이 평소와 다른 빛을 띠고 있다는 것은 안다.

"와 씨! 무슨 노인네가 이렇게 힘이 세!"

수환은 몸부림치는 박판석을 잡고 바닥을 구르고 있었다. 무명의 피를 먹더니 노인네가 초인이 되었나, 힘이 장사였다. 게다가 고통에 대한 감각이 없는지 아무리 있는 힘껏 그의 목을 죄어도 신음 한 번 내지르질 않았다. 꼭 군대에서 만난 멧돼지 같았다. 식료 창고를 터는 놈의 머리통을 보도블록 타일로 내리쳤어도 푸드득 머리를 한 번 털고 말던 그 멧돼지. 그것과 꼭 닮아 있었다.

"야!"

수환은 이를 물고 소리 질렀다.

"야! 어떻게 좀 해 봐! 곧 뒈질 새끼처럼 굴지 말고!"

그는 명에게 악을 썼다. 동시에 박판석이 그의 팔을 풀고 빠져나갔다. 그러고는 다시 비칠비칠 가영을 향해 걷기 시작했다. 수환은 도저히 안 되겠다 싶어 바닥에 떨어진 총을 집어 들었다. 어쩌면 진작 이렇게 했어야 했는지도 모른다. 경찰이고 나발이고, 도덕이고 나발이고, 윤리 강령이고 나발이고 따질 상황이 아니다. 이곳에 인간은 하나도 없다. 모두가 괴물이다. 그러니 그에 맞게 행동해야 한다.

그는 해머를 푼 뒤 박판석의 심장을 향해 총구를 조준했다. 방아쇠를 당기니 탕 하는 소리와 함께 총알이 뿜어져 나가 박판석의 등에 박혔다. 박판석은 잠시 휘청했다. 총알이 가슴을 뚫고 나가 젖은 흙더미에 박혔다. 몇 초간 정적이 흐른 후 판석은 제 가슴께를 내려다보았다. 총알이 뚫고 지나간 자리가 느리게 아물고 있었다. 꼭 무명처럼 말이다. 그는 몸을 떨며 광기에 찬 웃음을 흘렸다.

"봐라. 내가 무엇이 됐는지 봐! 나는 불사의 몸이 되었다! 나는 신이 되었다!"

씨발……. 수환은 멍하게 중얼거렸다. 무명의 피를 게걸스럽게 처먹더니 정말 그와 같이 되었나. 그 빌어먹을 무명의 피, 그 징글징글한 CTA. 수환은 이를 물고 판석을 향해 계속해서 방아쇠를 당겼다. 탕. 탕. 탕. 총알이 쉬지 않고 날아갔지만 판석은 멈추지 않았다. 도저히 그를 멈출 수가 없을 것 같았다. 수환은 절망했다.

"가영."

판석이 짐승 같은 모습으로 다가오는 것을 보고 명이 가영의 손목을 잡아당기고 그녀의 눈을 들여다보았다. 가영, 아무래도 나는 살아야겠다. 어떻게 해서든 너와 함께. 꼭.

"미안해."

그는 먼저 사과를 했다. 곧 닥칠 일에 대한 사과였다. 견뎌 줄 거다. 확신에 찬 눈으로 고개를 한 번 끄덕이고 가영이 망이지 같은 눈을 깜빡거리는 새에 그녀의 손목을 가져다가 으득 이빨로 물었다.

"아아악!"

살이 씹히자 전기가 관통하는 듯 몸이 움찔 떨렸다. 그의 이는 살 갖을 짓이기고도 더 깊이 파고들었다. 피가 그의 입안으로 후루룩 빨려 들어갔다. 평소처럼 그저 맛만 보는 것이 아니다. 그는 정말 혈 귀처럼 계속해서, 끊임없이 가영의 피를 빨아들이고 있었다. 그의 목울대가 규칙적으로 움직였다. 빨판처럼 달라붙은 입술 사이로 저의 짓이겨진 살점이 계속해서 당겨졌다. 손에 푸르스름하게 핏줄이 돋아났다.

"으…… 으으…… 으으으으……."

아파. 너무 아프다. 죽을 만큼 아프다. 정말 딱 죽고 싶을 만큼 아프다. 너무 아파 가영의 몸이 휘청거리며 옆으로 쓰러졌다. 명이 그녀의 목덜미를 물었다. 으득 다시 살이 씹히고 기민하게 그의 입술이 달라붙었다.

"아아악!"

가영이 다시 비명을 질렀다. 차겸은 머리를 털며 정신을 차렸다. 우욱 하고 몸을 돌려 퉤 침을 뱉으니 피와 함께 이가 빠져나왔다. 그는 바닥을 기어 굽혔던 몸을 펴고 제 아버지를 향해 방아쇠를 당기는 수환에게 몸을 날렸다.

쿵 하고 수환의 머리가 바닥에 부딪혔다. 차겸이 '우와아아' 하고 고함을 치며 그의 목을 졸랐다. 사력을 다해 누르는 손에 숨통이 조였다. 놈은 이성을 잃었다. 이 미친 새끼. 피가 통하지 않아 얼굴이 벌겋게 부푼 채, 수환은 손을 뻗어 그의 얼굴을 틀어쥐고 계속해서

밀었다.

숨 쉬는 대신 컥, 컥, 목이 졸린 소리만 났다. 의식이 가물가물 멀어지기 시작했다. 수환은 모랫바닥을 더듬었다. 탄환을 다 쓴 총구가 손에 집혔다. 수환은 손에 그것을 쥐고 힘껏 차겸의 관자놀이를 후려쳤다. 억 소리와 함께 그의 몸이 옆으로 기울었다. 수환이 버둥거리며 손으로 그의 어깨를 밀어 버리자 그가 툭 바닥에 떨어졌다. 수환은 재빠르게 자리에서 일어났다. 그러고는 엎어져 있는 차겸의 몸에 체중을 실어 있는 힘껏 발길질을 했다.

저 혼자는 가영을 지킬 수가 없다. 가영에게로 향하는 박판석을 어떻게 하기에도 불가능했다. 영길이라도 부를 수 있다면, 그 새끼라도 와 준다면 좋겠지만 그건 불가능했다. 그 새끼는 여기 오면 안 되니까. 간신히 세상 밖으로 나온 놈을 또 정신 놓게 할 순 없었다. 그러니까 무명, 이 버러지 같은 놈아. 내가 너한테 의지할 날이 오다니 믿어지지 않지만, 네가, 네가 빨리 정리 좀 하라고! 전지전능한 괴물 새끼야.

정신없는 와중에 푹 하고 날카로운 것이 등을 가르고 들어왔다.

"윽!"

수환은 비명을 지르며 자리에 털썩 엎어졌다. 차겸의 모친이 그의 등에 칼을 꽂았다. 곱게 빗어 넘겼던 머리가 엉망진창이었다. 공들여 바른 붉은 립스틱이 입가에 지저분하게 번진 채 여자는 흥분과 공포로 숨을 헐떡거렸다. 땀과, 눈물과 피로 얼룩진 얼굴은 흉하게 일그러졌다. 제 손을 더럽혀 본 적이 없었다. 사람이 앞에서 죽어 나가도 눈 하나 깜짝이지 않을 자신이 있었지만 제 손으로 해 본 적은 없었다. 칼날이 박힐 때의 감각이 선득해 몸서리가 쳐졌다. 여자는 떨리는 두 손을 꼭 말아 쥐고 비명을 지르는 수환을 멍하게 쳐다보았다.

괜찮아. 다시 평소처럼 살 수 있다. 다시 이 나락에서 오를 수 있다. 다시 원래 있던 자리로, 그 높은 곳으로 갈 수 있다. 남편이 살아났으니까. 그가 살아났으니까. 다시 모든 것을 원점으로 되돌릴 수 있다. 그녀는 희망찬 얼굴로 남편의 모습을 찾았다. 두 눈에 그 모습을 담으면 진실로 안심될 것 같았다. 말라비틀어진 생선 같던 남편이 두 다리로 말짱하게 서서 걸었다. 곧게 펴진 등이 전에 없이 넓어 보였다.

"하."

여자의 입에서 환희에 떨리는 웃음소리가 짧게 터져 나갔다. 저걸 보라고. 다시 모든 건 원래대로야. 다시 예전으로 돌아갈 수 있어. 그녀는 희망을 단정 지었다. 희망 말고는 아무것도 느껴지지 않는다. 제 남편의 멀쩡한 사지 말고는 아무것도 눈에 들어오지 않았다. 성큼성큼 그가 걸음을 옮길 때마다 여자의 시선도 따라 걸었다. 좌우로 힘차게 흔들리는 팔을 따라 그녀의 시선도 힘차게 흔들렸다.

그리고 갑작스레 제 남편의 다리가 꺾였을 때 여자는 비로소 제 남편에게서 시선을 떼어 냈다. 이제야 그의 앞에 무엇이 있는지 보았다. 달 아래 비치는 새까만 무명의 그림자. 그가 두 다리로 땅을 딛고 서 있었다. 멀리 정신을 잃고 바닥에 늘어져 있는 제 딸의 실루엣이 보였다. 잠을 자고 있는 듯 가영의 감긴 두 눈이 고요했다.

잠시 후 명의 손에 제 남편의 팔 하나가 떨어져 나갔다. 멀어서인지, 아니면 비명조차 지르지 못한 것인지 아무런 소리도 들리지 않았다. 팔이 떨어져 나간 자리에서 피가 솟구쳤다. 철퍽철퍽, 그 피가 땅을 치고 흐르는 소리가 광광 울렸다. 명이 잘라 낸 판석의 팔을 제 어깨에 붙였다.

썩은 제 팔은 도려내고 다른 이의 살아 있는 팔이 그것을 대신했다. 명에게는 가능한 일이었다. 혈관이 연결되고 피부가 이어 붙었다. 늙은 노인의 팔은 마른 가지에 다시 꽃이 피듯 생기와 젊음을 되찾아 갔다. 그는 저의 손을 들어 두세 번 주먹을 쥐었다 폈다. 완벽하다. 흠잡을 곳 없는 자신의 팔이었다.

그래 어쩌면, 정말로 나는 괴물일지도 모른다. 스스로 생을 포기하지 않는 한 어떻게 해서도 죽일 수 없는 바퀴벌레 같은 괴물.

명은 박판석의 목을 잡아 위로 들어 올렸다. 노인의 몸이 줄기처럼 힘없이 딸려 갔다. 신체의 일부를 잃은 박판석의 어깨에서 불규칙하게 피가 울컥울컥 솟았다. 감각들이 스스로를 치유하고 싶어 아우성이었다. 그러나 떨어져 나간 팔을 대신할 것이 없었다. 판석을 올려다보는 명의 핏빛 눈동자가 달빛 아래 일렁거렸다. 그는 물었다.

"너는 내가 누구인지 아는가."

세상이 충돌하고 산과 강이 생기고, 풀과 나무가 자라고, 개중 짐승과 인간이 났다. 신은 그 가운데 자신의 형상을 따라 인간을 만들었다고 했다. 근원적인 물음이었다. 신이 저를 본떠 인간을 만들었다면 대체 무명은 무엇이냐고. 그는 어째서 인간과 같은 모습으로, 또는 전혀 다른 모습으로 존재하느냐고.

"내가 바로 너의 아담이다. 너는 어둠 속에서 내 피를 먹고 내가 되었으니, 나는 너의 갈비뼈이고, 내가 너의 본(本)이며 내가 너의 신(神)이다."

인간의 피부로 만든 서책의 첫 장은 그렇게 적혀 있었다. 나는 무엇인지, 그래서 너는 무엇인지. 신은 너를 만들지 않았다. 신은 자신과 닮은 나를 만들고, 나는 너를 만들었다. 외로웠으므로, 저주했으므로, 사랑했으므로. 명은 첫 구절을 읊으며 판석의 나머지 팔 한쪽도 찢어 냈다. 분수처럼 솟구치는 피가 하얀 명의 얼굴에 얼룩졌다.

"그러므로 나는 너를 원래대로 돌려보내 주마. 태초의 네가 태어난 그 모습 그대로."

명의 동공이 고양이처럼 가늘어졌다. 붉은 파도가 그 안에 해일처럼 밀려들었고 세상의 모든 것이 피에 젖었다.

Restart

눈을 뜨니 사방이 고요하고 하늘이 노랬다. 가영은 가벼운 빈혈을 느끼며 인상을 찌푸렸다.

"괜찮아?"

노란 하늘이 파래지더니 수환의 얼굴이 불쑥 시야에 들어왔다. 그 얼굴을 보자 정신이 번쩍 들었다. 그녀가 몸을 일으키려고 상체를 들자 수환이 그녀를 도왔다.

"오, 오빠는 괜찮아?"

"당연하지. 내가 누구냐. 조수환 아냐. 조수환. 어?"

정말이다. 정말로 수환 오빠다. 늘 비탈길을 뛰어 내려가게 만들던. 돌다리 건너 담배를 물고 있다가 총총거리는 저를 혼내며 웃던, 그였다.

"다행이다. 다행이야 다행이다……"

가영은 안도의 한숨을 내쉬며 중얼거렸다.

"가영."

명이 자신을 불렀다. 저를 부르는 목소리를 듣는 것만으로도 몸에 힘이 쭉 빠졌다. 울컥 눈물이 치밀고 엉엉 내키는 대로 울고 싶어졌다. 하얗고 가는 손가락이 턱을 잡아 부드럽게 들어 올렸다. 명이 어느새 다가와 저의 옆에 몸을 굽히고 앉아 근심스러운 눈으로 자신을 보고 있었다.

핏물이 얼룩진 얼굴이 눈부셨다. 그의 이런 모습이 늘 너무나 무서웠는데. 이런 그가 낯설었는데. 지금은 너무나 좋다. 너무나 마음이 놓인다. 너무나 근사했다. 그의 품으로 무너져 그에게 나는 향기를 맡고 싶다. 피 내음이 섞인 그 알싸한 향을.

나는 너를 사랑한다. 너에게서 나는 그 피 내음을. 피를 뒤집어쓴 너를. 너의 있는 그대로를.

"아프게 해서, 미안해."

가영이 훌쩍거리며 명의 허리를 꼭 안았다.

"네가, 네가 살아서 다행이야."

그가 씹었던 손목은 상처 하나 없이 말끔했다. 죽을 것 같은 고통은 이미 씻겼다. 살기 위해 자신의 피를 취했다는 것을 안다. 가영의 바람대로 그녀의 곁에 있기 위해서. 게다가 가영은 먼저 그에게 자신의 피를 먹으라고 부탁한 적이 있다. 그러니 이쯤이야 기쁘게 내줄 수 있다.

명은 가영의 정수리에 다정하게 입을 맞추고 안심하라는 듯 가녀린 등을 반복적으로 쓰다듬었다.

수환은 아이처럼 명의 몸에 매달려 있는 가영을 보며 그녀가 정신을 잃고 있어 다행이라고 생각했다. 정신을 잃고 있었고 그 덕에 무명이 제 가족에게 어떤 짓을 하였는지 보지 못했으니 말이다.

　지옥이었다. 모친이 늘 말하던 무간지옥. 명이 자신의 눈앞에 펼쳐 놓았던 것은 그것이었다. 명은 박판석의 팔과 다리를 모두 잘랐다. 눈과 혀도 모두 뽑아냈다. 날카로운 것으로 그의 귀도 짓이겨 놓았다. 단칼에 그를 죽이는 대신 보지도, 듣지도, 말하지도, 걷지도 못하게 만든 몸뚱이가 바닥을 구르게 만들었다.

　그의 아들은 혀를 살렸다. 손가락도 모두 살라 냈다. 말하지 못하고 쓰지 못하게 만드는 대신, 보고, 들을 수는 있게 했다. 그리고 그에게 너는 매번 가영을 떠올릴 때마다, 자신을 보게 될 것이라고 말했다. 배가 고플 때마다 성한 음식을 먹는 대신 쓰레기통을 뒤지게 될 것이고, 자고 싶을 때마다 시궁창을 찾게 될 것이라고.

　수환은 명이 사람을 어떻게 홀리는지 처음 보았다. 사람을 홀릴 때에는 그의 눈이 파충류처럼 가늘어진다는 것도 처음 알았다.

　가영의 모친에게는 아무것도 하지 않았다. 다만 정신이 나간 아들과 진창을 구르는 돼지 같은 제 남편을 그녀의 앞에 던져 주었다. 누구도 죽이지 않았다. 그것이 죽이는 것보다 더 잔인했다.

　정말로 그는 신인지도 모른다. 적어도 인간에게는 그랬다. 전능하나 그만큼 무자비한 신. 제 누이를 다정하게 달래고 있는 명의 모습이 거대해 보였다. 저렇게 작고 가는 체구인데도. 몸에 전율이 흐르고 소름이 끼쳤다.

　수환은 한바탕 무자비한 살육전이 휩쓸고 지나간 흔적들을 둘러

보았다. 가영이 이곳에 더 머물지 않았으면 좋겠다.

"가영이를 데리고 가. 이곳은 내가 어떻게든⋯⋯."

"꿈이었다고 생각해."

명이 가영을 안아 들며 수환의 말허리를 잘랐다. 수환의 능력으로 이 상황을 수습하기는 불가능했다. 그가 지금보다 훨씬 높은 자리에 올라가지 않고서는 말이다.

"아주 긴 악몽이었다고 생각해. 네가 해야 할 일은 그것뿐이야. 나머지는 내게 맡겨."

"⋯⋯."

수환은 얼떨떨하게 고개를 끄덕였다. 저는 불가능하지만 그는 가능할 것이다. 그가 마음만 먹으면 어떤 높은 사람도 제 손안에 넣고 주무를 수 있을 테니까 말이다. 이젠 그것을 믿을 수 있다. 믿을 수밖에 없다.

수환은 손을 뻗어 가영의 헝클어진 머리를 쓰다듬었다. 네가 도대체 어떻게 살아났을까. 무명과 함께 있으면서 너도 그처럼 된 것일까. 너도 내가 닿을 수 없는 존재가 되었나. 그러나 그럼에도 그녀는 이토록 사랑스럽다. 예전과 전혀 달라지지 않은 모습으로 저를 근심스럽게 쳐다본다.

수환은 그녀를 안심시키기 위해 씩 웃었다. 가영의 무구하게 깜빡거리는 두 눈이 잠시 후 사라졌다. 명과 함께 가영이 사라진 자리에 휑한 바람이 불었다. 수환은 주먹을 꼭 쥐고 그 자리에서 벗어났다.

집으로 돌아와 명은 가영을 씻겼다. 그날 몇 번이고 가영은 그에게 내게 무슨 일이 일어난 것인지 아느냐고 물었으나 끝내 대답하지 않았다. 영원히 풀리지 않는 궁금증을 간직한 채 가영은 무심결에 자꾸만 제 아랫배를 만졌다. 그가 자신의 아랫배를 만지던 그 감촉이 자꾸만 다시 생각났다. 저를 바라보던 그 눈빛도.

다시 단둘만 남게 되었다. 그는 그날 밤 말없이 어디론가 사라졌다 나타났다. 아마 하루 동안 벌어진 일들을 수습하기 위한 것이리라.

가영은 그가 어딜 다녀오는지 묻지 않았다. 다만 그 일을 덮기 위해서는 제 아버지보다 더욱 많은 권력과 부를 가진 이들을 찾아갔을 것이라 막연히 생각만 했다.

제 가족이 어떻게 되었는지도 묻지 않았다. 물어보고 싶지도 않았다. 그저 사라져 버렸으리라 생각하며 그대로 침묵하는 것이 좋았다. 덤덤하게 흘러가도록 내버려 두고 싶었다.

다음 날까지 평화를 가장한 평화가 불안하게 이어졌다. 다시 예전으로 돌아왔으나 삶은 예전 같지 않았다. 아무렇지 않은 척하지만 가영은 종일 불안했고 명은 웃음을 잃었다. 그는 전혀 웃지를 않았다. 가영을 안지도 않았다. 만지려고 하지도 않았다. 서고에 전시해 놓은 골동품처럼 거리를 두고 그녀를 쳐다보기만 했다.

그런 그의 행동이 의아한 한편, 무시하고 싶기도 했다. 예전처럼 다정하게 저를 대해 줬으면 좋겠다는 바람 한편에, 그가 저에게 무언가를 말하는 것이 두려웠다. 그에게서 느껴지는 거리감에 안정감을 느꼈다. 왜 그런 식으로 그에게서 자신을 보호하려 하는지 가영 자신도 알지 못했다.

그다음 날 밤, 비가 내리지 않는데도 명이 사라졌다. 가영은 평소보다 조금 더 일찍 잠자리에 들었다. 하루 종일 빈혈이 나 가만히 서 있는 것도 힘들었다. 몸살인 것만 같았다.

두꺼운 이불을 덮고 잠을 청하는데 명이 저를 흔들어 깨웠다. 그는 불안에 질린 얼굴로 가영에게 무언가를 내밀었다.

"먹어."

생전 처음 들어 보는 무뚝뚝한 목소리였다. 가영은 무명에게서 받아 든 사기그릇을 내려다보았다. 데워진 사기그릇에 선홍색의 묵처럼 말캉한 것이 들어 있었다.

"……이게 뭐야?"

"소의 피야."

"……."

선지인가. 가영은 눈을 끔뻑이며 그릇을 내려다보고 다시 명을 올려다보았다.

"이걸…… 왜?"

"먹어."

말투가 강경하다 못해 강압적이었다. 가슴이 불안으로 달음박질 쳤다. 가영은 도리질하며 그릇을 다시 그에게 밀어 버렸다.

"싫어. 안 먹을래."

명이 가영의 손에 다시 그릇을 들렸다.

"먹어야 돼. 먹어."

"싫어."

가영이 그것을 다시 밀고 이불을 뒤집어쓰고 누웠다. 명이 가영을 억지로 일으켰다.

"먹어야 돼! 가영! 먹어!"

명이 언성을 높이자 가영의 눈가가 붉어졌다. 그는 금방 후회의 빛을 띠고 마음을 다스렸다.

"너에게 해가 되는 게 아니야. 알잖아. 이런 거 음식으로 많이 먹잖아."

"안 먹을래. 지금은 안 먹고 싶어. 나 아파. 쉬고 싶어."

그러니까 먹으라고. 그러니까 먹어야 돼. 명은 어금니를 물고 다시 그녀의 손에 그릇을 들려 주었다.

"제발. 먹어."

가영은 단호하게 고개를 저었다. 그리고 다시 몸을 보호하듯 이불을 뒤집어썼다. 명은 그릇을 사이드 테이블에 올리고 다시 가영을 우악스럽게 일으켰다. 그는 단번에 이성을 잃었다.

"제발 내 말 좀 들어! 제발!"

명이 애원했다. 그는 뒷말을 잇지 못하고 침을 꿀꺽 삼켰다.

"이걸 먹으면, 이걸 먹으면 그럼 어떻게 되는데?"

"……."

가영은 이렇게 여유 없고 불안한 명을 처음 보았다. 평소였다면 이토록 절박한 그를 위해 무엇이라도 했으리라. 그러나 지금은 전혀 그리고 싶지 않았다. 조금도 그의 청을 들어주고 싶지 않았다.

"가영. 나는, 나는 너를 잃고 싶지 않아. 너를 또다시, 그런 식으로……."

나는 너를 잃을 수 없다. 네가 죽어 가는 걸 볼 수가 없다. 네가 안나처럼 나를 떠나는 것을, 네가 또 내 품에서 사라지는 것을 나는 용납할 수가 없다.

가영은 제 아랫배를 두 손으로 감쌌다. 알고 있어. 알고 있었어. 저가 어떻게 살았는지, 무명이 왜 자신의 피를 먹고 그토록 빨리 말짱해졌는지.

"나, 건강해. 알잖아. 나 정말 건강해. 나는 안나랑 달라."

아이를 가지려면 서로의 피를 나누어야 했다. 안나와도 그렇게 임신을 했다. 그러나 안나와는 이토록 쉽지 않았다. 아주 오랫동안, 아주 많이 서로의 피를 나누었다. 1년, 2년, 3년. 어쩌면 그보다 더 오래. 의식처럼 매일매일 서로의 피를 나누어 마셨다. 그렇게 오래 걸릴 줄 알았다. 고작 몇 번, 그 몇 번으로 가영의 배 속에 저의 씨가 자랄 수 있을 거라 생각하지 못했다. 그녀의 말대로 그녀는 안나와 달랐다. 그녀의 말대로 그녀가 건강하기 때문에 이토록 쉬웠던 건지도 모른다.

"넌 죽을 거야."

넌 죽을 거야. 네가 얼마나 건강하건 넌 죽을 거다. 안나가 어떻게 죽어 가는지 똑똑히 보았다. 번식을 위해 얼마나 많은 인간 여자가 죽어 갔는지, 나는 똑똑히 알고 있다. 내 씨는 네 몸에 기생하며 너의 모든 것을 앗아 갈 거다. 네 몸은 그것을 견딜 수 없을 것이다. 결국 너도 안나처럼 배가 부푼 채 죽어 갈 것이다. 나는 너를 그렇게 잃을 수 없다.

"아이 같은 건 필요 없어, 가영. 나는 너만 있으면 돼. 그걸로 충분해."

"나는 아니야."

가영이 도리질했다.

"나는 아니야. 나는 가족을 갖고 싶어, 명아."

가족이 갖고 싶어. 내 것이 필요해. 온전히 내 것. 듬뿍 사랑을 주고 나를 필요로 해 주는 존재. 너와 나를 닮은 존재.

늘 외로움에서 벗어나려 발버둥 쳤다. 채워도, 채워도 모자라서 늘 사랑에 허기졌다. 명은 언젠가 그것을 자신이 채워 주겠다고 했다. 언젠가, 언제가 되더라도 자신이 채워 주겠노라고. 그러나 이것은 그가 채울 수 없다.

"낳고 싶어. 미안해. 낳고 싶어. 이기적이어서 미안해. 그래도 낳고 싶어. 갖고 싶어."

명이 저의 배를 만질 때, 그 복잡하고 황홀한 표정이 잊히지 않았다. 아이는 저를 살렸고 그래서 명을 살렸다. 심장은 뛰는지, 아니면 그저 아주 작은 까만 점일 뿐인지 모를 아이는 벌써 많은 것을 주었다. 사랑스러운 아이다. 사랑받아 마땅하다. 그런 아이를 죽일 수 없다. 지켜 주고 싶다.

"명아, 나 이제 외롭지 않아. 이제야 완벽한 것 같아. 나는 지금 너무나 완벽해."

완벽하다고 말하는 가영의 눈이 반짝였다.

너는 왜 이리 행복하게 말하는가. 나는 너의 눈에서 죽음을 보는데,

너는 어째서 이렇게 희망찬 눈으로 내게 완벽하다고 말하는 걸까.

명은 가영의 무릎 위로 쓰러졌다. 그녀의 허리를 안고 명은 흐느꼈다.

네가 죽으면 어쩌지. 네가 날 떠나면 어쩌지. 네가 아이와 함께 사라지면 어쩌지. 또다시 나 혼자 남겨지면 그럼 나는 어쩌지.

"무섭다, 가영. 나는 너무 무섭다."

미소를 지은 가영이 그의 등을 쓰다듬으며 얼렀다. 그녀의 손길은 따듯하고 성스러웠다.

"날 믿어. 명아, 나는 안 죽어. 나는 너를 닮은 예쁜 아이를 낳을 거고 우리는 아이랑 셋이서 오랫동안 아주아주 행복하게 살 거야. 엄청 착한 아기야. 날 힘들게 하지 않을 거야. 난 알아. 분명해."

눈앞에 그림이 그려졌다. 저와 가영이 아이의 고사리 같은 손을 한 쪽씩 잡고 보통의 사람처럼, 누구나의 일상처럼 걸어가고 있는 모습이. 저와 가영을 반반씩 닮은 아이가 웃을 때면 햇살처럼 따듯하고 눈부실 것만 같은 그런 미래가.

그런 미래를 꿈꿀 수 있을까. 그런 행복한 일이 내게 일어날까. 그런 신기루 같은 행복에 너의 생명을 내걸어도 되는 것일까.

"명아, 우리 진짜로 가족이 되는 거야. 너와 내가 정말로 하나가 되는 거야."

가족. 하나. 가영이 내뱉는 행복한 단어들이 그의 귓가에 맴돌았다. 명은 그렇게 한참 그녀를 끌어안고 울었다.

이 독은 너무나 쓰고, 또 너무나 달콤하다.

가영의 가족은 왕래가 거의 없는 지방의 요양원으로 보내졌다. 연고지가 없는 부랑자들이나 사회에서 마땅히 격리되어야 하는 자들이 마지막으로 있는 곳이었다. 박판석은 숨만 붙은 채 그곳에 누워 있었다.

"그 박판석 의원 아들은, 자꾸 쓰레기 처리장에서 발견됩니다. 병실을 하루에도 수십 번씩 뛰쳐나가니 조만간 묶어 놔야지 싶어요. 약물도 지속적으로 투여하구요."

원장이 제 턱을 매만지며 곤란하다는 듯 말했다. 수환은 창 너머 산책을 나온 박판석과 그의 아내를 내려다보았다. 사지가 잘린 채 숨만 쉬고 있는 남편을 지켜보는 아내는 시체처럼 바짝 말라 있었다. 곱게 치장하던 얼굴이 까맣게 변했고 늘 잘 정리되어 있는 머리는 어느새 하얗게 바래 너저분하게 묶여 있었다. 절름발로 걷던 그녀는 남편을 휠체어에 앉혀 놓고 말없이 먼 허공을 응시했다. 정신이 반쯤 나가 있는 것 같았다.

오늘 아침 박판석 의원의 부고가 실렸다. 교통사고로 인한 일가족 참변. 신문마다 1면에 실린 그 기사에는 전복되어 완전히 망가진 차량의 사진이 실려 있었다. 그 사진이 완벽히 꾸며진 것임을 아는 자들은 매우 적을 것이다.

"비밀은 잘 지켜 주시리라 믿습니다."

수환의 당부에 원장은 반색했다.

"당연하죠. 나라님 당부인데 제가 무슨 후한을 당하려고. 게다가

403

이곳의 영업 철칙이기도 하구요. 걱정 마십시오."

수환은 인형처럼 꼼짝도 않고 앉아 있는 여자를 조금 더 지켜보다가 요양원을 빠져나갔다.

그날 그곳에서 도륙당한 시체들은 살처분당하는 돼지들처럼 한 구덩이에 묻혔다. 그중에는 전덕기의 시체도 있을 것이다. 무명에게 목이 뜯겨 죽은 채로 제 똘마니들과 함께 썩어 들어갈 터였다.

그들은 그렇게 사라졌다. 지우개로 지워지듯 세상에서 지워졌다.

이제 평소처럼 살면 된다. 무명의 말처럼 그저 아주 긴 악몽이었다고, 아주 이상하고 끔찍한 악몽이었다고 생각하면 된다.

그는 달리는 차의 속력을 높였다. 하얀 세단이 요란한 소리를 내며 고속도로를 빠르게 질주했다. 그는 돌다리 아래에 차를 세웠다. 한낮의 볕이 뜨거웠다.

차 문을 닫고 나와 다리를 건넜다. 폐허처럼 변한 저의 고향 집이 보였다. 주춧돌만 남고 모든 것이 타 버린 흔적. 긴 가뭄으로 말라비틀어진 농작물. 그 새에 질기게 자라난 잡초들. 주인을 잃어 무너진 닭장. 마치 아주 먼 옛날처럼 아득한 풍경이었다.

수환은 제집을 지나쳐 비탈길을 올랐다. 가영이 날다람쥐처럼 뛰어다니던 뒷산을 향해 걷자 허름한 노인과 눈먼 손자가 살던 옹색한 집이 곧 눈앞에 나타났다.

꼬꼬댁, 꼬꼬.

열린 닭장 문 밖으로 닭들이 나와 공들여 기른 농작물 사이사이를 부리로 쪼고 있었다. 잘 가꾼 고추밭, 넝쿨을 타고 오르기 시작한 토마토. 집 앞에 가지런히 놓인 항아리와 화분들. 가영이 공들여 가꾸어 놓은 흔적이 역력했다.

수환은 대문 앞에 서서 문을 두드렸다. 지난 기억들이 주마등처럼 스쳤다. '누구요' 하는 부일의 목소리가 환청처럼 귓가에 퍼졌다. 그러나 아무런 답이 없었다. 그는 문을 당겼다. 잠기지 않은 문이 삐걱 소리를 내며 열렸다.

먼지가 깃털처럼 잠잠한 집 안을 떠다녔다. 그는 신발을 벗지 않고 실내에 발을 디뎠다. 가영의 냄새가 났다. 밖과 마찬가지로 안에도 곳곳에 그녀의 흔적이 있었다. 거실 테이블 한편에는 축음기가 놓여 있었다. 방금까지 음악을 듣다가 만 듯, LP판 몇 장이 그 위에 가지런히 놓였다.

집 안이 깔끔했다. 모든 것이 제자리를 찾아 빈틈없이 완벽하게 정리되었다. 그리고 텅 비어 있었다. 돌아올까. 아니, 돌아오지 않을 것이다.

수환은 LP판 하나를 들고 명의 집을 나왔다. 그들은 떠났다. 어디론가. 자신은 알 수 없는 어디론가 말이다. 모친의 말처럼 가영은 이 세상을 벗어나 자신만의 세상을 찾아갔다. 그곳에서 새로운 삶을 살 것이다. 비로소 돛을 펼치고 끊임없이 앞으로 나아갈 것이다. 설렘으로 가득 차 있을 그녀의 얼굴이 그려졌다. 분명 녀석은 행복할 것이다.

그는 비탈길을 내려와 돌다리를 건너고 차에 올랐다. LP판을 조수석에 내려 두고 시동을 걸었다. 액셀러레이터를 밟고 인적 없는 2차선 고속도로에 들어섰다.

분주히 백미러와 사이드 미러를 살피는 눈이 따끔거렸다. 눈시울이 붉어지더니 눈앞이 뿌옇게 변했다. 앞을 내다보는데 끊임없이 눈물이 흘렀다. 어깨가 흔들리고 악다문 입술을 타고 흐느낌이 터져 나왔다. 흐르는 눈물이 멈추지 않았다.

어디서부터, 어디까지를 잊어야 할까. 어디서부터 어디까지가 악몽일까. 모든 것이 버거웠다. 지금까지 저에게 일어난 모든 것들이 너무나 버거웠다. 도저히 지울 수 없는 기억이 저를 괴롭혔다. 내가 다시 예전처럼 살 수 있을까.

아니, 예전으로 돌아갈 수 없다. 평생 이 짐을 짊어지고 살아야 한다. 이 악몽과 같은 일들을 짊어지고, 이 비현실적인 일들을 속으로 삼키고 남들과 다름없는 일상에 섞여 아무렇지 않은 척 살아야 한다.

내가 그럴 수 있을까. 내가 그렇게 강할 수 있을까.

이 세상에 혼자 버려진 기분이 들었다. 곁에 아무도 없이, 기댈 곳도 없이, 위로받을 수도 없는 채로, 이 모든 악몽을 혼자 감당해야만 할 것 같았다.

살아야 할 날이 너무나 많이 남았다. 견뎌야 하는 매일이 수없이 남아 있었다. 그 안에서 어떻게 균형을 잡아야 할까. 막막하고 절망스러웠다. 그것을 견딜 수 없어 서러움과 슬픔이 터져 나왔다. 그는 길가에 차를 세우고 운전대에 머리를 박고 울었다. 엉엉 소리 내어 진이 빠질 때까지.

수환이 서에 도착하자 평소와 똑같은 모습으로 분주하게 움직이고 있던 동료들이 인사를 했다. 지방 전출 공지는 취소되었고 싸 놓은 짐은 다시 풀었다. 일상은 다시 예전처럼 흘렀다. 수환이 LP판을 책상 위에 올려놓자 옆자리의 영길이 알은체했다.

"어디 갔다 왔어요?"

영길은 전덕기가 수환 모친의 일로 문책성 경질을 당했다고 알고 있었다. 살처분된 가축처럼 땅에 처박혀 있다는 진실을 아는 것보다 그 편이 그가 이해하기 쉬울 것이다.

"잠깐 바람 좀 쐬러."

영길은 수환의 얼굴을 살폈다. 붉게 부어오른 눈이 혼자 울다 온 티가 역력했다. 그러나 그는 모른 척했다. 영길은 그의 방황을 이해했다. 수환은 강한 사람이었다. 모친의 억울한 죽음이 힘들겠지만, 조만간 그가 아는 조수환답게 돌아올 것이라 영길은 믿었다.

"과장님이 실종 관련 사건 다 정리하래요. 언제까지 그거 잡고 있을 거냐고."

수환은 자리에 앉아 그에게 고개를 끄덕여 보였다.

"아, 그리고 왜 전자공단의 그 강간범 있잖아요."

책상 위에 올라가 있는 서류 파일을 하나씩 빼 정리하는데 영길이 다시 말을 걸었다. 전자공단의 강간범……?

"그 연쇄 강간범?"

"네. 그 새끼요. 그 새끼 뒈졌대요."

"그래?"

"뭐 투신자살했나 봐요. 수사망 좁혀 오니까 못 견딘 거 같다고."

"……."

수환은 가타부타 대답이 없었다. 뒈질 놈은 뒈져야지. 감방에서 썩는 것보다 그 편이 더 세상을 이롭게 할는지도 모른다. 수환은 책장 위에서 정리해야 할 파일들을 모두 다 꺼내고 책상 서랍을 열었다. 진작 파기하려 했던 미제 사건 관련 서류들이 아직 그 안에 있었다. 이제는 정말로 정리를 해야 했다.

"어?"

드르륵 소리를 내며 열린 서랍장은 그러나 텅 비어 있었다. 그는 깜짝 놀라 영길을 쳐다보았다.

"너 혹시, 내 서랍 건드렸어?"

"제가요? 아니요. 왜요?"

영길이 무고한 눈으로 물었다. 뭐야. 뭐지? 수환은 주위를 살폈다. 모두가 분주히 자신의 일을 할 뿐, 누구도 그를 주시하고 있지 않았다. 자신은 그 서류들을 폐기한 기억이 없다. 서랍에 넣어 둔 기억만 있다. 누군가가 그의 서랍을 열고 파일을 가져갔다. 분명히 그랬다. 누굴까. 누군가가 아직도 저를 의심하고 감시하고 있나. 누군가 무명에 대해 혹시 알고 있는 것은 아닐까. 정신이 번쩍 들었다.

그는 다시 서랍을 확인했다. 역시나 서랍은 텅 비어 있었다. 믿기지가 않아서 그는 손으로 텅 빈 서랍을 더듬었다. 무언가가 나올 리가 없는데도 말이다.

그때, 손가락 끝에 뭔가가 집혔다. 작고 동그란 것.

"……."

뭐지 이게? 그는 서랍장 구석에서 그것을 집어 꺼내 보았다.

피처럼 붉은 알약.

"……."

그는 다시 한번 주위를 둘러보았다. 모든 것이 일상적이다.

일전에 명이 저에게 한 헛소리가 떠올랐다.

'너, 나와 거래할래?'

그러니까, 서류는 제 주인을 찾아갔다. 그 귀신같은 놈에게 말이다. 수환은 거래의 대가로 던져 놓고 간 알약을 이리저리 살펴보다가 피식 웃어 버렸다.

"미친 새끼."

예상하지 못한 방향으로 그러나 선명하고도 확실하게, 삶은 계속해서 흐르고 있었다.

— *fin*

외전
평안하리라

"Лиса! Лиса! Смотри! Здесь дерево!"
(리사! 리사! 이것 봐! 나무가 있어!)

"Шюкрий! Дурак! Иди и помоги мне!"
(슈리크! 이 멍청아! 빨리 와서 나 좀 밀어 달라니까!)

저 멀리서 꽁꽁 언 바이칼 호수를 뛰어다니는 아이들의 고함 소리가 아스라이 들렸다. 모조로프는 몸을 잔뜩 옹송그린 채 걸음을 재촉했다. 걷는 듯 뛰어가는 조급한 발걸음 덕에, 그의 덥수룩한 수염 위에 매달린 눈발이 먼지처럼 흩날렸다.

한때 리스트비안카에서 존경받는 교사였던 그는 이제 막 15년의 복역을 마치고 출소한 참이었다. 학교 건물에 들어가 동료 교사와 학생들을 붙잡고 인질극을 벌였다는데, 그는 전혀 기억하지 못했다. 체포되던 날을 비롯해 그 주 내내 술에 취해 있었던 탓이었다. 모조로프는 비틀비틀 눈길을 걸으며 자신의 전 부인을 떠올렸다.

그 암캐 같은 계집.

자신의 인생이 이토록 망가진 것은 돈이 될 만한 것이라면 모조리 가지고 웬 빌어먹을 놈팽이와 야반도주를 한 그년 때문이다. 그년 때문에 내내 술을 달고 살았고, 치기 어린 마음에 그런 말도 안 되는 짓을 저질러 버렸다.

그리고 15년. 모조로프는 더 이상 리스트비안카에 속할 수 없었다. 고향은 너무나 많이 변해 있었고, 그나마 익숙한 사람들에게 모조로프는 더 이상 존경받고 믿을 만한 이웃이 아니었다. 그저 어린아이와 선생을 인질로 잡아 목숨을 위협한 파렴치한. 이제 자신은 고향에서 그렇게 기억되고 있다. 길거리를 지날 때면 등 뒤를 좇는 눈동자가 너무나 따가워 집 밖으로 제대로 나갈 수도 없는 지경이 된 것이다.

자신은 이렇게 살고 있는데, 저를 이렇게 만든 그 천박한 계집은 어떤가. 세상 어디에선가 잘 먹고 잘 살고 있을 거다. 그때 들고 나른 저의 재산으로 다른 남자와 시시덕거리며 말이다. 생각이 거기에 미치자 화가 머리끝까지 뻗쳤다. 망가진 인생에 출소 후 맞닥뜨린 외로움, 거기에 배가 고파도 당장 사 먹을 돈이 없는 빈곤함까지 더해져 더는 참을 수가 없었다.

그래서 모조로프는 마지막 보드카 한 병을 단숨에 비우고, 부엌에서 잘 벼린 식칼 한 자루를 가슴에 품은 채 집 밖으로 뛰쳐나왔다. 한겨울의 바람은 술기운으로 벌겋게 달아오른 얼굴을 제 가슴에 품은 그것처럼 날카롭게 찔러 댔다. 그는 시린 눈을 가늘게 뜨고 꽁꽁 언 바이칼 호수를 성큼성큼 건넜다.

마을에서 한참 떨어진 인적 드문 골짜기에 집 한 채가 있었다. 오다가다 듣기로 그 집에는 까만 머리의 조그마한 동양인 부부가 산다고 했다. 며칠 전 슈퍼에서 까만 머리의 작달막한 여자를 본 일이 있었다. 모조로프는 그녀가 동네 사람들이 말하는 그 동양인임을 확신했다.

그 여자에게 악감정 따윈 없어. 여자의 남편에게도 마찬가지다. 그러나 너무 화가 나고 지쳤다. 배도 고프고 또 돈이 필요했다. 그리고 무엇보다 누군가에게 화를 내고 싶었다. 자신의 억울함을 호소하고 분노하고 싶었다. 누군가, 자신을 절대로 무시하지 못하는 누군가에게 말이다.

새하얀 눈 속에 파묻힌 낡고 허름한 이즈바(Изба, 러시아의 전통 가옥)는 초록색 울타리에 둘러싸여 있었다. 오래되어 밑동이 썩은 울타리가 퍽 을씨년스러웠다. 집으로 다가갈수록 씩씩거리는 모조로프의 숨소리도 덩달아 커졌다. 현관에 다다랐을 때쯤에는 붉게 상기된 그의 얼굴은 넘치는 호흡으로 터질 듯 부풀어 올랐다.

모조로프는 칼을 빼 들고 있는 힘껏 발로 대문을 찼다. 오래된 목조가 벼락이 치듯 '쾅' 하는 소리와 함께 벌컥 열렸다. 그는 집 안으로 쏜살같이 뛰어 들어갔다.

"Остановись!"

(꼼짝 마!)

집 안 가득, 장작이 타들어 가는 내음과 함께 마주한 것은 벽난로 앞에 옹기종기 모여 앉아 있는 네댓 명의 꼬마들이었다. 제 부모를

닮아 모두 흑단같이 까만 머리를 가진 아이들의 눈동자가 일제히 그
에게로 향했다.

모조로프는 제 손에 들린 칼을 한 번 흘깃 쳐다보고 다시 아이들
을 향해 눈을 부라렸다. 색색의 옷을 단정하게 갖춰 입은 아이들의
눈이 순진무구하게 깜빡거렸다. 집 안은 고요함에 잠겼고 모조로프
는 퍽 당황하여 다시 소리쳤다.

"Остановись!"

(꼼짝 마!)

사내의 커다란 목소리에 바냐가 손가락을 빨기 시작했다. 소피는
제 젖먹이 동생을 끌어 자신의 무릎 위에 야무지게 앉혔다.

"소피. 손님일까?"

마리가 물었다. 소피는 인형처럼 예쁘게 생긴 제 동생 마리를 향
해 대답 대신 어깨를 으쓱했다. 글쎄. 근데 무슨 손님이 저렇게 무례
하담. 그러나 소피는 그의 무례함에도 불구하고 낯선 이의 등장이
반가웠다. 그는 처음으로 제집에 찾아와 준 손님이었다. 누구도 제
집 근처에는 오지 않으려 해서 늘 서운했는데 말이다.

소피는 눈을 반짝이며 그의 붉은 수염을 관찰했다. 밀랍처럼 하얀
얼굴에 핀 주근깨가 묘하게 매력적이라고 그녀는 생각했다.

모조로프는 씩씩거리며 사방을 훑었다. 그 동양인 여자는 2층에
있는 것일까. 한낮이니 남편은 집을 비웠을 터였다. 눈이 2층으로 오
르는 나무 계단으로 향했다. 큰 소리가 났으니 곧 여자가 내려오리
라.

모조로프는 벽난로 앞에 앉은 고만고만한 아이들 중 가장 둔하고

느려 보이는 아이를 잡아챘다. 이제 막 대여섯 살쯤 되었을 만한 꼬마의 키는 간신히 그의 허벅지에 닿았다. 아이는 너무나 작았다. 그는 하는 수 없이 그의 허리에 손을 감아 끌어안고는 벼린 칼날을 가져다 댔다.

여자아이에게 안겨 있던 젖먹이가 침이 잔뜩 묻은 손으로 저를 가리키며 옹알이를 했다.

"Мамма! Мамма!"

(맘마! 맘마!)

옳지, 그래, 젖먹이가 엄마를 찾고 있구나. 모조로프는 만족스럽게 미소 지었다.

소피는 동생을 더 꼭 끌어안고 '쉬, 쉬' 소리 내어 달랬다. 이안은 제 눈앞에 찌를 듯 가까운 칼끝을 보다가 제 누나를 불렀다.

"소피."

안나가 없으니 그녀가 가장 맏이였다. 뭘 하든 그녀의 허락을 맡아야 한다.

"먹어도 돼?"

"안 돼. 이안. 우린 규칙을 정했잖아."

이안이 한숨을 내쉬었다. 남자의 억센 팔에 숨쉬기가 버거워 짜증이 났다.

"나 좀 봐. 이 남자가 나를 찌르려고 하잖아."

이안의 칭얼거림에 소피의 말간 미간이 앙증맞게 구겨졌다. 젖먹이가 손뼉을 짝짝 쳤다.

"맘마! 맘마!"

"바냐가 배고픈가 봐."

마리가 바냐의 입가에 잔뜩 묻은 침을 소매로 닦으며 말했다. 배가 고프긴 소피도 마찬가지였다. 엄마는 왜 이렇게 안 오시지. 미아와 함께 물범을 잡아 오신댔는데.

그녀는 다시 한번 눈앞의 남자를 훑었다. 그는 물범보다 훨씬 덩치가 컸다. 지방이나 근육도 훨씬 많을 것 같았다. 젖먹이와 저를 포함해 배를 불려야 할 이가 모두 여덟이었다. 물범보다는 이 남자가 훨씬 더 배부르고 맛있을 텐데.

그러나 아빠의 얼굴이 스쳤다. 아빠는 늘 규칙을 잘 지켜야 한다고 말했다. 그리고 무엇보다 아직까지 소피를 비롯한 아이들에게는 사냥의 경험이 없었다. 그걸 어떻게 하는지도 몰랐다. 아빠는 돌아오면 가르쳐 주겠노라는 말만 남기고 이틀 전 집을 비웠다. 안나 언니도 함께였다.

"소피."

이안이 짜증을 냈다.

"맘마! 맘마!"

바냐가 더욱 광분해 외쳤다. 소피는 점점 혼란스럽고 어떻게 해야 하는지 알 수 없었다. 아무리 개중 제일 나이가 많다 해도 그녀 역시 태어난 지 채 10년이 되지 않은 어린아이였다.

초조하고 불안해 막 짜증이 나려던 찰나, 호수에서 썰매를 타겠다며 나간 리사와 슈리크가 집으로 들이닥쳤다.

"소피! 소피! 호수에 나무가……."

허겁지겁 집 안으로 뛰어 들어오며 제가 본 것을 자랑하려다가 장신의 남자를 보곤 슈리크가 우뚝 멈춰 섰다. 리사는 눈을 털다가 그를 발견하고는 동작을 멈추었다. 모조로프는 그들을 향해 칼을 겨누고 뒷걸음질 쳤다. 그는 또 당황하고 말았다.

이런 옘병할 놈의 집구석! 뭔 놈의 애들이 이렇게 많아! 아까부터 애새끼들만 잔뜩 보이고 어른은 하나도 없잖아!

그게 문제였다! 그게! 게다가 이상하게도 이놈들은 제 손에 들린 칼이나 거구의 제 몸집 따위에는 전혀 겁을 먹지 않는 듯 보였다. 어느 쪽이냐 하면 오히려 저를 향해 눈을 반짝이며 반가워하고 있는 것 같았다. 왠지 모르겠지만 말이다!

아니야! 이게 아니야! 그가 원한 그림은 이게 아니었다. 제가 들이닥치면 아이들과 함께 있던 동양인 여자가 소리를 빽 지르며 혼비백산하고, 아이들은 저의 몸집과 키, 그리고 손에 든 흉기에 겁을 먹고 엉엉 울며 바지에 오줌을 지리는 그림을 원했다. 온기에 의지해 겨울을 나는 펭귄들처럼 한쪽 구석에 다 붙어 서서 오들오들 떨면 대충 아무 어린애나 골라잡고, 흉기로 협박해 돈과 술을 훔쳐 달아나는 것이 바로 그가 생각한 그림이었다.

그런데 이놈들은 누구 하나 소리를 지르기는커녕 제 앞에서 도저히 알아들을 수 없는 말들만 지껄이고 있었다.

"Русский язык! Хоть кто-то умеет по-русски говорить!"

(러시아어! 러시아어를 할 줄 아는 놈은 없나!)

그의 말에 아이들은 일제히 손을 들었다. 뭐야! 다 할 줄 알잖아! 그는 혈압이 올라 빽 소리를 질렀다.

"Где мама!"

(엄마는 어딨어!)

"Мама и Мия пошли ловить тюленя."

(엄마는 미아와 함께 물범을 잡으러 갔어요.)

이안이 성실하게 대답하며 모조로프의 팔뚝을 주물렀다. 모조로
프는 자신의 억센 힘에 아이가 발버둥 치는 것이라 생각했지만, 사
실은 전혀 그렇지 않았다.

"소피 이 남자 팔뚝 엄청 두꺼워. 이거 다 피일까?"

이안은 어떤 황홀함에 도취된 듯 보였다. 문지방에 선 리사는 팔
짱을 낀 채 아까부터 제 동생을 들고 궁지에 몰린 고양이처럼 털을
곤두세운 남자를 삐딱하게 바라보았다. 뭐 하는 인간이지? 왜 이안
을 들고 서서 저러는 거지?

"Дядя, а кто вы? Что вы делаете в моем до
ме?"

(아저씨, 근데 아저씨는 누구예요? 우리 집에서 뭐 하는 거예요?)

"몰라. 엄마를 찾는데, 손님인가 봐."

소피가 그 대신 대답했다. 그러자 리사가 한심하다는 듯 눈알을
굴렸다.

"멍청아! 손님일 리가 없잖아! 봐! 무슨 손님이 칼을 들고 오니?
저건 인질범이라고!"

"인질범이 뭐야?"

슈리크가 리사의 옆에서 머리를 긁으며 물었다.

"아이들 납치해서 돈을 요구하는 못된 사람."

리사가 명쾌하게 정의했다. 아이들은 '히익' 하고 숨을 들이켰다.

"뭐야. 그럼 나쁜 사람이야?"

모조로프를 바라보는 아이들은 마치 배신감을 느끼는 듯한 표정을 지었다.

'아저씨가 그럴 줄 몰랐어요.'

모조로프의 얼굴이 터질 듯 붉어졌다.

"Тихо! Закрой рот! Мелкие вы! Если с этого момента кто-то будет говорить не по-русски, то я всех убью! Вы пронимаете?!"

(닥쳐! 입 닥쳐! 거지 같은 꼬맹이들! 지금부터 러시아어를 사용하지 않으면, 모두 다 죽일 거야! 알아들었어?!)

모조로프는 두통을 느꼈다. 빌어먹을. 어쩐지 진이 빠져 그냥 다 관두고 집으로 돌아가 침대에 드러눕고 싶은 마음이 물밀 듯 밀려들었다. 하지만 이 추위를 뚫고 바이칼 호수를 건너 여기까지 와 놓고 빈손으로 돌아갈 수는 없었다. 뭐라도 손에 쥐어 가야 했다.

"Давай кушать."

(먹자.)

리사가 말했다. 목소리에는 흥분이 잔뜩 배어 있었다.

"Плохой человек. Давай кушать."

(나쁜 사람이야. 먹자.)

"Можно?"

(그래도 돼?)

이안이 신나 물었다.

"Да! давай кушать!"

(맞아! 먹자!)

마리가 자리에서 벌떡 일어났다.

"Мамма! Мамма!

(맘마! 맘마!)

바냐가 다시 손뼉을 쳤다. 소피는 아직 바냐를 끌어안고 우울한 망설임에 빠져 있었다. 리사가 다시 나섰다.

"Сделав спрос с мамой за похищении Иана, но затем придут всех нас убить. Его и так с коро убьют. Так что, его можно убить."

(이안을 납치해서 엄마에게 돈을 요구한 다음, 우리 모두를 죽이려고 여기 온 거야. 소피. 그는 곧 이안을 죽일 거라니까. 그러니까 죽여도 돼.)

뭐? 엄마를 죽인다고? 충격을 받은 소피의 커다란 눈이 더욱 동그래지더니 이내 결심을 한 듯 보였다. 그녀는 천천히 고개를 끄덕였다.

"Хорошо."

(좋아.)

소피는 바냐를 바닥에 내려놓고 일어섰다. 사슴처럼 맑던 눈매에 결기가 어렸다.

"Не могу простить, когда плохо относятся к маме."

(엄마에게 나쁜 짓을 하는 건, 용서할 수 없으니까.)

"Подожди."

(잠깐.)

모조로프가 듣다못해 그들의 대화를 멈췄다.

"О чем эти маленькие человечки говорят······ Ай!"

(이 좁쌀만 한 놈들이 대체 무슨 소리를······ 악!)

말을 채 끝마치기 전에 종아리에서 격통이 느껴졌다. 슈리크가 그의 장딴지를 문 것이다. 흡사 사냥개 같았다. 그 바람에 모조로프는 손에 들고 있던 이안을 떨어뜨렸다. 슈리크는 퉤하고 찢긴 그의 바지 자락을 뱉어 냈다. 모조로프는 슈리크를 향해 칼을 치켜들었다.

"Дурацкие малышни······ Ааааааай!"

(이 빌어먹을 꼬마 놈이······ 아아아아아악!)

이번에 달려든 것은 이안이었다. 그는 모조로프의 손등을 깨물었다. 허옇게 드러난 손등이 와자작 소리를 내며 짓씹혔고 그는 고통에 몸부림쳤다. 들고 있던 칼이 툭 바닥으로 떨어졌다.

"Давай кушать! Давай кушать!"

(먹자! 먹자!)

신이 난 마리가 격통에 몸을 굽힌 모조로프의 머리채를 붙잡고 그의 이마에 이를 박아 넣었다.

"Оооооооох!"

(느아아아아악!)

모조로프는 다시 비명을 지르며 몸을 일으켰다 마리가 거머리처

럼 딸려 올라갔다. 슈리크는 뜯겨 나간 바짓단 사이로 보이는 매끄
러운 장딴지 살을 다시 한번 물었다. 와자작 소리가 나며 근육이 뭉
그러졌다.

"Уyyyyyyyyyx!"

(끄아아아아악!)

소피는 모조로프가 떨어뜨린, 데굴데굴 바닥을 굴러 제 발끝에 닿
은 칼을 들었다.

"У нас есть путь полегче."

(모두 기다려. 쉬운 방법이 있어.)

아이는 예쁘게 땋아 내린 까만 갈래머리를 어깨 뒤로 넘기며 헤헤
웃었다. 하얀 피부에 말갛게 홍조가 피어올랐고, 붉은 입술 사이로
작고 단단한 이가 허옇게 드러났다. 아……. 모조로프는 신음했다.
그제야 그는 아이들의 눈동자가 기묘한 선홍색으로 발광하고 있음
을 알아차렸다.

소피는 칼끝을 바라보았다. 날아다니는 먼지도 가를 것처럼 날카
로운 칼날을 들여다보는 소피의 눈은 아이답지 않게 맹렬하고 잔인
했다. 모조로프는 잔인한 선홍색 눈을 마주하고는 온몸을 타고 일어
나는 소름에 몸을 부르르 떨었다.

"Аай……."

(으…….)

그는 짧게 신음했고 소피는 칼날의 방향이 아래로 향하도록 칼을
바꿔 들었다. 작고 연한 손으로 단단히 손잡이를 쥐더니 침을 꿀꺽
삼키고 아이들을 대롱대롱 매단 모조로프에게 다가갔다. 그는 생명

의 위협을 느꼈다. 제 허벅지밖에 오지 않는 작은 꼬마들이 식인 쥐처럼 보였다.

"Уйди! Уйди! Аах!"

(떨어져! 떨어져! 크악!)

모조로프는 비명을 내지르며 이안을 밀쳐 냈다. 제 머리에 달라붙은 마리를 당기자 주르륵 이마에서 피가 흘러나왔다. 쩝쩝쩝, 백설공주처럼 하얀 아이가 제 입맛을 다셨다. 히익. 소름이 끼쳤다. 이 악마 같은 꼬마 놈들은 대체 뭐란 말인가! 모조로프는 마지막으로 제 장딴지에 붙은 슈리크를 떨구어 내려 발버둥 쳤다.

"Отойди от меня! Ты-дьявол! Уйди! Уйди от меня!"

(떨어져! 이 빌어먹을 악마 새끼! 저리 가! 저리 가란 말이야!)

사내아이의 아가리 힘이 어쩌나 센지 그가 슈리크의 머리채를 쥐어 잡고 떼어 내려 할수록 아이의 이빨은 더욱더 깊이 장딴지를 뚫고 들어갔다.

"Аааааааах!"

(으아아아아악!)

결국 모조로프는 무릎을 꿇었다. 입가에 피를 묻힌 세 아이와 박수를 치며 '맘마, 맘마'라고 까르르대는 젖먹이, 저를 향해 칼을 든 채 비장하게 다가오는 계집의 뒤로 주섬주섬 제 옷가지에서 스트로병을 꺼내는 리사라는 아이까지 모두 합쳐 여섯 명인지 아니면 여섯 마리의 식인 쥐인지 모르는 괴물들 가운데에서 말이다.

"Давай разорвем живот."

(배를 가르자.)

소피가 말했다.

"Нееет!"

(안 돼에에!)

모조로프가 비명을 지르며 비칠비칠 몸을 일으켰다. 배를 가른다
니! 절대 안 돼! 하지만 장딴지에 힘이 들어가지 않았다. 으윽 신음
하며 손으로 장딴지를 만지자 움푹, 피부의 어느 한쪽이 패어 있었
다. 들어 올린 손바닥에 피가 흥건했다. 발발발발 손이 태풍에 흔들
리는 나뭇가지처럼 흔들렸다.

"Сначала надо отрезать ногу."

(그러려면 일단 발목부터 잘라야 해.)

리사는 스트로 병의 뚜껑을 열며 느긋하게 조언했다. 분명 사람의
몸을 자르는 이야기를 하고 있었다. 소시지를 자르는 이야기가 아니
라.

"Нет!"

(안 돼!)

모조로프 정신이 번쩍 났다. 안 돼! 내 발목이야! 누가 잘릴 줄 알
고! 이 쥐똥만 한 것들에게 당할 줄 알고! 그러나 벌써 당했지 않은
가! 안 돼! 죽을 순 없어! 그것도 이런 핏덩이들에게! 아아! 그러나 이
들은 악마다! 악마의 소굴에 들어온 거다! 여긴 마녀의 집인 거야!
나는 덫에 걸리고 말았다! 제길! 이 모든 것이 꿈이었으면!

그는 절뚝절뚝 뒷걸음질 치며 주변을 살폈다. 벽난로 옆에 불쏘시
개가 있었지만 거기까지는 너무 멀었다. 그는 눈을 돌렸다. 창가에

있는 작은 협탁 위에 은으로 만진 촛대가 보였다. 모조로프는 피가
묻은 손으로 은촛대를 움켜쥐고 사방으로 휘둘렀다.

"Уйди! Уйди от меня! Если приблизишься,
то убью! Я не шучу! Убью! Крысы!"

*(저리 가! 저리 가란 말이야! 가까이 다가오면 다 죽이겠다! 농담
이 아니야! 다 죽일 거야! 이 쥐새끼들!)*

"Лови Иан."

(잡아 이안.)

동생에게 명령하는 소피의 얼굴에 그늘이 드리워졌다. 칼날에 반
사된 안광이 더욱 오싹하게 빛났다.

"Иан, дави съедим."

(먹어 버리자, 이안.)

마리는 신이 났다. 피 맛을 보았더니 심박수가 미친 듯이 날뛰었
다. 그녀는 흥분했고 동시에 열의에 들끓었다. 사냥이 이토록 재밌
는 놀이였다니! 팔딱팔딱 살아 숨 쉬는 것을 잡는 건 이토록 신나는
일이었구나!

"Убей."

(해치워.)

리사는 동생들의 사기를 돋웠다. 아이들은 모두 굶주려 있었고,
루비처럼 붉은 눈은 맹렬하게 빛났다.

"Не приближай…… ся ко мне. Уйди."

(오…… 오지 마. 오지 마…….)

모조로프는 떨리는 손으로 은촛대를 다시 한번 휘둘렀다. 겁을 먹

고 뒷걸음질 치는 그와는 다르게 아이들은 단 한 발자국도 뒤로 물러서지 않았다. 입가에 피가 번진 모습이 기괴하였다. 사람의 탈을 쓴 악마들. 지옥의 한가운데였다. 결국 암흑의 구렁텅이로 빠져 버리고 말았다. 그저 사는 게 억울하고 굶주렸을 뿐인데. 그저 억울함을 풀고 싶었을 뿐인데……. 아아 하나님……. 모조로프는 이성을 잃고 비명을 질렀다.

"Не думай даже приближаться! Не приближайся! Аааааай!"

(다가오지 말란 말이야! 다가오지 마! 으아아아아아아아아!)

이안의 하얀 이가 드러났다. 아이는 고양이처럼 그르렁거리다가 하악질을 하는 소리를 냈다. 그러고는 민첩하게 모조로프에게 덤벼들었다. 그것을 신호로 모든 아이들이 차례대로 그의 몸에 매달려 잇자국을 냈다.

리사가 바닥에 병을 내려놓고 명령했다.

"Не трогай мою бутылку!"

(내 병 건들지 마!)

리사는 늘 피를 저 병에 받아 마셨다. 그녀는 그것이 몹시 우아하고 호사스러운 행동이라고 생각하는 것 같았다.

소피가 고개를 끄덕여 보이자 그녀는 안심하고 동생들의 대열에 합류했다. 껑충 뛰어올라 커다란 남자의 목덜미를 물었다. 콱 소리를 내며 찍힌 이는 그의 흉쇄유돌근을 짓이겼다. 아작아작 씹혀 들어간 근육 바로 아래는 경동맥이었다.

"Аааааай!"

(으아아아아아아악!)

모조로프의 거대한 몸이 마침내 뒤로 넘어갔다. 사내의 몸은 반원을 그리며 쿵, 바닥으로 떨어졌다. 소피는 때를 놓치지 않았다. 그녀는 곧바로 편편하게 바닥에 깔린 남자의 배에 올라탔다. 두꺼운 외투를 걷어 내자 아주 얇은 내의가 드러났다. 소피는 방그레 웃으며 다시 칼을 찾아 치켜들었다. 어느새 입안에 침이 고여 그녀는 입맛을 다셨다.

갈라 버리자. 파이를 가르듯 갈라 버리자! 먹음직스러운 것들이 들어 있을 거야!

"소피!"

그러나 잔뜩 치켜올린 칼날을 그의 배에 박기 전에 소피는 저의 이름을 부르는 날카로운 고함 소리에 행위를 멈추어야만 했다.

"당장 그만두지 못해!"

"Мама! Мама!"

(마마! 마마!)

젖먹이가 다시 손뼉을 치며 까르르 웃었다. 목덜미와 얼굴을 씹어 대던 아이들이 번쩍 고개를 쳐들었다.

"대체 이게 무슨 짓이야!"

나무라는 듯 엄한 목소리가 집 안과 모조로프의 고막에 왕왕 울렸다.

"세상에! 소피! 리사! 엄마가 뭐라고 했어! 엄마 없는 동안 동생들을 잘 돌보라고 했지!"

여자의 새된 비명과 고함은 계속되었다. 알아들을 수 없었지만,

분명 그녀는 아이들을 혼내고 있었다. 모조로프의 바짓단이 뜨끈해 졌다. 그는 자신이 오줌을 싸고 있음을 깨달았으나 수치스럽지는 않았다. 점차 희미해지던 정신이, 여자의 고함 소리와 함께 까무룩 멀어져 갔다.

"으악! 더러워!"

"Мамма, Пись—Мамма, Пись—"

(맘마, 쉬— 맘마, 쉬—)

"엄마! 이 남자 오줌 쌌어요!"

"입 다물지 못해!"

아, 신이시여…… 회개합니다……. 부디 죄인인 저를…… 구해 주소서…….

모조로프는 그만 정신을 잃었다.

수환은 책상 위에 산더미 같은 서류를 쏟아 냈다. 서류 더미들은 좌판에 쏟아 낸 천 원짜리 장물처럼 보였다.

"자. 골라 봐."

"뭐가 이렇게 많아."

명은 주름 하나 없는 미간을 구겼다. 15년 동안 젊고 호리호리한 미청년의 모습에서 단 한 치의 변화도 없었다. 그래서 수환은 그와 마주할 때마다 세상에 늙어 가는 것은 자신뿐인 것 같다는 착각에 빠지고는 했다.

그래. 15년. 수환은 무명과 만난 이후로 15년을 더 형사 생활을 하고 있었다. 자신의 삶과 믿어 왔던 신념에 염증이 날 때에도 그는 자신의 직업을 놓지 못했다. 세상과 어느 정도 타협을 하고 난 이후에도 여전히 잡아 처넣어야 마땅할 놈들이 너무나 많아서였다. 그리고 여전히 쓰레기를 청소하는 일은 고되어도 그만큼 보람되었다.

　수환은 책상 위에 올려놓은 견과류 봉지를 끌어와 와작와작 씹으며 씩 웃었다.

　"알잖아 너도. 세상 좆같은 거. 죽일 놈이 좀 많아야 말이지."

　수환은 그렇게 말하며 창가에 붙어 야경을 구경하는 여자아이를 물끄러미 바라보았다.

　"쟤가 그 꼬마 애 맞아? 안나랬던가?"

　명은 서류철 하나를 집어 들며 저의 큰딸을 힐끗 돌아보았다.

　"맞아."

　"왜 저렇게 컸대?"

　"2차 성장 중이거든."

　"벌써? 나이가 몇이지?"

　"열다섯."

　"아."

　사춘기네. 수환이 다시 한번 웃었고, 명은 야트막하게 한숨을 내쉬었다. 명과 가영의 첫 번째 아이는 신기할 정도로 제 엄마를 꼭 닮아 있었다. 키도, 몸집도 가영보다 한 뼘 정도 더 컸지만 붉은 눈동자를 제외한다면 생김새와 분위기는 제 엄마를 빼다 박은 듯했다.

수환은 그녀를 보며 가영의 사춘기를 떠올렸다. 사춘기의 가영은 밤만 되면 오래된 라디오를 틀어 놓고 종일 달을 구경했다. 그때 가영이 달을 쳐다보며 짓던 표정이 딱 지금 큰딸의 표정이었다. 센치하기가 이루 말할 수 없었다. 흡혈귀라고 해도 사춘기는 피해 갈 수가 없는 모양이지.

"뭐 요새 자기 존재의 이유에 대해 고민하고, 막 그러던?"

"……."

명은 대답 대신 다시 한번 한숨을 내쉬었다. 서류철을 넘기는 명의 표정에서 아버지다운 고뇌와 답답함이 엿보였다. 수환은 또 키득키득 웃었다.

"뭐 뱀파이어라고 해도 별수가 없나 보다? 남들 하는 건 다 하는 거 보니."

그랬다. 별것이 없었다. 명은 안나를 키우며 자신이 어떻게 자랐는지 비로소 알 수 있었다. 갓난쟁이로 태어나 아이는 채 백일이 되기도 전에 걸음을 떼었다. 돌이 되기 전엔 다섯 살 아이의 골격을 갖추었고, 눈 깜짝할 새에 말문이 텄다. 그 상태로 아이는 오랜 시간이 지날 동안 성장하지 않았다. 그리고 열다섯. 겨울잠을 자는 곰처럼 한 철을 내리 잠들었다가 깨어났을 때 아이는 이미 완숙한 여성의 골격을 갖추고 있었다. 그렇게 성인이 되어 버린 것이다.

그것이 뱀파이어의 성장기였다. 저 역시 그랬을 테고, 안나의 동생들도 하나둘 차례대로 거쳐야만 하는 과정. 그래서 지금 안나가 겪는 사춘기는 명과 가영에게도 중요했다. 어떻게든 이 시기를 무탈하게 잘 넘겨야만 했다. 그러나 급격한 성장과 호르몬 변화를 겪는 아이의 심리는 갈피를 잡지 못하고 하루에도 몇 번씩 고저를 찍었다. 그때마다 명과 가영은 부모로서 동요할 수밖에 없었다.

수환의 말대로였다. 안나는 요새 자기 존재에 대해 고민한다. 그래서 그녀를 데리고 왔다. 명은 이제 그녀에게 모든 비밀을 가감 없이 밝히고 가르쳐 줄 때가 되었다고 판단했다.

"러시아는 살 만해? 이젠 이곳으로 안 돌아올 생각이야?"

명이 서류를 바꿔 잡았다. 살인 혐의의 수배자는 꽤 덩치가 좋았다. 여덟 명이 먹기에 제법 풍족해 보이는 체구였다. 그는 신중히 서류철을 넘기며 대답했다.

"여긴 땅덩이가 너무 좁아. 애들 키우기엔 거기가 안전해."

"그러면서 네놈만 여기 와서 일 년에 한두 번 사냥해 간다라. 그게 뭐 너네 명절인 거냐? 추석에 송편 먹고, 설날에 떡국 먹듯이?"

"그냥 알려 주는 거지. 너네랑 비슷한 생김새의 인간도 있다는 걸. 거기엔 백인밖에 없거든."

"그리고 그 비슷한 생김새의 인종을 먹게 하고?"

수환의 말에 명은 웃음을 터트렸다. 그는 꽤 재미있는 농담이라고 생각하는 것 같았다. 수환에겐 전혀 아니었지만 말이다.

"맛이 좀 다르기도 하네. 어느 쪽이냐 하면 아마 이쪽이 더 맛있을 걸."

무명은 서류철 하나를 들고 자리에서 일어섰다. 미소 짓는 그의 얼굴이 선연했다. 외투를 뒤져 그는 수환의 책상 위에 붉은 알약 더미를 내려놓았다.

"под языке мёд, под языком лёд(혀 위에는 꿀, 혀 밑

433

에는 얼음), 우린 혀 위에 꿀 대신, 약을 두지. 아, 그리고……."

명은 갈색 가루가 든 길고 자그마한 유리병 하나를 더 내려놓았다.

"가영이가 뜨거운 물에 한 스푼씩 꼭 타 먹으래. 홍경천 가루라던가, 뭐라던가."

수환은 지난 15년 동안 가영을 만난 적이 없었다. 작년에 막내 아이가 태어났다며 명이 건네준 가족사진 속의 그녀가 수환이 본 가장 최근의 모습이었다. 그리고 사진 속 그녀는 수환의 기억 속의 가영에서 조금도 변하지 않았다. 명과 마찬가지로 말이다.

15년이 지났다고 해도 이제 겨우 서른다섯. 나이를 먹고 눈가에 주름이 지기엔 지나치게 젊은 나이인가. 하얀 눈밭에 까만 강아지 같은 아이들을 품에 가득 안은 채, 함께 있을 땐 한 번도 보지 못했던 미소를 짓고 있었다. 콧잔등이 찌푸려질 정도로 하얗게 이를 드러내고 웃는 그녀는 햇살 아래 꽃처럼 만개해 있었다. 행복함에 빛나는 눈동자가 인화된 필름 안에서도 그토록 반짝였더랬다.

수환은 그 사진을 지갑 속에 넣어 두었다. 언제나 펼치면 가장 먼저 보이는 곳에 넣어 두고 괴롭거나 외로울 때마다 그 미소를 들여다보았다. 그러면 기분이 좋아졌다. 혼자라는 외로움과 허전함도 견딜 만하다고 느껴졌다. 가영의 행복이 곧 자신의 행복처럼 느껴졌다. 실제로도 그러했다.

수환은 가영이 자신을 위해 열심히 만들어 두었을 가루병을 손에 쥐었다. 스탠드 불빛에 비춰 유심히 쳐다보다 흔드는 모습은 퍽 신나고 즐거워 보였다. 수환에게 그렇듯 여전히 가영에게도 수환은 가족이고 고향이었다.

"안나."

명이 저의 딸을 불렀다. 그녀는 아빠의 부름을 듣고도 계속해서 창밖만 바라보았다. 결국 그는 딸의 곁으로 다가가 그녀가 턱을 괴고 내려다보는 풍경을 함께 바라보았다.

잠들지 못해 칭얼거리는 아이를 안고 어르는 엄마. 안나는 한참 동안 말없이 그것을 바라보다 명에게 물었다.

"나는 아이를 가질 수 없댔죠? 엄마처럼요."

"……."

여자는 아이를 안고 자장가를 불렀다. 쉬. 쉬. 안나는 제 동생들을 안고 어를 때를 떠올렸다. 칭얼거릴 때마다 품에 안으면 한겨울에도 콧잔등에 땀이 날 만큼 따뜻했다. 앞으로 영원히 나는 내 아이를 안았을 때의 그 따스함을 느낄 수 없겠구나. 그 생각이 그녀를 우울하게 만들었다.

"그럼, 나는 사랑은 할 수 있나요? 나는 엄마와 아빠처럼 결혼은 할 수 있을까요?"

"안나, 너는 아주 오래, 어쩌면 영원히 살 수 있어. 그건 세상의 모든 이가 바라는 가장 완벽한 삶이야. 너에겐 그게 가능하지. 그 자체만으로도 너는 이미 많은 것을 가졌어."

"나는 연애를 하고 싶어요. 아주 멋진 남자랑요. 가능할까요?"

"물론 가능하지. 누구나 사랑하며 살아가. 나도. 엄마도. 그리고 모두. 너라고 다를 건 없어."

"그러다 결혼하고 아이를 갖고 싶어지면 어쩌죠? 그러다 평범하게 늙어서 죽고 싶어지면요?"

안나의 물음은 끝이 없었다. 그리고 대부분이 대답해 줄 수 없는 것들이었다. 앞으로 그녀가 살아갈 삶이 어떨지 명은 알 수 없었다. 그의 첫 번째 딸이, 그리고 그 이후 줄줄이 태어난 다른 아이들이 자신과 같을지, 아니면 또 그와는 다르게 진화해 갈지 그 역시 예측할 수 없었다. 그래서 사는 것은 재미있다. 아이들이 태어나니 확실히 깨달았다. 장담할 수 없고, 예측할 수 없는 미래가 있어 모두가 희망을 품고 사는 것임을 말이다.

그는 안나의 머리를 부드럽게 쓰다듬었다.

"가능할지도 몰라. 확실한 건 네가 사는 삶은 나와는 다를 거라는 거야. 모든 것은 변한다. 안나. 그러니 아무것도 장담하지 말자."

"난 여기가 좋아요. 여기서 살았으면 좋겠어요."

"그래. 곧 네가 원하는 건 뭐든 할 수 있게 될 거야. 그 전에……."

명은 안나의 앞에 서류철을 내밀었다. 창밖의 모자(母子)에게 내내 고정되어 있던 눈동자가 그제야 움직였다.

"혼자 사는 법부터 배워야 해."

안나는 방그레 웃었다. 가영과 꼭 닮은 미소를 짓는 아이의 눈은 저와 같이 붉게 발광했다. 그는 가영이 안나를 출산했을 때를 떠올렸다. 그날의 기억은 너무나 선명하여 눈을 감으면 마치 어제처럼 떠오르곤 했다.

'안나로 하자.'

제 손바닥만 한 핏덩이를 품에 안은 채 황홀함에 빠진 명에게 가영이 조용히 속삭였다. 긴 산고를 마친 그녀의 목소리는 고통으로 쉬어 있었으나, 반대로 그녀의 육체는 그 어느 때보다 건강하고 생기가 넘쳤다.

그리고 마치 아주 오래전부터 그렇게 결정했다는 듯 그녀는 지체 없이 큰아이의 이름을 지었다.

안나. 오랫동안 가시처럼 박혀 빠지지 않던 슬픈 이름은 이제 가장 큰 기쁨이 되었다. 딸아이의 이름을 부를 때면 이 세상의 모든 행복이 저의 손에 쥐어진 것만 같았다. 그리고 이토록 사랑스러운 존재가 그 이후로도 일곱이나 더 태어났다. 모든 것이 사랑스러운 아내가 가져다준 선물이었다.

"이제 사냥하러 갈 시간이야. 안나."

명의 부드러운 음성에 안나는 잔뜩 고무된 표정을 지었다.

부일. 네가 이걸 볼 수 있다면. 네가 안나를 볼 수 있다면, 얼마나 재미있어했을까.

그는 딸아이와 함께 심야의 경찰서를 빠져나갔다. 수환은 명에게서 받은 알약을 제 주머니에 넣었다. 그 약은 곧 불치병을 앓는 아이들의 치료제로 비밀리에 쓰일 것이다.

"또 보자고."

수환은 웃으며 건성으로 인사했다. 우리는 곧 다시 만나겠지.

무즈루프는 꿈을 꾸었다. 꿈에서 그는 다시 교편을 잡고 서서 아이들을 가르치고 있었다.

'자아. 보렴. a가 b보다 작으면 진분수, a가 b보다 크면 가분수다. 이제 식을 도입해 보자. 2분의 1은 뭘까? 그래 율리나. 맞아. 진분수야. 아주 잘했다. 그럼 다음은……'

아이들이 조잘거렸다. 까르르 웃는 소리도 들렸다. 쉬. 자기들끼리 입술에 손가락을 대고 저의 눈치를 살핀다. 이 녀석들 무슨 장난을 치려고 그러니. 모조로프는 웃으며 병아리 같은 아이들을 바라보았다. 그리고, 그러다 눈이 떠졌다.

"……."

그는 흐릿한 눈을 깜빡였다. 의자에 꽁꽁 묶인 사내의 모습이 희미하게 보였다. 거울인가. 그는 거울에 비친 저의 모습을 좀 더 살피려고 머리를 털어 내고 다시 정면을 마주했다.

"Aaaaй……."

(흐어어…….)

그러고는 제대로 비명도 지르지 못하고 신음했다. 그건 거울이 아니었다. 저와 똑같은 자세로 묶인 또 다른 남자였다. 저처럼 피를 흘리며 입에 재갈을 문 채였다.

창고인가. 아니 지하실이다. 쾌쾌한 냄새와 어둠이 그렇게 말하고 있었다.

"아빠! 아빠! 남자가 눈을 떴어요!"

이안이 고함쳤다.

"조용히. 이안. 조용."

낮고 점잖은 사내의 목소리가 들렸다. 모조로프는 그 강건한 목소리에 고개를 돌렸다. 남자는 젖먹이를 품에 안고 있었다. 머리는 검었고, 피부는 아주 희었다. 그리고 아이들과 마찬가지로 어두울수록 더욱 발광하는 붉은 눈을 가지고 있었다. 아버지라기보다는 청년, 그것도 아주 아름다운 미청년, 어쩌면 소년처럼도 보였다.

모조로프는 남자의 곁에 선 여자에게 설핏 눈길을 주었다. 아. 저 여자다. 그날 슈퍼마켓에서 보았던 그 작고 왜소해 보이던 여자가 맞다. 가족과는 다르게 검은 눈동자를 지닌 그녀는 그러나 그때처럼 초라해 보이지 않았다. 젖먹이를 들고 있는 남편의 옆에 선 모습은 오히려 여왕벌처럼 고고하고 막강해 보였다. 젖먹이가 명의 품에서 모조로프를 가리켰다.

"맘마! 맘마!"

이제 저 맘마가 엄마를 부르는 소리가 아니란 건 확실히 알겠다. 모조로프는 달아날 수 없다는 걸 알면서도 몸을 비틀어 댔다. 조금이라도 저를 묶은 밧줄이 느슨해지기를 바라면서.

바냐가 지나치게 흥분하자 가영이 명의 품에서 아이를 받아 들었다. 그녀의 얼굴은 근심에 휩싸여 있었다. 당장 저치를 어쩐단 말인가. 저자는 사냥감도 아니고 그렇다고 무고한 이도 아니니 죽일 수도 없고 살릴 수도 없었다.

무거운 분위기였다. 슈리크가 이런저런 고민을 하다가 번쩍 손을 들고 말했다.

"아빠. 그럼 하나는 냉동 보관 하는 거 어때요?"

"입 다물어. 슈리크. 지금 그게 할 소리니? 너넨 모두 다 혼나야 해."

안나가 나서서 제 동생을 나무랐다. 맏이의 말에 아이들은 모두 침울해져 땅만 쳐다보았다. 소피가 제 옷단을 배배 꼬며 웅얼댔다.

"하지만 저 남자가 엄마를……."

"소피."

가영이 부드럽게 그녀를 제지했다. 소피는 겁을 먹고 눈을 들었다. 가영이 안타깝게 고개를 저어 보였다. 아빠 앞에서 그런 이야기 하지 마. 소피는 아빠의 눈치를 보다가 제 쌍둥이 언니 리사의 뒤로 숨었다.

명은 앞으로 나가 모조로프의 재갈을 벗겨 냈다. 그는 솜뭉치를 뱉어 내자마자 덜덜 떨며 소리쳤다.

"Прости. Оставь меня живым, пожалуйста. Я сделаю все, что ты хочешь. Я ничего не з наю. Я никому ни о чем не скажу."

(살려 줘. 살려만 준다면 뭐든지 할게. 나는 아무것도 몰라. 절대로 아무에게도 말하지 않을게.)

"Как тебя зовут?"

(이름이 뭐지?)

"Мо, Можоров Бараш Кобая."

(모, 모조로프 바라쉬코바.)

"Можоров."

(모조로프.)

명은 모조로프를 똑바로 쳐다보며 천천히 그의 이름을 되뇌었다. 그의 얼굴과 이름을 영원히 제 머릿속에 각인시키는 듯했다. 모조로프는 꿀꺽 침을 삼키고 불안스레 눈동자를 떨었다.

"Проснулся от пьянки?"

(이젠 술이 좀 깼나?)

모조로프는 열심히 고개를 끄덕였다. 명이 다시 물었다.

"Ты зашел сломав дверь ножом?"

(칼을 들고 우리 집 대문을 부수고 들어왔어?)

"Я не собираюсь никого убивать! Просто я очень голоден! Я хотел попросить еду! Я никого не трону! Просто хотел дать страх и забрать еду!"

(주, 죽일 마음은 없었어! 나는 그냥 너무 배가 고파서! 그냥 구걸을 하려고 왔을 뿐이야! 누구도 해치려고 했던 게 아니야! 그냥 거, 겁만 줘서 머, 먹을 걸 얻으려고 했어!)

모조로프는 단숨에 대답했다.

"Я честен! Поверь! Я очень обожаю детей! Правда! Если меня отправьте в полицию, то пойду! Больше ни о чем не буду говорить, что происходит здесь! Правда!"

(정말이야! 믿어 줘! 난 사실 아이들을 좋아해! 정말이야! 죗값을 치르라면 치를게! 경찰서에 가서 자수를 하라면 하겠어! 절대로, 절대로 여기서 있었던 일은 말하지 않을게! 정말이야!)

"Не ври! Ты сказал, что убьешь нас!"

(거짓말! 우리를 죽이겠다고 했어요!)

"Да папа! Он сказал, если мы будем испол
ьзовать русский язык, то убьет!"

(맞아요, 아빠! 러시아어를 사용하지 않으면 죽이겠다고 했어요!)

"И если приблизимся, то тоже убьет!"

(그리고 가까이 다가와도 죽이겠다고 했어요!)

"Нет! Это я сказал, потому что мне было
страшно! Дети укусили меня! У меня течет
кровь с головы! Смотри на меня! Посмотри
на мое состояние!"

*(아니야! 그건, 그건 너무 겁이 나서 그랬어! 아이들이 내, 내 장딴
지를 물어뜯었어! 머, 머리에서 피가 났다고! 날 좀 봐! 내 꼴을 좀
봐!)*

모조로프는 그렇게 말하며 억울하고 서러워 흐느꼈다. 확실히 그
의 얼굴에는 아이들의 잇자국이 선명했다. 붉은 피딱지가 얼굴 여기
저기 얼룩덜룩 묻어 있었다. 목덜미에 깨문 상처는 너무 깊어 자칫
경동맥에 닿았다면 아마 그 자리에서 그대로 죽었을 것이다.

그가 살아 있는 것이 다행이라고 해야 하는지, 불행이라고 해야 하
는지. 명은 마지막으로 천과 살점이 떨어져 나간 그의 장딴지까지 꼼
꼼히 훑어보고 다시 제 아이들을 돌아보았다. 아이들은 겁을 집어먹
고 지들끼리 옹기종기 붙어 있었다. 그러면서도 표정만은 의기양양
했다. '엄마를 지키려고 한 거예요!' 꼭 그렇게 항변하는 듯 말이다.

"Должен умереть."

(죽어야 돼요.)

안나가 말했다.

"Нет!"

(안 돼!)

안나의 말에 모조로프가 경기했다.

"Я всем расскажу. Ты видел. Он пьяный. И говорит не о чем."

(소문을 낼 거예요. 보셨잖아요. 주정뱅이예요. 술 취해서 마구 지껄일 거예요.)

"Нет! Не было такого! Я клянусь! Я больше не буду пить! Никогда!"

(아니야! 절대 아니야! 맹세할게! 절대 술을 마시지 않겠어! 절대로!)

"Врете."

(거짓말하는 거예요.)

"Клянусь богу! Бог свидетель! Если я вру, то можете меня убить!"

(신께 맹세해! 신이 증인이야! 내가 맹세를 어기면, 그땐 나를 죽여도 좋아!")

"흐으윽……. 흐으으으윽……."

모조로프 앞에 묶여 있던 남자가 순간 울음을 터트렸다. 재갈을 물려 있새로 그 히스테릭한 소리가 흘러나왔다. 그러자 안나가 인상을 찌푸리더니 그에게 다가가 목을 그어 버렸다. 컥 소리와 함께 피가 뿜어져 나왔다. 그 피가 모조로프의 얼굴에도 후두둑 떨어졌다.

그가 눈도 깜빡이지 못하고 혼비백산해 있는데 리사가 재빠르게 제 스트로 병을 가지고 가 뿜어져 나오는 핏줄기에 주둥이를 댔다. 수도꼭지에서 우아하게 물을 받아먹듯이.

오. 씨발. 하나님. 이게 대체 무슨 광경인가요.

모조로프는 사시나무 떨듯이 떨어 댔다. 비명을 지르고 싶었으나 안나가 저를 노려보고 있어 그는 혀를 깨물며 그것을 속으로 간신히 밀어 넣었다. 그녀가 자신의 목도 그처럼 그어 버릴까, 눈앞의 남자처럼 저도 돼지비계같이 늘어질까 너무도 무서웠다.

"Каторжанин?"

(전과자인가?)

명이 물었다. 모조로프는 목이 메어 간신히 목소리를 쥐어짰다.

"Эт······ это было слу······ случайно. Я······ я был пьян. Говорят, я что-то натворил в школе······ Но······ но я не помню."

(시······ 실수······ 실수였어. 수······ 술에 취해서 하, 학교에서 납치극을 벌였다는데······ 나······ 나는 기억이 안 나.)

"Убил кого-то?"

(그래서 죽였어?)

"Нет. Я не убивал. Я, я не делал такого. Это было случайно. Моя жена, она влюбилас

ь в другого. Она убежала забрав все, что
у меня есть. Потому, потому я начал пить.
И это все. Правда."

*(아니야. 사람을 죽이지는 않았어. 나, 나는 그런 짓은 하지 않아.
그건 실수였어. 아내가, 아내가 바람이 났어. 내 재산을 모두 들고
도망갔어. 그래서, 그래서 술을, 술을 너무 많이 마셨어. 그것뿐이
야. 정말 그것뿐이야. 정말이야.)*

눈시울이 뜨거웠다. 아무리 참아 보려 애를 써도 눈물이 났다. 그
것을 참을 수가 없어서 그는 끄윽끄윽 흐느꼈다.

"Кончено, я не могу сказать, что я пост
упил справедливо. Это было случайно и п
отому я всегда не соглашался с собой, чт
о я грешник. Но сейчас я не отрицаю. И я п
олучил свое наказание. Я в тюрьме проси
дел Пятьдесят лет. Я потерял все. А тепе
рь я, всего лишь, грешник. Никто меня не з
нает. Я приехал в Родину, но никто меня н
е приветствует. И никто меня не возьмет
на работу. Я придется умереть от голода.
Потому что, теперь я каторжник. Я ничем
не лучше, чем насекомые."

*(그래. 억울하다고 할 수 없지. 나도 내가 잘못했다는 건 알아. 한
순간의 실수였지만 내가 죄를 지었다는 걸 단 한 번도 인정하지 않*

은 적이 없어. 하지만 나는 죗값을 치렀어. 나는 15년 동안이나 그 빌어먹을 감방에 처박혀 있었다고. 나는 모든 걸 잃었어. 나는 이제 전과자일 뿐이야. 누구도 나를 알아주지 않지. 고향으로 돌아왔지만 아무도 나를 반기지 않아. 누구도 나를 고용해 주지 않을 거라고. 나를 죽이지 않아도 언젠가 나는 굶어 죽게 될 거야. 나는 빌어먹을 전과자니까. 나는 이제 벌레보다 못한 존재라고.)

"Я когда-то слышал о вас."

(당신 이야기를 들은 적이 있어요.)

바냐를 안고 있던 가영이 끼어들었다. 명이 저의 아내를 돌아보았다.

"Дава Кармажова рассказала. Есть чело век, которого жена предала его. Дама Кар мажанова очень печалилась. Говорила, чт о он был хорошим человеком и лучший учи телем для детей."

(카라마조바 부인이 말해 줬어요. 아내에게 배신당하고 난동을 부린 젊은이가 있다고요. 카라마조바 부인이 무척 안타까워했어요. 정말 인정 많은 사람이었고 아이들에게 좋은 선생님이었다고요.)

"Гаён хватит. Достаточно этого."

(가영. 됐어. 그 정도면 충분해.)

명이 지나치게 감정적인 아내의 이야기에 그녀를 부드럽게 저지했다. 가영은 바냐를 토닥이며 고개를 떨군 모조로프를 안타깝게 쳐다보았다.

카라마조바 부인은 오랫동안 바이칼 호수 근처에서 여관을 운영했다. 관광객을 위해 따뜻한 차와 쿠키를 내주는 일을 천직으로 여기던 노부인은 바이칼 호수의 얼음이 부서지던 올봄 하늘나라로 떠났다. 모조로프는 카라마조바 부인의 미소와 그녀가 늘 건네주던 쿠키를 떠올렸다. 그녀가 늘 건네던 인사도.

'안녕 모조로프. 오늘도 좋은 하루구나. 네가 선생님이 되다니 정말 자랑스럽다.'

아아. 내가 왜 이런 짓을. 대체 내가 왜 이런 짓을 저질렀을까. 모조로프는 후회로 눈물이 마르질 않았다.

"Бедный человек."

(불쌍한 사람이야.)

소피가 울적하게 말했다.

"Да, жалко его."

(맞아, 정말 불쌍해.)

마리가 동조하며 같이 울먹였다.

정말 그지 같은 장면이네. 명은 회한의 눈물을 흘리는 모조로프와 죽일 작정으로 물어뜯은 먹잇감의 감정에 동조해 울먹이는 아이들을 보며 이맛살을 찌푸렸다.

아이들을 키우며 늘 예측할 수 없는 장면과 대면하지만, 이 장면은 그중에서도 가히 최고라고 할 만하다. 살면서 앞으로 얼마나 더 이렇게 터무니없는 장면들을 마주해야 할까. 그 생각을 하니 어쩐지 웃음이 났다. 이런 게 사는 거겠지.

"Можоров."

(모조로프.)

명은 다시 그의 이름을 불렀다.

"Был учителем?"

(교사였다고?)

"……Да."

(……그래.)

"Где закончил школу?"

(학교는 어딜 나왔지?)

"В Питере."

(상트페테르부르크.)

"Хорошо."

(좋아.)

명이 흡족하게 고개를 끄덕였다.

"В неделю три раза приходи к нам, стань учителем для детей."

(앞으로 일주일에 세 번, 우리 집 아이들을 가르쳐.)

모조로프는 자신의 귀를 의심해 눈을 가늘게 떴다. 뭔가 헛것을 들은 게 분명해.

"Неплохо иметь домашнего учителя. Дети умные. Ко всему быстро научатся."

(가정교사 하나쯤 두는 것도 나쁘지 않겠지. 똑똑한 아이들이니

뭐든 금방 배울 거야.)

"······Постой."

(······잠깐.)

"Анна."

(안나.)

명이 부르자 안나가 그의 바로 옆에 섰다.

"Она будет следить за Вами. Если задума
ть о нехорошем, ты не останешься живым."

(이 아이가 당신을 감시할 거야. 허튼짓을 했다간 그 자리에서 목
이 날아가겠지.)

"······Постой."

(······잠깐.)

"И еще чтоб дети не видели больше кров
и. Нет у них самоконтроля."

(그리고 아이들 앞에서 피는 흘리지 않도록 주의해. 아직 자제력
은 없으니까.)

"Нет, нет, я пока······."

(아니, 아니, 나는 아직······.)

명은 방그레 웃고 그의 입에 다시 재갈을 물렸다.

"Остальное оставим Анне."

(나머지는 안나에게 맡기지.)

우웁! 우우웁! 모조로프는 솜뭉치로 혀가 눌린 채 목에 핏대를 세
우고 항변했다. 그게 죽이는 것과 무엇이 다르냐고. 물론 누구도 듣

지 못했다.

명은 지하실을 나갔다. 가영이 젖먹이를 안고 그의 뒤를 따랐다. 닫힌 문 앞에 안나가 퇴로를 막은 용병처럼 서서 그를 내려다보고 있었다.

"Привет, Мржонов. Рад видеть."

(안녕, 모조로프 아저씨. 잘 부탁해.)

리사가 핏물이 가득 담긴 병을 들고 와 씩 웃으며 인사했다. 하얀 이와 대조되는 붉은 피가 입안 가득이었다. 그녀가 누구인가. 제 목덜미에 구멍을 내 죽이려고 하던 꼬마가 아니던가! 이 아이를 가르치라고? 아니, 이 악마 놈들을 가르치라는 건가! 차라리 아까 그 남자처럼 단번에 끝내 주는 게 오히려 깨끗한 죽음일지도 모른다! 모조로프의 얼굴은 사색이 된 지 오래였다.

"Еще увидимся, дядя Моржанов."

(다음에 또 봐요. 모조로프 아저씨.)

"Я люблю детские книги. Прочти нам, пожалуйста."

(난 동화책을 좋아해요. 다음엔 동화책을 읽어 줘요.)

"Я поделюсь печеньями. Приходи завтра."

(내가 맛있는 쿠키를 줄게요. 내일 꼭 와요.)

아이들은 맞은편에 앉은 남자의 피를 꿀꺽꿀꺽 마신 뒤 저마다 재갈을 문 모조로프에게 다정한 작별 인사를 건넸다. 반나절 전에 저를 죽여 배를 가르겠다는 것들이! 그렇게 다정한 척을 할 거면 입에 묻은 피라도 좀 닦고 하든가! 천진한 얼굴이 더 무서웠다.

아이들이 나가자 모조로프는 안나와 둘이 남았다. 그녀는 뚜벅뚜벅 다가와 그의 앞에 쪼그려 앉았다. 그러고는 아주 찬찬히 아까는 보지 못했던 그의 얼굴을 자세히 뜯어보았다.

하얗게 질린 얼굴에 붉은 수염이 인상적이었다. 눈동자는 사파이어처럼 푸른색이었고, 덩치는 매우 좋았다. 안나는 씩 웃었다. 열다섯 살 소녀의 미소는 제법 어른의 것처럼 요염했다. 아무래도 그가 사냥감으로서도, 그리고 사내로서도 마음에 든 모양이었다.

모조로프는 안나의 미소에 눈앞에 까마득해졌다. 그녀는 무척 아름다웠다. 소녀와 여자의 경계에 선 그 미소가 송곳처럼 그의 내장을 후벼 파는 것 같았다. 아아 안 돼. 사탄이 나를 유혹하려 한다.

"Можоров. У меня много вопросов, можешь помочь мне?"

(모조로프. 나 궁금한 거 엄청 많은데 다 가르쳐 줄 수 있죠?)

"……."

아아 주님. 저를 버리시나이까.

"괜찮겠지?"

명을 따라 침실로 들어온 가영이 물었다. 젖먹이는 엄마의 품에서 평안히 잠들어 있었다. 명은 셔츠를 벗으며 대답했다.

"원하던 것 아니었어?"

"뭐라고?"

"네가 원하던 거였잖아. 그 남자를 살려 주는 거. 그래서 카라마죠 바라던가 뭐라던가 그 여자 이야기를 꺼낸 거잖아."

"꼭 그런 건 아니지만……."

가영은 거짓말에 서툴렀다. 안나는 엄마가 너무 마음이 약해서 탈이라고 했다. 늘 바보처럼 착해서 손해만 본다고 말이다. 그 말이 사실인지도 모른다. 안나가 말했던 것처럼 모조로프는 그냥 그 자리에서 죽여 아이들의 배를 채웠어야 했는지도 모른다.

그러나 가영이 있기에 명은 늘 사랑을 배웠다. 그녀가 나눠 주는 조건 없는 애정이 늘 자신과 아이들을 메마르지 않도록 적시는 것이다. 때론 위험을 감수하고 모험을 할 필요도 있다. 반드시 그렇게 해야만 얻을 수 있는 것이 있으니까.

"사람을 죽인 적도 없고, 악질적인 범죄자도 아닌 것 같으니 뭐, 이게 최선의 방법이지 않겠어? 어쩌면 아이들에게 좋은 길라잡이가 되어 줄지도 모르지. 부일처럼 말이야."

부일. 가영은 그의 얼굴을 떠올렸다. 그의 점잖은 주름들, 명을 놀릴 때면 청년처럼 빛나던 눈동자. 그가 함께했다면 정말 좋았을 텐데. 바글거리는 아이들에게 질려 언성을 높이고 투덜거리는 모습이 눈앞에 그려졌다. 괜스레 웃음이 났다.

"이제 네 남편을 좀 안아 줘. 너의 냄새를 맡고 싶어."

명은 가영을 향해 두 팔을 벌렸다. 가영은 잠든 아이를 조심스레 침대에 내려 두고 기꺼이 남편의 품으로 뛰어들었다. 익숙하게 그의 쇄골에 뺨을 대고 제 등에 감겨 오는 단단하고 따뜻한 그의 팔을 느끼며 가영은 눈을 감았다. 이제야 마음이 놓였다.

"모조로프가 안나의 손에 죽을 일이 없기만을 바라자고. 우리의 큰딸은 정말 인정사정이 없더라."

"사냥은 잘됐어?"

명은 가영의 정수리에 코를 부비며 킥킥 웃었다.

"상상에 맡길게. 아까 봤던 장면을 상기시키면 상상하는 데 도움이 좀 될 거야."

단칼에 남자의 목을 가르던 모습? 아. 가영은 거기까지만 상상하기로 했다.

"수환 오빠는 어때? 건강해?"

"흰머리와 주름이 좀 늘었지만, 여전해. 건강하고."

명의 약을 먹으면 좀 더 좋아질 텐데. 수환은 언제나 거래의 일환으로 명의 알약을 수십 개씩 받으면서도 한 번도 그것을 스스로에게 사용하지 않았다. 하여간 그 똥고집.

"홍경천 뿌리가 효능이 좋아야 할 텐데."

산삼만큼 귀하다 했으니 그만큼의 값어치는 있겠지.

"미아가 물범을 아주 잘 잡아. 운동 신경이 좋은가 봐."

"쓸데없이 좋지."

명은 맞장구를 치며 가영의 이마에 부드럽게 입을 맞췄다. 남편 없이 아이 일곱을 돌보느라 지칠 대로 지친 모습이었다. 명은 눈꺼풀이 무거워 게슴츠레한 아내의 뺨을 부드럽게 어루만지고 그녀를 침대 위에 단정하게 눕혔다.

"망아지 같은 아이들을 혼자 돌보느라 고생했어. 이제 좀 쉬어. 아이들을 씻겨서 재우는 건 내가 할게."

"혼자?"

"안나가 도와줄 거야, 걱정 마."

"가끔 안나를 너무 부려 먹는 것 같아."

어쩐지 부모로서 옳지 못한 일 같아 가영이 미간을 찌푸렸다.

"괜찮아. 우린 돌봐야 하는 아이들이 아주 많고, 안나는 부모를 도울 만큼 충분히 컸어."

명은 아내의 뺨에 입을 맞추고 아내와 젖먹이의 몸 위에 이불을 끌어 덮어 주었다. 가영은 바냐의 통통한 뺨과 배냇머리를 어루만지며 눈을 감았고, 명은 스탠드만 남기고 침실의 불을 모두 껐다.

"잘 자. 가영."

나의 사랑스러운 아내. 그는 배냇머리 내음이 나는 젖먹이 바냐의 뺨에도 아내에게 한 것과 똑같은 입맞춤을 하고 방을 나왔다.

불이 환한 1층에서 아이들이 저마다 모여 조잘거리고 있었다. 참새가 지저귀는 소리 같기도 하고 병아리가 삐약거리는 소리 같기도 했다. 명은 2층 계단에 서서 그 모습을 가만히 내려다보았다. 뛰어다니고 재잘거리고 까르르 웃는 모두가 저와 가영을 닮아 있었다. 가치 있는 삶이다. 살아 숨 쉬는 모든 시간이 의미가 있다.

언젠가 말했었다. 천국은 저 높은 곳에 있고 그는 절대로 다다를 수 없을 것이라고. 그러니 어느 곳이든 자신에게는 마찬가지라고. 그러나 아니었다. 세상의 그 어떤 곳도 이전과 같지 않았고, 천국은 그리 높지 않은 곳에 존재했다. 절대로 다다를 수 없는 곳도 아니었다. 바로 이곳에 있었다. 바로 여기에.

"모두, 씻을 시간이야."

명은 계단을 내려갔다. 아이들은 아빠에게 달라붙어 하루 동안 있었던 일들을 열정적으로 이야기해 댔다. 그리고 서로가 서로의 이야기에 꼬리처럼 말을 보태 가며 줄지어 병아리처럼 명의 뒤꽁무니를 쫓아 욕실로 향했다.

평화로운 나날은 그 이후로도 쭉 계속되었다. 그의 삶처럼 무한하게.

작가 후기

'뱀파이어물은 잘 쓰기도 어렵고 잘 팔리긴 더더욱 어렵다.'

처음 뱀파이어물의 구상에 대해 이야기했을 때 담당자분이 긴 침묵 끝에 해 주신 말씀이었습니다. 신인의 패기랄까(소심합니다만……), '망해도 좋으니 도전해 보고 싶다.', '지금이 아니면 못 할 것 같다.' 며 고집을 부렸고, 결국 이렇게 책으로 나오게 되었지요.

작가로서 글을 쓰는 것은 롤러코스터를 타고 상승과 추락을 반복 하는 일이라고 생각합니다. 흥했다면, 반드시 망할 때도 존재한다 고. 어차피 망할 거라면 차라리 내가 쓰고 싶은 거나 쓰고 망하자. 「노스페라투」의 시놉을 쓰며 저는 그렇게 각오를 다졌습니다. 아주 아름다운 다크히어로와 히로인의 로맨스를 써 보자. 어둡지만 매혹 적이고 잔혹하지만 아름다운 동화를 그려 보자고 말이죠.

「노스페라투」의 영감을 받은 것은 의외로 '배트맨'이었습니다. 배트맨이란 캐릭터와 만화 전반에 깔린 그 암울함이 너무나 매력적이라 나도 언젠가 저런 글을 써 보고 싶다는 생각을 하게 되었어요. 그래서 '다크히어로'에 그와 매우 비슷하면서도 다른 매력을 가진 '뱀파이어'를 첨가하고, 거기에 주제를 '로맨스'로 탈바꿈시키면서 점점 '호러인가, 로맨스인가' 알 수 없는 '호로맨스'가 생겨나게 된 것입니다!

가벼운 마음으로 써 보려고, 전작들에 비해 조금은 가볍게 써 보자고…… 두 팔 걷어붙이고 쓰기 시작했습니다만, 웬걸……. 쓰다 보니 쓰던 중 가장 어두운 로맨스가 되고 말았…….(눈물)

어쩌면 '뱀파이어'를 주제로 잡았을 때부터 피와 어둠의 잔치가 될 건 자명했을지도 모릅니다. 뱀파이어라는 소재의 매력이 저에게 너무나 거대했던 것 같아요. 그래서 후반부로 갈수록 이왕 이렇게 된 거 차라리 피의 잔치를 펼쳐 보자!! 어차피 19세니까!! 하며 원 없이 피를 흩뿌려 버리고 말았지요…….

제 나름대로는 적정선을 지키려고 노력했지만 '극단적'이라며 걱정하시는 독자분들의 글도 많이 보았습니다. 가장 기억에 남는 댓글은 '이걸 이제 와 하차할 수도 없고…….' 하시던 고뇌와 번민에 휩싸였던 독자분의 댓글이었습니다. 독자님. 어떻게, 끝까지 무탈하셨는지, 아니면 하차를 하고 마셨는지……. ^^

대체 저 작가는 왜 저렇게 어두운가, 생각하실 수도 있지만 사실 저는 늘 밝고 희망적인 기분으로 글을 씁니다. 믿으실지 모르겠지만요.

분명 이 소설은 어둡고 무거운 글이지만, 또한 악한 자들에게 자비 없는 정의를 실천하는 계몽(?)적 내용이 담긴 글이기도 합니다. 그 방법이 무척 잔인할지라도 말이죠. 핫. 핫. 핫. 저는 잔혹하더라도 현실과 맞닿아 있는 그 수많은 연결 고리가 이 작품의 주제를 더 부각시킨다고 믿습니다. 악한 자는 벌을 받고, 선한 자는 영원한 행복을 손에 넣는다는 것이요! 어른들을 위한 잔혹 동화인 만큼 가감 없이 써 내려갔다는 점 이해해 주세요. ^^

무명은 잔인하지만 상냥한 남자입니다. 그가 가영을 부르는 그 부드러운 어조를 쓰는 것이 참 좋았습니다. 그런 그가 악인들을 가차 없이 죽일 때는 그 이중적 간극이 참으로 짜릿했죠. 예. 저는 변태인가 봅니다.

모자라지만 착한 가영은 귀엽습니다. 그래서 답답할 때가 많지요. 하지만 그녀는 책장을 덮은 이 순간에도 끊임없이 성장하고 있을 거예요. 그리고 언제나 사랑스러울 겁니다. 저는 그녀가 늘 순수하기를 바랍니다. 비록 그게 둔해 보여도 말이죠. ^^

결국 이 이야기는 그래서 그들은 그 후로 오랫동안 행복하게 살았답니다, 로 끝납니다. 모든 동화가 그렇듯이요.

꽤나 긴 시간 무명과 가영에 빠져 살며 막막할 때도 있었고, 힘들 때도 있었고, 외면하고 도망쳐 버리고 싶을 때도 있었지만 그러나, 행복했습니다.

책장을 덮었을 때 여러분께 무명과 가영이 어떻게 기억될지……. 부디 예쁜 모습으로 기억되길 감히 바래 봅니다. ^^

「노스페라투」를 쓰며 힘들어할 때 따뜻한 위로와 조언을 아끼지 않으셨던 비설 작가님, 일월성 작가님, 서경 작가님. 늘 유쾌한 예그리니 작가님들 감사힙니다. 늘 큰 힘을 얻습니다.

언제라도 기꺼이 술친구가 되어 주시는 목감기 작가님, 별보라 작가님께도 무한한 애정의 말을 전합니다.

　　여러 가지 걱정에도 불구하고 저를 믿고「노스페라투」의 연재를 응원하고 끝까지 함께해 주신 박경희 편집장님, 그리고 책의 출판까지 힘써 주신 이영은 대리님께도 고개 숙여 감사드립니다.

　　작가 맞춤 일러스트로 간밤에 집 기둥을 뽑을 만큼 아름다운 표지와 삽화를 그려 준 일러레 리마 님. 함께 작업하여 정말 즐거웠습니다. 이왕 이렇게 된 거 종신 계약 합시다.

　　매번 아름다운 디자인으로 저의 심금을 울리시는 매진 님. 이번에도 눈물이 날 만큼 예쁜 북커버를 만들어 주셔서 감사해요.

　　마지막으로「노스페라투」를 끝까지 함께해 주신 독자분들께 깊은 감사의 말씀을 드립니다. 쉽지 않은 글이라는 것을 압니다. 보시는 분들께 부족하고, 아쉬움이 많은 글일지도 모르겠습니다. 그럼에도 불구하고 마지막까지 함께해 주신 것, 머리 숙여 감사드립니다.

　　모자람 많은 저는 더욱 열심히 정진하겠습니다.

　　부디 이 이야기가 여러분에게 행복을 가져다주기를.

　　언제든 부르면 곁에 나타나는 '무명'이 어느 순간이고 그림자처럼 함께하기를.

2017년, 늦은 가을
미숙혜 드림

노스페라투

1판 1쇄 찍음 2017년 11월 1일
1판 1쇄 펴냄 2017년 11월 9일

지은이 피숙혜
펴낸이 정 필
펴낸곳 (주)뿔미디어

편집장 박경희
기획 · 편집 박경희, 이영은

출판등록 2002년 9월 11일 (제1081-1-132호)
주소 경기도 부천시 원미구 소향로 17, 303(두성프라자)
전화 032)651-6513   팩스 032)651-6094
E-mail bbulmedia@hanmail.net
비북스 http://b-books.co.kr

ISBN 979-11-315-8355-5 04810
ISBN 979-11-315-8353-1 04810 (SET)